曾平标 著

向上生长

广东中小企业高质量发展的黄埔故事

SPM
南方传媒 花城出版社

中国·广州

图书在版编目（ＣＩＰ）数据

向上生长：广东中小企业高质量发展的黄埔故事 /
曾平标著. -- 广州 ：花城出版社，2024.4
ISBN 978-7-5749-0253-4

Ⅰ．①向… Ⅱ．①曾… Ⅲ．①纪实文学－中国－当代
Ⅳ．①I25

中国国家版本馆CIP数据核字(2024)第089891号

出 版 人：张 懿
责任编辑：李 谓 安 然
技术编辑：凌春梅
责任校对：梁秋华
封面设计：张年乔

书　　名　向上生长：广东中小企业高质量发展的黄埔故事
　　　　　XIANGSHANG SHENGZHANG: GUANGDONG ZHONG XIAO QIYE
　　　　　GAOZHILIANG FAZHAN DE HUANGPU GUSHI
出版发行　花城出版社
　　　　　（广州市环市东路水荫路 11 号）
经　　销　全国新华书店
印　　刷　广东鹏腾宇文化创新有限公司
　　　　　（广东省珠海市高新区唐家湾镇科技九路 88 号 10 栋）
开　　本　880 毫米 ×1230 毫米　32 开
印　　张　11.875　1 插页
字　　数　300,000 字
版　　次　2024 年 4 月第 1 版　2024 年 4 月第 1 次印刷
定　　价　58.00 元

如发现印装质量问题，请直接与印刷厂联系调换。
购书热线：020–37604658　37602954
花城出版社网站：http://www.fcph.com.cn

中小企业能办大事。

——习近平

目录

州知识城、广州科学城、广州海丝城和广州国际生
物岛。

第三章　培育　

1. 啊！摇篮　

如果说外延孵化叫"移植大树"，那么内生孵
化便是"育苗造林"。从孵化器"毕业"的部分科
技企业，通过自建孵化器发展成为集团式企业，别
具一格，"独木"也"成林"。

2. 滴灌　

作物苗壮生长，离不开阳光雨露。

融资难、融资贵、融资慢一直是影响和制约中
小企业发展的"拦路虎"，对于大多数中小企业而
言，资金就是阳光雨露。

3. 乘"市"而上　

一家家上市公司，犹如一艘艘快速行驶的大
船，带动上下游关联的行业企业，引领黄埔"上市
军团"加速扩容。

第四章　拔节　

1. 小而不凡　

小身躯有大能量，小体量有大作为。

干在实处、走在前列。在黄埔，4.8万余家中小
企业在各自的行业赛道上，扛起了科技创新、自立
自强的大旗，淋漓尽致下好"先手棋"。

梭、快速、自由、不再堵车、不用等红绿灯，充满科幻味道。

这种愿景或许正在变为现实？

作为全国首个"中小企业能办大事"创新示范区，黄埔不断优化中小企业创新创业创造的成长土壤，培育出多家"单项冠军""隐形冠军"企业。

这是一个盛产专精特新的地方，仅云埔街道，就汇聚着广州超四分之一的国家级专精特新"小巨人"企业，省级"专精特新"企业28家，市级专精特新企业125家。

楔子

殷殷嘱托

大潮起珠江。

党的十八大以来，中共中央总书记、国家主席习近平5次莅临广东考察。他说："我对广东的工作始终寄予厚望，希望你们为国家、为民族作出更大贡献。"

2018年10月，南粤大地丹桂飘香，满目青翠。这是习近平总书记第三次踏上广东热土。

时维金秋，广州一片生机盎然。

24日下午，中共中央总书记、国家主席习近平乘车来到位于黄埔区的广州明珞汽车装备有限公司。

广州明珞汽车装备有限公司是一家中小企业，在数字化虚拟制造技术、人工智能辅助自动化设计及编程、工业物联网大数据应用等方面，实现了多项核心技术的全球首创。

在企业创新体验中心，习近平总书记与在场的12家中小型科技企业负责人亲切交谈，详细了解企业研发、销售、出口等情况后，肯定他们在自主创新方面取得的成就。总书记指出："中小企业能办大事！""创新创造创业离不开中小企业，我们要为民营企业、中小企业发展创造更好条件。""希望民营企业、中小企业聚焦主业，加强自主创新、练好内功，努力实现新的发展，为祖国强大和人民幸福作出更大贡献。"

风乍起，吹皱一池春水。

"中小企业能办大事"的提出，肯定了中小企业作为国家财富的重要创造者、科技创新的主力军、造就大企业的蓄水池、提供就业的主渠道的重要价值。

总书记这一重要论断激发了从地方到中央对中小企业发展的一系列"升级版"政策支持，接踵而至的是，中国中小企业的发展迎来蓬勃的生长期——

感悟思想伟力，汲取前行力量。广东牢记嘱托，在"锚定一个目标，激活三大动力，奋力实现十大新突破"的"1310"部署中，提出了激活改革、开放、创新"三大动力"，坚持"实体经济为本、制造业当家"，奋力做好"中小企业能办大事"这篇文章。

广州感恩奋进，夯实制造业立市之本，加大对专精特新中小企业的培育力度，政策支持一路升级迭代，覆盖多个新兴产业领域，专业化、精细化、特色化加速释放。

作为"中小企业能办大事"这一重要论断的诞生地，黄埔区、广州开发区是广州创新资源最聚集、创新生态最健全、创新氛围最浓厚的区域，不断优化中小企业创新创业创造的成长土壤，竭力为广大中小企业发展"蓄水""供氧"，助力中小企业办大事、成大事。

现场聆听讲话的多名黄埔企业家代表深感振奋，纷纷表示将牢记总书记嘱托，坚定自主创新，专心做好主业——

"总书记特别关心自主创新，对生产线是不是自主知识产权等问题问得很细。"广州明珞汽车装备有限公司董事长姚维兵说："作为一家靠创新发展起来的企业，我们一定按照总书记的要求，继续聚焦主业，加强自主创新。我们有'办大事'的信心和决心。"

"总书记对我们企业的发展十分关心，问得很细……我向总书记汇报，公司生产的单颗粒气溶胶在线质谱仪，是我们拥有自主知识产权的尖端科学仪器。"广州禾信仪器股份有限公司董事长周振对当天的情景仍记忆犹新，对交出一份优秀答卷充满信心。

"感到非常亲切，更觉得坚持自主创新有前途。"广州金域医学检验集团股份有限公司董事长兼首席执行官梁耀铭第二天就组织公司管理层干部召开座谈会，讲专注，讲创新。

长视科技股份有限公司董事长全绍军的喜悦之情溢于言表，他说："作为民营企业代表，能近距离聆听总书记的重要讲话，感到十分荣幸。总书记的讲话精神与我们企业的发展逻辑十分吻合，公司上下都备受鼓舞，也感到能量满满。"

"当时我非常激动，总书记的讲话让我们更加坚信，中小企业一定能够蓬勃发展，为国家繁荣昌盛贡献力量。"广州天赐高新材料股份有限公司董事长徐金富表示。

"习近平总书记的话语平和、亲切，像家常话般，又给人坚实的力量。"广州兴森快捷电路科技有限公司董事长邱醒亚说，"听了总书记的话，我们信心更足了，对于原本犹豫的项目，现在会下定决心推进，继续努力实干！"

向总书记介绍企业核心技术和市场情况的广州洁特生物过滤股份有限公司董事长袁建华则表示："当前，中小企业真切感受到来自各级政府所做的努力和给予的支持。只要矢志不移专注主业，坚持创新，就一定能干成一件大事。"

…………

更多中小企业不断开拓进取，书写出踔厉奋发的时代答卷——它们聚焦主业，走上高质量发展道路；它们勇辟"新赛道"，突破"卡脖子"难题；它们聚焦"断链点"，以小体量释放万钧力……

毋庸置疑，黄埔区、广州开发区的中小企业发展，已经成为广东"制造业当家"的生动实践和中小企业"办成大事"的时代缩影！

在广州开发区科技企业加速器园区内，"中小企业能办大事"的殷殷嘱托被镌刻在一块巍然耸立的巨石上，八个大字如地标般格外醒目，成为中小企业扬鞭奋蹄的座右铭，也见证中小企业高质量发展一路走来的"黄埔故事"。

这八个字重逾千钧，为黄埔中小企业注入强劲信心、坚实底气，更激励和指引着一批又一批黄埔中小企业矢志创新，接续辉煌。

言能践行，竭尽所能，弦歌不辍。

"蚂蚁雄兵"之所以能扛起千斤大鼎，是"千万锤成一器"的专精专注，是"惟进取也，故日新"的求新求变，更是"更上一层楼"的远见胸怀……

术业有精，小亦不凡。

到黄埔区第一站，笔者便"打卡"位于广州开发区科技企业加速器内的"中小企业能办大事"先行示范馆（以下简称"先行示范馆"）。

"2021年6月开馆至今，展馆已接待近千场约2万人次。"解说员不时调整解说速度和繁简，娓娓道来，"在庆祝中华人民共和国成立74周年之际，中共广东省委宣传部新命名20个单位为第十批广东省爱国主义教育基地，先行示范馆是其中之一。"

展馆共三层，主题紧紧围绕贯彻落实习近平总书记"中小企业能办大事"殷殷嘱托的主线，分为序厅以及"向科技创新要答案""营商环境只有更好，没有最好""心无旁骛做实业""扩大党在新兴领域的号召力和凝聚力"四个篇章，立体多元呈现了黄埔区、广州开发区推动"中小企业办大事"的创新举措和经验，以及辖区企业办成大事的具体成效。

科技创新、营商环境、实体经济、党建引领……展馆首层，集中展示着黄埔中小企业创造的近40项"全球第一""全球领先""全国第一"，揭示了中小企业在黄埔这片沃土上"能"办成大事的密码。

一个企业填补一个小断链点，一项技术实现一个"国产替代"，一个产品演化出一个矩阵，一个"小巨人"引领一个行业迭代升级……

开馆以来，这里已经多次更新，从粤芯半导体建成大湾区首条12英寸芯片生产线到广东广纳芯拥有全国首条6寸滤波器产线，从洁特生物自主研发的3D细胞培养支架在生物实验室高端耗材方面代表我国实现零的突破到烯湾科城在全球率先实现碳纳米管纤维产业化……每一次更新，都代表着一个中小企业又办成了一件大事。

"这些成果成效，是新时代爱国主义教育最具代表力和说服力的鲜活素材。"解说员的介绍既详略得当，又重点突出，真可谓游刃有余。

值得一提的是，因为展馆地处的科技企业加速器园区，本身就培育了许多"办成大事"的中小企业，这里除了展览展示功能，还集政务服务、互动交流等功能于一体。这是一个"活"的展览馆：一站式服务中心、路演空间、咖啡书吧、交流驿站……

在这里，可以办理政务服务、举办小型沙龙、开展路演交流、展示最新研发成果、举行主题党日活动等，为企业提供了一个便捷、多元的活动交流空间。

正是这样的"活力"，吸引了越来越多人到访展馆，先行示范馆的接待场次从2021年的229场，到2022年的248场，再到2023年的450多场，吸引了来自全省乃至全国的参观者前来参观调研。

相较于大型企业，中小企业更加灵活，能够快速响应市场需求，在探索新技术应用、重塑新场景业态等方面更具成本优势和发展潜力。同时，中小企业的行业分工更细，赛道更加垂直，管理更加便捷，目标更加明确。

以"创新力度"激发中小企业的"内在动能"，以"改革深度"提升中小企业的"发展高度"……2021年10月24日，就在习近平总书记在黄埔提出"中小企业能办大事"科学论断3周年之际，全国首个"中小企业能办大事"创新示范区在黄埔正式落户。

新的身份，也是新的任务，黄埔区、广州开发区打造粤港澳大湾区高质量发展核心引擎势正足、风正劲。

如今，提起黄埔，人们会想起"中小企业能办大事"；而提起"中小企业能办大事"，人们也会不自觉地想到黄埔。

这背后，是一个现代化城区和一种经济模式、发展理念的深度融合和相互成全，中小企业办大事已炼成"黄埔经验"。

殷殷嘱托，催人奋进，亲切关怀，暖人心田。

5年，1826个日夜，43824个小时。

从阡陌古港变为产业高地，众多中小企业在黄埔这片创业热土上跑出"加速度"，办成了许多令人瞩目的"大事"。这背后，是一场政府与企业的"双向奔赴"——

政策支持，人才聚融。

创新驱动，智能转型。

标准引领，市场拓展。

质量先行，品牌塑造……

春来潮涌东风劲。上下游全产业链发力，将黄埔打造成"企业和人才离成功最近的地方"。

打造"中小企业能办大事"创新示范区，黄埔为何"能"？有多"能"？

小身躯有大能量，小体量有大担当。五年来，除了一座座拔地而起的高楼不断改写城市天际线外，这里的中小企业具体办成了哪些大事？为什么能办成大事？政府为"中小企业能办大事"又提供了怎样的土壤？

我于是揣着笔走进黄埔，探寻"中小企业能办大事"的"黄埔密码"：政府部门如何打造"能办大事"的营商环境和要素保障；中小企业高质量专精特新之路如何破局；"爆款"产品背后藏着哪些"隐形冠军"；"小巨人"如何激发新动能……

第一章

沃 土

1. 有一个地方，它名叫黄埔

广州，一座拥有2200多年建城史的"千年商都"。

隋代开皇十四年（594），广州东部扶胥（今黄埔穗东街庙头社区）耸立起一座南海神庙，这座神庙成为迄今唯一完整保存下来的海神庙。

扶胥，即今日之黄埔。

高大的牌坊、参天的古木、林立的石碑、肃立的华表、古老的铜鼓、威武的石狮、长着青苔的古码头的石阶……南海神庙见证了黄埔古港海不扬波、桨声帆影的壮阔。

曾经，它只是一个名不见经传的小渔村。历史老人却一而再、再而三地选中这里，让它几度引起世人瞩目。

明万历二十六年（1598），朝廷在黄埔港修建海鳌塔："九级浮屠，屹峙海中，壮广形胜……"明代中期，朝廷颁令："宁波通日本，泉州通琉球，广州通占城、暹罗、西洋诸国"；清乾隆二十二年（1757），政府下令关闭福建、浙江的所有海关，规定广州为"夷人贸易唯一之商埠"……

"市舶皆聚于黄埔"。作为"古港""良港"的黄埔，曾连接起中国和世界，见证了古时"海上丝绸之路"的繁华。

历经沧海桑田，在黄埔这片千年热土上，积淀着厚重的人文历史和岭南风情——

这里，悠悠古韵，帆樯如云，瀛涯万里。

这里，钟灵毓秀，青瓦灰墙，珠帘暮卷。

这里，红色血脉，英雄荣光，代有风骚……

波罗树叶沙沙，叙述着光阴的故事——

1924年，近代中国民主革命策源地、被称为中国"将帅摇篮"的黄埔军校建立于此，让这所学校名扬四海的，是它所培养的众多军事政治人才。

黄埔军校旧址古朴庄重，雄风依旧；岭南建筑的瑰宝、广州现存最早、保存最好的书院之一——玉岩书院树影婆娑，云华满纸；入选"中国传统村落"、典型广府地区梳式布局的莲塘古村轻霭暮飞，月照长空……

在黄埔历史大舞台上，林则徐、邓廷桢、孙中山、廖仲恺、周恩来等一大批历史风云人物蜚声中外，深深影响20世纪中国的命运。

徜徉在这片484平方千米的土地，历经岁月洗礼的黄埔，如今变成了时光的载体，它讲述黄埔前世的老故事，也记录黄埔今生的新传奇。

黄埔位于广州市东南的珠江之滨，是广州市行政区之一，与国家级广州经济技术开发区（以下简称"广州开发区"）在高质量发展道路上同频共振。

作为当代中国改革开放的前沿，在战略规划上，黄埔一直占据先机，引领改革开放风潮。

光阴的转盘，又转了一个甲子。

1984年，广州经济技术开发区成立，成为首批国家级经开区之一。成立之初，仅有2万元人民币的启动资金和9.6平方千米的区域，生产总值占广州市总量的约2%。

1998年，这里成立全国首座科学城，是"发展高科技，实现产业化"的先行军；2010年，中新广州知识城奠基，成为开发开放生力军；2011年，广州国际生物岛运营，成为生命科学的引领者……

40年过去了，如今的黄埔区、广州开发区已崛起成为广州的工业领头羊，2023年地区生产总值突破4300亿，工业总产值占广州市的近40%。

如今的黄埔区、广州开发区是行政区与功能区融合发展的区域，这也使得"中小企业能办大事"有了政府高瞻远瞩的产业引导和开放区政策和制度性强力加持，成为广州、广东乃至全国改革开放的前沿地、试验田。

走进黄埔，重重山丘覆盖着浓密的绿荫，深树上跳跃着褐翅鸦鹃、红喉歌鸲和画眉，草丛中雏鸟在长吟呢喃。疏落的阳光在起伏的树林间跳跃，无边的清凉和馥郁气息使人恍然觉得自己是一条水中的游鱼。

这是一个来了就不想离开的地方：春季，河水晶莹涌动；夏日，枝繁叶茂葱茏；秋天，色彩分明耀眼；冬日，万物生机依然……

沿着开创大道一路向东，学校、企业、研发机构就"隐藏"在道路两侧的树林中间，绿草如茵、繁花似锦：淡黄的瑞香、鲜艳的火鹤、深紫的鸢尾……美得天然又纯粹。

仲夏时节，黄埔莲塘古村的荷花竞相绽放。天蓝、云白、水绿。微风拂过，满塘荷花摇曳生姿，幽香浮动，好一幅充满诗情画意的夏日画卷。

南岗河一身青碧，是黄埔人的精神源泉与文化源流，它汇聚十余条支流，蜿蜒逶迤数十千米，穿越广州开发区制造业重地，见证了黄埔从一个蕉林滩地发展成为繁华都市的非凡历程。

南岗河默默无语，用不息的脉动，诠释自己存在的价值。

推窗见绿、出门见园、四季常绿、古树常青……今日黄埔，人与自然和谐共生的和美图景徐徐铺陈。

黄埔区蝉联两届"中国最具幸福感城市（城区）"，连续3年获评"企业家幸福感最强区"。

黄埔，是一座梦想之城。百年前，孙中山先生在这里创办黄埔军校，"到黄埔去"成为那个时代有志青年的流行语。

黄埔，是一座诗意之城。古朴与时尚在这里浪漫交融，活力与现代在这里激情碰撞。

黄埔，是一座产业之城。从"手工作坊"到智能制造，中小企业正迈步高质量发展之路……

风起正是扬帆时，奋楫逐浪天地宽。

中小企业作为国民经济和社会发展的重要组成部分，一组"56789"数据常常被媒体提及——我国中小企业贡献了约50%的税收、60%的GDP、70%的技术创新、80%的就业率、90%以上的市场主体都是中小企业。

而在黄埔区、广州开发区，三个"80%"同样让人津津乐道：80%以上的规上工业企业是中小企业；80%以上的高新技术企业是中小企业；80%以上的发明专利、创新成果和新产品来自中小企业。

黄埔区、广州开发区高新技术区的"栖息地"作用凸显，并以"雁形"现代产业体系吸引、培育了一大批优质中小企业。

这一"雁形"现代产业体系，即以技术创新、自主创新为"引擎"，强化创新引擎对产业体系的引领和趋向；以新一代信息技术、汽车制造、新材料、绿色能源、生物技术、高端装备、健康食品等主导产业链群为"躯干"，发挥主导产业竞争优势和主导关联作用；以新兴产业和未来产业为"两翼"，作为园区实现高质量发展的坚实翅膀；以生产性、生活性服务业为"尾翼"，提升现代服务业对实体经济的支撑作用……

走前列、做示范。作为广州改革开放起步最早的地方，黄埔区、广州开发区致力于中小企业"动能之变"，打造广州实体经济的"黄埔引擎"和具有全球竞争力的产业高地。

坚定新发展理念，构建新发展格局。黄埔区、广州开发区谋划了联动发展的"三城一岛"战略平台：知识城、科学城、海丝城、生物岛——

中新知识城，重点打造九龙湖核心区和新龙副中心、枫下副中心"一核两心"，强化"三集群两高地"产业布局。

科学城，打造以战略科技、战略性新兴产业为引领的升级版科技产业示范园，加快国创中心研发及中试基地、宏仁地块等重点园区开发建设。

海丝城，构筑广州"一廊一带"（科技创新走廊、珠江高质量发展带）中枢，加快建设广州临港经济区黄埔片区，全面推进西区振兴。

国际生物岛，谋划世界顶尖的生物医药和生物安全研发中心，引入钟南山、徐涛等院士项目20多个，打造广州生物医药产业核心引擎……

中小企业部分产业链生态初步形成"研发在生物岛、中试在科学城、制造在知识城"的布局。

南国有榕，生生不息。

绿冠如盖之下，初长成的气生根细似麻线，但一旦扎入大地则成为新的树干，最终造就独木成林的奇观。

5年多来，在黄埔这片热土上，4.8万家中小企业如榕树般茁壮生长，它们在这里落地生根、发展壮大。

这些中小企业聚焦主业，用"专精"的劲头创造"特新"的产品；它们勇辟"新赛道"，敢闯"无人区"，突破制约发展的关键核心技术，小体量释放万钧力，成为黄埔经济高质量发展的重要力量。

在黄埔区、广州开发区，有两个神秘巨型"轮胎"吸睛无数。这是全国首个航空轮胎动力学大科学中心，也是内地唯一的航空轮胎动力学综合试验平台。

科技创新是黄埔的"定海神针"。在源头创新方面，最让外界津津乐道的要数黄埔"2+3+N"战略科技创新平台集群，航空轮胎动力学大科学中心就是黄埔构建的战略科技创新平台集群的一部分。

引凤栖须筑好科技之巢，构建战略科技平台，才能让更多企业勇闯科研"无人区"、抢占前沿科技制高点。黄埔"2+3+N"战略科技创新平台集群还囊括了广州实验室、粤港澳大湾区国家技术创新中心、人类细胞谱系大科学研究院、慧眼大设施预研实验室、广东粤港澳大湾区国家纳米科技创新研究院（下称"广纳院"）、广东粤港澳大湾区黄埔材料研究院、广东省新黄埔中医药联合创新研究院……

高新技术企业是以大量的研究与研发投入（R&D）及迅速的技术进步为标志的企业。黄埔区、广州开发区集聚各类科研机构超1000家，研发投入强度达6.65%，R&D投入增长22.1%，研发投入强度达到国际先进水平，新型研发机构集聚度和创新能力处在全国前列。

在这片充满活力的热土上，中小企业汇聚起来，如燎原星火，在广东乃至中国的中小企业舞台上挥写"办大事"的瑰丽篇章。

以实体经济为本，坚持制造业当家的黄埔区、广州开发区，拥有高质量发展走前列、做示范的产业优势。

2021年8月，黄埔区、广州开发区锚定"先进制造业立区"，正式提出实施四个"万亿计划"——"万亿制造""万亿国资""万亿固投""万亿商品"。

值得注意的是，其中的"万亿制造"，不是"一万亿制造"，而是"万亿级制造"。

那么，"万亿计划"实施路径在哪儿？

黄埔为此构建了"四梁""八柱"。

所谓"四梁"：空间资源、创新引领、数字转型、品牌质量四大体系建设扛起万亿制造的"大梁"。

所谓"八柱"：聚焦生物科技、集成电路、新型显示、汽车制造、新材料、绿色能源、高端装备、美妆大健康八大产业，筑牢万亿制造的"顶梁柱"。

2023年，黄埔区八大支柱产业产值规模达8940.4亿元，较2018年的6604.9亿元增长超27.3%。

黄埔，以占广州6.5%的土地面积，创造了40%的工业产值、15%的地区生产总值和17%的税收。

目前，黄埔已形成汽车制造、新型显示、绿色能源、新材料、美妆大健康五大千亿级产业集群和生物技术、高端装备、集成电路三大百亿级产业集群。

数说"五年大变化"，一个个变化清晰呈现——大院大所大装置持续涌现，战略科技创新平台集聚成势，有"从0到1"的原创性突破，有"从1到10"的迭代性创新，有"从1到100"的科技成果转化，还有"从1到∞"的无限可能。

中小企业能办大事，黄埔交出了一份份优异的答卷——

截至2023年底，黄埔集聚了各级高层次人才1459人，院士121名，领军人才、创业英才436人，高层次人才数量位居全省前列。

5年来，黄埔大胆削"繁"，率先成立首个营商环境改革局，统筹推进及监督全区营商环境改革工作；设立全省首个行政审批局，实现"一枚印章管审批"；设立全国首个民营经济和企业服务局，打造"企业吹哨、部门报到"24小时全天候服务新模式。

从2016年开始，黄埔率先在全国推出政策兑现"一门式"服务改革，启动以"一口受理、一网通办、限时办结、免申即享"政策兑现新模式；出台全国首个《信任筹建工作方案》，做到产业项目"引进即筹建、拿地即动工、竣工即投产"……

一个个"率先"和"推出"的背后，是政府精心打造的精准政策供给体系，是给企业的"及时雨"，更是对人才的"吸铁石"。

如果说中小企业能办大事是黄埔中小企业的发展方向，那么"专精特新"则是中小企业朝着这一方向努力迈步的路径所在。

何谓专精特新？

据相关资料诠释，是指在细分领域深耕细作，形成自主知识产权和核心竞争力，具有较高市场占有率和较强创新能力的中小企业——

"专"就是专注于一个或几个细分领域，满足客户的个性化和多样化需求，打造自己的品牌和声誉。

"精"就是注重产品和服务的质量和细节，追求精益管理和持续改进，优化生产流程和工艺。

"特"就是突出自己的差异化和价值，形成自己的核心竞争力，抵御市场竞争和外部冲击。

"新"就是具有较强的创新能力和意识，能够抓住市场变化和技术进步的机遇，不断推出新产品、创造新价值，引领新潮流。

2022年9月29日，年产值达48亿元的广州黄埔湾区专精特新产业园动工。

位于广州科学城核心区的产业园瞄准新能源汽车产业链，引进和培育在智能座舱、激光雷达、车规级芯片、高精地图等关键领域的核心零部件企业落户，打造集规模生产、研发测试、总部办公于一体的智能制造和先进制造园区，助力大湾区建设全球知名"智车之城"。

"我们将聚焦智能制造与先进制造业，着力构建安全稳定的汽车产业链供应链体系，致力成为广州智能制造领域最专业、最顶尖的加速器。"作为园区的投资、建设和运营方，广州开发区投资集团党委书记、董事长张晓中说，"我们仅用3个月时间就完成了项目投资决策、厂房定制化设计、现场开工建设三个关键节点。"

据张晓中介绍，园区还可布置全自动、全智能的超长跨度生产线，为企业提供串联或独立的产业链条空间，是一个高密集群、多样定制、生态化、智能化的4.0工业园区。

落户园区的广州导远电子科技有限公司致力于全球领先的高精度定位系统，定制企业研发、制造交付及销售总部和智慧工厂。董事长李荣熙表示："作为一家科技创新型中小企业，这里有更完备的产业集群和更完整的供应链。无论做什么，导远电子都感受到切实的便利。"

装备测试、动力电池、车载芯片、智能座舱、自动驾驶、出行服务……据悉，导远电子已装配30多万辆智能汽车，被超过200家智能和自动驾驶方案企业采用。

类似的专精特新产业园，还有京广协同创新中心、钧恒广场。产业园从企业角度出发，提供"产业政策、营商环境、投资基金、资本运作"全链条服务。

从"多起来"到"强起来"，黄埔的专精特新进阶之路越走越实。

除了打造特色载体，黄埔区还通过推出专项政策、开展金融服务、支持技术创新、优化企业服务等工作措施，激励更多中小企业走专精特新发展之路。

落户投资、成长壮大、研发创新、金融扶持、人才支持……2021年9月14日，黄埔区在全国率先推出专精特新专项政策，这就是耳熟能详的"专精特新10条"。

"政策的服务性、创新性、指向性具有鲜明特点。"相关部门负责人如是道。

同时，"专精特新10条"鼓励企业加大自主研发和技术创新，鼓励专精特新企业聚焦国产替代。明确对专精特新企业研发生产的产品列入各级相应部门出台的首台套重大技术装备、首批次新材料和首版次软件指导目录的，给予资金扶持。

黄埔还专门建立了专精特新中小企业培育库，联合开展专精特新企业梯度培育政策宣讲会，分梯次、分阶段培育，形成可持续发展格局。逐步构成了"省创新型—专精特新—小巨人—单项冠军"梯度培育体系。

追梦、变革、创新。截至到2023年，广州黄埔区已集聚国家级专精特新"小巨人"企业118家，排名全市第一。现有国家级"单项冠军"示范企业/产品共23家，占广州市的74%，排名全市第一。

办大事，需要抓住市场先机，踔厉奋发、敢闯敢干，更离不开时代的孕育和环境的滋养。在黄埔，提升服务能级、优化营商生态环境，为"中小企业能办大事"赋能，这种特性被发挥得淋漓尽致。

春江水暖鸭先知。

哪里营商环境优，人才、资本、项目就往哪里去，营商环境是中小企业投资的风向标。中小企业选择一个区域投资落地并不鲜见，鲜见的是企业家创新创业激情不减，政企持续不断携手创造一个又一个"首次""第一"。

正是习近平总书记视察广州开发区提出"中小企业能办大事"那年，黄埔获批创建广东省首个"营商环境改革创新实验区"。

为了打造一流的营商环境，黄埔"鲜招"连连。

2023年11月30日，黄埔区、广州开发区第三届营商环境观察员正式"上任"，35位观察员深入企业一线，寻找中小企业高质量发展的"急、难、愁、盼"等痛点问题。

"生产情况如何？疫情过后有哪些困难尽管提。"

周五，营商环境观察员姚柳深来到黄埔区一家信息通信企业询问生产、销售情况，了解企业在发展中的"揪心事"。

"感谢开发区相关部门的鼎力相助，企业困难得到缓解。"生产经理章群看着新招的工人们在生产线上忙个不停，难掩心中感激之情。

原来，两个月前，公司准备扩大生产规模，却遭遇了"用工荒"，技术工人缺口大。"观察"到这个情况后，姚柳深马不停蹄向区相关人力部门反映情况。区相关人力部门启动"校企点对点"招聘计划，通过专场招聘会、推介会、微信公众号"线上+线下"方式，为公司招聘到技术员工60余人，解了燃眉之急。

"为了中小企业的高质量发展，我一定会用心'观察'。"姚柳深说。

像姚柳深这样的营商环境观察员，黄埔前后聘任三届共80人。不同于姚柳深的"明察"，观察员谢泽帆则喜欢"暗访"，甚至有时会化身办事群众在行政服务中心各个窗口"办事"。

"因为我是产业地产运营，每天接触非常多中小企业，他们是黄埔营商环境最敏感、最直接的关联者。担任营商环境观察员可以与我们的工作实际更好地结合。"谢泽帆是广州华南新材料创新园有限公司总经理，他说："根据《营商环境观察员工作制度》要求，我们每年度都要提交一份优化营商环境调研报告。"

"问需于企、问计于企、问效于企"。观察员除人大代表、政协委员外，还有企业高管、专家学者、金融服务机构、创新平台、孵化器和行业协会、商会负责人以及律师、注册会计师、注册税务师等专业人员，他们用"侦察员""监督员""宣传员"的独特观察方式，全方位、多视角开展中小企业营商环境巡查，对部门"吐槽"，给政府"找茬"，为黄埔区改进营商环境

"进言"。

营商环境是发展经济的"先手棋"、招商引资的"强磁场"、释放活力的"稳定器"。观察员以第一视角"沉浸式"体验办事流程，"零距离"感受服务过程。

"人人都是营商环境、处处优化营商环境。"黄埔区建立营商环境观察员制度是在2019年8月，在广东省开先河。

多主体参与、各层级联动、全过程留痕。5年来，黄埔区组织观察员举办了中小微企业融资、企业筹建、工业项目审批等不同专题座谈会和"吐槽大会"共16期，收集意见建议230余项。

"希望出台集成电路专项政策。"

"建议制定政策时兼顾新旧企业。"

"当务之急需要建立数据共享机制。"

"尽快完善交通配套设施。"

…………

讲真话、说实情、建净言。营商环境观察员既是政策举措落实的"质检员"，又是市场主体和政府部门的"联络员"，也是营商环境成效的"宣传员"。

"我们建立观察员和企业意见建议的办理机制，将观察员、企业的意见建议汇总形成工作台账，交相关职能部门限期办理，注重解决当下'个性问题'与长久解决'共性问题'结合，推动部门做到同类问题一并解决，深层次问题用制度政策解决。并通过定期开展相应频次的培训、交流、调研、视察等工作，给观察员提供平台，更好地发挥观察员的职责。"广州开发区营商环境改革局有关负责人表示。作为"观察哨""监测点""风向标"，黄埔营商环境观察员提出的"缩短政策和细则出台的时间差""加大政策宣传力度""对企业进行信用分级""优化设置

"高管人才奖励"等建议后来还被纳入《广州市黄埔区、广州开发区、广州高新区营商环境改革创新促进办法》《广州市黄埔区鼓励市场主体参与营商环境建设办法》等多项政策。

建立营商环境观察员制度，只是举措之一。

"一切为了企业、一切为了投资者。"营商环境是黄埔区、广州开发区的"金字招牌"，也是营商环境改革创新的头号工程。

让时间回到2018年。当年，黄埔提出创建广东省首个营商环境改革创新实验区，不久，《广州高新区（黄埔区）建设广东省营商环境改革创新实验区实施方案》（下简称"《方案》"）正式获得广东省委批准。

根据《方案》，广东省委交给黄埔在营造方便快捷政务服务环境、充满活力的创新创业环境、优质高效要素供给环境、更高水平对外开放环境4个方面28项改革重任，同时赋予该区28个省授权或支持事项，聚焦营商环境"难点""痛点""堵点"问题。

针对性很强、含金量很高。

2019年3月，黄埔与营商环境密切联系的三大部门——广州开发区营商环境改革局、广州开发区民营经济和企业服务局、黄埔区政务服务数据管理局（广州开发区行政审批局）集中揭牌。

一石激起千层浪。

要知道，这三者都在广东乃至全国扮演着营商环境改革"探路先锋"的角色：营商环境改革局是广东省首个，也是北上广深四个特大城市中第一个直接以营商环境命名的机关部门；民营经济和企业服务局的前身是2005年全国首创的广州开发区企业建设局；政务服务数据管理局（广州开发区行政审批局）作为全省首个行政审批局，曾打造出项目审批"高速公路"……

关于三者之间的角色定位，有外界用"三员"来形容：营商环境改革局承担营商环境的"建设员"；民营经济和企业服务局是贴心关怀的"服务员"；政务服务数据管理局（广州开发区行政审批局）是拥有智慧大脑的"操作员"。

黄埔聚焦顶层设计，持续推动体制机制创新，形成了"一切为了投资者，一切为了企业"全方位服务保障营商环境发展的格局。

2020年，黄埔营商环境改革再度升级。

3月，广州开发区、黄埔区重磅推出"营商环境10条"和营商环境改革创新99项具体措施，用两大政策文件打出优化营商环境"组合拳"。"营商环境10条"从宏观层面、内部机制为全区优化营商环境提供更有力的保障和支撑，营商环境改革创新99项具体措施对标国际先进水平，从商事登记、工程建设项目审批等16个方面提出99项营商环境改革创新具体举措，努力为国家中心城市营商环境改革创新探索新路，提供可复制、可推广的鲜活"黄埔经验"。

中小企业能办大事，并不是单个中小企业比大型企业更有实力，其中蕴藏的创造力、吸纳力和变革力孕育着无限的可能性。它不只是一个积少成多的过程，还是一个动态演进、不断迭代升级的过程。

翻开黄埔营商环境改革的篇章，从指标突破到系统性综合改革，从平面走向立体，逐年迭代可谓步步为"赢"——

1.0突出"创建实验区"。率先在营商环境改革创新的道路探路，在行政审批改革、政策兑现服务、知识产权运用和保护三大方面独领风骚。

2.0突出"建设实验区"。从营造方便快捷的政务服务环境、充满活力的创新创业环境、优质高效的要素供给环境、更高水平的对外开放环境4个方面发力。

3.0突出"指标体系提升"。对标世行和国家评价指标体系，打出政策组合拳，推出营商环境改革创新促进办法，进一步深化营商环境改革创新若干措施。

4.0提出全方位打造"黄埔Smile"营商品牌。从指标提升、市场环境、国际环境、法治环境、政务环境、实施保障共6个方面出台168条改革举措，全方位打造系统化（Systematization）、市场化（Marketization）、国际化（Internationalization）、法治化（Legalization）、高效便利化（Efficient-facilitation）的"黄埔Smile"营商品牌。

5.0精准、主动服务市场主体。以"服务市场主体"为主题，围绕指标提升、市场环境、国际环境、法治环境、政务环境和"硬环境"6个方面，提出23个领域125项具体改革任务，是对"黄埔 Smile"营商品牌的一次全新升级，将切实提高市场主体满意度和获得感。

2023年，迭代实施营商环境改革2023年版，聚焦产业高质量发展。开展以"六链融合"产业生态为核心、优良可靠基础配套为支撑、专业高效政府服务为保障的营商环境改革新实践，推出141项改革举措，致力打造有温度、有气象、有格局的开发区。

从中小企业"全生命周期"升级到"全要素环境"，每一次迭代改革，让外界看到的不仅是一个效率更快、更高的黄埔，更是一个把营商环境融入招商、项目、产业、融资的黄埔。

正因为黄埔持续聚焦经营主体诉求和关切，推出了一大批营商环境改革举措，实施各类政策超百项，集中破解企业和群众反映强烈的痛点、堵点、难点，成为中小企业发展信心的"压舱石"！

黄埔区、广州开发区不断提升市场主体满意度和获得感，营造市场化、法治化、国际化的一流营商环境，取得了不俗的成绩——

稳步实施600多项改革事项、60多项创新经验的做法在全国全省复制推广。

为国家营商环境创新试点闯关探路，成为全国首批试点城市中唯一单列区级清单。

成功入选广东省营商环境综合改革试点。

成为国办"转变政府职能优化营商环境"业务培训班唯一现场教学点。

营商环境便利度连续5年位列国家级经开区第一。

获评中国营商环境改革创新最佳示范区……

企业信心是衡量营商环境的"第一标尺"。

橘生淮南则为橘，生于淮北则为枳。好的营商环境如同土壤，没有好的土壤，再好的创新企业也活不下来，再出色的创新人才也难以留住。

"黄埔创业不仅土壤肥沃，而且阳光、雨露好。"厘盛科技有限公司总裁说，"政府对我们中小企业主动服务，无事不扰，有求必应，让公司在黄埔创业发展充满了信心和底气。"

5年来，沿着习近平总书记指引的方向，黄埔区、广州开发区走出了一条适合自身特色的发展之路，成为广州经济发展最活跃、开放程度最高、创新能力最强的区域之一。

5年来，黄埔实现的"大变化"，众所周知，有目共睹——

科创之变，打造中小企业发展的"黄埔样本"。

活力之变，成就政府高效服务的"黄埔范例"。

能级之变，探索推动产城融合的"黄埔模式"。

品质之变，传递以人民为中心的"黄埔温度"。

珠江奔流，黄埔潮涌。"中小企业能办大事"八个字深入黄埔的骨髓，镌刻在基因中，渗透到血脉里。

迎面吹来的南海的风，弥漫着一股新鲜的时代气息……

2. 黄埔为什么能

"自遇一何高，独立迥无双。"

黄埔，广州实体经济主战场、科技创新主引擎、改革开放主阵地，地区生产总值年均增长20%以上。

黄埔之所以"靠埔"，其背后是对政策环境进行了一整套机制化设计，而不仅仅是停留在"热情欢迎"的简单层面。

2023年5月22日，黄埔区、广州开发区在政策新闻发布会上"放大招"：正式推出了《广州开发区（黄埔区）促进经济高质量发展政策措施》（以下简称"高质量发展30条"）。

"扶持力度前所未有。"吴代锚说。

吴代锚是广东燕塘乳业股份有限公司投资发展部部长，看到政策新规定，他的喜悦之情溢于言表。

新政策围绕先进制造、高端服务、总部经济、科技创新等重点领域，突出"五聚焦"：

聚焦高质量发展，全力推动质的有效提升和量的合理增长。

聚焦制造业当家，全力护航企业全生命周期发展。

聚焦高水平科技自立自强，全力推动政策体系和产业集聚深度耦合。

聚焦服务业高质量发展，全力发展生产性服务业。

聚焦营商环境优化提升，全力打造企业离成功最近的发展平台……

这份新鲜出炉的政策紧扣高质量发展主线，在保留了原有精华政策的同时，从高质量发展的角度聚焦，70%的条款将增速作为参考指标，继续沿用"既奖存量、又奖增量"的扶持模式。黄埔"高质量发展30条"的推出，掀起一池涟漪。

对照政策，吴代锚内心开始盘算着，他预测，公司平均每年将获得超过1000万元的奖励。

纵览"高质量发展30条"63款核心内容，政策导向非常鲜明，一系列主要条款都是"奖"：动工投产奖、企业人才奖、转型升级奖、产业联动奖、工业上楼奖等。

譬如，"项目落户奖"最高给予1000万元扶持；优质外资企业则可按照其当年实际外资金额不超过1.5%的比例予以扶持，单个企业最高扶持1亿元。奖补精准覆盖企业发展的全生命周期：项目筹建阶段，对提前收地进场施工企业给予最高80万元扶持；对提前竣工且竣工后3个月内投产入统的企业再给予最高80万元扶持。

这就是黄埔引以为豪的"拿地即动工，竣工即投产"，并为人所津津乐道。

这还没完，政策全面开启"陪伴式成长"模式，企业生产步入正轨后，企业技术改造、增资扩产或新旧动能转换，每年最高可获3000万元扶持。

"企业增量越大奖励越多、增速越快奖励越多。"吴代锚对此深有感受，"这些'大红包'对推动企业特别是中小企业增资扩产、转型升级的诱惑确实巨大。"

"'高质量发展30条'是从4个'黄金10条'到期后过渡而来。"参与制定这项政策的区工信局一位负责人表示。

事实正是如此,从"黄金10条"到"高质量发展30条",黄埔区、广州开发区发展政策已经历了至少三次迭代,不仅形式"瘦身",而且内涵"拓展"、功能"跃升"。

形式上删繁就简:原来的4个"黄金10条"被整合成"高质量发展30条",保留了最精华条款12项,重新修订条款20项,并删除了兑现不理想、企业参与度低的21项条款,增设了20项创新条款。此后,政策体系更为精练,更方便企业查找、理解和应用政策。

内涵上优化精练:导向更加鲜明、举措更加精准、重点更加突出。

功能上进阶跃升:新政策聚焦高质量发展主题,结合产业发展最新现状,创新设立了"产业链招商奖""工业上楼奖""动工投产奖"等原创条款。

条条"干货",款款"含金"。

"'高质量发展30条'对新增的国家重点实验室、国家工程技术研究中心一次性给予300万元扶持,对于获得国家科技部门立项资助的科技项目最高按100%给予500万元配套。"黄埔区科技局相关负责人在接受媒体采访时表示,"鼓励企业建立内部研发机构,重磅升级为按研发投入最高给予1200万元扶持,支持力度全国最大。"

创新是"高质量发展30条"的另一聚焦点,政策对不同发展阶段的企业都推出了针对性扶持——

成立50亿元科技创新创业投资母基金。对投资本区种子期、初创期科技创新企业2年以上的,按照实际投资额的10%给予扶持，每投资1家企业最高扶持100万元，每家风险投资企业每年最高扶持500万元。

鼓励企业加大研发投入。设立研发资助、首台（套）突破奖、揭榜挂帅奖等条款，对成功攻克的项目，按项目总投入的30%给予最高1000万元补助，内部孵化奖则力促龙头企业创新成果就地转化。

鼓励区内重点实验室、分析测试中心等公共技术服务平台向中小企业开放。设立仪器、试验场地开放共享扶持，每年遴选不超过10家仪器共享示范机构，分梯度给予最高100万元资助。

重点关注"智慧商店""智慧街区""智慧商圈"等特色园区建设，最高给予300万元扶持。

新入驻经认定的工业楼宇的工业企业，每年最高补贴50万元，推动"上下游"入驻"上下楼"……

"对于我们（这样）急于用地又暂时没有地的企业，（工业上楼奖）是一项利好，能够保障我们有效得到一些工业用地方面的资金的扶持。"广州米奇化工有限公司相关负责人商娜透露。米奇化工正谋划将生产部门迁入黄埔，布局"工业上楼"，使研发成果可以更快在产线落地。

"工业上楼可以帮助企业聚集，让更多企业与客户、供应商进行直接接触和信息互通。"商娜说，"也可以让企业进行更加集约化的生产，研发部门可以更加接近生产线，帮助研发成果更快、更有效地落地。"

说到"高质量发展30条"的"今生"，不能不提到它的"前世"——4个"黄金10条"。

2017年，黄埔在全国范围内率先推出"金镶玉"系列政策，其中的核心内容包括："先进制造业10条""现代服务业10

条""总部经济10条""高新技术产业10条"。

这就是闻名遐迩的4个"黄金10条"。

2017年甫一推出，便在全国掀起一股政策创新风暴。

陈永品时任黄埔区、广州开发区政策研究室主任，也是"黄金10条"、人才与知识产权"美玉10条"等政策的初创者，他主持制定的一系列产业发展政策，其创新性、突破性创造了多项全国之最，在国内引起巨大反响与效仿。

"4个'黄金10条'，着重引进'高大上'、培育'高精尖'、鼓励'大增量'，我们拿出了22亿元的财政预算。"陈永品说这句话时底气十足，"4个'黄金10条'扶持力度之大，赶超了部分开发区，在全国开发区中达到了领先水平。"

黄埔的意图十分明显——要通过这一新政，弥补区域政策弱项，以"互联网+"为契机和抓手，将开发区"制造"和开发区"智造"充分融入，推动制造业向高端化、集约化、智能化、绿色化、网络化、服务化转变。

面向全球抛"绣球"，4个"黄金10条"从重奖增量（包括项目落户奖等）、重奖高管、重奖存量（包括转型升级奖励、资金配套奖励、企业上市奖励、产业联动发展奖励等）、重奖专项（包括特定的、重大扶持与奖励等）这4个方面突破。

2020年2月15日，4个"黄金10条"到期，为贯彻落实《关于推进国家级经济技术开发区创新提升打造改革开放新高地的意见》，进一步扩大制度优势，按照"精准扶持产业发展，全力助推经济增长，全面提升激励效能"原则，黄埔产业发展政策迅速升级。

"起草组先后赴北京、上海、苏州、杭州、成都等地调研，学习先进地区的政策创新经验和做法；走访区内一大批代表性企业和研发机构，召开多场企业和人才座谈会，了解企业、机构在政策施行过程中遇到的问题及对政策修订的意见建议。"一位起草组成员回忆，对1.0版政策条款"该删减的删减、该增加的增加、该完善的完善"，兼顾政策延续性和创新性，形成4个"黄金10条"2.0版初稿。

"召开了10余场企业和机构座谈会，前后易稿20余次。"这位起草组成员说。

2020年2月，4个"黄金10条"2.0版重磅登场——

以先进制造业为例，奖励门槛适当放宽，扩大受惠企业面。

以发展为基础。比如先进制造业和现代服务业均新设成长条款，总部企业增设品牌升级条款，鼓励企业提质增效，对产值达到一定阈值的工业企业和"单项冠军"企业，给予最高2000万元奖励……

两代政策感召，龙头企业如粤芯、GE、龙沙等近1000个优质项目接踵而至，推动黄埔形成"三大千亿级+五大百亿级"产业集群。

"黄埔连续多年霸榜中国工业百强区前三，'黄金10条'功不可没。"现已卸任区政策研究室主任的陈永品依然坚信。

2023年，随着"黄金10条"2.0版到期，黄埔继续推动政策集成创新，横空出世的"高质量发展30条"再次成为黄埔政策创新的龙头和先锋。

至此，"金镶玉"政策体系已全面升级至"1＋N"灵活精准的高质量发展政策体系。

毋庸置疑，在黄埔"1＋N"高质量发展政策体系大骨架中，"高质量发展30条"是"1"，那么，这个"N"就丰富多彩了。

经梳理，笔者发现，仅2021年前9个月，黄埔就出台了9个"政策10条"："建设国际消费中心城市10条""文旅10条2.0""专精特新10条""金融科技10条""国际人才自由港10条""氢能10条2.0""现代农业发展10条""生物医药10条""财政绩效10条"，涉及的领域包括产业发展、人才引进、提高政府服务等。

每个政策虽然只有短短10条，但全是"真金白银"——

譬如，"建设国际消费中心城市10条"提出，在黄埔区建设五星级购物中心、文旅小镇，最高可获5000万元的补贴。"专精特新10条"规定：对国家级专精特新"小巨人"新建重大产业项目，按项目固定资产投资总额，最高可给予1亿元奖励支持。"氢能10条2.0"规定：氢能项目落户最高奖励1亿元。

最"王炸"的要数"生物医药10条"，单个项目引进最高可获5亿元，新药问世企业最高可获得约1亿元，扶持力度在全国居首。

引发关注的还有"国际人才自由港10条"，从顶尖项目引进、人才激励、技术攻坚、人才安居落户等方面提出了一系列创新举措，提出攻克重点发展领域"卡脖子"的技术难题最高可得1000万元补助，院士在黄埔区新设全国唯一的工作站最高可得1亿元资助，每引进1个重点人才给予最高30万元"伯乐奖"……

难怪外界都在惊呼："黄埔最爱'发钱'了。"

那么，黄埔频频出台一系列"政策10条"的背后，究竟隐藏着怎样的雄心？

"四个万亿！"有官方媒体率先披露，黄埔区、广州开发区正在以"万亿制造"计划打造世界级产业集群，以"万亿国资"计划推动国资国企担重任谱新篇，以"万亿固投"计划为经济提供坚实支撑，以"万亿商品"计划打造广州国际消费中心城市战略支点。

给政策环境，这是黄埔下的"先手棋"。

以中小企业为例，黄埔区、广州开发区为了培育壮大专精特新企业群体，破解中小企业面临的人才、融资、创新等困境，开"民营及中小企业18条""专精特新10条"等暖企政策体系先河。

"这些措施实在，力度大，创新点多，解渴管用。"广州喜鹊医药创始人兼总经理王玉强这样评价。

早在2018年，黄埔发布的"民营及中小企业18条"措施就针对民营及中小企业的痛点、难点、堵点精准施策。

"对我们中小企业来说，发展困局在融资高山、转型火山和市场冰山。"广州喜鹊医药是一家临床阶段的创新药物研究与开发公司，研发管线涵盖脑卒中、糖尿病、肾病、肺动脉高血压、渐冻人、老年痴呆等领域。

而"民营及中小企业18条"正是巧用"加、减、乘、除"法破解了中小企业这一发展困局——

"3个百亿"做"加法"：统筹300亿元产业投资基金；组建100亿元民营企业发展基金；实施民营及中小企业融资300亿元计划。

降低成本则做"减法"：停征（免征）涉企行政事业收费；推行企业全生命周期免费服务。

提升服务做"乘法"：强化企业研发创新资助；创新政府和企业采购机制；支持企业人才培养和引进；增强企业员工归属感、幸福感。

简化程序做"除法"：每年建设100万平方米加速器；降低企

业用房用地成本；支持民营企业做大做强，资助"个转企""小升规""规改股、股上市"……

"这些政策激发了民营经济发展新动能，黄埔已成为中小企业活力区。"王玉强欣喜地表示。

黄埔多"策"并举，持续在政策、融资、营商环境等方面提质升级。2021年6月，黄埔区、广州开发区又在全国率先推出专精特新专项政策，从落户投资、研发创新、金融扶持等七大维度对专精特新企业给予支持，推动"中小企业能办大事"。

"黄埔制定'专'项政策，提供'精'准服务，引导和鼓励中小企业找准'特'色定位、加大自主研发和技术创'新'，"王玉强说，"我们落户广州开发区，得益于优势政策和资源支持，企业获得了快速的发展。"

真金白银的"资"持，推动众多像喜鹊医药这样的中小企业走向专精特新。

"体量虽小，但力敌万钧，企业不大，但能办大事。"王玉强所言不虚：明路装备是全球唯一实现数字化工厂虚拟制造与工业物联网大数据应用落地的智能制造企业；方邦电子高性能电磁屏蔽膜打破日本垄断，国内市场占有率位居第一；禾信仪器实现三项质谱核心技术突破，入选制造业单项冠军产品……

正是黄埔的政策优势，黄埔区、广州开发区的中小企业瞄准我国产业供应链的"断链点"，在5G、信创、集成电路、生物医药等关键领域攻克关键技术方面整体发力。

这或许就是黄埔"中小企业能办大事"的《九阳真经》。

在黄埔采访，湾区氢能孵化中心引起了笔者的注意，这里入驻超过15家氢能核心技术企业。

雄川氢能科技（广州）有限责任公司（以下简称"雄川氢

能"）是中心的运营单位。

2021年5月28日，雄川氢能紧急调配8辆氢能冷链配送车，协助疫情防控部门配送物资。这是一家土生土长的黄埔企业，也是广州市氢燃料电池汽车运营平台"一哥"。

6月，这支氢燃料电池物流保障车队再次悄无声息进入广州市荔湾区，它们穿梭在大街小巷，为实施封闭式管理的居民提供生活物资补给保障。

"氢能被称为'终极能源'，推动氢燃料电池汽车参与疫情防控物资保障工作，在助力疫情防控的同时，也向广大市民传达出，氢燃料电池汽车是安全的、高效的、环保的。"黄埔区发展和改革局一位负责人这样说。

黄埔的"氢"力量来自哪儿？

"'氢能10条'。"在雄川氢能副总经理李荣军看来，氢能产业发展初期，政策扶持和创新显得尤为重要。

2019年8月，黄埔出台"氢能10条"，3年后再发布"氢能10条"2.0版。

延续"氢能10条"1.0版的全产业链扶持，升级后的2.0版在多个氢能产业关键环节有所创新——

首先，加大了对氢能关键领域投资落户的扶持力度，对落户黄埔区的获得国家示范奖励扶持的关键零部件产品项目，固投5亿元以上的，按固投总额的15%给予奖励；固投5000万元以上的项目，按固投总额的10%进行扶持。同一企业投资落户最高奖励1亿元。

其次，增加了对生产用房的扶持，标准为10元/平方米/月，每家企业每年最高补贴100万元，让处于初期发展阶段的氢能企业更好"轻装上阵"。

最后，对氢能产业园给予25万元一次性奖励及3年每年最高100万元运营补贴，招商奖励5万元每家；对入驻企业租赁生产办公用房的，给予3年每年最高100万元的租赁补贴。

…………

"修订部分对核心关键零部件提高补贴额度，特别是有利于我们发展核心零部件的国产化。"李荣军说，这些举措很有针对性，无疑会增加企业的信心。

湾区氢能孵化中心已入驻涉及核心材料、核心零部件、电堆、系统、检测认证等超过15家氢能核心技术企业。"所有入园企业也都享受最高50%的租金补贴。"李荣军抑制不住内心的喜悦。

加氢站是氢能产业链的基石，相比国内其他省份，广东化工行业偏少，导致广东地区的氢气价格居高不下。"氢能10条"2.0版延续了对加氢站运营的扶持，最高补贴20元/kg，确保示范期氢气价格35元/kg以下，同时对加氢站建设继续扶持，最高每站补助250万元。

"雄川氢能已建成运营3座加氢站，运营超过100台氢能汽车，在加氢站运营和建设均按政策获得补贴。"李荣军表示要充分利用好"氢能10条"专项政策。

"我们正在打造氢能产业基地、湾区氢谷起步区两个氢能产业园，同步再建4座加氢站，实施500台氢能泥头车的示范运营项目，在促进氢能产业链建链强链的同时，加快企业自身发展。"李荣军说，华南地区首座70MPa加氢站也即将投入运营。

迄今，黄埔已运营新南、力康、东区、东晖、开泰北等5座加氢站，科学城、永和等10余座加氢站在建设和启用中。据悉，到2025年，黄埔将实现"三个5"的目标：5000辆氢燃料电池汽车示范应用，500亿元氢能产业规模，50万吨碳排放减排量。

黄埔区正规划建设广州国际氢能产业园、湾区氢谷等5大氢能产业园区。"广州国际氢能产业园将围绕氢能上中下游产业核心技术及关键部件进行布局，构建'氢能创新链+智慧服务链'。"黄埔发展和改革局一位知情人士说。

因为"氢能10条"加持，黄埔先后引进落户雄川氢能、国鸿氢能、鸿基创能、雄韬氢恒、韩国现代、东材科技等39个企业和机构，总投资超300亿元。

除出台"氢能10条"产业政策外，黄埔区、广州开发区还设立了规模50亿元的氢能产业基金，发布"低碳16条"。

鸿基创能是其中的典型。

胡匡济是鸿基创能科技（广州）有限公司的公共关系总监，他对黄埔的产业政策赞不绝口："'氢能10条'和'低碳16条'从人才、技术、资金集聚和项目建设等多个方面加大了对氢能产业的支持力度，为氢能企业、人才创造了优越的发展空间和市场环境。"

鸿基创能致力于燃料电池核心零部件——膜电极的规模化量产，是黄埔区、广州开发区首家燃料电池膜电极研发生产领域的高新技术企业。据了解，公司聘请加拿大国家工程院院士叶思宇为首席技术官，先后承担多项政府科技攻关项目，包括国家级项目2项、广东省项目4项、江苏省项目1项。

通过"氢能10条"和"低碳16条"，黄埔区、广州开发区引进氢能高端人才团队、突破关键技术研发和重点产品示范，因此成为广州市乃至粤港澳大湾区氢能产业链最完善、基础条件最好、配套环境最优的区域之一。

近年，来自黄埔区、广州开发区的重磅消息一直持续刷屏，除了上述的"氢能10条"之外，还有"金融10条""美玉10条""风投10条""中医药10条""美谷10条"……

有媒体初步统计，自2016年以来，类似的产业政策在黄埔前前后后推出超过60项。

再来谈一谈"美谷10条"。

美妆大健康产业被黄埔区、广州开发区纳入"四个万亿"计划，以期形成全域布局、全链条发展态势。

2022年4月7日上午，黄埔区举行"美谷10条"实施细则新闻发布会。支持化妆品原料创新、鼓励开发中国特色美妆精品、科技攻关扶持、品牌推广扶持……一套精细化扶持的"政策组合拳"，助力美妆企业"轻装上阵"。

黄埔冲刺中国美妆重镇的"大手笔"十分吸睛。

2021年11月，黄埔发布《黄埔区、广州开发区促进美妆产业高质量发展办法》（简称"美谷10条"），形成美妆产业链全链条扶持对接、推动企业投身新原料新功效科技攻关、培育和壮大国际知名本土自主品牌三大创新亮点。

随之，全面激活美妆产业新动能的实施细则相继发布。

"细则包含培育世界一流标杆企业、提升产品核心竞争力、打造中国特色美妆精品、构建产业集聚高端载体、搭建重大公共服务平台等八大章节，全面覆盖化妆品原料、配方、研发、生产、智能制造、展示交易等多个领域，单个扶持项目最高额度高达5000万。"在蓝色的发布会背景墙前，黄埔区市场监管局负责人如此介绍。

当天的《湾区时报》报道："美谷10条"的实施实现对美妆产业链全链条的扶持对接，覆盖范围之广、影响面之深、补贴力度之大属全国首创……

涂桂洪是广州美中生物科技有限公司（下称"美中生物"）的创始人、首席研发教授及董事长，他接受采访时表示，目前化妆品原料研发的先进核心技术都掌握在国外企业手中，国内化妆品生产企业的优质功效性化妆品原料供给往往依赖于进口。

"优质原料供给成为国内化妆品企业发展的'卡脖子'问题。"涂桂洪坦言。所幸的是，美中生物始终坚持所有原料依靠自主研发与生产，并未受到国外市场原材料涨价带来的生产影响。

此次实施细则明确，对取得化妆品新原料注册（备案）证、新功效化妆品注册证的企业，按注册（备案）费用的30%给予资金支持，并根据全球首创性、注册备案申报难易和行业带动性三个维度予以阶梯式分类扶持。

"这是政府对企业科研攻关实打实的扶持，我们将争取相关补贴，这肯定能给我们（发展）带来很大的帮助。"涂桂洪所在公司新装修的14层基地陆续投入使用，其中有4层、共3200平方米用于研发。

深有同感的还有广州睿森生物科技有限公司（以下简称"睿森生物"）董事长王美贤："我们做一个原料开发申报大约要花2000万元，如果能拿到500万元的化妆品新原料注册备案费用扶持，将减轻企业很大负担。"

通过科技创新赋能美妆产业专业化、现代化、国际化，黄埔推动产业在科技攻关、工业设计等方面跨界融合，让美妆产业"出圈"。为此，"美谷10条"围绕化妆品原料、工艺、功能、功效、安全评价等方面开展科技攻关予以专项扶持。

王美贤认为，政府对于企业科研攻关的扶持，大大提升了企业开展创新研发的信心与底气。

"原来可能只想申报一款新技术、新材料试试看，这样一来就有更大的信心去突破申报数量，更有机会打破技术壁垒。"王美贤胸有成竹地说。

建设"南方美谷"是黄埔区打造"智谷、氢谷、药谷、美谷、纳米谷"产业集群发展的重要举措。

作为"五谷丰登"之一的"美谷"，其规划建设总占地面积约36万平方米、总建设面积约170万平方米，包括总部研发中心和产业基地两大功能片区。

"这是广州东部最大规模的美妆产业园。"南方美谷（广州）集团有限公司董事长邬斌说。

据邬斌介绍，"南方美谷"计划搭建专业投资基金、推动产业教育、组建产业联盟及举办美妆营销活动，从资金、人才、资源、渠道等方面为企业提供服务。

"企业一旦入驻，我们将积极帮助他们落户黄埔及申报'美谷10条'租金补贴，推动企业在黄埔更好地落地生根。"邬斌还表示，符合条件的企业，集团还将帮助开展专精特新、高新技术的项目申报，多方位提升企业价值。

针对美妆专业园区，"美谷10条"也有运营扶持补贴，邬斌说，"会把相关补贴全部投入区域美妆产业建设及为入驻企业赋能方面，让政策利好始终为美妆产业和入驻企业服务"。

鼓励创新、鼓励发展，"美谷10条"让中小企业更加有底气、有信心，坚定地走高质量发展之路。

俗话说：言必信，行必果。

公开兑现政府对企业的诺言，不仅考验承诺的勇气，更考验政府践诺的实力。

黄埔能做到这一点。

曾经，不了解政策，看不明白，也不会申报；准备材料费时费力，不知从何下手；审核慢，不清楚具体由哪个部门负责……惠企政策申报一度让企业摸不着头脑。

如何解决政策兑现中的堵点卡点？

2016年4月以来，黄埔区、广州开发区陆续把原来分散在发展和改革局、科技局等23个部门、87项政策、640个事项兑现事项整合起来，在全国率先推出"一门式"政策兑现服务。

"一门式"办理把政策的"制定"和"兑现"两个端点统筹起来，解决了政策兑现时可能出现的"政出多门"问题。

走进广州开发区政务服务中心三楼，4个服务专窗一字排开。所有政策兑现事项在这里实行"一口受理、内部流转、集成服务、限时办结"，最长办理时限一般不超过34个工作日。

那么，这个"专窗"统筹了哪些事项？

"不论企业大小、不管项目轻重，凡政策承诺的优惠一视同仁。"黄埔相关部门对各部门政策兑现的流程进行摸查、梳理，然后重新设计、优化。"'一门办理、限时办结'让政策兑现效率显著提升。"这位负责人说。

2019年11月22日，"黄埔兑现通"微信小程序正式上线。小程序应用功能包含"政策库""指南库""进度查询""在线申请"等四大功能板块，在政策归集和精准匹配、申报提醒和移动申报、跟踪查询和办件汇总等方面为企业提供全天候贴身服务，成为集政策发布、信息查询和在线申报于一体的智能兑现平台。

企业通过这个智能兑现平台，即可实现足不出户"掌上查、指尖办"，了解政策发布，进行信息查询，并在线申报政策兑现事项。

"此举旨在完善政策兑现服务生态，提升政策兑现服务质效，让企业充分享受政策红利。"相关负责人表示，这是黄埔区、广州开发区践行"企业有呼、政府必应"的创新举措。

此后，兑现窗口、服务热线、咨询邮箱、兑现通平台、微信公众号、微信小程序、云坐席等政策兑现"七合一"服务渠道相继成型并逐年优化，企业"一次也不跑"或"最多只跑一次"就完成了全部流程，创造了全国政策兑现服务新标准。

2021年3月，黄埔又在全省率先推出惠企政策"免申即享"服务，将高新技术企业认定奖励等33个高频事项纳入首批服务清单。

"免申即享"服务用"系统筛选"替代"企业申报"，"数据跑路"替代"企业跑腿"，"智能审核"替代"人工审核"，无须像以往那样既要线上申请又要线下递交材料，既耗费企业时间精力，又增加企业负担成本。

"免申兑""零跑兑""一键确认""送货到企"……对纳入"免申即享"服务清单的事项，企业无须再搜集政策信息、准备申报材料、紧盯受理时间，而是通过大数据运用，助推流程再造升级和制度提升优化，将原来的"申请、受理、审核、提交收款材料、核拨、拨付"六大流程重新设计、梳理，优化为"数据比对、意愿确认、拨付到账"三个环节。

过去是"人找政策"。

现在是"政策找人"。

过去是"最多跑一次"。

现在是"最多点一次"。

与此同时，黄埔区、广州开发区善用各级数字政府建设成果，通过与省身份认证平台、市商事登记数据库、区电子证照库等省市区平台数据库共享共用，将传统的"窗口形式审核、部门实质审核"优化为"系统事先一次审核"，"企业先报政府再审"进化为"系统智能审人工辅助审"，真正实现了"全区协同、数据共享、智慧审核、一网通办"。

简化兑现材料、优化兑现程序、前置兑现耗时环节……黄埔主动把政策送上门、把服务送上门、把资金送上门。

"这个速度真的非常快，公司有两笔'免申即享'政策扶持资金，仅1～2个工作日就到账了。"广州禾信仪器股份有限公司副总经理蒋米仁饮得头啖汤，他清楚记得，以前申请补贴要留意申报通知，提前准备申请材料，去现场办理。

"我们公司在2018年被认定为高新技术企业，2019年开始连续三年发放奖励，那时除了线上提交材料外，线下还要提供各种证明资料，至少跑两次才能领取到资金，全过程要花1～2个月时间。"

廖志晖是广州荷力胜蜂窝材料科技公司市场部经理，据他回忆："上周收到短信后，我就按指引登录'政策兑现系统'，看到一个自动弹出的窗口，上面显示您有一笔符合'免申即享'的资金待确认领取，请问是否前往领取？鼠标点击'确认银行账号'等信息，不到5下，就帮公司'领到'了40万元的高新技术企业认定奖励。"

"惠企政策自动上门、应兑尽兑。"蒋米仁、廖志晖等人的"获得感"在相关部门得到了印证，"政府会提前将政策信息与企业信息进行比对，自动推送短信至目标企业，企业只需点击一次确认领取，余下事情政府全部搞定。"

那么整个过程如何确保企业不遗漏、发放不出错？

黄埔为此设置了三道关卡：事前，通过大数据比对精准匹配、筛选出符合政策条件的企业名单；事中，增设"审核结果公示流程"以及"异议处置流程"，确保及时处理遗漏企业和有争议的款项，最大限度保证资金发放不错漏；事后，根据区财政资金相关管理规定不定期组织绩效评估和回头看，筑牢财政资金护城河。

自2016年开展政策兑现"一门式"服务改革以来，黄埔区、广州开发区已累计拨付政策兑现资金超8万笔，共兑现普惠型政策资金超335亿元，惠及企业超1万家。

"平均用时仅21个工作日，相比传统兑现模式提升效率4倍以上，"窗口相关负责人表示，"政策兑现服务窗口满意度常年达100%。"

从2016年"只进一扇门"到2019年"最多跑一次"，再到2021年"最多点一次"，黄埔政策兑现便利化举措三次迭代。

"以前申请扶持资金，要跑好几个部门，后来只要到政策兑现窗口就可以办理所有业务，如今在'黄埔兑现通'系统上就能办理，非常便利。"温玉婷是广州高澜节能技术股份有限公司主任工程师，她坦言，2016年以来，企业已经申请了几十笔兑现资金。

让数据多跑路，让企业少跑腿。温玉婷所经历的正是黄埔区、广州开发区惠企政策兑现便利化改革的历程。

政策兑现"一门式"服务改革以来，黄埔通过大力削繁、治拖、破堵，一直走在铺满鲜花的通道上——

2019年被广东省政府纳入第一批供全省借鉴的优化营商环境改革举措，被广州市委全面深化改革委员会纳入广州第一批复制推广的改革创新经验，获评粤港澳大湾区营商环境改革创新十大案例；2020年入选中国改革年度十大改革案例；2021年，被国务

院、省、市政府职能转变和"放管服"改革简报专刊推广；2022
年，广州市首批十大"最具获得感"改革案例成果揭晓，"一门
受理、限时办结、免申即享"的政策兑现改革案例入选……

3. 莫说创业多障碍

法治是最好的营商环境。

作为市场的主体，推动创新、促进就业、改善民生……为中
小企业"办大事"保驾护航，黄埔做出了怎样的努力？

中小企业联系千家万户，极具创新活力。但毋庸置疑，中小
企业的成长过程在面临"烦恼"的同时又相对"脆弱"。

2020年7月，黄埔区委政法委出台《关于贯彻落实〈大力支持
民营及中小企业发展壮大的若干措施〉依法保护企业合法权益的
工作方案》，从健全合法权益保护体系和深化政法领域改革等多
个方面着手，加大对中小企业合法权益的司法保护力度。

行政查处、刑事制裁、民事维权有效衔接。

简政放权、放管结合、优化服务同步推进。

公安、检察、法院、司法、海关、知识产权局等相关单位共
同构建大保护格局，向恶意侵权者"亮剑"！

"丁零零……丁零零。"

2019年2月25日10时许，东区派出所值班民警拿起电话，话筒
里传来一个急促的声音："我们公司3辆小汽车被盗……"

"你别急，慢慢说。"民警一边拿起纸笔，一边安抚对
方道。

报警的是辖区内一家高新民营企业，称通过调看监控，小汽车是2月23日被盗的，3辆车价值估计约90万元。

派出所迅速启动快速接处警和智慧新侦查机制，抽调精干警力成立专案小组展开全面侦查，全力追查失车的下落。

经过缜密侦查，警方发现该公司员工潘某利用工作便利，最具嫌疑。

与此同时，办案民警很快锁定被盗车辆曾在增城区一家二手车店内停留过。办案民警迅速赶往该二手车专卖店，但该店已经关门打烊。

民警立即电话联系该店老板庄某，通知其到公安机关协助调查。

在派出所内，庄某称，2月23日18时，潘某以18万多元的价格将3辆小汽车抵押给其经营的二手车店。

2月26日零时许，办案民警成功追回3辆被盗小汽车。不久，在逃犯罪嫌疑人潘某也被缉拿归案。

企业代表将一面印有"为企解忧、破案神速"字样的锦旗送到黄埔区公安分局，对警方及时破案、追回赃物表示感谢。

2020年3月22日，黄埔警方反诈中心在例行工作中发现，范女士与一个疑似诈骗电话进行了长时间通话。

"有电信诈骗嫌疑。"警情就是命令，电信诈骗反诈中心立即启动预警劝阻快速反应联动机制，火速派警员上门劝阻。

打电话，没接。

发短信，没回。

在范女士家门口，警方反复拍门无效，在劝阻无门的情况下，通过事主家属协助，警方果断"破门而入"……

一番苦口婆心，范女士幡然醒悟，为自己差点造成的巨额经济损失行为感到后怕。"幸亏你们来得及时，再晚半分钟，我的210多万就没了。"

"这些钱都是我用来购买生产设备用于复工复产的！"范女士不禁脊背发凉。

警方成功拦截这起针对中小企业的电信诈骗事件，使事主避免了巨额经济损失。

2019年7月22日，黄埔某工程机械设备公司的出纳李某接到同事"高某"的微信，称公司负责人秦某要求李某加一个QQ群，商量公司工作。

李某心想，既然是同事说的应该没假，也没想那么多，便放心加入了该QQ群。随后，公司负责人"秦某"要求李某将68万元定金转入群中"黄总"指定的账户。

在转账的过程中，李某觉得可疑，便打电话向公司核实，才发现被骗，便立即报警。接警后，黄埔警方火速启动"电信诈骗快速冻结"工作机制，联合市公安局反诈中心、银行同步行动，一小时内，警方成功拦截企业被诈骗的50万元。

类似这样的例子举不胜举。

2018年11月6日，黄埔警方接到辖区某中小企业报警：公司于11月2日收到一封来自"西班牙客户"的邮件，声称要变更用于日常交易的银行账户，并发来盖有公章的函文。5日，财务将约60万欧元（折合人民币约480万元）货款转账到新的账户上。第二天，公司发现"客户"邮箱地址与原邮箱地址相差一个字母，立即与西班牙客户联系确认，发觉被骗……

接到企业报警求助电话后，黄埔警方立即组织打击新型犯罪专业队及东区派出所介入调查。

"因为涉案账号为国外银行，我们立即引导受害企业联系西班牙客户在当地报警，并向收款银行申请资金冻结止付手续。"办案人员回忆说。

经过大量的沟通，当天，西班牙那边传来了消息："收款银行已经对涉案资金进行了冻结。"

听到这个消息，企业负责人悬着的心才放了下来。

三天后，约60万欧元全额返还到受害企业账户，黄埔警方又为企业挽回了巨额损失。

为企业保驾护航，为项目排忧解难。

2023年7月31日，某城市发展有限公司在广东公安"平安厅"信箱留言，感谢广州黄埔公安加班加点帮助公司解决项目难点，让项目建设得以顺利推进。

留言这样写道："我司怀着无比感激和诚挚的心情，对贵大队领导及全体工作人员给予我司提供的热情服务和大力支持表示衷心的感谢！"

近段时间，黄埔区公安分局在审核工作中了解到辖区一公司项目须尽快解决门牌办理的问题。获悉情况后，人口管理大队急企业之所急，专门召开门牌业务部署会，第一时间主动与项目负责人取得联系，为其提供解决路径与方案。

公司递交资料后，人口管理大队民警第一时间前往项目现场进行勘察核实，加班加点为其审批门牌号业务，与其对接做好整个项目门牌方案的编列工作。

"比原先预判时间提前一周完成了一系列预售许可证办理工作，大大提高项目推进效率，为企业争取了宝贵的运营时间与行政成本。"8月10日上午，公司负责人带上感谢信，向人口管理大队赠送一面印着"热情服务廉明高效，情系企业无私奉献"字样的锦旗，对人口管理大队热情、高效为企业服务表示衷心的感谢。

无独有偶，同样是门牌问题。

2023年9月14日，"平安厅"广州公安局长信箱又收到一封感谢信，信上说："生物岛集团有限公司并代表园区企业，衷心感谢广州市公安局、黄埔区公安分局、生物岛派出所的民警同志给予的帮助与关心，问题解决后，园区企业顺利用合同备案等证明材料，申报了黄埔区相关政策补贴。"

这是怎么回事？

原来，一个月前，黄埔区2023年度第三批生物医药产业政策兑现，要求符合条件的中小企业要在8月底前完成相关材料申报。

"凡符合条件的承租企业我们都要帮助他们申报。"广州国际生物岛集团有限公司立即安排整理园区承租企业的相关资料，以及公安部门已出具的《申领门牌确认通知书》开展申办，然而，就在他们提交相关资料时，发现租赁平台竟然无法查询到园区内7栋建筑物的门牌地址数据。

情急之下，生物岛公司只得向黄埔警方和"平安厅"广州公安局长信箱求助。

户政部门接到求助邮件，迅速核查相关门牌地址数据的共享情况，找到数据应用症结后，又马上协调有关单位升级业务平台系统，对接使用标准门牌地址数据，终于赶在申报截止的最后一天解决了生物岛园区在租赁平台上的查询和应用问题。

"最终，生物岛园区符合条件的企业都顺利完成政府政策补贴申报工作。"公司负责人欣喜地说。

"无安全，不发展。"黄埔区公安分局负责人说，"黄埔公安坚决扛起护航经济服务高质量发展的重要职责，积极采取'服、防、打、治'各项措施，创造更加优质的营商环境，让企业的创新源泉充分涌流、创造活力充分迸发。"

2023年8月15日,由广州市公安局黄埔区分局主办的"服务企业,护航经济"高质量发展主题宣讲会在广州科创金融基地召开。宣讲会邀请区内66家重点企业代表参加。

经侦大队王强大队长以经济社会高质量发展的"护航员"身份,从"服务、防范、打击、整治"四方面措施,进行了优化法治化营商环境工作介绍及利企惠企政策分享。

经侦大队刘山教导员结合涉企职务类犯罪案例,围绕"案件管辖、犯罪解释、发案情况、特点成因、预防措施"五个方面和"育廉馆"建设工作,以"预防职务类犯罪 护航高质量发展"为主题进行宣讲。

刑警大队韩啸副中队长引用正在热播的反诈电影,从"起源、形势、防范"三个维度进行"电信网络诈骗形势分析及预防策略"宣讲。

区金融工作局裴润泽从"防范篇、处置篇、化解篇"三个角度分享了黄埔区、广州开发区防范金融风险、护航高质量发展的政策……

"像这种围绕护航中小企业高质量发展主题的活动,我们一年要举办几场。"据介绍,就在2023年上半年,黄埔区公安分局经侦大队联合黄埔区反诈中心、派出所走进华南新材料创新园,开展"护航高质量发展"宣传活动,组织周边企业近200名财务人员通过"面对面、零距离"的方式进行宣传。

如何预防电信诈骗?

如何规避非法集资?

如何防止传销陷阱?

交流活动过程中,民警与企业财务人员进行深入交流探讨,通过以案释法、答疑解惑，为预防电信诈骗和经济犯罪提供指导性意见。

随后，黄埔警方又来到广州视源电子科技股份有限公司。民警们从黄埔区近3年涉企犯罪类型和发案情况，现场深入剖析企业职务类犯罪的特点、成因，并从企业管理的角度提出了防范措施、警企协作等建议。

防风险、除隐患。

降发案、保平安。

黄埔区公安分局建立完善了中小企业刑事案件"挂牌督办""追赃挽损"机制，有效保护企业权益。

在机构职能优化上，成立了分局护航办，在"服务、防范、打击、治理"等四个方面采取措施，掌握企业发展实际需求，提供精准服务保障。在萝岗派出所，蓝白相间的楼宇干净、整洁、有序，"一窗通办"自助政务服务终端、群众接待室等各种办公设施错落有致。

综合指挥室就像一间作战指挥室，值班所领导岗、指挥调度岗、视频巡查岗、合成作战岗指示牌后的民警紧盯着大屏，大屏显示着各个监控实时传来的高清图像。

"我们在区内重点企业、重点项目、经济园区都设立了警务工作站或警务联络员，指导其加强人防、物防、技防措施。"所长吴汉域介绍说。

黄埔区公安分局锚定"派出所主防"目标，纵深推进"两队一室"改革，带动基层警务效能实现新提升，协调解决了粤芯芯片、维杰斯、卡尔蔡司光学（中国）有限公司等公司反映的爆破工程、门牌办理、设置临时人行道等问题，以高质量的公安服务保障中小企业的高质量发展。

聚焦民之所盼，黄埔区公安分局在全区推行一次性告知服务。在户籍、出入境、交警等服务窗口实行清单式服务，对企业办理事项申请，符合政策规定但手续材料不齐全的，提供书面清单，一次性告知须补充的事项。

同时，全面延伸政务服务自助办证网点，增加全流程网办、全市通办、跨省通办事项，依托"埔实智慧"推进自助办、"无纸化"办证等政务服务新模式，开设企业服务专窗；对区内符合设立集体户口的中小企业申报集体户口时，无须提供企业法定代表人的身份证件，办结时限从30个工作日压缩至15个工作日。

近者悦，远者来。

优质高效的警务服务环境使黄埔区户籍人口增速连年位列全市11区之首，在增长人口中，尤以高学历人才和年轻人力为主。

惩治社会犯罪，维护社会秩序，黄埔区已成为一个宜商、宜居、宜业、宜人的法治友善之区。

重拳打击对中小企业知识产权侵权，检察部门不手软。

2018年3月至2019年1月，陆陆续续有群众举报：在广州市白云区人和镇等地，有不法分子以杰坊、豪马等低端洋酒为原料酒，灌装到马爹利蓝带、轩尼诗VSOP等旧酒瓶中，冒充"轩尼诗""马爹利"注册商标的高端洋酒牟取暴利。

被告人周某乙负责提供商标标志、酒瓶和原料酒，被告人周某甲与曾某某则负责雇请被告人倪某某、伍某某等制作销售。

"被告人的银行账户半年不到就进账人民币350万余元，这和公安机关现场查获的9万赃物金额相去甚远。"案件由公安机关移送至检察院后，办案人员认为值得在上下游产业链"深挖"。

"我们改变公安机关以现场赃物价值为重点的传统侦查模

式，转而以核查已销售金额为方向。"办案人员经验丰富。

在互联网高速发展、物流网络化的今天，侵犯知识产权的犯罪分子为了逃避查处，往往都通过网络匿名交易、依托物流快速周转。

"被告人主要通过微信等渠道，销售给江苏无锡、广东等地酒吧和经销商牟利。"办案人员于是顺藤摸瓜。

大数据人脸筛查、下游买家身份信息比对，电子勘验被告人手机……通过对电子数据进行分析梳理，结合聊天记录，提炼出大量销售记录。

办案人员在成功锁定假酒团伙上下游关系人后，马不停蹄赶赴江苏、安徽、惠州等地跨地域取证，采取"产—供—销"全链条追查，成功突破并促使被告人供认全部犯罪事实，并自愿认罪认罚。

由证到供，再由供到证，经办案人员查实核算，灌装销售的假酒金额超过460万元，全部获得法院判决的认可。

"在以往办理的侵犯知识产权案件中，往往只注重现场查获的假冒产品数量，并以此来评价认定犯罪数额。本案在认定已销售金额方面的做法，为类似案件提供了借鉴。"办案人员坦言道。

同样，一桩对中小企业著作权的侵权案件也颇具典型。

2017年初，被害某单位组织技术人员开发了一款"竞技麻将"游戏，并在国家版权局分别登记了《竞技麻将Android游戏软件》《竞技麻将IOS游戏软件》计算机软件的著作权。

同年9月28日，该单位获得国家网络游戏出版物号，并获准出版运营该国产移动网络游戏。

"竞技麻将集合下涵盖的《甲滨海麻将》这三种地方麻将玩

法游戏开发是我公司组织被告人薛某某（负责客户端开发）、被告人何某某（负责服务端开发）、被告人胡某某（负责产品调研、测试及运营工作）等技术人员共同完成的。"该公司负责人说，"公司委托被告人黄某某代理上线运营并签署了合同。"

令被害某单位没有想到的是，被告人违反双方签订的"知识产权及保密协议"规定，利用工作上的便利条件，擅自复制了公司上述三款麻将游戏的源文件、源代码。

随后，上述被告人先后从被害某单位辞职，共同以薛某某名义设立新公司，将被害单位作品复制成"换皮游戏"并运行。

2020年4月，被害单位发现被侵权后迅速向公安机关报案。

案件转到检察院后，办案人员运用"刑、民证据转化""民事维权援助"机制对接权利义务，开通知识产权案件刑民证据转换绿色通道，为权利人诉讼代理人查阅、复制刑事案件中关于侵权行为和违法所得的证据提供便利和支持。同时告知权利人若对游戏美术作品提起侵犯著作权纠纷诉讼，可向同一法院起诉，通过知识产权刑事、民事审判"二合一"实现刑民一体化保护等。

"对我们最大的困扰是遇到专业领域的技术难题。"办案人员在接受媒体采访时表示。

那么，他们又是怎样解决的呢？

"引入技术调查机制。"这位办案人员回述，为破解技术困境，保障告知内容准确无误，他们通过多方集成协作组织"黄埔知识产权保护联盟"，聘请联盟内各领域专家对专业问题进行技术调查，出具《知识产权专家咨询意见书》。

"办理知识产权案件时遇到的专业领域问题迎刃而解。"

2020年11月30日、2022年2月16日，黄埔区人民检察院以侵犯著作权罪分别对被告人胡某某等依法提起公诉。被告人犯侵犯著作权罪，均被法院判处有期徒刑三年，并处罚金90万元。

"黄埔知识产权保护联盟是2020年4月成立的。"区检察院相关人士说，初衷旨在通过构建大数据平台，建立以刑事打击为主轴、知识产权多元化纠纷化解机制融入其中的知识产权保护新模式。

"这个倡议还是由多个企业提出的。"

原来，犯罪嫌疑人谭某在黄埔区设立一家网络科技服务有限公司，以推广、宣传成为会员获取高息回报为手段，向社会不特定人群和一些中小微企业吸收投资款共计3亿多元。

区检察院迅速成立专案组，提前介入引导侦查取证，依法以非法吸收公众存款罪批准逮捕谭某某等5人，主动听取投资人意见和诉求，配合区金融局做好风险稳控，督促指导公安机关追缴赃款、挽回损失，促成了"黄埔知识产权保护联盟"的诞生。

依托联盟，区检察院成立了集"捕、诉、监、防、助、研"六位功能于一体的"黄埔知识产权检察保护研究中心"，覆盖商标权、著作权、专利权、商业秘密等门类。

"判决被告田某、岳某、凯某生物科技公司、强某刊登道歉声明，消除对原告环凯生物科技有限公司的影响，并赔偿经济损失947332元……"2022年4月，黄埔法院对一起涉企业名称的不正当竞争纠纷做出一审宣判。

"感谢法官，短短几天时间就为我们解决了烦恼，被告也履行了应尽的义务，真迅速！"环凯公司法定代表人蔡芷荷难掩感激之情。

环凯公司曾获得国家科学技术进步奖等荣誉，是一家国家级高新技术企业，主要经营生物产品、生物诊断试剂的销售研发等，拥有一定的市场知名度。

"从2020年4月起，陆续有人到我们公司声称是我司的'加盟商'，并多次到公司拉横幅闹事……"蔡芷荷回忆说。

原来，凯某公司在公众号或其健康商城微信上多次推送大量含有"环凯凯某"字样或单独使用"环凯"字样的文字及视频进行宣传。"其实，这些都未得到环凯公司授权。"蔡芷荷气愤难平地说，"其他三名被告还擅自以环凯公司名义与案外人签订四份《加盟协议书》，谋取不正当利益。"

必须向恶意侵权者"亮剑"。

法院经审理认为，田某等三名被告属于恶意侵犯环凯公司名称权且构成不正当竞争，判决全额支持权利人的诉讼请求。

判决传递了对恶意侵权的严厉警告。

如果说"专利制度是将利益的燃料添加到'天才之火'上"，那么，黄埔法院则是在为"天才之火"添加保护之"薪"。

近年来，百济神州、诺诚健华等医药龙头企业陆续在黄埔落地，黄埔依托中新广州知识城、广州科学城、广州国际生物岛形成"两城一岛"的生物医药产业链。

生物医药成为该区六大创新型产业集群之一，创新保护对法院工作提出了新挑战。

狮王阿醒是一个以中华"醒狮"传统文化为原型创作的国潮品牌，深受市场欢迎。2018年8月，金狮文化传播（佛山）有限公司创作完成涉案作品狮王阿醒，并向国家版权局申请版权登记，取得《作品登记证书》。2020年，金狮公司偶然在"www.1688.com"网站上发现，一款短袖狮头印花潮流大码宽松T恤中的狮头图案与其享有著作权的"狮王阿醒"动漫形象十分相似。

两只狮子"撞脸"引发版权纠纷。

"这是我们遭遇的第一起侵权纠纷。"狮王阿醒创始人叶晓敏回忆道,"狮王阿醒"动漫形象已经在服装、手办模型、手机配件等领域进行了授权,但该公司未经许可,擅自使用并生产销售的行为涉嫌侵犯金狮公司就涉案美术作品享有的著作权。沟通无果后,金狮公司将其诉至广州市黄埔区人民法院,请求法院判这家公司停止侵权,并赔偿经济损失及合理开支30万余元。

法院对"赢了官司输了市场"直接说"不"。

庭审中,法官认真审查金狮公司对醒狮设计底稿及演变过程,认为涉案作品在传统醒狮及狮子石雕的基础上搭配了自己的元素,对狮子形象的五官形状、须发线条、整体神态等进行了选择、编排、组合与表现,并加上了祥云等元素。

法官仔细对比侵权狮子头与原告作品狮子头,发现二者在整体形态、面部轮廓及各元素搭配比例、形状等方面几乎完全相同,二者构成实质性相似,须赔偿金狮公司经济损失8万元。

"法院判得特别快,还支持了我们的赔偿诉求,这让我们在打造国潮文化IP这条路上走得更安心。判决后越来越多的品牌商找到我们商谈授权。"叶晓敏说。

现在的智能手机越做越薄,离不开电磁屏蔽膜阻隔各类电子干扰。2012年,位于广州开发区的科技企业方邦电子推出第一款屏蔽膜,这是一张看上去非常普通的金属薄纸,实际上集尖端科技于一身。

产品推出后,迅速打破了国内市场被进口垄断的局面,月产电磁屏蔽膜能够达到40万平方米,占全球份额的25%。

"我们手握30多项知识产权,待申请知识产权达50多项,却一度在知识产权上遇到麻烦。"董事长苏陟回忆。

临近上市前,方邦电子被国外竞争企业起诉侵犯知识产权,索赔9200万元。

收到法院传票时，苏陟一度手足无措。

迷茫之际，广州开发区及时提供法律援助，为他推荐区内律所，请专业法律人士分析应诉策略。

2018年3月，法院二审判定方邦电子胜诉，广州开发区按照政策，还给予了方邦电子30%的诉讼补助，总计90万元左右。苏陟深有感触地表示，区内及时的法律援助为他指明了方向。

德国卡尔蔡司光学（中国）有限公司位于广州市黄埔区九佛西路1389号，厂区四楼，人工晶体项目正紧锣密鼓地向前推进。而它的背后，是两份判决书发挥了重大作用。

2019年3月，卡尔蔡司公司中国区域总裁彭伟代表德国总部，向黄埔区法院、检察院送来"手执法律之剑，维护法律公正""勤勉敬业，公正司法"的牌匾，感谢两院对涉及卡尔蔡司公司相关知识产权案的公正办理和细致、负责的工作态度。

彭伟宣布，德国方面决定将"人工晶体"这一全球竞相争取的前沿项目落户黄埔区。

此事件要追溯到4年前。

2015年3月，被告人逄某先后雇用被告人朱某仲、王某龙、卢某雄、莫某妹，未经卡尔蔡司股份有限公司、卡尔泽斯视觉有限公司的许可，在其位于广州市白云区萧岗十五社的眼镜加工厂生产假冒"ZEISS""SOLA"注册商标的眼镜片，销售给外地客户，或者在其经营的眼镜门店进行销售。

原来，自2015年起，被告人逄某伙同卡尔蔡司光学（广州）有限公司原员工多次盗窃该公司成品及半成品眼镜片。被告人逄某取得上述镜片后，在其租赁的眼镜加工厂内加工使用，并在其经营的眼镜门店销售。

经核算，2015年3月至案发，被告人逄某销售假冒注册商标的定制镜片、公安机关在上述眼镜加工厂及门店缴获的假冒注册商标成品眼镜片、窃取卡尔蔡司的眼镜片价值共160多万元。

案件来到法官吴放手上。

"这个案子的典型意义在于对国际注册商标专用权的认定，"吴放进一步解释道，"卡尔蔡司公司虽然在国际商标注册簿上包含了逄某等人涉嫌侵权的'眼镜、眼镜镜片、偏光眼镜'等内容，但这家公司在中国的商标注册证范围中却不包含这三项。被告人及其辩护人在法庭上抓住这一点'大做文章'。"

国际注册商标"ZEISS"在我国商标局备案的核定商品范围因数据系统原因缺漏了"眼镜、眼镜镜片、偏光眼镜"三项。

"该案涉及国内商标注册证与国际注册簿核定商标使用范围等问题。"吴放认为，"'ZEISS'由WIPO国际商标办公室注册并核定商品范围，与根据《商标国际注册马德里协定》和《商标国际注册马德里协定有关议定书》设立的国际注册簿上登记信息相符。中国于1989年加入了《商标国际注册马德里协定》，若卡尔蔡司公司国际商标注册簿无误，则中国商标保护范围应当以国际商标注册簿为准。"

"《中华人民共和国商标法实施条例》也有明确规定。"吴放强调，"根据条例规定，我国商标局对'ZEISS'核定商品范围不再另行公告，应以《商标注册簿》为准。"

被告人及其辩护人"大做文章"的还有："SOLA"注册商标核定商品范围中没有"眼镜片"，但包含"眼镜等前述商品专用部件"。

吴放认为，眼镜片是构成眼镜的专用部件，因此眼镜片与核定商品范围中的"眼镜等前述商品专用部件"是同一事物，符合最高法、最高检、公安部《关于办理侵犯知识产权刑事案件适用法律若干问题的意见》中关于"同一种商品"的规定，"SOLA"在眼镜片上应当享有注册商标专用权。

2018年6月29日，黄埔区人民法院以假冒注册商标罪、盗窃罪对被告人逄某判处有期徒刑、并处罚金；以假冒注册商标罪对其他四名被告人判处有期徒刑、并处罚金，其中一名被告人宣告缓刑。

刑事判决生效后，2019年5月，卡尔蔡司提起民事诉讼，要求逄某等人赔偿经济损失及其为维权所支出的合理费用50万元。法院最终综合考虑逄某等人行为恶劣及后果严重情况，支持了该诉讼请求。

查阅相关资料显示，类似案件有400起之多。

"有这么好的法治化营商环境，我们可以心无旁骛搞创新。"卡尔蔡司公司负责人说。

2020年5月21日，黄埔法院印发《广州市黄埔区人民法院关于实施法治化营商环境建设"五心"工程行动方案》——

公正司法"安心"工程。

提效增速"舒心"工程。

重整减负"省心"工程。

诉讼服务"暖心"工程。

透明廉洁"放心"工程。

"五心"工程结合法院工作实际，对照世界银行营商环境评价指标，制定任务分解表，分部门分步分时推进，具体内容包括了加大产权司法保护力度、推进民事诉讼程序繁简分流改革、依法慎用财产保全和强制措施、严格落实"谁执行谁普法"、高标准建设一站式诉讼服务中心等26条。

"推出该方案旨在进一步拓展司法领域涉营商环境改革措施的广度和深度，擦亮法治化营商环境的'黄埔品牌'。"黄埔法院相关负责人表示，此举是为中小企业"办大事"全面"把脉开方"。

同时，区法院通过研发"埔法善治e平台"，搭建"线上调解、诉源治理、绩效管理、调解学院"四个子中心，接入广州法院在线纠纷多元化解平台，实现在线调解"掌上"办、基层赋能"掌上"达、绩效得分"掌上"查、调解培训"掌上"学四大功能。

除了线上"一站式"服务，线下惠企暖企活动也有声有色。

司法管辖、诉讼材料送达、诉前联调、上诉移交的时间期限……2022年9月20日上午，民事审判二庭法官朱江、刘鑫，法官助理李月乔一行三人来到广州顶津食品有限公司，就企业在生产经营中碰到的实际困难提供解决方案，介绍法院全流程无纸化办案、线上开庭等方面的创新举措。

"类似送法入企助发展、企业法律风险防控提示等走访活动已经常态化。"朱江说。

近几年来，黄埔法院创建"先导化解、引导和解、指导调解、疏导破解"的"四导四解"诉源治理工作新方式，形成"先导化解在先、社会调解居中、法院诉讼断后"的递进式矛盾纠纷分层过滤体系。

"欲其生而不欲其死"的"生道执行"便是一个生动事例。

"有一家信息技术有限公司，因为拖欠工资近15万元而被13名员工申请强制执行。"执行负责人介绍，"若一旦被强执，会造成后续经营陷入困境。我们在充分讨论后，决定采取'生道执行'策略和'活查封'方式，促成双方达成和解方案。"

此后，这家信息公司依照约定时间付清全部款项，案件了结。

"此举既促成双方达成分期履行执行和解协议，又为企业获得生产喘息时间，员工权益和企业生产实现双赢。"这位负责人十分满意。

黄埔海关在打击商标跨境侵权违法行为方面也在全国独领风骚。

2022年5月，黄埔海关在查验一批申报出口至尼日利亚的货物时发现，有11024个轴承上标有"koyo""SKF""TIMKEN"等字样，且产品大部分无包装混装在简陋的箱子内，货值约42万元。经权利人鉴定，该批货物均为侵权假冒产品，最终海关调查认定该批货物属于侵权货物，并做出行政处罚。

同年7月，广州海关所属邮局海关关员通过申报信息综合研判分析发现，当事人HuangJun一个月内连续向欧洲各地寄出近千个邮包，且申报信息大多为"鞋子""女士钱包"等。

"这里面必有蹊跷。"海关关员凭经验判断。

经现场查验开拆清点，共查获涉嫌侵权邮包1453批，包含涉嫌侵犯"GUCCI""LV""YSL"等国内外知名品牌商标权的包包、钱包、衣服等商品4147件。

此举斩断侵权货物通过不法电商平台流向国外的链条，维护了"中国制造"的国际声誉。

问渠那得清如许？为有源头活水来。

沿着广州黄埔大道飞驰，望黄埔港千帆满江，看黄埔军校静静矗立……黄埔的每一处人文景观，依然荡漾着激情岁月。

几年来，黄埔区、广州开发区精耕全国唯一的知识产权运用和保护综合改革"试验田",先后出台"知识产权10条""专项资金管理办法""知识产权互认10条""知识产权高质量发展30条"。构筑保护生态,打造纠纷解决"优选地"——

打造行政保护示范地。率先承接省、市知识产权行政执法权限,办理多宗行政执法案件入选国家、省、市知识产权保护典型案例。

打造多元保护引领地。强化行政与司法保护衔接机制,首创知识产权司法案件诉前、诉中全过程调解合作机制,成立粤港澳大湾区知识产权调解中心,聘任首批港澳籍调解员。

打造全市首个政商知识产权保护沟通交流平台,亿航智能(广州)有限公司入选世界知识产权组织中小企业知识产权保护最佳案例。

黄埔中小企业"能办大事"的背后,是中小企业创新能力与知识产权司法保护相辅相成,亮点纷呈——

国家级知识产权强国建设示范园区。

全国首批国家知识产权服务业高质量集聚发展示范区。

全国首批知识产权服务领域特色服务出口基地。

全国首批商业秘密保护创新试点地区。

国家级专利导航首批服务基地……

10个国家级平台搭建,汇聚国内外高端知识产权要素资源,黄埔成为国内知识产权示范试点平台最多、层级最高的区域。

构筑生态、集聚资源、释放功能、服务企业……作为全国知识产权运用和综合改革试验区,黄埔既做"护航员",又当"调解员"。

2018年4月,广州开发区知识产权局联合国家专利局专利审查协作广东中心、省知识产权调解委员会、广州知识产权法院、黄埔区人民法院、黄埔区司法局、黄埔区市场监督管理局签署《知识产权纠纷调解对接合作协议》，该协议首创知识产权司法案件诉前、诉中全过程调解对接新机制，实现7个部门有机联动，进一步畅通知识产权侵权纠纷解决路径。

2019年11月13日，区司法局、开发区知识产权局会同省知识产权保护中心、省知识产权研究会，国际争议解决及风险管理协会、香港和解中心、澳门知识产权研究会，共同签署了《粤港澳大湾区知识产权调解中心合作框架协议》，正式成立粤港澳大湾区知识产权调解中心。

迄今，调解中心共受理知识产权纠纷案件超过700宗。

保护是知识产权全链条工作的核心。

在国家日趋严格的知识产权保护政策指引下，黄埔区、广州开发区采取了一系列具体行动，编织了一张"严保护、大保护、快保护、同保护"的知识产权强力"保护网"。

2021年5月10日，黄埔区、广州开发区47个单位（部门）组成"法治保障共同体"。共同体由黄埔区委依法治区办、广州开发区全面优化营商环境领导小组办公室共同发起成立，由区人大专门委员会、区政协专门委员会和有关政府部门、司法机关、高等院校、人民团体、协会、商会以及其他相关机构组成。

这是广东省首个区（县）级"共同体"。

当天，共同体第一次联席会议召开。会上，共同体成员代表审议并通过了《黄埔区、广州开发区优化营商环境法治保障共同体工作实施细则》。

出席当天会议的一位不愿意透露姓名的官员称，成立优化营商环境法治保障共同体，一方面有利于充分发挥法治研究智库的作用；另一方面有利于协同各成员单位加快破除营商环境建设中存在的制度性瓶颈和体制机制问题。

海外知识产权保护就是最好的例证。

在经济全球化背景下，黄埔中小企业"走出去"的步伐明显加速，但知识产权保护问题也随之凸显。

"如何提升中小企业知识产权风险防范能力，是政府的一道必答题。"一位律师事务所的资深律师提醒道，"没有知识产权保护的企业出海，就如同小舢板一样单薄。"

助力企业平稳"出海"，黄埔在探索海外知识产权保护领域上多点发力——

加大企业海外维权政策扶持力度，开展海外维权系列培训，组建海外维权专家库，开发完善知识产权海外侵权责任险，等等。

2020年5月，黄埔先行先试，联合中国人民财产保险股份有限公司广州市分公司推出全国首单知识产权海外侵权责任险，开创国内知识产权运用保护先河。

"这是该险种'从零到一'的突破。"李玉虎是保险公司的业务员，他透露，当月14日，区内企业京信通信和金发科技投保知识产权海外侵权责任险。

京信通信购买保险后不到一年的时间，便遭遇美国一家公司无端索赔，一开始对方索赔天价金额。

京信通信立刻与承保的人保公司进行了紧密沟通，面对美国公司发来的律师函，人保公司迅速介入，并与京信通信共同商讨解决方案，包括探讨如何与对方进行谈判、谈判的参与人员以及谈判策略等问题。

经多次谈判沟通，最后以4000美元的价格握手言和。

2021年，区内某高新技术公司遭遇美国一企业发起全球专利诉讼。为捍卫自主创新成果，该公司在中国、美国、英国、德国、加拿大等法院对该美国企业展开了强有力的反击。

人保公司组织专家团队与涉诉当地服务机构精准对接，提供以无效专利为主的应对策略指导，不仅降低企业的应诉成本，而且取得了显著成效。

2021年4月，黄埔签发国内首单千万保额知识产权海外侵权责任险；同年10月，推动落地全国首个知识产权保险中心（中国人保粤港澳大湾区知识产权保险中心），建立健全企业海外知识产权纠纷应对工作机制……聚焦海外知识产权纠纷重点领域和关键环节，至此，黄埔已搭建起全方位知识产权海外维权体系。

截至2023年底，已有217家次企业参保，总保额高达3.73亿元，承保范围已由黄埔区扩展至大湾区乃至全国，成为全国规模最大、资金量最多的维护我国企业海外知识产权利益的保险资金池。

知识产权海外侵权责任险是一种创新型险种。2023年8月，国务院印发《关于做好自由贸易试验区第七批改革试点经验复制推广工作的通知》，黄埔区、广州开发区"推广知识产权海外侵权责任险"经验获全国复制推广。

与此同时，广州开发区在商业秘密保护方面也在积极探索。2021年9月，该区着力开展商业秘密保护项目，遴选4家优质法律服务机构为区内30家重点企业开展一对一服务，逐一排查企业商业秘密保护风险，补齐企业商业秘密保护短板。

翌年7月，黄埔入选全国第一批商业秘密保护创新试点。

体制机制、协同保护、产业引领、国际合作……黄埔在知识产权领域先行先试，用生动的实践案例助力打造中小企业高质量发展的"黄埔样本"。

4. 靠"埔"

求木之长者，必固其根本。

黄埔中小企业能办大事，党建工作功不可没，它是点燃黄埔产业发展的"红色引擎"。

作为近代中国革命的策源地之一，红色基因已深度融入中小企业发展的血脉之中。近几年来，黄埔区、广州开发区面对新产业苗壮成长，新业态不断涌现，以党建为帆，改革作楫，擦亮红色底色，推进企业党建品牌和企业党建载体建设，让中小企业高质量发展彰显"党旗红"——

推动非公组织成立党组织，党建引领撬动企业发展大动能。

两新党建品牌持续擦亮；打造"黄埔讲古堂"等分享党建经验共同发展。

探索特色园区党建，为中小企业破痛点、通堵点，让政府扶持政策直抵需求企业；率先探索"红杉林"产业链党建，以党建为引领，以产业经济为脉络，党建强链、补链、延链，为产业链供应链注入强大稳定的发展能量。

首创选派年轻干部"头雁"飞入企业一线，直接服务产业链链上企业，解决急难愁盼问题。

强基固本，黄埔以党建为"笔"，奋笔疾书企业发展时代答卷，非公党建出新招、走在前。

党建强，企业兴。

黄埔区党建赋能中小企业办大事与时俱进，党员工作、生活在哪里，党组织就覆盖到哪里。

2015年6月，广州迈普再生医学科技股份有限公司党支部（以下简称"迈普医学党支部"）成立。党支部书记、全国人大代表袁玉宇说："迈普医学方向明确，从此朝着高质量发展目标行稳致远。"

党建促发展，党建聚人才，党建促创新。作为基层"两新"党组织，党支部紧密围绕发展是第一要务，人才是第一资源，创新是第一动力的"三个第一"理念，以"三会一课"、主题党日等多种形式的党建工作点燃"红色引擎"，党员发展独具特色。

"我们以党建凝聚骨干，注重吸收企业研发人员到党组织中，通过发展党员来考察、培养人才，然后集中研发力量办大事。"袁玉宇对党建工作结合企业发展如是说。

经过10年发展，迈普医学目前有在册党员20多名，基本覆盖了公司的全部业务板块和关键岗位。

在党员的先锋模范带头下，迈普医学现已发展成为国内神经外科领域唯一同时拥有人工硬脑（脊）膜补片、颅颌面修补产品、可吸收再生氧化纤维素止血产品等植入医疗器械产品的企业，覆盖开颅手术所需的关键植入医疗器械，产品远销海外80多个国家和地区。

2021年7月，迈普医学在深圳证券交易所创业板成功上市；同年12月，成为广州市21条重点产业链中的植入性医疗器械产业链分链主单位。

迈普医学党建工作的亮点还在于打造政企红联共建新格局。

2021年5月，迈普医学党支部结合实际业务需求，与广州开发区知识产权局党支部结对共建，以党建为抓手促进业务联结。两个党支部先后开展了"党建引领——加强知识产权海外保护"支部结对共建活动、"党建引领——护航商业秘密保护"联合主题党日活动等，共研知识产权保护领域的深层次问题。

"红联共建为知识产权事业发展带来新机遇。"在2022年两会上，作为全国人大代表的袁玉宇提交的议案就是"加强海外知识产权保险研究和知识产权海外侵权责任险宣传与推广"。

目前，国家知识产权局正在积极牵头办理该全国人大重点建议，已在广东省广州市、湖南省长沙市召开知识产权海外侵权责任险调研座谈会。

"我很高兴，国家知识产权部门将知识产权海外险作为重点建议的事项之一办理。希望国家继续加大企业海外知识产权保护力度，使得更多企业敢于走出去，积极参与国际市场竞争，通过竞争来推动企业高质量发展。"袁玉宇表示。

迈普医学是党建强、企业兴的其中一个代表。全区非公组织党组织持续增加，截至目前，全区非公企业党组织982个，党员15500人，党组织数全市领先。党建引领企业高质量发展，推动我区国家级专精特新"小巨人"企业、国家高新技术企业成立党组织数量均居全市第一。其中，有党员的专精特新企业484家，实现党的工作全覆盖。

两新党建品牌示范带动明显。

在黄埔区高新兴科技集团（以下简称"高新兴"）大门，一条标语分外醒目——"永远跟党走，以党建为引领，让党建和企业经营形成合力"。

智慧党建，是高新兴的一张金色名片。

无疑，这张响当当的名片让不少员工找到了方向、形成了合力。

"一个人能被发展成党员，他一定很优秀，在高新兴看来，他就是一个值得我们培养的人才。"高新兴科技集团党委书记、执行副总裁黄国兴说，"在高新兴的发展历程中，400多名党员发挥了决定性作用。"

据黄国兴介绍，为了保证能够攻克重要项目和科研难关等，高新兴的党员们全部签订了"133"带动协议。

"什么是'133'带动协议？"

"源自高新兴提出的'133'思想工作带动法。"

所谓"133"，即由1名党员带动身边3名员工群众，3名员工群众再带动另外3名员工群众，通过1×3×3的乘数效应，构建起"铁三角"的攻坚力量。

通过"133"思想工作带动法，高新兴给党员压担子、赋权力、给空间：党支部书记列席经营例会；赋予党员推荐人才的权力；发挥基层党员有权利监督……

"党建工作成为高新兴长足发展不可或缺的组成部分。"黄国兴说。

千锤百炼，玉汝于成。这些年来，高新兴在企业内部实施党建与生产经营"双同步、双融入"的管理办法，成效显著。2021年，高新兴的党建工作入选"全国两新党建百大优秀案例"，是广东省企业里唯一的一家。

除了高新兴党委，黄埔区、广州开发区还有很多两新党建品牌示范带动效应明显。建成全市首家区级非公党群服务中心和区级非公党建培训基地，依托乐飞家园公寓物业阵地服务两新党员群众。全省首个区级两新组织党建创新中心暨"中小企业能办大事"实践基地（简称"黄埔红创谷"），集现场展示、企业预约使用、"线上＋线下"两新党员学习教育等功能于一身。加速器园区党委获省先进基层党组织，蓝月亮、达安基因、华银检测、三菱机电等党组织获市先进基层党组织。京东华南总部党委助力京东全国集团获全国先进基层党组织。高新兴、京东、金域医学获省委两新工委两新党建示范点，视源股份、香雪制药、达安基因、加速器园区党委、黄埔红创谷、区非公党群服务中心等获市委两新工委两新党建示范点，数量均居全市前列。涌现京东"京心向党"关爱快递小哥、高新兴"133"党员带动、金域医学"红色哨兵"等两新党建品牌。结合"15分钟党群服务圈"阵地共享，共享22家两新红色示范阵地超41000平方米。

"黄埔讲古堂"分享党建故事。2023年11月至12月，黄埔连续三期邀请重点中小企业嘉宾来"坐堂"，听他们讲述如何在党建引领下"办成大事"。

邀请的"堂主"正是上述企业的"大咖"们，他们从企业发展的历程来讲述党建在企业发展中的那些故事，视角与"第一书记"们略有不同——

第一个故事：高质量党建推动企业高质量发展。

讲古人：视源股份党委副书记孟大伟。

"能够在视源公司工作，在黄埔扎根成长，在伟大时代追逐梦想，我们每一个视源人都深感荣幸。"孟大伟从"梦想"入题。

视源股份有党员1617名，"从企业高层到科技先锋，都不乏党员的身影。"孟大伟介绍。

他特别讲到一位电力电子事业群的总裁，这位总裁非常年轻，刚30岁出头，是视源股份最年轻的总裁之一。

"近几年来，正是由于他将党建引领转化为推动业务发展的强大动力，在他的领导下，多项业务扭亏为盈。"孟大伟言语中透着钦佩。

视源股份2005年在黄埔创立，初始仅用三年时间就把核心业务——电视板卡做到了全球第一的体量，尔后又孵化出新的自主品牌。

孟大伟说："现已发展成为全球液晶电视主控板卡的龙头企业。"

视源股份敢于创新、勇立潮头。2008年，公司营收规模约达1亿元，到2018年，营收规模就超过100亿。

"全球每三台电视机中就有一台的主板由视源股份设计；全国一半以上中小学使用的智慧教学设备——希沃，也来自视源股份旗下的第一个自主品牌。"孟大伟说，在企业发展的过程中，视源公司始终践行党建引领的工作思路，发挥党组织和党员在推动企业高质量发展中的"红色引擎"作用。

故事二：党旗飘扬在科创最前线。

讲古人：广州兴森快捷电路科技有限公司（以下简称"兴森科技"）党委书记刘湘龙。

"中小企业能办大事，离不开党建引领。"刘湘龙开宗明义，然后从兴森科技的生日说起。

"2023年12月15日是兴森科技三十周年。"刘湘龙端起茶杯，先用水润嗓，"在这三十年里，第一个十年的目标是活下去，第二个十年是成为行业第一，第三个十年就是要自我变革。"

"去年6月，兴森科技党总支升格为党委，成为公司能'办大事'的坚实后盾。"刘湘龙直言不讳。

回忆兴森科技的发展历程，刘湘龙娓娓道来："1993年，广州快捷线路板有限公司在黄埔广州开发区成立，这便是兴森科技的前身。当时，公司办公室很小，靠窗的几张桌子既是会议室，又是餐厅，还是接待室。"

"我们的司机身兼三职，不仅是厨师，还身兼送货员。"刘湘龙笑言。

2003年，兴森科技产值首次突破亿元大关，比创立初期翻了近50倍，公司在黄埔这片沃土上扎稳脚跟。2005年4月，公司单月接单量突破每月2000万的纪录，2010年业绩增长同比超60%。

刘湘龙自豪地说："也是这一年，公司成功上市，兴森科技从黄埔走向全国的第十年。"

当然，兴森科技的发展也不是一帆风顺的。上市后，由于企业增长太快且管理粗放，在2012年遭遇了创业以来的寒冬。

如何自救？

刘湘龙说，最有效的办法就是重组内部造血机制，深化内部变革。2013年，兴森科技进行股份制改革，设立独立的技术中心开展基础研究和新产品开发，承担工信部科技攻关项目。

至2023年，公司的业绩从10亿元增长到了53亿元。

"企业的发展，党员站在攻城拔寨的最前线，他们立大志、干大事，助力企业提高自主创新、自主研发能力，解决了一系列行业的'卡脖子'工程……"

第三个故事：办"大事"背后的红色动能。

讲古人：广州明珞装备股份有限公司（以下简称"明珞装备"）市场品牌总监梁音。

"我们力图成为广州开发区中小企业的党建领头雁，也成为装备制造行业的党建创新引领点。"梁音的开场白直奔主题。

明珞装备党支部成立于2015年9月，在2023年11月升格为党总支，党员人数有95名。在明珞装备基层党组织，有一个党建的

"520工程"，即示范引领工程、组织提升工程、廉政建设工程、员工关爱工程、基础夯实工程，每个工程又分别有4个子项目。

这就是闻名遐迩的"五大党建工程"。

据梁音介绍，明珞装备研发的MISP工业互联网大数据平台，从产线效率、运维保养、质量控制、能耗管理、资产评估等方面系统性为制造企业提供自动化产线的资产数字化管理，连接全球8个国家200多条自动产线近百万台设备，连接资产总价值超过百亿元人民币。

"这都是在党建引领下。"梁音坦言。

这些年，明珞装备的基层党建工作卓有成效：2020年1月，获评广州市黄埔区非公有制经济组织党建工作示范单位；2020年6月，获评黄埔区先进基层党组织；2021年7月，获评广州市非公有制经济组织"双强六好"党组织……

在不少省、市党校的教学案例中，明珞装备赫然在列。

园区党建赋能产业集聚。

黄埔区云埔街道，非公企业创新创业人才的集聚区，科技创新企业的聚集地，辖区内已建成广州开发区科技企业加速器园区和穗港科技合作园区。

面对辖区内厂企众多、分布广泛、企业党员人数众多等现实状况，2018年底，两个园区先后成立了党委（以下统称"园区党委"），开启了非公企业园区党建的云埔探索。

园区党委班子成员，除云埔街道党工委委员代表外，还包括各自园区内一些民营企业党组织负责人。企业党组织负责人担任园区党委委员以后，更能明确企业需求，也更利于党企结成天然的联盟。

正如科技企业加速器园区党委副书记、广东翼景信息科技有限公司党支部书记万施霖所言："企业党组织负责人担任园区党委委员，能让党建和业务工作黏性更高，我们就是要一颗红心跟党走。"

园区党委成立以后，街道党工委通过派驻园区党建指导员，指导企业开展党建工作；园区党委则通过一名委员挂点联系1到2家企业，实行"一对一"挂点服务。

每当夜幕笼罩城市，位于黄埔区云埔街道的科技企业加速器园区依然灯火通明。在这片创新创业的沃土，中小企业每时每刻都在迸发着新鲜活力。

为实现非公企业园区内党建工作与中小企业发展的统筹兼顾，激发活力，云埔街道党工委、园区党委连连祭出"大招"——

首要是选"好"人。

按照"控制总量、优化结构、提高质量、发挥作用"的发展党员总要求，在企业党员人选上，好中选优、优中选强。

注重把优秀的生产一线职工、专业技术人员及经营管理人员等企业骨干发展成为党员，同时把企业党员培养成企业骨干，通过发挥他们的先锋模范作用来强化基层党组织战斗堡垒作用。

谢高辉正是在这样的"苛刻"条件下先后当选科技企业加速器园区党委副书记、五舟科技党支部书记的。他在发表当选感言时，曾动情地说道："政治方向是理想、信念、愿景，是一种价值观。坚持正确的政治方向，企业的发展方向才不会偏离。"

园区党委成立时，创造性地设置科企委员，在科企委员推进下，园区党委聚焦暖企行动，助力中小企业创新。

"我们企业进驻到园区后，确实一直在'加速'中。"谢高辉的话发自肺腑。

正是选拔了像谢高辉这样的企业高管担任企业党组织负责人，有效带动了企业管理层、骨干员工、全体职工紧紧团结在党的周围，基层党组织战斗堡垒作用才得到了进一步强化。

其次是搭"好"平台。

为充分释放党建动能，云埔街道党工委、园区党委按照"党建+"的工作理念，找准抓手，搭"好"平台：黄埔红创谷、党建沙龙厅、企业党建展厅、赶考广场、"中小企业能办大事"先行示范馆……

依托平台，云埔街道党工委、园区党委先后组织举办了助力"中小企业能办大事"知识讲坛、创新沙龙座谈、学史力行铁军讲堂等。

"科技企业加速器园区以占全区0.06%的土地面积，集聚了全区13%的高层次人才。"马阳全列举道，园区吸引清华大学珠三角研究院等5家高水平研究院落户，集聚各类高层次人才150人。

园区党委组建专职人才管家队伍，为重点人才提供政策解读、项目申报、资源对接等专属服务，协调成立中小企业创新科技智囊团、思想库，进一步增强了园区内中小企业的凝聚力和向心力。

最后是建"好"机制。

充分运用大数据、云计算、5G等先进技术，构建起能在重大任务、紧要关头，第一时间传达指令、迅速召集党员的网络体系，织密上下贯通、执行有力的组织体系，打造基层党组织领导的共建共治共享社会治理格局。

加速器园区党委以网格归属地为原则，和旁边的火村社区部分区域共同组建成1个网格党支部和6个网格党小组。

"通过网格，我们社区党员能更方便地使用加速器园区党建阵地举办科教文卫活动了。"火村社区党员如是说。

而加速器园区的党员则可结合企业的专长和自身优势，到火村社区开展科普、公益宣传、卫生治理等志愿服务活动，进一步加强企业与社区双方的共建融合。

园区党委提供各类优质服务，实现了对园区内企业政治上的引领，同时也成为企业发展和科技创新的"加速器"和"助推器"。

在这两个园区，党建工作成了中小企业发展提速的灯塔。

仅科技企业加速器园区，迄今入驻130多家企业，超过半数被认定为国家高新技术企业，这些中小企业铆足干劲，奋楫扬帆，让党建红引擎变成红色动力。

广纳院5G滤波器成功打破射频芯片国外垄断；禾信飞行时间质谱仪成功实现国产质谱仪器进口替代；百奥泰生物制药股份有限公司研发的阿达木单抗生物类似药成为国内首个获得上市批准的阿达木单抗生物类似药……

从成立之初的筚路蓝缕，到园区党委成立后驶上"快车道"，科技企业加速器园区不辱使命。2021年7月，科技企业加速器园区党委获评为"广东省先进基层党组织"。

截至目前，全区已建成加速器园区、科学城园区、生物岛园区、中国软件CBD、云埔街穗港科技合作园、夏港两新组织6个园区党委。各园区根据企业集聚实际情况探索特色园区党建。除上述加速器园区党委品牌外，科学城园区"园长制"推动构建"1+6+N"网格化管理模式，提供"一站式"全链条服务，惠及企业超800家，各行业累计挖潜70.7亿元；生物岛"十分到位"园区企业服务机制，以"十分钟到位"的速度、"十分满意"的服务，响应企业需求。

产业链党建+驻企党建联络员，推动产业链发展。

2023年12月11日，在广州市黄埔区广东燕塘乳业股份有限公司，聚集了市和各区相关职能部门领导、产业链链主企业，上下游企业代表等，开展了全市"小个专"红联共建产业链党建工作推进会。活动现场，来自燕塘乳业、旺旺、华糖、皇上皇、益海粮油、安利、健合等近50家黄埔区食品红链链上企业的品牌产品均以实物或展板形式亮相，充分展现出黄埔区食品产业品类之丰与实力之强——截至目前，黄埔区拥有食品生产企业195家，规上企业95家，2023年生产总值742亿元，约占全市60%，为黄埔区食品产业经济高质量发展提供了有力支撑。其中乳制品生产企业共10家，占广州乳制品企业"半壁江山"，形成广州东部重要的乳制品生产集群基地。

黄埔区为进一步推进产业链现代化发展，结合广州"红链计划"，区"双链制"工作机制，创新实施"红杉林"产业链党建工作计划，以党建引领产业链"抱树成团、红映成林"。目前，"红杉林"产业链党建工作计划覆盖全区13条现代产业链，通过"组织链建一本党建台账、队伍链建一支党员队伍、活动链办一系列品牌活动、信息链搭一个交流平台、工作链促一次合作机会、经验链享一份成果经验"6个工作内容，党建引领助力产业链上企业抱树成团、红映成林。

除了食品红链党委，黄埔区检验检测产业链党委同样"大展身手"——采用"业内互学""区内互采"的合作模式，通过行业党委、检测联盟、专业小组三方以点带面开展检验检测产业链行业党建阵地建设，推动党建工作与产业发展"同频共振"。截至目前，黄埔区内共有检验检测企业238家，国家级专精特新企业4家、省级专精特新企业41家、高新技术企业86家。区内机构检验检测业务覆盖了全部36个检验检测专业领域。今年以来新增检验检测机构17家，现有国检中心19家，占全省的22.4%；省质检站27家，占全省的11.6%。检验检测产业集聚密度和产值居全市首位。

美妆产业方面，黄埔美妆产业具有企业产值高、科创实力强、知名品牌多、市场辐射广的特点，其中不乏宝洁、安利、丸美、环亚等国内外领军型化妆品生产企业，还有广州家化、星朔等知名化妆品原料企业。2022年度区内规上化妆品生产企业实现工业产值超300亿元，位居全市第一。全区共有各类化妆品品牌近1000个，共14款化妆品获评2022年度、2023年度"粤妆甄品"，占比全省第一，"滋源""丸美""肌肤未来"入选2023年广州"品牌故事"30强。美妆大健康产业链党委力推"双链融合、五员联动"模式，建立"服务直通车"，培养"超级联系人"，当好稳企安商"协调员"、产业政策"宣传员"、质量提升"普法员"、市场供销"对接员"、知名品牌"培育员"，成功帮助宝洁压缩厂房升级改造工期30天并通过许可检查，畅顺普通化妆品备案一次性通过率增加一倍，以产业链党建工作激活企业发展动能。

知识城现代产业集群党委是全省开发区首个区域性产业集群党委，建立"1+3+N"产业链党建格局，制定"党建促筹建"联席会议制度，落实信任筹建制度，实行分片包干制度、产业集群党委联席会议制度，累计发起百济神州等24个信任筹建项目。以乐金显示（中国）党支部为龙头，牵动产业链内企业单独组建党组织，集聚萝岗街道辖区内11家上下游企业，成立萝岗街新型显示器产业链党委，各企业在产业优势上形成互补。以视源电子党委为龙头，建立产业联盟，链动8个孵化企业及53个供应链企业，实现党建带团建促工建。

在推动"红杉林"产业链的同时，黄埔区全省首创选派机关、镇街、国企的年轻干部到中小企业担任"驻企党建联络员"，直接服务产业链链上企业。根据党建联络员的岗位、专业、任职经历等条件，将其划分为企业建设、产业发展、民生服务、综合协调4个组别，并创新构建"四个循环"问题流转机制。党建联络员将收集到的企业问题按照"自循环""内循环""外循环""大循环"的处理方式，依据区内相关职能部门的统筹，在"组员—组间—职能—部门"的范围内流转并跟踪解决，切实解决企业急难愁盼问题。截至目前，该区累计派驻中小企业驻企党建联络员124名138人次至101家企业，实现专精特新"小巨人"、单项冠军、隐形冠军企业党组织派驻覆盖率100%。派驻干部中超60%是"85后"，其中任科长职务的有46人，占比37%。

第二章

春　种

1. 到黄埔去

百年前，黄埔军校号声嘹亮，"到黄埔去"是那个时代有志青年的身之所往。物换星移，如今，"到黄埔去"已经成为干事创业者的心之所向。

5年来，黄埔区、广州开发区加强"政府+国企+社会"资本招商一体化模式，强化与链主企业、国际知名咨询机构合作，遵循"主导产业引领、核心企业带动、产业生态支撑"的招商理念，把"招投联动"优势延伸到产业和项目最前沿。

黄埔的招商引资，一起步就是全球视野。

2023年3月16日。

上海浦东国际机场T2航站楼内。

凌晨，出入境大厅里乘客稀少，来自黄埔的一支招商团队正在紧张地办理着登机手续，他们正从上海转机飞赴新加坡第九届中国广州国际投资年会新加坡分会场。

当天早上6点飞机落地，上午9点他们便精神抖擞地出现在会议现场，向新加坡的100余名科技创新企业、商协会代表发出"到黄埔去"的诚挚邀请。

走出去，天地宽。黄埔招商团队不以山海为远，叩门引商来。

同是3月，这支招商团队已经飞赴欧洲、中东、东南亚和港澳等地开展了超10场海外招商活动，从他们的跨国招商行程表就可以看到，单日本、韩国的8天行程，就拜访了16家大型企业。

在日本，招商团队重点拜访三菱商事株式会社总部。

推介黄埔生物医药与氢能等产业最新发展，推动与三菱商事深化合作。

三菱商事是在日本国内和海外拥有200多个分支机构的最大的综合商社。其所参投的罗森便利店粤港澳大湾区总部就设在黄埔区、广州开发区。

2023年11月，第六届中国国际进口博览会在上海举办。

"早点进场，多安排一场洽谈。""5分钟要赶到宝洁展位参加发布仪式。""微信运动两万步起。"……

黄埔招商团队把展示风采的舞台"搬到"距离经营主体最近的位置，以最清晰的音量讲透黄埔招商政策。

一年四季，黄埔招商团队奔走的脚步声，不是在招商，就是在招商的路上，身影频频闪现在海内外——

在澳门，"穗澳质量创新港""粤港澳大湾区绿色可持续发展金融战略合作""普强信息南区总部项目"等五大穗澳共建项目签约；在中东，推动并见证嘉鸿源绿色循环经济项目、中来集团吉赞光伏项目签约落地；在新加坡，涉及数字经济、绿色低碳、创新创业领域的新加坡创业行动社群公司（ACE）广州国际中心等4个项目现场签约；在德国，广州开发区海德堡离岸创新中心与OCO Global Group签约……

除了政府招商，黄埔发力平台招商，激发大院大所潜力。

2019年底，黄埔引来广东粤港澳大湾区国家纳米科技创新研究院。由中国科学院院士赵宇亮领衔的广纳院成立以来，黄埔以"中国纳米谷"为招商主题，"招来"了广东广纳芯科技有限公司、广东广纳新材料有限公司、中科稀土（广州）科技有限责任公司等纳米产业集群。其中，由广纳院孵化的5G滤波器项目位于知识城，于2020年投入使用，实现了我国对射频滤波器芯片的自主可控。

此外，通过广州实验室、粤港澳大湾区国家技术创新中心等国家级创新平台，黄埔区、广州开发区还引进了人类细胞谱系、航空轮胎动力学、慧眼等大科学研究设施装置，以及黄埔实验室、琶洲实验室（黄埔）等，集聚各类科研机构超1000家。

"我的感受是，黄埔的招商专业能力真的很强很强，他们很懂业务，综合素质也高。"在黄埔采访时，一位资深的招商专员给我们讲了这样一个细节——

有一次，日本三大便利店品牌之一的罗森便利店在知识城落地开业。那天宾朋满座，广州开发区招商部门的负责人在致辞时，先讲中文，然后自己再翻译成日文，耳目一新的致辞让现场气氛非常亲和、融洽。

"我是第一次见到政府部门招商负责人用中日双语发表致辞，无须翻译。"这位招商专员说道。

前排坐着的日本客商仔细聆听，时不时露出会心的微笑。

在这位招商专员看来，正是这样的细节为双方带来更多信任，也给外企投资者增添了不少的信心。

黄埔招商引资标新立异，"云招商"打造数字招商新格局。

2022年11月7日，黄埔招商引资"云招商"小程序亮相上海进博会，触角延伸至云端。

"轻轻点击不仅能查载体、看政策，还能看到整个黄埔的区域情况和产业布局。"一名客商扫码体验后不禁啧啧称赞。

平台分为区域概况、产业载体、产业布局、产业地图、产业政策等诸多模块，以图文、视频、地图等形式全方位展现区域风貌和产业动态。其中，产业云地图将重点产业的产业链条、空间布局、企业介绍搬上"云端"。

"我们旨在打造即时化、零距离的招商服务平台，足不出户看黄埔。"黄埔相关部门的负责人表示，在小程序上还可以实现资料下载、电话联系等功能，真正实现"云招商""云推介"。

除了整合全区产业政策、布局、载体等信息资源外，小程序还与此前发布的"载体超市""黄埔兑现通"等信息平台实现资源互通。

多平台的连通，使得企业在小程序上能够随时随地了解投资落户所需信息，切实搭建"靠埔"云招商服务体系和提升数字化招商能力。

在黄埔，政府招商、平台引商、数字招商独树一帜，开发区还通过策划招商、科技招商、社会招商等方式大力吸引重大项目落户发展，招商"组合拳"，可谓拳拳到位。

譬如社会招商，聘请外籍雇员担任全球招商总监颇具新意。

2022年8月26日，第30届广州博览会在中国进出口交易会展馆举办。广州开发区投资促进局全球招商总监Peter Helis热情地向各方推介大湾区："我们将继续打造新一代信息技术、生物技术两大世界级新兴产业集群，百闻不如一见……希望大家多来黄埔、多来广州、多来大湾区走走看看，一起见证湾区活力、黄埔魅力。"

"前一段时间，我一直忙着推进海德堡广州开发区离岸创新中心的招商，但广州博览会这种大型展会也是招商的绝佳平台，绝对不容错过。"Peter Helis说。

Peter Helis何许人也？

Peter Helis是黄埔区、广州开发区投资促进局首名全球招商总监，并承担起"代言人"的角色。

Peter Helis是德国人，在伦敦大学亚非学院修读中文，又在香港工作超过十年，1999年来到北京求学，从此扎根中国。

2013年，机缘巧合之下他来到广州，担任德国工商会广州办事处总经理。

"我认为是广州选择了我。"Peter Helis给自己取了一个好听的中文名：贺励平。

2018年，黄埔区、广州开发区面向全球招聘，凭着长期从事中欧贸易的经验和掌握德语、英语、普通话、粤语四种语言，贺励平成功获聘，成为开发区首名外籍特聘政府雇员。

"作为一名黄埔的外籍雇员，我的工作是一方面把西方的投资信息介绍到黄埔，另一方面将黄埔的招商需求传递给西方潜在投资者。"贺励平入职以来，忙得不可开交。

"频频拜会企业了解情况，介绍政策信息；同时要适应时差，对接欧洲国家的各项需求。"谈起加班加点工作的动力，贺励平说，"许多刚来的外国企业，对这里尚不熟悉，我作为外国人去和他们沟通，有语言和文化上的优势，能够帮助他们更好地理解和融入。"

"黄埔是跨国公司在中国投资最密集的区域之一，我的招商工作所面向的国家也在不断增加，行业更加细分，招商重点也变为招商引资与招才引智并重。"贺励平总是热情推荐外商来黄埔投资，帮他们"铺桥搭路"，让客商对这片发展迅速、充满勃勃生机的沃土有一个直观的概念。

"黄埔聚焦发展生物医学、新能源和新材料。这里的创新性极高，有很多机会。"由于时差，贺励平与国外机构大多在晚上沟通。

"我的工作时间很难'早九晚五'。"贺励平认为，自己已经是半个广东人，广州是一座迷人的城市，他觉得他应该早点来。

据统计，欧盟有超过170家的企业在黄埔有投资，贺励平家乡德国的西门子、拜耳等都在黄埔投资，可以说黄埔是外资企业来广州投资的热门地点之一。

作为中欧双向沟通桥梁，贺励平表示他会把更多外企在广州黄埔的成功案例推荐给有意来华投资者，邀请更多投资者"到黄埔去"。

最令人意想不到并令人动容的一幕发生在2023中国广州国际投资年会主会场：来自玛氏箭牌、安利、龙沙等跨国公司的6位代表毫无征兆地主动推介黄埔、点赞黄埔投资环境。

美国玛氏箭牌全球冰激凌业务总裁李明腾（Tom Leemans）更是"现身说法"："在广州市政府和黄埔区政府强有力的及时支持下，我们公司的冰激凌本土化项目从最初设想到最终建成投产以破纪录的速度推进和完成……"

"一天谈成一个、两天签约一个、三天动工一个。"广州开发区投资促进局相关负责人透露，他们是以这样的节奏来推进招商工作，一刻不耽误地往前冲。

火红的木棉花刚开过，米粒般的杧果花、荔枝花又密密实实占满了枝头，这是驾车驶过创新大道时看到的街景和掩映其中的企业。

引资，是观察黄埔经济活力的窗口，它见证了黄埔吸引力的"发家史"。黄埔速度、湾区人设、铁军精神……一系列极具辨识度的"广告"，正成为黄埔招商引资的"流量入口"。

2018年至2023年，广本新能源、深南电路等约480个项目"到黄埔去"动工，华星光电、小鹏汽车、现代氢能等约340个项目"到黄埔去"投产。

没有最快，只有更快。"黄埔速度"有可复制性，其"磁吸力"让更多的企业络绎不绝地"到黄埔去"。

华星光电t9项目是广州开发区、黄埔区史上最大的内资项目及省重点项目，也是广州市2022年投资最大的工业项目。

"项目从签约到工地打下第一根桩仅用了21天，从开工到投产仅用了18个月，相比企业计划建成投产时间提前3个月。"黄埔区相关部门负责人说，华星光电t9是目前行业内最快封顶、最快搬入、最快点亮、最快量产的液晶面板生产线项目，刷新了行业世界纪录，也刷新了黄埔历史上重大项目筹建的速度。

"引进即筹建、拿地即动工、竣工即投产。"黄埔速度的背后，是黄埔为筹建企业提供从项目引进至竣工投试产全链条优质高效服务。

"从1到∞。"正被网络粉丝誉为互联网和社交媒体的现象级"区域IP"。网友们给出这样的诠释：从世界任何一个地方出发，都可以奔赴黄埔这"1"个目的地，燃起干事创业的激情，演绎"∞"的可能性。

区域IP并非凭空打造。

2019年《粤港澳大湾区发展规划纲要》公布，这个中国开放程度最高、经济活力最强的区域之一，站在世界瞩目的聚光灯下。

黄埔审时度势，提炼出"湾顶明珠"四个字。

打开大湾区地图，人们发现，黄埔地处粤港澳大湾区顶部，广深港、广珠澳科技创新走廊在此以"人"字顶点交汇，是为"湾顶"；黄埔正奋力打造粤港澳大湾区高质量发展核心引擎，故称之为"明珠"。

最鲜明的特征、最蓬勃的朝气、最吸引的分量。

"湾顶明珠"，既清晰定位区位优势，又高度浓缩竞争实力，它以朗朗上口的表达，在企业界、创投圈、朋友圈里口口相传，渐渐被报章媒体援引，见诸公开场合，转化为招商引资的"强磁力"。

从1到∞，到黄埔去，有无限的投资可能。

5年来，广州开发区、黄埔区签约引进招商项目约850个，实际利用外资从2018年的22.47亿美元增长到2022年的29.8亿美元，排名全国经开区第一，也对广州乃至广东的吸收外资水平起到了"强支撑"作用。

在"到黄埔去"口号共情下，GE生物科技园、乐金显示、现代汽车氢燃料电池、康方生物……一个个外商投资项目落户黄埔、辐射大湾区，它们不仅受"老主顾"青睐，还有"新朋友"追捧，带动国外配套厂商投资、进驻，找到蕴藏的湾区发展新机遇。

黄埔一方面积极策划稳畅产业发展痛点、难点、堵点；另一方面，联合仲量联行、胡润百富等专业第三方平台，打通优质企业和项目线索的"最后一公里"。

2020年4月的某天，黄埔下着绵绵细雨。

在区主要领导同志的陪同下，长春应化所所长杨小牛带队来到黄埔区考察。

那天，杨小牛一行穿着雨靴，大家深一脚浅一脚地前往勘察现场，溅起的泥浆将他们的裤脚全部打湿。

"就是这里了。"相关人员指着一片荒地对杨小牛说。

杨小牛定睛一看，是一片未经开发建设的原生态地块，荒地上还散落着几个鱼塘。

"未来航空轮胎大科学中心的选址地点就是这片不毛之地？"杨小牛心想，心里拔凉拔凉的。

杨小牛没有表态。

第二天，考察团回到长春，正在开会的杨小牛所长收到了广州开发区发来的照片——昨天的荒地已经在平整土地，虚位以待。

当时，整个长春应化所选址团队都被这突如其来的决策效率震撼和感动了，他们相信航空轮胎大科学中心在这个地方一定会很快建成。

原来，2020年1月，中国科学院关键核心技术攻坚先导专项（C类）"仿生合成橡胶"专项正式立项，获得了中国科学院4.7亿元资金支持。

"其实，这笔钱对一个涵盖从基础领域技术研究到产业化，建成后要实现人才聚集、技术研发和产业化的大项目而言，仍是杯水车薪。"黄埔材料院副院长王杰回忆说，"中国科学院希望我们在全国各地找到一个能够落地航空轮胎大科学中心，并且后续能支持它发展的比较有优势的城市。"

这个项目立项的初衷就是要快速破解困扰中国高端轮胎制造

业发展的基础原料问题，要求三年必须从无到有完成航空轮胎大科学中心建设，并在此基础上同步开展科研攻关工作，核心指标通过评价测试。

长春应化所最初筛选的项目地址不是黄埔，而是在轮胎产业聚集较多的山东。但时间紧迫、要求严格，许多地方都难以满足。

黄埔在获悉相关情况之后，用诚意和效率引进了这一国家重点科技项目，最终"花落黄埔"。

黄埔招商引资"磁力满满"。

航空轮胎大科学中心项目的快速落地充分证明了这一点。

2020年6月23日签约，同年12月开工建设，2021年10月20日飞行起降动力学大装置主体建筑建设完成，第一台科研设备入场……短短三年时间，航空轮胎大科学中心完成航空轮胎国产化技术全链条贯通，实现仿生合成橡胶和数字轮胎工业软件两项从"0"到"1"的原创性技术突破，掌握41项核心技术，首个产业化项目签约落地广州开发区，轮胎正式下线。

"现在来看，航空轮胎大科学中心落户黄埔，真是选对了！"王杰说，依托飞行起降动力学大装置，黄埔材料院成为长春应化所在大湾区进行技术成果发布、研发能力投射的平台和窗口。

"每年约有700批来自全国各地的产业、科技考察团前来技术对接。"王杰列举广州一家消费电子产品领域企业为例——

他说，两年前，该企业的销售规模约为1亿元。依托黄埔材料院，企业建设了自己的研发中心，快速增强了企业研发能力，产品迭代加快，在市场上反响很好，三年不到，营业额就增长到20多亿元……

类似航空轮胎大科学中心这样的"速度"一直都在黄埔激情上演。

"4月签约，5月用地挂牌，6月土地成交，9月破土动工。"业界惊呼"太快了"——

其实这不算快的！

百济神州从签约到动工只用了约半个月；爱丽思项目从拿地到动工，只用了2个月时间；卡斯马汽车系统项目3月签约落户后，20天内完成20万立方米的填土任务，4月进场动工……

"投资在中国，发展在中国。"乐金显示广州制造基地展厅的两行大字，讲述着企业扎根黄埔的发展故事。

"乐金显示（LG Display）与黄埔的结缘，缘于一场美丽的'邂逅'。"闵东植说，他是筹备团队成员之一、乐金显示光电科技（中国）有限公司总监。

显示器生产公司隶属韩国LG集团。2006年，乐金显示的筹备团队在广东寻找建厂地点，他们从高速公路上驶过广州，远远看见一块"欢迎来到广州开发区"的牌子，大家一琢磨，就决定进去看一下。

在开发区管委会，闵东植一行自报家门，待管委会听明来意，着实一惊："踏破铁鞋都找不到的好事呀！"

到嘴边的肥肉岂能错过？管委会不仅表示热烈欢迎，并且慷慨"回馈"一块位于广州科学城、约120万平方米的地块，拍着胸脯表示："我们很快就把这块地整成平地，交给你们过来动工。"

"可以等两个月。"筹备团队马上报给韩国总部，总部回复道。

闵东植说："其实，大家心里都明白，这么大面积的一块地，两个月之内完成拆迁、平整，那是一件不可能完成的事情。"

不到两个月，韩国总部就收到广州开发区这边的电话，"地块已经平整好，邀请你们再次前来考察"。

"这太出乎意料了，怎么可能？"韩方震惊之际难免疑惑，乐金显示首席执行官决定亲自带队赴广州开发区"勘验"。

不看不知道，一看吓一跳。两个月前还是一片屋舍鱼塘，而今果然已经"三通一平"。"能否去地块旁边的山坡上，从高处看一下这个地块的全貌？"乐金显示高管又提出。

当时的科学城片区尚未开发到位，周边杂草树木丛生，依然处于"原生态"，并没有上坡路。

再一次震撼韩方的是，仅仅两个小时之后，广州方居然开出了一条上坡的路。

乐金显示于是就地"安营扎寨"，扎根黄埔17年，再也没有离开，并保持着平均每6年投建一座新工厂的速度——

2006年建设了模块组装工厂。

2012年投建了LCD面板工厂。

2017年，总投资460亿元的全球最大尺寸、最先进的8.5代OLED面板工厂动工，这是乐金显示在韩国之外的第一条OLED生产线，也是全球第二条高世代OLED面板线。

2020年7月，OLED实现量产后，广州因此成为全球OLED显示器的核心战略基地。

乐金显示在广州平均每6年投建一座新工厂，而且投资金额越来越大，投资技术水平越来越高。

"之所以孜孜不倦地在广州开发区做大做强，就是因为这里有着优良的投资环境和高效的行政服务能力。"闵东植说。

筑巢引凤栖，花开蝶自来。

"黄埔的投资环境给我们吃了定心丸。"德国蔡司光学中国区董事长、总裁彭伟曾对媒体坦言"留下不走"的原因。

蔡司光学成立于1846年，是全球光学和光电行业的领跑者。

2018年，蔡司高端眼科医疗产品制造基地落户黄埔，这是外商在国内投资的首家同类产品的生产基地。

新冠疫情期间，蔡司光学推出一款原创中国、具有自主知识产权和病毒灭活技术的镜片镀膜"蔡司钻立方防卫膜"。

"这款产品随后推向了全球市场。"彭伟说。

其实，蔡司在黄埔属于较早落户的一批。从1995年底就在广州开发区注册建厂，逐渐发展为集智能制造、高端个性化定制、产业科技创新、全球检验中心及中国标准测试中心等多位一体的健康视光产业生态圈。

"中国市场也是蔡司集团最重要的业务增长引擎之一。"据彭伟介绍，黄埔集聚了蔡司一整套中国独家的产品知识体系和专家队伍，并跃居成为整个蔡司集团全球27个工厂中效率最高、管理最好的"先进企业"。

26年来，蔡司中国在黄埔先后注册了6家不同产品类型的法人实体，有观察家甚至担忧蔡司"把鸡蛋都放在一个篮子里"。

彭伟不这样认为，"黄埔不是篮子，而是保险柜"。他甚至说："在黄埔投资的可靠性就像进了'地铁'，时间节点、线路图、节奏都是一清二楚的。"

黄埔的投资环境让企业发展方向明确，政策支持到位，流程也非常清晰及时，就像"地铁交通"一样可靠。

彭伟说："与其他国家或地区相比，黄埔的动态管理能力强，比如我们向区领导汇报工作，都能得到及时回应，即便是安排在晚上10点、11点。"

蔡司在中国的发展壮大，赢得蔡司集团德国总部对中国投资环境和中国团队的高度认可。"在执行能力和政策兑现能力方面，黄埔在我看来是最好的区域之一。"彭伟这样评价。

2019年，由联合国贸易和发展会议（UNCTAD）评定、被誉为投资界全球最高奖的"全球杰出投资促进机构大奖"花落黄埔。

黄埔外资"朋友圈"为何不断扩容？

在全球疫情反复、跨国投资疲软的背景下，全球产业链重塑，外资企业嗅觉总是很灵敏。2022年下半年，外资扎堆"到黄埔去"——

8月，宝洁中国投资设立"宝洁中国直播电商创新中心"和"宝洁国际贸易供应链控制中心"；

9月，百事（中国）有限公司投资2亿元启动生产线扩建，投产后产能将实现翻倍；

9月，赛默飞投资新建粤港澳大湾区基地；

10月，现代汽车氢燃料电池系统（广州）有限公司联合区内多家企业，打造首个无人驾驶氢能汽车示范区；

12月，在2022粤港澳大湾区全球招商大会上，黄埔区、广州开发区又签下两大高科技跨国投资项目……

这一年，黄埔新设外资企业超过170家，实际利用外资约27.8亿美元，同比上升6.64%。

再来看2023年上半年的时间表，黄埔区、广州开发区招商引资的"运气"好到"爆"——

3月，第九届中国广州国际投资年会中国澳门、德国、新加坡三大分会场上，黄埔多个项目签约，广州开发区成为"高频词"；

4月，黄埔区、广州开发区签下"中俄直升机产业园项目"和"粤港澳大湾区（黄埔）医疗科技创新基地项目"两大百亿级项目；

5月，以全球药业领袖梯瓦医药为代表的12个生物医药优质项目在首届广州国际生物医药产业大会上集中亮相签约；

6月，现代汽车集团首家海外氢燃料电池研发、生产、销售基地——"HTWO广州"正式竣工……

据统计，已有来自100多个国家或地区的3600多家跨国企业、近200家世界500强企业在黄埔投资落户，其中包括近80家外资世界500强企业在区内设立企业（项目）180多个。

外资在黄埔，何以"敢投"？何以"资资不倦"？

这背后其实是黄埔借助完整的产业体系、超大规模的市场和长期向好的经济基本面等综合优势，为外资企业在黄埔发展创造了良好的基础，让外资"敢投敢干"。

随着招商慢慢深入，一个有深度、有跨度、有密度的综合、大型高科技园区正在黄埔区、广州开发区逐渐形成。

在黄埔区，有一座"魔法"工厂：在一个个宛如积木一样的白色厂房里，它生产的产品能够"吃"进氢气和氧气，"吐"出电和水……

这就是韩国现代汽车集团首个海外氢燃料电池系统研发、生产、销售基地——"HTWO广州"，也是中国首家大型氢燃料电池系统生产专门工厂，总投资额达到85亿元。

2023年4月，"HTWO广州"正式竣工投产。

"这是没有任何碳排放的终极环保产品。"在"HTWO广州"创新中心展厅，氢燃料电池系统展品尤为引人注目，现代汽车氢燃料电池系统（广州）有限公司副总经理金寅基介绍说，"氢燃料电池系统通过氢气和氧气的电化学反应生成电力，进而驱动电机为车辆提供动力。"

从全球范围看，韩国现代汽车集团是最早研发氢燃料电池车的车企之一，早在1998年就成立了燃料电池开发部门。

在氢能源领域深耕多年之后，现代汽车2013年发布了全球首款量产型氢燃料电池车Tucson ix35 Fuel Cell，2018年初发布了旗下第二款氢燃料电池车NEXO。

在经历了从概念到量产，再到初期普及的过程后，这股强劲的"氢"风向黄埔袭来——现代汽车集团迈出海外发展第一步，就将目标市场放在了黄埔。

2021年1月15日，现代汽车集团海外与广州开发区政府签订投资合作协议，全球首个海外氢燃料电池系统研发、生产、销售基地——"HTWO广州"项目正式落户黄埔。

一个月后，这个占地面积20.2万平方米，包含燃料电池电极电堆栋、系统总装栋、技术研究栋、HTWO创新中心在内的综合型基地开建。

事实上，在落户中国的过程中，广州并非现代汽车集团的最初选择，他们在中国考察过很多地方。金寅基直言不讳："黄埔区政府发展氢能产业的坚定决心和透明高效的招商引资政策，让我们最终决定落户广州。"

正是黄埔的这种决心，促使现代汽车集团最终决定将首个海外氢燃料电池系统研发、生产、销售基地"一步到位"。

"无事不扰、有求必应。"金寅基在广州工作生活了4年，他不仅喜欢广州的美食和环境，还能熟练地用汉语说出对广州开发区投资环境的感受和体会。

"氢能产业处于发展初期,产业链的发展培育需要各个环节一起努力,在这一过程中,政府的支持引导非常重要。"金寅基说,"我们希望整个产业链上下游共同合作,不仅是生产和销售,还要共同研发,通过创新中心搭建一个上下游共同合作的平台。"

"HTWO广州"投产后将为中国的氢燃料电池汽车,以及船舶、轨道交通、发电等多领域提供全球领先的氢燃料电池系统。

2022年10月,"HTWO广州"与广州开发区国有企业恒运集团、交投集团签订合资意向书。"未来,'HTWO广州'将和各签订方通力合作加速项目落地,整合资源打通氢能全产业链、加速氢能多元化应用,一起实现高价值发展的'氢未来'。"金寅基对在黄埔的投资充满希望。

新朋友纷纷"投注"入局,老朋友则不断"加仓"。

2022年3月,疫情后首次访华的安利全球首席执行官潘睦邻带来了"安利广州生产基地增资扩建"的好消息。

"扎根广州开发区28年,这已是安利广州生产基地的第10次增资扩产了。"潘睦邻透露,安利将投入6亿元对广州生产基地进行全面升级改造。

安利广州生产基地是其海外最大生产基地,生产的500余款产品供应全球超50个市场,产能超过450亿元,产值则占安利全球的45%。

"广州基地是名副其实的'世界工厂',"潘睦邻热情表达对中国市场的信心,"中国是令人振奋的投资热土,也是全球经济摆脱低迷的强劲引擎!"

百事（中国）有限公司是广州开发区引入的第一家外商独资企业，2022年9月，百事增资扩产项目启动建设，广州浓缩液工厂将在未来三年完成粉剂线、液体线产能翻倍的目标。

郑少雄是百事（中国）有限公司总经理，他表示："百事公司在投资决策时，很看重的一点就是投资环境。浓缩液配方是百事饮料最重要的部分，可以这么说，黄埔是百事饮料的制造基地。"

当初计划投资扩产时，百事也曾考虑过其他城市，但黄埔区、广州开发区这些年给了百事很多信心和支持，最终看好这里的投资环境和长期发展，决定把资金坚决地投向黄埔。

"加仓"黄埔的还有费雪派克医疗保健（广州）有限公司。

作为黄埔的"老朋友"，2006年，这家总部位于新西兰奥克兰的国际医疗器械制造企业在广州成立了全资子公司，落户黄埔。

"现在，费雪派克在广州的子公司已经成为区域的总部。"费雪派克医疗保健（广州）有限公司总经理侯治平介绍，大中华区都是由广州来负责的，市场策略、产品推广等核心方面都是广州来统筹。

即便成为区域的总部，但费雪派克在广州的投资并未停下脚步。

"费雪派克急症、呼吸治疗医疗器械制造基地选址在中新广州知识城。"对新项目的坚定投资，表明了费雪派克对广州开发区长期以来的信任与持续发展的信心。

"我们没什么犹豫就选定了知识城作为新厂选址。"侯治平认为，黄埔区、广州开发区对公司有很强的吸引力，政府决策的透明度、医疗设备的监管都变得越来越和国际接轨，物流配套，通关便利化等之前的制约劣势已经变成了吸引投资的优势。

签约仅一个月后，费雪派克项目开工仪式2022年2月落地中新广州知识城。颇有意味的一幕是，仪式现场，高高堆起的象征吉祥的红罐饮料以及极具岭南特色的切香猪环节，展现了这家新西兰最大上市公司投资黄埔的意愿和决心。

费雪派克生产基地项目负责人Jerry Levi说："这是费雪派克在全球第三个、亚洲建设的首个生产基地，将生产医用及家用高流量呼吸湿化治疗仪及耗材，服务于中国市场。"

让费雪派克投资信心历久弥坚的因素是什么？

"诚心。"侯治平讲述了这样一件事。

2020年初，新冠疫情在武汉暴发时，公司有一批位于总部的高流量呼吸湿化治疗仪需要紧急送往广州支援武汉。

"当时情况非常紧急，我们找不到任何途径将产品从新西兰运过来，我们得不到仓位，已经到了很难用语言来形容的地步。"

最后，广州开发区投资促进局联系了南航，帮助费雪派克把物流的瓶颈打通，上千台机器和耗材得以从新西兰运输到了广州。

"费雪派克在黄埔发展的十几年间，经常被政府的服务诚心所折服，他们的全心投入成为我们投资的信心来源。"侯治平感叹道，"扎根黄埔，我们找对了地方。"

随着费雪派克在广州开发区继续加大投资，更多的产品材料和技术部件将在中国本土生产完成，侯治平介绍，费雪派克在中国的扩大投资和本土化是一个必然的过程，在黄埔的布局也不仅仅是为了中国市场，还有新西兰的总厂、墨西哥的分厂，都会有更多的中国采购。

"我们迈出了这一步，就会继续走下去。"侯治平坚定地说。

如现代、百事、费雪派克、安利一般，选择扎根广州开发区的外资企业并不在少数。宝洁、玛氏箭牌、西门子等外资巨头近年来持续通过增设产线、扩大本地化研发布局以及与本土企业合作等形式，加大对广州开发区的投资力度。

造磁场，以商引商聚全链。

粤芯半导体堪称"范例"。

这种"链式招商"，也是内外资企业"到黄埔去"的重要原因。

粤芯三期项目是2022年广州市最大的新建产业项目。之前，由于项目审批层级高、获批难，粤芯花了3年才通过一、二期项目审批。在加快三期项目落地时，黄埔靠前介入，事无巨细协助企业沟通协调事项，最终实现3个月取得批复。

粤芯留得下、扎得根，还能快速办成事。

作为黄埔招商引资的"王牌"，短短4年，粤芯累计出货突破80万片，从一个新项目迅速成长为百亿级超级独角兽。

为了让粤芯这头独角兽尽情奔跑，黄埔区加快建设6.6平方公里的湾区半导体产业园，以此引资招来上下游企业超过120家，包括慧智微射频芯片，以及巨风芯、兴森快捷等一批封装测试企业。

"现在的湾区半导体产业园已形成了集芯片设计、晶圆制造、封装测试、配套服务于一体的大湾区最完整的集成电路产业链。"广州开发区投资促进局负责人表示。

链式招商能实现"母鸡带小鸡"的效应。粤芯落地黄埔，不仅吸引了芯片产业相关企业来投资，还带动了新材料产业领域的科技企业落地。

烯湾科城（广州）新材料有限公司便是其中的代表。

"烯湾科城选择落户知识城，正是考虑到这里不断完善的产业生态，我们已与粤芯半导体达成合作。"烯湾科城运营副总经理车晓东说。

烯湾科城距离粤芯半导体约5千米远，2019年由黄埔区招商引进，将碳基复合材料、新能源与氢能源一并列为产业重点突破方向。

良好的产业投资生态，对于中小企业发展至关重要。通过链式招商，让上下游企业聚木成林，高效协同。

生物医药企业扎堆黄埔，似乎证明了这一点。

百济神州、康方生物、恒瑞医药、龙沙、阿斯利康、丹纳赫、思拓凡、赛默飞世尔……2017年起，一大批生物医药企业陆续落户黄埔区、广州开发区。

吾心安处是吾乡。

目前，黄埔区、广州开发区通过招商引资聚集了国内外生物医药与大健康企业超4000家，全区生物医药健康及医疗器械产业的年总营收超2000亿元。

生物医药产业一直被认为是我国工业门类中的弱项，是政府产业发展中的一块"硬骨头"。

如今，这块难啃的"硬骨头"正被黄埔区、广州开发区慢慢"消化"。

"以前，除了广药集团恐怕就想不起别的医药企业了。现在只要到黄埔打个转，就能够数出不少龙头企业。"有行业人士说。

确实,5年前,广州的生物医药产业整体看跟京津冀、长三角地区相比仍有差距。链式招商让黄埔成为全国生物医药产业的新高地,也是黄埔区、广州开发区能在国内生物医药产业实现弯道超车的秘宝。

"链式招商就像打通了任督二脉,产业链上下游的制药设备及耗材、医药流通销售等企业引进也能带动。"云舟生物负责人坦言,"黄埔具备很强的产业聚集发展效应和市场辐射力,选择落户黄埔的主要原因正是这里产业聚集度高、链条完整。"

中小企业也不曾缺席。

2022年,来恩生物落户黄埔区、广州开发区中新广州知识城,首席执行官彭晓明博士介绍:"我们看中了这里的产业集群,让企业'足不出户'就可找到上下游合作企业,无论是科学城、知识城还是生物岛。"

正是由于有针对性地招商,让入驻企业强化业务互补,在产业链条形成一定集中度,形成产业集群效应,有利于降低生产和交易成本、形成规模效益,提高整体竞争力。

2022年,来恩生物成功入选广东省科技型中小企业。

"随着来恩生物GMP车间相继投入使用,黄埔将成为集mRNA编码TCR-T细胞治疗研发、生产、临床于一体的综合基地。"彭博士说。

一个能与上下游互相配套的、有较大市场规模的产业链体系往往具有较强的产业集聚能力,从而实现资源优化配置、降低运行成本。

以商引商、以链引商、以投促引,聚焦新兴产业靶向发力,打造产业链式招商强磁场……黄埔区招商引资模式经过探索实践,已经从依靠土地、成本、人力等要素招商升级为集人才、技术、产业、市场资本于一体的集成式招商。

2. 我有我精彩

> 黄埔故事多
>
> 充满喜和乐
>
> 若是你到黄埔来
>
> 收获特别多……

一曲经歌词改编的《小城故事》传唱，彰显黄埔对人才的吸引力和黄埔的引才好故事——

2021年6月的一个晚上，微雨初歇，清凉难得。

黄少勇一杯接着一杯喝着浓茶，紧皱眉头陷入沉思，他再一次拿起手中的电话。

"主任，我想找你聊聊。"电话这头，人力资源中心李郁正要休息，电话显示是黄少勇打来的，他拿起电话，对方语气中满是惆怅。

对黄少勇，李郁熟悉。

2019年7月，黄少勇在黄埔投资了一家生物科技企业，由于他谦逊、沉稳，公司创立后的管理有板有眼，但苦于高层次专业人才欠缺。

"是不是又是人才的事？"

"是啊！我一直在纠结……你得帮我想想办法。"黄少勇宁静了许久，显然心情复杂。

心思缜密的李郁沉思半晌，说："好吧，我刚好有一个好友在上海一家生物研究院工作，我让他想想办法。"

当时正值黄少勇的生物科技公司成立之初，做"猎头"多年的李郁深知，没有高端人才，企业终究难成大器。

"此事不可久拖。"李郁迫不及待，当晚就联系了他的好友。

第二天一早，人才的事便有了眉目。

"少勇兄啊，人我可推荐了，刚从澳大利亚归来的博士，能不能招来就看你的本事了。"打着电话，李郁的嘴角不自觉上扬。

在李郁的介绍下，黄少勇对这位在化学与生物化学领域深造8年的留澳博士非常满意。

但李郁没想到，并没有想象那般顺利，上海方博士还在犹豫。

"黄埔吗？我查查在哪……"

"哦，薪酬待遇嘛，这个和上海有点差距。"

听到反馈，李郁愣了，觉得自己还是有些过于乐观，黄埔发展不赖是事实，但那边毕竟是在大上海。

"您担心的这些尽管放心！"沉默半晌，李郁说，"博士去哪儿能少的？到黄埔来会让您惊喜，政策、环境、待遇，不仅上管到老，还会下管到小……"

"这个……好，我正好上有老，下有小，我去考察一下。"

电话这头，作为"牵线人"的李郁，紧皱的眉头总算舒展开来。

紧密的两次考察下来，这位博士最开始常说的"你们黄埔"已经逐渐变成了"我们黄埔"，李郁知道"瓜熟蒂落"了。

"博士，来吗？"

"来!"对这一结果,李郁的预感没错。

"感谢你的诚意!"回到上海,这位博士兴冲冲地给李郁发了一条微信……

再后来,这位博士被认定为广州市高层次人才,入选黄埔领军人物。

"聚天下英才而用之,让更多千里马竞相奔腾。"黄埔重才、识才、聚才、爱才,开启了一波又一波面向全球的"招兵买马"。

源源不断的人才集聚,正转化为澎湃不竭的发展势能。

木茂而鸟集,水积而鱼聚。

2022年2月中旬,黄埔区委人才工作局(广州开发区党工委人才工作局)正式揭牌。从政策设计到组织架构,再到空间规划,黄埔使出的一系列"连环招"背后,彰显出黄埔中小企业步入高质量发展阶段的"求贤若渴"。

全球引才,筑梦黄埔!

黄埔区、广州开发区一直坚持党管人才,全方位培养、引进、用好人才,把"广聚天下英才"作为光荣使命和最大担当。

多年来,黄埔海纳百川,通过"创新政策体系、优化人才服务、强化平台建设"三大举措,锚定"国际人才自由港"目标,打造粤港澳大湾区人才高地核心引擎区。

真招、实招、新妙招。

做实、做细、做到位。

黄埔打出一张张引才聚才的"特色牌":

——在聚才政策上精准发力。

打造高端制造业高地,在和全国各地区的激烈竞争中,引进、留住、呵护好高层次人才是其中的关键之一。黄埔以"人才直通车"和全链条服务擦亮"黄埔人才"品牌。

为"筑巢引凤",黄埔为人才"量体裁衣",多次升级"个人+项目+企业"的"金镶玉"组合扶持体系,陆续推出"人才10条""国际人才自由港10条""海外尖端人才8条"等系列政策。

同时,围绕激发人才活力,构建"高端领军+中层骨干+基层工人"各层次、"科技+金融+教卫+知识产权"各领域的人才政策体系,以真金白银扩充"人才雁阵"。

广州广华智电科技有限公司董事长赵晨龙来自山西,清华大学博士。2017年,他与清华珠三角研究院一起来到黄埔,目前担任清华珠三角研究院智能电网技术研发中心主任,同时创立了自己的企业。

"我的一生已经离不开黄埔了。"赵晨龙半开玩笑地说。

初来乍到,一切都十分陌生,户口没有落地,有专人帮助他申请了"广州人才绿卡",提供的人才公寓距离单位很近。

"现在我的父母也住在人才公寓,孩子则在人才集团幼儿园上学,几乎解决了我所有的后顾之忧。"赵晨龙说,他在这里找到了"人生的价值"。

——在服务人才上精准到位。

除了政策奖励、资金补助、研发投入等硬支持外,黄埔区还帮助人才处理对外公共事务、关心父母子女、链接市场资源等。

"比如生日慰问、节日关怀,事不大,却增强人才的归属感。"袁玉宇说。

"从生产到生活,黄埔对人才的暖意蕴藏于一个个细节中,并从细节中直抵人心。"袁玉宇感触尤深,"每年我父母生日,即便是他们回了老家,人才集团也会把生日蛋糕送到老家。老人邀请亲友们吃蛋糕时，很是骄傲。"

"有这样的人才环境，我们这些科研人员还有什么后顾之忧？埋头攻关就是了。"袁玉宇说。

还有一位海归博士人才，其家人均在国外生活，在他生日那天，家人不能陪伴，人才专员结合他的个人喜好和企业特色，特别定制了一款别具特色的生日蛋糕，抱着鲜花亲自上门为他送生日祝福。

这位博士在惊讶的同时，马上连线在国外生活的家人，共同分享了来自黄埔的暖心关怀和慰问礼物。

同时，黄埔首创"上管老、下管小"全链条人才服务，加强人才安居保障和教育资源供给。如黄埔创新国企办园模式，引进国际化高端教育，开办了10所幼儿园，共提供3750个学位，重点保障包括高层次人才企业在内的民营和中小企业人才子女的入园入托需求。

——在人才创新创业平台上精准布局。

黄埔区新龙镇迳头村与大坦村交界处，一立一卧"依偎"着两个锃亮的巨型"轮胎"，这里是全国首个航空轮胎动力学大科学装置。

"我是被黄埔人才氛围吸引来的。"王杰是广东粤港澳大湾区黄埔材料研究院党支部书记、副院长。

王杰是一名"80后"，本科毕业于吉林大学，在长春应化所攻读了硕士和博士，2010年毕业后留在了长春应化所。

一天，所长突然找到她，说："王杰，如果让你去广州工作，你愿意吗？"

"当时我还没反应过来，我对那个地方比较陌生。"王杰想，宝宝才出生，老父老母谁来管？

回到办公室，她打开地图细细地看起来，哇，从最北到最南，3000多千米之遥。

所长再次找到王杰说："目前我们最急迫的是解决我国航空轮胎依赖进口的问题，到黄埔筹建航空轮胎大科学中心，为41项成果寻找落地平台，这是国家需要！"

国家需要！这不就是我们科研工作者最崇高的理想追求吗？能为国家做一点贡献，我愿意！"所长，我愿意去广州！"

就这样，王杰离开了东北家乡，毅然南下到了粤港澳大湾区。

王杰谈到，一次在黄埔冒雨考察选址的时候，看到陪同的领导们雨靴上满是泥土，她被这种工作作风深深吸引。

"切实感受到黄埔真心服务科技、服务人才的氛围。"王杰说。

如今，航空轮胎大科学中心已完成航空轮胎国产化技术全链条贯通，"特一号"仿生橡胶、数字化轮胎工业软件等多项技术实现了从"0"到"1"的突破，国内首台套"航空轮胎动力学大装置"在18个月内投入使用，填补了国内航空轮胎动力学试验平台的空白。

目前，黄埔材料院基本完成"1+1+X"战略布局中两个"1"的布局，即以航空轮胎动力学大装置为核心的高端轮胎研发及制造平台和芯片化学材料研发及制程验证平台。

像王杰这样被"吸引"来到黄埔的还有很多，彭涛便是其中的一个。

"我扎根黄埔18年，正是被这里的'人才磁场'所吸引。"供职于广东华南疫苗股份有限公司的彭涛坦言，"黄埔较早布局了'慢热'属性的生物医药产业及形成的可观规模，留住了我的脚步。"

"若没有长期的决心和积累,我们短时间很难做出成绩。"创新创业平台在彭涛的技术攻关中发挥了作用,采访中,他提到这样一件事:企业需要中试环节的产线支持,碰巧,区内另一家生物医药企业有多余的产线。通过租用外部产线,彭涛团队在疫苗研制过程中取得了突破。

"产业链的加持,让研发工作得以就近取材。"彭涛说。

产业链、创新链、人才链、数据链、资金链、政策链……在这个链条中,人才是第一资源,黄埔人才链的配置亦日趋精准。

黄埔"人才+产业+平台"创新创业平台体系,夯实了各类人才"产业报国、实业兴国"的产业基础。

除了搭建习武平台、用武舞台外,黄埔区还通过做优创业园,搭建人才演武擂台。建设全市首个"粤港澳大湾区海归之家"、广州科学城粤港澳青年创新创业基地、粤港澳大湾区人才创新谷等,广州实验室、粤港澳大湾区国家技术创新中心、航空轮胎动力学大科学中心纷纷落子黄埔……

在黄埔,"人人皆有用"的人才引进、服务机制多元,正是这种观念,涵养了"以人为本、近悦远来"的人才生态环境。

近年来,黄埔构建了"百名院士、千名领军、万名才俊、大众创新"的人才格局。截至2023年底,全区有121个院士、1459名高层次人才。其中市创新领军人才、产业领军人才创业团队和创新团队分别约占全市的50%、60%、70%。

"黄埔是人才高地、科技创新创业重地和事业成功的福地,各层次、各类别的人才在这里百花齐放。"中山大学原副校长、广州威溶特医药科技有限公司董事长颜光美博士切身体会到黄埔尊才、重才、爱才的浓厚氛围。

"这一点有目共睹。"颜光美博士进一步强调说。

人才在哪里，黄埔的高质量服务就跟到哪里。

2023年3月10日，黄埔区、广州开发区"一站式"人才服务专区（以下简称"人才专区"）揭牌。

人才专区是黄埔区人才办事"第一门户"，位于黄埔区香雪三路3号区政务服务中心四楼A区，在这里，智能引导展示屏、自助上网区、咖啡吧等多元化服务设施应有尽有。

走进人才专区，目光所及的是服务大厅里一列长长的服务窗口，还有正在忙碌的工作人员，办理业务的群众，休闲等候区不乏来自异国的面孔。

此刻，刚受聘于广州开发区某高新企业的留英博士李旭刚完成户籍办理，他高兴地说："这个人才专区真的很方便，我进一扇门就办好了想办的全部事，不用跑来跑去。"

有同感的还有高层次人才闻晓光博士。

天刚蒙蒙亮，闻晓光博士还在床上"翻烧饼"，公司将在资本市场上市，但黄埔这边的商事登记要办啥证？需要啥资料？

上班后，他带着一连串疑问来到人才专区。

"没有您想的这么复杂，好快的……"工作人员热情地解答。

见闻晓光博士将信将疑，工作人员直接将他带到窗口，半小时就办完了。

"真没想到现在这么方便，跑一趟就办成了！"闻晓光博士喜出望外，"我办理越洋医药开发（广州）有限公司商事登记时，时限从3天压缩到半小时内当场出照。"

"省心又快捷，更重要的是保障了公司在资本市场上市过程中的进展。"闻晓光的笑里满是欢悦，竖起大拇指点了一个赞。

闻晓光不知晓的是，他的公司成了首家通过人才"极速办"服务的企业。一个月前，黄埔通过优化人才创新创业生态，在广东省首推人才商事服务"极速办"，为人才提供专员专岗、特事特办、跨境"零见面"办理等业务，将各事项从3个工作日提速到半小时办结。

闻晓光撞了个"头彩"。

"我们把原先21个部门的服务事项整合到这个人才专区实现'一站式'办理。"行政服务管理中心协调监督部刘何婧说，"这是黄埔在'上管老、下管小'全链条人才服务模式上打造国际化、便利化、高效化人才创新创业环境的又一创新举措。"

人才引进、户籍办理、出入境、职称评审、子女入学、住房保障、政策兑现……据了解，林林总总共有389项，部分业务办理时间缩短50%。

在人才专区，设有16个"一站式"人才服务窗口和1个高层次人才VIP接待室，政策咨询、业务申报、人才兑现、服务反馈等所有业务、所有事项都能得到"一站式"办理。

"人才专区的特色可以用'五个一'来概括。"刘何婧显然对专区的场景非常熟悉，她一边走一边不假思索地娓娓道来，"这'五个一'就是一站办理，便捷高效；一号通达，事捷功倍；一朵云联动，沟通无界；一对一服务，专业贴心；一平台导办，精准直达。"

"人才专区开设以来，提高了黄埔区人才引进的效率。"刘何婧说。

当天，同步揭牌的还有黄埔国际人才会客厅（以下简称"会客厅"）。

会客厅位于萝岗地铁站附近的至泰广场，厅内环境整洁温馨，让人如沐春风。1层、12层和13层分别拥有三大人才磁场、八大专属服务，包括"四面向"主题会客屋、时光·路演厅、"人才梦工厂"众创空间、咖啡厅、健身房等。

在舒适的主题会客室内，来自某研究院的高端人才一边品尝旁边书吧提供的咖啡、甜品，一边零距离与黄埔中小企业代表进行洽谈交流，了解黄埔人才政策。

人才会客厅内陈列着黄埔5年来的人才政策成果，见证了高端人才和创新企业在黄埔生根发芽。

据悉，会客厅采用"政府引导、企业运营、才企联动、聚才兴才"的创新模式，促进人才交流、产业碰撞，助力集聚资源加速人才项目落地发展。

凑巧的是，笔者来到会客厅那天，澳门名厨、美食达人叶圣欣牵手黄埔区人才教育工作集团，携澳门美食品牌从澳门来到黄埔，正在这里举行试餐会。

叶圣欣自幼学厨，在澳门出师，他说："黄埔尊重人才、重视创新，吸引越来越多的高端人才和优秀青年来此创业。我把黄埔作为宣传澳门风味、传扬广东美食的新一站，目的是吸引更多热爱美食的人才来黄埔。"

作为黄埔区、广州开发区国际人才会客厅餐厅的出品把控人，叶圣欣有其独到的见解："我要把传统广东粤菜和澳门葡式风味结合起来，为黄埔人才带来兼具'黄埔特色'的美食盛宴。"

叶圣欣的美食理念与黄埔区、广州开发区擦亮"到黄埔去"，"打造有温度的全链条人才服务产业体系"的理念不谋而合。

俗话说：安居才能乐业。

除了在软件方面的配套，黄埔区、广州开发区在硬件上的配置也相当给力。

这里不得不提黄埔的高端人才公寓。

黄埔已建成的高端人才公寓项目主要有三个，分别是香雪国际公寓、知祥公寓、生物岛国际公寓。

香雪国际公寓明净简洁，它位于广州科学城，是一座高标准的重点公共配套酒店式公寓，服务对象除了省市各类商旅人士外，重点是区内的高层次人才及项目团队。

沿着公寓园区内干净整洁的林荫小道漫步，健身房、宴会中心、五人足球场、咖啡厅、餐厅、篮球场等配备齐全，井井有条。

人才公寓居住区拥有多种房型，室内装修精致，均配备超大面积落地窗和一字连通大阳台，站在格外"豪横"的一字连通大阳台远眺，远处连绵的青山与近处灯火辉煌的商场遥相辉映。

"公寓还配备有空间充足的书吧，人才们在温暖舒适的灯光下办公、阅读、小憩、聊生意。"公寓管理负责人指着书吧里类别众多的书籍，"都是免费借阅。"

黄埔为人才的"吃"也是颇费了一番心思，智慧食堂里，人才们可以提前在小程序上下单，预定自己未来一周的饮食；各种菜品种类丰富，营养均衡，每周菜单不重样。

"要让人才不仅吃得放心，更能吃得开心。"这位管理负责人指着公寓房间内宽敞明净的厨房，"当然，公寓都配备了设施齐全的厨房，让结束一天忙碌工作的人才，在公寓里也能体会到一份独属于自己的归属感和烟火气。"

"住得好才能干得好。"正所谓：不仅能"乐业"，更能

"安居"。

引才贵引心，留才靠留根。

长期以来，人才服务往往依靠机关、事业单位执行，但"人"的服务链条繁多、业务分散，涉及衣、食、住、行、产、教、学、研等多元范畴。

"人才不但要引进，还要呵护。"2017年，黄埔区、广州开发区推出先行先试举措，成立人才教育工作集团有限公司（以下简称为"人才教育集团"）。这个区属国有公益类企业，专攻人才工作和教育服务两大主业，其首创的"上管老，下管小"人才服务品牌在全国享有盛誉。

"引进、留住、呵护好人才，不只是'上管老，下管小'，还要把人才的双方父母照顾好。"人才教育集团党委书记、董事长王丛立言简意深，话语中带着些许风趣说，"黄埔视人才为'珍宝'。"

据王丛立介绍，2017年以来，黄埔区推出"美玉10条"政策，覆盖引才引智的各个层面。

"之所以命名为'美玉'，是因为黄金有价而美玉无价，产业有价而人才无价。"王丛立条分缕析，是一位亲和力极强的领导，他说，"人才工作没有最好，只有更好。"

人才教育集团是一家模式新、服务优、机制活、竞争强的人才工作和教育服务创新型企业，下辖广州开发区人才工作集团有限公司（以下简称"人才工作集团"）、黄埔教育集团（广州）有限公司、广州黄埔安居有限公司，致力为黄埔中小企业提供高质量的人才引进、人才创业、人才服务、人才安居和人才教育。

"我们人才工作集团为人才提供从初创落地的企业注册、场地洽谈，到起步期的政策咨询、管理法务，直到成熟期的投融资对接、IPO辅导等全流程创新创业服务。"人才工作集团总经理胡玉雪如是说。

一位毕业于华南理工大学的博士，来到黄埔创业，需要办理档案业务。然而，正当他去办理档案转出时，却因毕业已超过三年时间，不符合常规办理条件，无法在管理平台申请档案迁出。

人才集团多次与档案管理单位工作人员沟通，人才管家张述远甚至陪同这位博士前往提交申请，最终顺利完成档案转移。

类似这样的人才引进服务，集团就引进了152项，其中引进两院院士及外籍院士项目13项、国家级人才项目19项、省市级高层次人才项目24项。

人才教育集团围绕黄埔八大重点产业链，组织开展重点产业链交流对接活动，搭建上下游企业交流对接平台，助力人才创业。

"在与人才打交道时，我们发现部分拥有较成熟创业经历的人才对黄埔人才服务举措缺乏了解，同时又对相关交流活动没有太强烈的参与意向。"人才管家魏晓彤对此颇有经验。

在宣传和沟通中，一位毕业于剑桥大学、有较成熟创业经历的人才表达了与黄埔企业合作的意向。人才管家迅速组织了专场行业交流沙龙，邀请意向合作企业开展项目对接，很快与一家科研院所形成资源对接；在美妆大健康高层次人才交流活动沙龙中，一家人才企业意向与区内美妆上游企业开展深入对接，人才管家魏晓彤立即帮助双方精准对接，双方结合技术优势进行产品研发，形成资源共享合作链条……

人才管家梁锐豪分享了这样一个故事——

2022年，一位外籍高层次人才向他提出协助开办银行卡的需求，因为工资无法通过银行发放而无法享受相关银行服务。

"这是怎么回事？"梁锐豪一头雾水，心里纳闷。

原来，这位人才在黄埔一家上市生物医药企业工作，因为一些因素，导致该位外籍人才不能开办银行卡。根据人才需求，梁锐豪第一时间对接广州农商银行，通过层级报批、沟通协调，妥善解决了该位外籍人才需求，使其正常享受银行服务。

"这位人才目前已取得中国永久居留证，并在国内娶妻生子，正计划接母亲来黄埔生活。"梁锐豪告诉我。

2017年，黄埔人才工作集团组建了一支高素质、专业化的人才管家服务团队，为高层次人才提供企业落地、政策解读、项目申报、人才安居、医疗保障、子女入学、生活关怀以及"上管老、下管小"等"一对一""24小时有呼必应"全方位服务。

这支金牌管家团队，为区域29家重大科创平台和1300多位高层次人才提供专属服务，并把服务向家庭延伸，让人才不为家庭分心。

在黄埔，有一对区内高层次人才兄弟，父亲过世后，想把定居在美国的母亲接来黄埔生活。在办理私人物资转移时，因持有的是旅游签证，无法办理。

获知这一情况后，人才管家主动介入，与相关部门联系获得支持，在人才管家的协助下，这对人才迅速完成团聚签证，并转移私人物资回国内。

2023年，人才工作集团与新黄埔中医药联合创新研究院共同开展"乐享健康"高层次人才父母健康管理服务，人才管家专门陪同人才的母亲前往联创院建档体检，让医生误以为人才管家是该人才的亲属。

"这个美丽的误会，是对我们服务水平及人才服务举措的肯定。"这位人才管家感到了安慰和满足。

之后，人才管家又陪同联创院医生上门为这对人才的母亲开展健康问诊，提供科学养生建议。

人才管家小蔡说他亲身经历过一次"险情"。

那是2023年5月的一天晚上。

"大约是11点，我刚洗漱完毕正准备上床休息，突然接到一位外籍人才的紧急来电。"小蔡耐心一听，心都提到了嗓子眼。

原来，这位外籍人才的小孩突然发热不退，并且出现了神志不清、抽搐等症状。

小蔡立即打车来到这位外籍人才家，一起将小孩送到就近医院，1分钟、5分钟、10分钟、30分钟过去了，医院仍然未能确定小孩的具体病因。

"能不能协助对接妇幼医院？"这位外籍人才问道，看得出，他的内心十分焦灼。

"我马上联系。"小蔡一边安慰，一边拿起手机。

通过人才管家团队的协作，这位外籍人才的小孩被迅速送到妇幼医院诊治，病情得到有效控制。

回到宿舍，小蔡一看时间，时针已过了凌晨。

熙熙浩浩，卓卓一时。

2020年12月27日，"智汇湾区，到黄埔去"高层次人才交流活动在黄埔区初心使命实践馆举行。

1200架无人机编队朝漆黑的天幕腾空跃起，点亮了广州科学城的夜空。他们在空中接连变幻成钟南山、施一公、王晓东、徐涛、赵宇亮等院士的肖像。

"今晚，你是夜空中最亮的星。"

随后，少先队员为参加活动的22位院士献花，以黄埔最高礼遇向为黄埔做出贡献的英才们致敬。

活动现场，由中国科学院院士、广东粤港澳大湾区国家纳米科技创新研究院院长赵宇亮作词、《我爱你中国》作曲家郑秋枫作曲、著名歌唱家廖昌永演唱的歌曲《纳米之歌》正式发布——

珠江水长黄埔港

千年屹立世界东方

中国纳米谷诞生在新时代的知识城上

为人类共同的愿望

我们奋起再创辉煌……

中国科学院院士赵宇亮现为国家纳米科学中心主任、广纳院首席科学家，他开玩笑说自己来到黄埔纯粹是因为"一句话"。

赵宇亮回忆："那时黄埔区政府的领导在北京跟我有过一次谈话，虽然只有20分钟的时间，但我却被深深打动了。区领导对我承诺：'黄埔这个地方你来，你看哪些政策适合你做科技成果转化，如果政策不适合你，我们就制定新的政策'。在我的印象中，从来没有领导这么有魄力，敢说这样的话，我当时就猜测黄埔的环境应该很好。后来在讨论做选择的时候，想到那句话我就决定来黄埔了，事实上对黄埔一点都不了解。"

"黄埔区政府求贤若渴，一句话就打动了我。"赵宇亮说。

"当时从中国科学院来到黄埔就四个人，在这一片荒地上建园，当时我们建设人员是吃在工地、住在工地、睡在工地，就是在这么一个地方，这么艰苦的环境下建起来的，而且5G滤波器生产线只花了10个月时间就建成使用。"忆当年，赵宇亮不禁唏嘘。

"来到黄埔后，政府果然严格兑现承诺。"赵宇亮说，除聚力打造"中国纳米谷"外，还于2019年12月17日正式发布了《广州市黄埔区广州开发区促进纳米产业发展办法》（"纳米10条"）。

这项政策在全国绝无仅有，不仅是国内支持力度最大、政策体系最全的一个纳米产业专项政策，还是唯一由院士研究主导的地方性产业政策。

"在黄埔，政府各部门都是'抢活干'，而且部门间协调能力极强，没有各部门条块分割，而且领导善于倾听意见。"赵宇亮讲了这样一件事。

有一次他与区委主要领导一起吃早餐，席间提到可以把一个通常在北京召开的纳米技术学术会议放在黄埔区召开。

"餐后几分钟，我还在去广纳院的路上，相关部门主动要求对接的电话就打来了。"

广纳院也不负"把研究成果进行转移转化"的使命，成立不到一年时间就迅速搭建起"五个一"组织架构，即一个研究院，一个纳米谷，一群企业，一套政策，一只基金的完备体系。

"中国纳米方面的论文数量居全世界第一，但转移转化率低，与其他国家有很大的差距。纳米科技含有很多基础研究，有不同领域的交叉和融合，有不同的分支机构。"赵宇亮表示，"能够在黄埔这样一个产业基础发达、布局完整、思想开放的区域汲取发展动力，我深感安心。"

"小纳米"撬动大产业！

2022年7月1日，在黄埔举办的粤港澳大湾区纳米产业创新高地院士咨询会上，一批纳米"黑科技"成果正式发布：全球首个在活体内递送药物的"纳米机器人"，能实现长效抗菌的纳米材料，可以减缓近视发生的纳米护眼灯……

如此丰富的"全球首个""世界领先"纳米科技产业化成果诞生于该区，背后的秘密是什么？

"高端人才！"

短短几年，广纳院就引进了6个院士团队，近20位杰青，聚集了862人的高水平科研团队。

"在黄埔，我们的朋友圈越来越大，越来越多高层次人才在这里汇聚。黄埔为高层次人才创新创业提供了一片离成功最近的热土。"赵宇亮表示。

"我们已有22个重大项目落地产业化，成功孵化12家高科技企业，申请国际和国内专利230项。"据赵宇亮介绍，广纳院在知识城聚焦纳米科技产业化规划了1.1平方千米的中国纳米谷，集聚了超百家纳米领域创新型企业，建立起"众创空间—孵化器—加速器—科技园"的全生命周期创新创业服务体系。

"下一步，我们区将以建设纳米产业创新高地为契机，全面打通科技创新链，加速聚集高端纳米科技人才，推动纳米科技成果转移转化，全力打造粤港澳大湾区国家纳米产业创新高地核心区。"区科技局负责人表示。

除赵宇亮之外，黄埔已经吸引了中国工程院院士钟南山、中国科学院院士施一公、中国科学院外籍院士王晓东、中国科学院院士郝跃、中国科学院院士徐涛、中国科学院外籍院士谢晓亮、加拿大国家工程院院士叶思宇等一批"院士天团"带着项目落户，并集聚引进各类高层次人才1300多人。

目前，在黄埔落地的两院院士项目共有74个，已集聚中国科学院13个重大项目。国家纳米中心、空天院、微电子所、自动化所、长春应化所、沈阳金属所等8家中国科学院直属单位均在该区设立了研究院，形成"院地合作"的新高地。

正是因为有赵宇亮、钟南山这些院士英才来到黄埔这块热土，带来好项目、开发新技术、孵化产业，才成就了黄埔区、广州开发区创新发展的今天。

很多人问：什么叫人才高地？

各类人才愿意往那儿跑的地方就是人才高地。在黄埔，完整的人才梯队，既有重量级"大咖"，也有众多不可限量的"新锐"。

刘彪，一个有着机器人梦想的逐梦创业者，最终在黄埔找到了自己的归宿。

"大湾区之大，黄埔是我家。"1984年出生的刘彪毕业于哈尔滨工程大学导航指导与控制专业，"在大学里，我就有了清晰的目标，就是民用机器人的研发与应用，让机器人满大街跑。"

逐梦之路，在现实中注定是荆棘遍野。

2011年毕业后，刘彪来到深圳，研发送餐机器人，他回忆说，当时的机器人研发成本非常昂贵，一台机器人的售价近40万元。

"我们很难卖出一台送餐机器人。"2015年，刘彪5人团队借助北斗卫星导航技术，开始致力于安保机器人的研发。

翌年，黄埔区向他们团队抛出橄榄枝。

"当时，黄埔出台高层次人才引进政策。2017年，我的妻子通过网上审批、现场签字，短短一个月就帮我完成了落户手续。"刘彪清楚记得，黄埔的人才入户奖励政策很吸引人，本科、硕士、博士分别可获得2万元、3万元、5万元奖励。

"我们初创团队都获得了补贴。"刘彪说。

3月，刘彪来到黄埔。仅仅三个月时间，他们的第一代安保巡逻机器人便交付；六个月后，迭代警用机器人国庆期间便在北京天安门花坛巡逻……

"黄埔是我的福地，我与爱人的两个宝宝都出生在黄埔。我的妻子甚至比我更爱黄埔。"

根据人才政策，高层次人才可以让子女就近入学，配偶也能得到工作照顾。刘彪的妻子姜魏巍跟随丈夫来到黄埔，也找到了理想的工作。

如今，两人已经在这里生活了5年多，还有了两个可爱的宝宝。"我觉得现在是最幸福的时候。"姜魏巍笑着说，"到黄埔来，全家都来。"

爱黄埔的还有刘彪的儿子，2018年出生的大儿子同样有一个梦，那就是"把所有的车都装上激光雷达"。

原来，每当周末加班，刘彪就带孩子来单位，孩子好奇地问他："爸爸，这个车上装的是什么？"

"激光雷达呀！"

"有什么用？"

"可以整车自动驾驶。"

"那我长大了也要把所有的车都装上激光雷达。"

"好儿子，有志向。"

刘彪的梦，在黄埔实现了，他相信，儿子的梦也能实现！

"黄埔，让人心生神往。"年过不惑的美国海归博士宁润涛是辽宁沈阳人，2019年3月携家人来到广州黄埔。

"政策给力，黄埔对人才友好包容，我认定此处是吾乡。"来黄埔之前，宁润涛已从事半导体芯片制作14年。"我在黄埔这家公司，负责的生产线是广州第一条此类型的生产线。"

宁润涛负责核心技术，他和他团队研发的半导体芯片填补了广东在半导体技术行业的空白，促进了广州半导体行业的发展。

"黄埔给人才提供了许多资源，人才政策落实到位，特别是公司给我们提供了很好的待遇，发展空间也大。"宁润涛说。

尽管身在异乡，但宁润涛有满满的归属感。

宁润涛一家居住的香雪国际公寓，是黄埔区、广州开发区为高端人才提供的住房，还配套了相应的服务。

"黄埔区政府还为我们两个孩子提供了很好的公立学校，学校的教育理念都与国际接轨，师资优质。"宁润涛的妻子王秀明笑道，话语都流露着感恩。

来到广州之前，王秀明担心在美国出生的女儿难适应广州的生活。没想到，孩子比她还适应得快。王秀明看到，女儿很快就融入幼儿园的生活了，与小朋友们一起上课、做游戏。

"老师们非常负责，把孩子照看得很好。"王秀明的笑意写在脸上，像绽开的木棉花。

平常，夫妻俩喜欢陪家人、陪孩子。周末，一家人就一起去爬山休闲。

"平静美好的生活，得益于黄埔的人才政策。"宁润涛笑言，"在黄埔，有能力就是人才，是人才就能在这里对号入座，找到对应的支持点。"

黄埔自古通江达海，有底蕴、有底气让各类人才在这里都有用武之地，都找到心安之处。

筑巢引凤，有凤来"埔"。

在40年的时间里，黄埔吸引近4000名来自世界各地的科学家和海外留学归国人员。

今天的黄埔，不仅是孕育高新企业的"摇篮"、造就大企业的"蓄水池",更是能为中小企业办大事引来金凤的棵棵"梧桐"。

3. 将服务高调到底

如果要为黄埔梳理"高频词","服务"两个字位居前列。

放眼全国,黄埔区、广州开发区在行政效率和优质服务的先行性、力度、深度及其创新举措方面,都属"执牛耳"者。

2020年5月13日,黄埔。

在黄埔区、广州开发区政务服务中心,一场备受媒体关注的"创新创业金钥匙"首发活动正在这里隆重举行。

这是黄埔服务中小企业的重大举措,开创广东先河。

那么,"创新创业金钥匙"有些什么东西?

活动现场,区相关领导为企业代表打开了"创新创业金钥匙"政务服务大礼盒,只见营业执照、企业公章、财务专用章、发票章、合同章和税务Ukey等物件一应俱全。

礼盒背面是4个金色二维码,盒内还有一本"创业大宝典"。

通过扫码体验,4个专属功能码链接不同平台——

"黄埔区、广州开发区政务服务"是官方公众办事平台,承载了35个部门1310项个人以及企业领域的政务服务事项在线申办。

"粤商通"既是办事平台,也是相关部门为企业快速答疑解难的平台。集成了有呼必应、营商环境改革投诉建议、企业通知、企业开办、企业筹建、企业经营、办事动态、政策扶持、政府公告等9大模块53个事项。

"黄埔兑现通"是政策兑现平台,在政策归集和精准匹配、申报提醒和移动申报、跟踪查询和政策发布等方面,为企业提供贴身服务。

"禾雀花"工程则是企业产供销服务平台。由政府做媒,建立"禾雀花"企业服务信息网,为企业提供一站式线上线下对接服务,促进企业紧密合作、优势互补。

"创业大宝典"则整合了政策解读、政务亮点、金融资源等多类信息……

当然,最让媒体感兴趣的还有"金钥匙创新创业服务库"。

"金钥匙创新创业服务库"是黄埔区、广州开发区营造方便快捷的审批服务环境,推进营商环境改革的创新举措。即入库企业通过建立企业成长画像智能服务系统,为企业生成专属二维码和流程图,实行"一企一码一图",为企业全生命周期提供精准服务。

"企业获得一个专属二维码,如同一枚'金钥匙'。"广州开发区行政服务管理中心负责人介绍,"我们首批优选100家区内重点企业和瞪羚企业入库。企业只需扫码,可直接跳转至企业专属网页。"

通过手机扫码链接网页,除企业基本信息外,还详细绘制了企业开办、筹建、经营管理等全生命周期的服务总流程图,以及人才服务、政策兑现、金融服务等重点环节的分流程图。

入库门槛也并非一刀切。

"对入库中小企业,不分内资外资,优先选择区内重点企业、瞪羚企业。"这位负责人补充道,"入库企业除了符合一些最基本的条件外,我们不量化企业有多少资本,重点是综合考虑企业的发展潜力。"

根据企业全生命周期所处阶段提供针对性、个性化服务，正是黄埔津津乐道的"企业全生命周期服务"，也可以理解为另一种形式的"全流程VIP服务"。

建设用地规划许可证申请核发、经营性道路普通货物运输许可、安全守法证明、执业医师资格证、就业证、居住证……企业只需点击页面内的服务事项和所需证照，就能直接登录网上办事大厅，在线办理。

与此相对应，政府部门通过扫码动态也能查询企业筹建情况、存在问题、代办服务跟进落实情况，智能研判并精准推送审批和监管信息；涉及多个部门的，还可举行在线联席会议，高效为企业精准服务。

类似这种一"码"当先，"码"上办事，在黄埔不是一件新鲜事儿——

走进黄埔政务服务中心三楼的"企业注册登记、建设和经营类业务办理区"，首先映入眼帘的就是一面"二维码"墙。

行政审批局、环境保护局、规划和自然资源局、安全生产监督管理局……对应这些职能部门或者单位的，共有400多个二维码！

企业办事人员只要根据需要办理的事项扫描相应的二维码，便可了解相关情况，快速找到指引和办事渠道。

笔者好奇地拿起手机，对着"行政审批局"内的"企业投资项目备案"的二维码进行扫码，"网上办事大厅"专属页面瞬间跳转到手机界面，"企业投资项目备案"的办事流程、注意事项、在线预约、进度查询等功能呈现在眼前。

为保证信息准确性，二维码让线下大厅提供的办事指南与开发区网上办事大厅实时连接。

黄埔"二维码办事墙"为全国首创！

外界一直纳闷："黄埔区、广州开发区的中小企业为什么能办成这么多大事？"

企业一语道破"天机"：黄埔是一个典型的效率型、服务型政府。

行政效率越高，企业的麻烦事就越少；优质服务越好，企业就可以把更多的精力和成本投在研发、创新等刀刃上。

"秒批"即可窥见一斑。

只听过"秒杀"，没听过"秒批"。"秒杀"容易理解，下单付款，坐等收货。

那么，"秒批"服务是个啥？

"秒批"是指对部分审批流程相对简单、承诺办理时限相对较短的行政许可、行政备案和公共服务事项，实行"即来即办、即来即批"的快速审批服务方式。审批结果可以选择"立等可取"、邮政快递"上门送达"和电子证照"在线送达"三种。

2018年7月25日，黄埔区、广州开发区正式发布《广州市黄埔区 广州开发区"秒批"政务服务事项清单（第一批）》，在全国首推"秒批"政务服务事项，该清单共计223项，涵盖了行政许可、行政备案和公共服务等类别。

在许多业内人士眼中，黄埔的"效率与服务"，充满"速度与激情"。

此轮"秒批"政务服务事项中，核心特点是"即来即办、即来即批"，快速高效。只要材料齐全、形式规范、内容真实合法，就可以即时审批。

此次"秒批"政务服务事项（第一批）主要有两种形式：一

是审批部门通过充分授权窗口或利用政务自助一体机等，对现场申办的事项，实行现场"秒批"；二是审批部门提高后台审批速度等，对在线申办的事项实行在线"秒批"。

不用排队，不用叫号，即到即办，快到飞起！

在一台政务智能一体机前，某公司的梁女士与政务智能一体机屏幕上的工作人员交流，该一体机高度集成了人脸识别、身份认证、视频通信、电子白板、语音通话、材料扫描等6项便民办事技术，将"远程视频业务办理""网上办事大厅""网上中介超市服务"三大核心业务独立建模，并将具备"零自由裁量权"或"低自由裁量权"的事项纳入即办范畴，结合人工智能技术，利用互联网、大数据、AI等信息化手段，进行"AI+政务"智能受理、智能审批，立等即取。

短短几分钟，双方就"交流"完毕。

"我是申办'保税区进口自用物资征免税证明'，以前要先到现场窗口递交资料，然后等待审批，须往返多次，三到四天才能拿到审批结果。"梁女士激动地说，"刚刚几分钟就办结了，审批结果可以直接免费快递给我，太省心了。"

这是"秒批"的其中一种途径，也可以选择在办事窗口现场"立等可取"。

"5分钟就搞定，还盖好了章。"拿着盖章完毕的"第二类医疗器械经营"备案凭证，张先生难掩喜悦之情，"流程优化后，现在也可以直接在窗口盖章'秒批'，不需要再跑一趟职能部门，时间成本和交通成本都大大降低了。"

钟小姐更是直言"没想到、没想到"。

原来，钟小姐自己创业开了一家公司，她想一次性领取失业保险金。

来到政务服务中心的社保窗口，她按工作人员的要求提交了营业执照、纳税证明等材料后，工作人员现场就为她办妥了申领自主创业后一次性领取失业保险的手续。

"真是意外的惊喜呀，我都做好了跑几趟的打算了，没想到喝杯咖啡的时间就OK了。"钟小姐乐滋滋的，脸上笑开了花。

通俗地讲，"秒批"以减少企业和群众办事等候时间为目标，有利于倒逼审批流程再造，优化权力运行流程，提高行政审批速度，既是对审批服务时限的承诺，也是"黄埔效率"下行政服务效能的集中展示。

"行政审批高效率背后集合了黄埔一以贯之的规范化、标准化建设和审批监管大数据平台的构建，得益于相关职能部门的支持，大家目标只有一个，就是多、快、好、省服务中小企业。"广州开发区行政审批局相关负责人员介绍，他们将根据政务服务事项的审批复杂程度、信息化建设水平等条件，按照"成熟一批、推进一批"的原则分批开展"秒批"。

"秒批"，这一领先全国的创新举措，成为黄埔行政审批的新利器。至此，"秒批"追风逐日、一发不可收——

2019年5月29日，第二批涉及市场监管、公安、卫生、民政、教育等19个部门共162个"秒批"事项发布。通报显示，较之此前发布的第一批"秒批"事项，第二批"秒批"事项范围大幅拓展至企业高频办理事项，并呈现出在线"秒批"实现办事"零跑动"、审批结果电子证照在线"秒达"等，行政审批再提速。

一门式、一窗办、帮辅办……黄埔前后两批"秒批"服务事项覆盖22个部门共300多个事项，约占该区已申请办理事项总数的四分之一。

一门式：全省首创"一门式"政策兑现服务。将13个业务部门的51项政策、232项兑现事项纳入"政策兑现"一窗受理。

一窗办：将涉及企业注册登记、经营管理和建设工程领域的17个部门、204个事项（396个子项）实行"前台综合受理、后台分类审批，窗口统一出件"，彻底解决过去企业办事往返于"多个部门多个窗口"的"折腾之苦"。

帮辅办：建立了专门服务于企业投资建设项目的帮办导办队伍，免费为企业提供更为专业、精准和优质的政务服务，通过"圈点式"精准辅导及"零等候"服务模式，切实提升办事"一次性告知率"及"一次性申报成功率"，减少等候时间20～30分钟。

没有最快，只有更快。

2020年12月10日，黄埔行政审批改革再出妙招，首批100项智能秒批（核）事项清单发布，并在全区37个场所共42台政务智能一体机同步上线。

"在全国尚属首例。"黄埔区行政服务管理中心负责人说，"首批100个智能秒批（核）事项清单涵盖了卫健、食药、特种设备、档案、文旅、交通、水务、教育、环保、农业等12个行业，涉及年总业务办理量约10万件。"

相比之前自助服务一体机，这种智能秒批（核）模式破解了以往人工审批程序烦琐、审核工作量大、流程不透明、自由裁量权大小不一等痛点，可在单一智能终端设备上完成无人工参与的"智能申报、自动审核、网上发证"。

"秒批"倒逼审批流程再造，直击痛点、堵点、难点。

"很多时候，办理的事件并不复杂，办理的程序才是拖延时间的梗阻。"广州开发区行政审批局相关领导说，相比于一般的政务服务，"秒批"服务在四个方面实现了优化和提升。

——优化了审批流程。

审批部门通过充分授权窗口、提高后台审批速度等手段，进一步优化办事流程，尽量整合受理和审批环节，实现"来了就办、一次搞掂"。

——压缩了办理时限。

原来承诺在1个工作日内办结的事项，经过压缩办理时限后，基本实现了"秒批"。

——提升了对审批部门的要求。

"秒批"进一步规范了办事规则，对办理全过程实行标准化管理，对于以往需要等候几个小时的事项，要求必须"即办"。

——强化了信息化技术应用。

逐步推广应用政务智能一体机、电子证照等信息化技术，鼓励在线"秒批"、在线"送达"，减少到现场次数，尽量实现"办事不用跑"……

2023年，创新推出"政务服务直通车"进园区政企合作服务模式，以党建为引领，在云升科学园、中新智慧园等5个企业园区及龙湖街一站式企业服务中心设立政务服务联络站，依托"四个直通"（服务直通、窗口直通、诉求直通、政策直通），架起区政务服务中心与企业沟通互动"一步到位"的重要桥梁。一是政务窗口定期下沉园区、部署政务智能一体机、推介"黄埔区政务雷达"微信小程序，实现服务直通；二是简单问题园区前台答，复杂事项线上远程办，实现窗口直通；三是利用需求工单、业务工作群等途径，收集企业政务服务诉求并协调相关单位限期解决，实现诉求直通；四是上门宣讲并辅导申办政策红利，实现政策直通。

"政务服务直通车"活动现场的一名企业代表激动地说：

"一直想找个时间咨询营业执照信息变更、职工社保医保以及企业缴税的问题，但跑各单位现场咨询要花费很长时间，一听到有'政务服务直通车'送服务上门的活动，我立刻过来现场咨询清楚了所有事项，十分方便、贴心。"

通俗地讲，"政务服务直通车"政企合作新模式，就是针对企业群众办事跑动多、等待时间长的堵点、痛点、难点，通过现场受理业务、微信工作群咨询答疑、设置自助终端、上门宣讲政策等系列举措，让企业群众"足不出园"即享政务服务。

服务，是黄埔中小企业高质量发展的"基因"——

2002年，广州开发区设置全市最早一批的"一站式"服务窗口。

2009年，设立政务服务中心，提供"一门式"集成服务。

2015年，根据《中华人民共和国行政许可法》，将8个部门38个事项统一交由广州开发区行政审批局实施，黄埔区、广州开发区成为全省率先开展"相对集中行政许可权"试点改革区域，实行"一集中、两分离、三提高"模式。

2016年，在全市率先实行住所申报制。允许将住宅性质的场所改为经营性用房，放开注册登记"一址多照"，推行名称自主申报，不再要求商事主体申请名称预先核准，只要申报企业名称未涉及禁止和限制用语的，由系统自动审核通过。

2017年，推行全程电子化商事登记，申请人可通过电脑终端、APP，以及设置在各政务大厅和银行网点的智能机器人，办理全程电子化商事登记业务。

2018年，全面系统实施相对集中行政许可权试点改革，推出"承诺制信任审批""定制式审批服务"等系列改革品牌，打造

"要件最少、时间最短、程序最优、服务最好"的企业投资建设的审批样板……

以往，一个项目从引入到投产，要先后经过土地供应、项目立项、规划许可、施工许可及建设验收五个阶段，于是便有了"跑N个部门，盖N个章，等上N个审批日"的说法。

"每个阶段需要取得的审批少则三四个，多则十几个，部分地方的企业需要逐个部门'跑'下来，中间还可能面临反复'吃回票'的情况。"一位曾经负责跑审批的公司业务员感慨地说，"'万里长征审批图'走完最快也得要3年。"

在国家博物馆，收藏并封存着109个公章，它们原本属于天津滨海新区18个不同的单位，代表着政府的审批权力。由此可见，企业项目建设审批有多难。之所以难，就在于每缩减一个工作日，背后都是政府部门的"伤筋动骨"。

黄埔砥砺前行，刀刃向内，通过"流程再造"，在企业投资建设项目全链条行政许可和公共服务事项集成改革方面突破部门管理边界，实现各部门审批监管信息的互联互通——

在企业投资建设项目全链条行政许可方面，通过"跨部门""跨阶段""系统式"并联、合并、联合等，创新打造12345审批服务体系，实施"一个部门、一个印章、一个流程"的集中审批模式。

一个部门：设立全省首个行政审批局，将过去碎片化的审批主体聚合为"一个主体"，在全国范围内率先实现企业投资建设工程项目全链条、全流程、最彻底的集中审批改革。

一个印章：将企业投资建设从立项、规划、建设、人防、环保、市政、绿化、招投标、建设到验收全链条的8个部门38个审批事项首批划转至行政审批局统一行使，实现"一个印章管审批"。

一个流程：突破部门管理边界，对企业从签订土地合同至取得施工许可证主流程审批，统一实行"前台综合受理、后台分类审批，窗口统一出件"，有效解决部门窗口"只挂号不看病""体外循环"、群众办事两头跑等问题。

在公共服务事项集成改革方面，黄埔实施"一窗式"集成服务模式，集中受理26个部门约1000个事项，占全区行政审批和公共服务事项的50%。

同时，以标准化促服务规范化，将审批标准化同步运用到区网上办事大厅、权责清单管理和行政审批三大系统中；建立全区统一的《标准化明细表》，设定审批要素、审批流程、裁量基准、审批服务、监督检查、责任追究共6大模块211个要素。

2018年8月1日，黄埔区、广州开发区在全省率先推出开办企业涉企证照"四十四证合一"。在全国"二十四证合一"的基础上，将区级公安、卫生、食药监等部门的20个备案事项进一步整合到营业执照上，实现"四十四证合一"，整合事项全省最多、步伐全市最快。全市率先开发"'多证合一'信息共享平台"，实现被整合涉企证照事项在办理部门间共享和协同办理，让数据跑路代替群众跑腿。企业办理"四十四证合一"时，实行相同信息"一次采集、部门流转、一档管理"，推行"一套材料、一表登记、一窗受理"模式，提交材料减少达80%，大幅降低企业办事成本，将企业开办用时压缩至1天内。

作为黄埔区特有的审批部门，行政审批局要协调和打破部门壁垒，让企业、各职能单位、上下级单位了解并适应这样一个全新角色，颇费了一番磨合的功夫。

"还遇到过企业觉得我们是骗子。"有技术人员笑言。

对各种"流程再造",广州市社会科学院城市战略研究院副院长柳立子印象深刻,"这不仅是办事时间的缩短,而且是政府自身流程的再造和优化,这个工作难度非常大,也是更为触及根本的工作"。

一系列"大刀阔斧",企业办事往返于"多个部门、多个窗口"的情形一去不复返了。

百济神州创始人、科学顾问委员会主席王晓东院士感叹:"我们广州工厂在短短四年间产能翻了三倍,这是中国速度、广州速度、黄埔速度,刷新了我们在生物医药生产基地建设中的纪录。"

百济神州2017年动工以来,王晓东院士常常对外细数公司的成长阶段:项目从签约到动工1个月,26个月建成第一工厂,速度比国外同类工厂快3倍,12个月建成第二工厂,第三、第四工厂也已陆续动工或竣工……

黄埔行政审批创新亮点纷呈,逐步实现"流程最优、材料最简、成本最低、时间最短",其中"承诺制信任审批""带规划方案"出让用地等改革措施功不可没。

广州开发区行政审批局相关负责人说:"黄埔是广东省首批信用建设服务实体经济的试点。企业投资建设项目全流程所涉及的38个审批事项中的30个事项都已纳入信任审批范围。"

从相关职能部门提供的资料上可见,承诺制信任审批分全信任审批、非核心要件信任审批和要件后补信任审批三类。

除申请书、签署承诺书要件外,全信任审批,申请人无须提交其他材料;非核心要件信任审批,仅须提交审批部门要求的核心材料;要件后补信任审批,仅提交部分材料,审批部门做出审批决定后，在限定期限内补齐剩余材料……

承诺制信任审批政策，为广州西门子变压器有限公司配变新工厂的快速落地扫除了障碍。

据悉，配变新工厂在全省率先采用"带规划方案"出让用地新模式。该模式先行完成规划方案编制及审查，依法摘牌取得用地后，依托黄埔区承诺制信任审批办理施工许可证，采用部分信任材料3个月内后补模式，从提交必要材料，到办理完施工许可证仅用1个工作日。

"通过'信任审批''带规划方案'出让用地以及智慧筹建APP，我们感受到被信任、被重视和被服务。"广州西门子变压器有限公司总经理逄增君表示。

再譬如，归谷科技园A1、A2栋及地下室施工许可办理过程中，申请单位没有及时提交符合要求的资金证明，通过提交承诺书，承诺在领取施工许可证前提交，行政审批局通过信任审批，先行为其办理了施工许可证的审批。

"这项改革，将过去碎片化的审批主体聚合为'一个主体、一个印章'，有效解决过去部门窗口'只挂号不看病'、'体外循环'、群众办事两头跑等问题。"广州开发区行政审批局相关领导如是说。

截至2024年初，黄埔共20个部门119项事项纳入审批改革范围，承诺制信任审批升级至3.0版。

从审批效率看，总体审批时限比一般程序压减40%，30%的事项实现当场审批、90%的事项实现1日内办结，实现企业开办最快0.5天办结、"四品一械"百分之百"证照同办"。

从审批速度看，一般工业项目基坑开挖阶段施工许可审批基本实现"当天受理、当天办结"，项目筹建周期平均较改革前缩短6个月。

在黄埔，有一个"定制式审批服务"广受企业追捧。

顾名思义，定制式审批服务就是以企业需求为导向，结合建设项目特点和实际情况，主动提前研判项目筹建过程中可能遇到的政策和技术问题，为企业量身定制个性化报批流程，精准推送各类审批改革政策，并提供多专业的技术统筹、政策统筹和跨部门的协调推进，助力企业统筹开展全流程筹建报批的创新型服务。"我们公司项目就享受到了定制式审批服务的好处。"谭智欣是广东安普泽生物医药股份有限公司项目负责人，据他回忆，"区行政审批局牵头涉及项目报批的部门专门召开会议，主要就是为我们公司量身定制审批流程。"

在这次会议上，落实了对接专员，专事审批跟进，谭智欣有任何疑问，就直接把问题通过邮件或微信发给对接专员，一般立即反馈，最长不超过两个小时。

这让谭智欣刮目相看，"事事有落实，原来是我们追着政府，现在政府比我们还主动，会提醒什么时候可以准备什么材料了，这是企业最希望看到的"。

变"政府端菜"为"企业点菜"，让企业服务体验感大幅提升。

谈到"定制式"审批服务，广州创景医疗科技有限公司项目负责人王耀彬也有类似感慨："政府这种定制式审批服务，给了企业一张清晰的'处方'，我们按方'抓药'即可。"

创景医疗科技有限公司粤港澳大湾区高性能医疗器械创新中心位于开发区生物岛，用地面积约9000平方米，容积率5.0。"政府通过提前介入，研判项目瓶颈，精准推送免费服务'大礼包'，我们当月就动工了。"王耀彬说，"2020年疫情防控期间，区行政审批局、民营经济和企业服务局对我们的项目非常关心，他们的电话比我老婆的电话还要多。"

王耀彬咧开嘴，眉宇间舒展着愉快的笑，"我参与过多个同类项目的筹建，从没见过这样的速度"。

相较于创景医疗项目"要时间"，另一家生物医药企业——广州华银健康科技有限公司则着重于"要空间"。

"公司因发展势头强劲，产品供不应求，企业急需扩产增容，地块现有容积率已无法满足企业的发展需求。"广州华银健康医疗集团副总经理赖波介绍说，黄埔出台简化提高工业用地容积率审批流程相关办法后，公司立即向政府部门提交经济承诺、设计方案论证等2项资料，申请提高地块容积率至4.0，仅2个月就获得批准，即可动工建设，为企业赢得了发展空间。

让外界目不暇接的审批"妙招"还有并联审批机制，即多个审批环节同步进行，让审批过程"无缝衔接"。

2023年3月31日，黄埔区、广州开发区正式发布"排污许可与环境影响评价融合审批"国家试点"1+12"政策体系文件，在全国首创生态环境综合许可"融e批"。

环境影响评价制度是建设项目的环境准入门槛，排污许可制是企业生产运营期排污的法律依据，两者可谓企业建设的两大标准。以往在实践中，这两项制度存在管理名录不一致、系统不联通、评价体系技术规范不统一的问题。

生态环境综合许可"融e批"有机衔接并妥善处理二者之间的"关系"，成为构建以排污许可制为核心的监管体系的最关键环节。"以前，一个项目办理环保手续要跑两次，有时候需要半年才能办理下来。实行融合审批之后，我们节省了两个月的申报时间，提前3个月投试产，预计可创造上亿产值。"方邦电子公司电子薄膜项目是首批试点案例之一,其对外事务经理刘晟点赞道。

"生态环境综合许可'融e批'让企业少走了许多弯路,真正实现了'容易批'。"云舟生物科技(广州)股份有限公司品牌及战略副总经理黄锐表示,现在把两个报批流程融合在一起,大大缩短了审批时限,对处于快速发展的企业是实实在在的便利。

云舟生物是全球最大的科研级别基因载体供应商,通过生态环境综合许可"融e批"完成环保融合审批项目,使得企业在短时间内实现了商业化生产。

广州智光科技有限公司是广州开发区的重点项目。行政审批局首次将"占用、挖掘城市道路""砍伐、迁移、修剪树木""因城乡建设临时占用城市绿地"具有先后次序的三个行政许可事项进行了并联审批,仅用两个工作日便完成了审批工作。

同时,跟进现场的后续实施,实现"三事项联审"与"现场实施"的无缝衔接。原本需要近一个月才能完成的绿化迁移、路口开设等,在一周内便轻松完成。

"审批体验要像网购一样。"智光科技景小姐这样描述,企业只需要登录数字政务平台,就可以看到审批到了哪个环节,由谁负责,还需要几个环节、多长时间,一目了然。

"就像网购之后可以随时查询商品发货进度一样。"景小姐说。

此外,黄埔对标国际服务标准,在取得施工许可证等方面减负松绑,在降费、要素成本降低等方面施策,在释放政策红利方面加力,推出十大免费技术审查服务。除了这些"眼花缭乱"的审批改革外,企业还享受"五星级"服务。如在企业投资建设领域,黄埔每年安排近1000万财政资金,采取政府购买服务等方式，为符合条件的企业免费提供施工图设计文件集中审查、地形图测量、地下管线探测、规划公示公布等10项技术服务。

以一个1万平方米的建设项目为例，通过以上措施为企业减少15万～20万元的成本，更重要的是减少了技术方面的时间和精力投入。

此外，区政务服务中心还设立了"1小时出证免预约专窗"，开设了绿色通道，专窗受理、即时审批、即刻打照出证，"企业设立登记"从受理到出证最快可实现1小时内搞掂。

读者也许会问，诸多策源性的创新制度出台，会不会导致一"放"了之，监管甩手？

"No！"

作为全省唯一"创新政府管理方式加强事中事后监管"的改革试点区域，这张"网"同时向企业、审批部门、监管部门开放，每个项目从施工许可到验收全流程的审批信息都在系统可查询、可调取，公开透明。

事前信用预警，将申请人信用状况作为是否适用信任审批的依据。

事中智能提醒，依托黄埔区公共信用信息平台，对需要核查或实行要件后补信任审批的事项，在承诺期限届满前，提醒审批部门和承诺人。

事后联动奖惩，按照信用状况科学设置"双随机"抽查比例和频次，实施分类精准监管，区分不同失信情形实施惩戒。

举个例子，如果有企业落地投产后，放松了日常生产管理，被一线执法人员发现环保问题、安全隐患什么的，立马就通过移动终端上传至大数据平台，企业就留下污点了，以后办理相关的审批也就难了。

从精简审批事项到"一枚印章管审批",从建设全国一流精准监管系统到打造"信任审批绿色通道",黄埔持续优化企业项目全流程"改革路线图",让项目审批"长征"变"短途"——

1.0版110个工作日。

2.0版60个工作日。

3.0版30个工作日。

4.0版25个工作日("带规划方案"出让用地项目15个工作日)。

5.0版"拿地即动工"。

全流程优化、定制式审批服务、承诺制信任审批、施工图集中审查、审批与监管分离、技术审查和行政审批相分离、智能秒批……5年探索,黄埔行政审批推出7个全国首创40余项创新制度和举措,企业筹建审批材料从312项精简到119项,实施全信任审批的事项只需提交1份承诺书……

这些"黄埔样本"有的要么纳入全国多地政府部门出台的改革和管理文件直接复制推广实施,要么经由到黄埔调研考察的单位结合自身实际复制实施。

"一件事一次办!"

2023年8月,黄埔区、广州开发区再推"新政",100项"一件事"主题集成服务闪亮登场。

"黄埔行政效率绝非浪得虚名!"王先生在黄埔区开了一家电影院,正是得益于黄埔新推出的"一件事"主题集成服务,结果他只提交1次申请,填写1张表单,就实现"一次送达",办理时间从20个工作日缩短到3个工作日。

100项"一件事一次办"是怎么来的?

原来，尽管黄埔政务审批改革措施层出不穷，但一些涉及面广、办理量大、关联性强的事项达不到预期效果。

公司开办、经营危险化学品、给企业职工新生儿办理出生证、企业吸收大学毕业生落户……对中小企业来说，这"一件事"办理起来往往要"跑多趟"。

"'一件事'就是一堆事。"

2023年，黄埔区、广州开发区政务服务中心升级推出100项"一件事一次办"主题集成服务，将企业全生命周期重要阶段涉及面广、办理量大、办理关联性强的事项实行"集成办""一个窗口打包办理"。

这便是100项"一件事一次办"举措推出的诱因。

围绕"一次申请、集成服务"的改革思路，"一件事一次办"主题服务是将原来需要前往两个及以上部门办理的"多件事"，打包成企业群众眼中通俗易懂的"一件事"。

"目的是让企业'一件事最多跑一次'，"政务服务中心负责人说，"首要是打通审批系统信息壁垒，建立跨部门联动审批机制。"

为此，黄埔将多个关联事项的办理流程、办理材料、办理结果以图文并茂的形式"一屏展示""一次告知"，推行"一表申请、一套材料、一次提交、一窗（端）受理"的办理模式，让办理结果"一次送达"。

除了"集成办"，一个窗口打包办理外，也可以"全网办"，足不出户一站办。

"网办过程非常方便，所填信息在表单上会自动显示，无须重复填写，不仅准确率很高，时间也节省了不少。"6月30日，在黄埔区创业的李先生想拓展公司业务，需要办理资质申请等3项业务，但由于出差在外，无法到该区政务服务中心现场办理，于是他选择了网上办理。

"3项业务一次性共同申请，只需要填写一份情景问卷，就能动态生成一套符合办理场景的个性化材料清单，清晰又直观。"李先生连连夸赞，"现在只需要一台电脑，就能全流程网办、多业务联办，即使出差在外，也能一次办妥！"

"现在，企业只需通过'一次申请'，即可线上线下'一次联办'，办理结果'一次送达'，有效助力'少填少报少跑'、办理事项'快批快办快结'。"

围绕"一门一网集成办理、线上线下同质服务"，黄埔区、广州开发区持续推进线上线下平台的实际应用与联动，政务服务效能全面提升。

据统计，首批100个涵盖企业及个人事项全生命周期的"一件事"主题服务上线后，申报材料与以往相比压缩21.4%，办理时限压缩62.9%，跑动次数压缩76.2%。

如果说"集成办""全网办"彰显"黄埔速度"，那么，"贴心办"则呈现"黄埔温度"。

在黄埔区、广州开发区政务服务中心的自助上网区，陈先生正在办理工程占用市政道路"一件事"，由于是第一次来办业务，对业务流程不熟悉，正当他对申请材料的填写手足无措时，熟悉主题服务业务的"一件事"工作人员耐心指引，让他顺利完成线上申报。

"工作人员的服务指引特别暖心。"陈先生点赞道。

业务办理、咨询导办、申报辅导……在自助上网区，窗口工作人员、咨询台工作人员、"帮办导办"工作人员一应俱全，真正做到与服务对象全方位无障碍沟通、无缝隙对接、零差错指引、一窗式办理的"管家式"服务。

"原以为要等全部证件办好才能领取，没想到现在还可以分批出件、分批领取。"这让陈先生喜上眉梢，"证件领取更省心，办件结果可以直接快递送达，也不用来回奔波、多跑一次了。"

"即出即领、分批出件"功能服务，最大限度缩短企业等待时间，并丰富出件渠道，而企业到现场窗口领取或选择"智政务+新邮政"免费包邮快递送达两种领取方式，最大限度减少了来回跑动次数。

"多件事"变为"一件事"，"多次办"变为"一次办"，"串联办理"变为"并联办理"，"信息孤岛"变为"互联互通"……黄埔区新推出的"一件事一次办"主题服务背后，是深化"放管服"改革，提升政务服务标准化、规范化、便利化、数智化建设水平的又一重要举措。

"当各个环节的办理时间已经压无可压了，要继续提高审批效率，就只有通过内部改革来进行。"黄埔区政务服务数据管理局（广州开发区行政审批局）相关技术负责人回忆起行政审批改革过程，有点感慨。

从权力"瘦身"到服务"强身"，黄埔持续聚焦企业的办事需求，大胆削"繁"，治"拖"、破"堵"，以"绣花"功夫让申报更便捷，审批更高效，服务更优质，办事更简单。

这应该就是中小企业为什么能在黄埔区办成"大事"的底层逻辑。

企业有呼，服务必应。

在黄埔区采访时，广州开发区投资促进局工作人员给笔者讲述了这样一个故事。

2021年4月，广州普洛夫尔薄膜有限公司（下称"普洛夫尔公司"）为迎合业务的战略发展及市场增长需求，决定增资扩产，经对照，其引进的生产线符合国家鼓励外商投资产业。

广州开发区投资促进局受理申请，向普洛夫尔出具含有鼓励类项目信息的回执，以便申请进口设备减免税手续。

经与供应商谈价及采购，9月，普洛夫尔向区投资促进局申请重新调整设备用汇额度等鼓励类项目信息。然而，根据海关要求还须修改项目信息。

时间已来到10月间，而设备正在运往国内，如果不能在货物入关前办妥相关手续，企业将需要支付数百万元的税费和高额的仓储费用。

区投资促进局急企业之所急，高效协助其出具鼓励类项目凭证手续，为企业设备减免税进口赢得宝贵时间。

"区投资促进局的高效服务更加坚定了公司在黄埔长期发展、做大做强的信心。"为表达感谢，普洛夫尔公司将一面印有"诚心为民，服务企业"的锦旗赠予投促局。

在黄埔区、广州开发区，一直流传着关于禾信仪器一个小小门牌号的故事。

2021年，广州禾信质谱产业化基地项目进入工程收尾阶段。然而，就在这时，禾信仪器发现，门牌号还没办下来！

没有门牌号意味着什么？

意味着贷款办不下来，如果贷款办不下来，整个项目进度都将拖延慢下来。

"办个门牌号要多久？"

"按照正常流程，至少需要1个月。"禾信仪器负责人周振说。

关键时刻，区民营经济和企业服务局出马了。该局迅速联络相关部门，启动了"信任审批"。一周时间，门牌号办下来了。

"企业落地考虑的东西有很多。"黄埔区相关负责人告诉笔者，早期企业更关注的是政策优惠，但现在更看重软环境与获得感，因此，政府要有"多走一步、先走一步"的服务意识。

视源电子相关负责人对这"多走一步"印象深刻。

"那是视源电子飞速发展的阶段，公司因营收大幅提高而无法开具发票，我来到区税务局反映情况。"让这位负责人意想不到的是，那天，局长比她先来到服务大厅，然后像普通业务员一样带着她在税务大厅里跑流程，讲解每个环节应该怎么做。

"黄埔区政府真的是想着怎么帮助我们解决困难和问题的。"这位负责人如今回忆起来，仍觉"不可思议"。

王浩波是爱莎国际教育集团董事，他对政府"先走一步"亦是感同身受。"黄埔具备'先走一步'的专业素质，就是先于企业看到问题，提供解决办法。"

王浩波透露，2020年，距离爱莎科学城学校开学仅有两个月了，水、电、气都还没开通，自己那个心急如焚呀！

令王浩波没有想到的是，黄埔"先走一步"，把服务对接做到前面，将涉及验收的22个部门通通召集到工地现场调研，了解情况，找出潜在问题。

"于是就和该学校相关负责团队建立了微信工作群，根据开学日期倒排时间表，让各单位每天在群里通报工作进度。"王浩波感叹，"我们自己筹建团队的效率、专业精神和责任心都不如他们。"

"先走一步"的专业服务让爱莎科学城学校最终在8月26日通过验收,按时开学。

行政效率和优质服务是中小企业高质量发展的良田沃土,是市场主体成长的醴泉甘露。

效率"扶上马",服务"送一程"。在黄埔这片创新沃土上,中小企业正从一粒粒"科创种子"成长为"参天大树",撑起广州高质量发展的今天与明天。

4. "新"路

2023年6月26日,新加坡。

这天,百吉生物迎来一大喜事。其项目"中新肿瘤防治技术创新与临床转化医学中心"成为粤新合作代表项目之一在新加坡签约。

这是中新广州知识城12个粤新合作项目集中签约之一。

根据协议,百吉生物将与知识城集团共同设立中新肿瘤防治技术创新与临床转化医学中心,促进生物治疗基础研究向临床有效转化。

"我们基于'新加坡+广州'双总部布局实施全球化战略,汇聚了6个国家的顶尖科研人才。"百吉生物首席科学官张曦说。

百吉生物是何方神圣?

2016年成立于新加坡,2017年落户中新广州知识城。作为中新两国在生物医药界合作的标杆,百吉生物是专注细胞与基因治疗的创新药公司,致力于免疫细胞治疗领域的研究和创新。

在百吉生物实验室里，研究人员在埋头研发，正是他们，已在免疫细胞治疗领域取得丰硕科研成果，在治疗鼻咽癌、多种消化道类肿瘤、肝癌、肺癌、EBV阳性血液系统疾病等多种实体瘤和血液瘤领域推出了全球首创产品或同类最佳产品。

得益于"新加坡+广州"双总部布局，短短8年间，这家创新药企已有两款产品获得美国食品药品监督管理局（FDA）及国家药品监督管理局的新药临床试验（IND）批文，同时储备的其他三款产品也正在推进新药临床试验申报。

来到百吉生物，你就会明白为什么21世纪是生物工程的世纪。

在全球范围内，医药工业界整体面临着研发产出率不断下降的挑战，在我国，临床研究和成果转化一直是医学科技创新链条的薄弱环节。

百吉生物以先行者的姿态打通了这条路径。

2017年，张曦在新加坡完成博士学业后来到中新广州知识城创业，作为首席科学官，他坦言："知识城提供了与新加坡相似的研发平台，叠加众多创新企业相互协同，为研发提供支撑。"

"希望利用百吉生物自身的成功经验，串联起粤港澳大湾区和新加坡医疗资源，加速两地更多成果落地。"张曦对此信心满满。

"这里一年的变化，在法国要50年！"Jean Paul Thiery教授是法国科学院院士、百吉生物科学委员会主席兼首席科学家。

1984年，是广州开发区作为国家级经济技术开发区建设元年，他首次来访广州开发区园区，那时园区内还是"三来一补"初级制造业。再来时被这里"高新满园"的发展所震惊，变化令人惊讶，他喜欢用"光速"来形容"黄埔速度"。

2017年，Jean Paul Thiery加盟百吉生物广州创业团队，他亲身见证了千亿级生物医药产业在创新大道上的"光速"发展。

Jean Paul Thiery将这种创新大道上的"创新密码"与硅谷的高科技创新企业产业集群相比较。"创新大道上分布了很多高科技创新企业，囊括众多创新领域如通信、无人驾驶、生物医药等高新企业。如同美国硅谷一般，基础研究和工业研究完美融合，能转化为更多高附加值的创新产品。"

在Jean Paul Thiery看来，科研院校、海归、资深产业界人士，将新技术、新想法转化为产品，政府、风投机构发挥其各自的职能，将助力创业者技术开发和产品商业转化。

问渠那得清如许，为有源头活水来。

在黄埔区、广州开发区，一条条大道纵横交错，见证黄埔的繁荣与变迁：黄埔大道，追寻广州黄埔的历史变迁；科学大道，解读黄埔的经济密码；金洲大道，体验"慢岛"上的"慢生活"……

创新大道，贯穿黄埔南北的科技创新之路。

这是一条全长40千米、汇聚创新动力的"康庄"大道，串联起黄埔区的三城一岛——中新广州知识城、广州科学城、广州海丝城和广州国际生物岛。

这条聚集了40多个生物制药产业项目、80家集成电路相关企业，以及智能网联与新能源汽车超级产业链群的大道，正在成为激发粤港澳大湾区产业创新活力的纽带。

这一节就来写写创新大道，在这里解码人才技术高地的创新要素，解码沿线产业缘何迸发出充沛的创新活力。

创新大道，怎一个"新"字了得！

南端，鱼珠片区。

广东粤港澳大湾区国家纳米科技创新研究院的成果展示大厅里，纳米科技的应用场景和案例琳琅满目——小到应用于智能手机，大到应用于基站服务、卫星导航系统的5G滤波器芯片，可用于缉毒的1分钟纳米快检专利吸毒检测仪，可减缓近视发生的纳米护眼台灯，显示更细腻、色彩更饱满的量子点电视……

基础研究、成果转化、批量生产是纳米技术的创新链。

"创新链共分为9个等级，1到3级是基础研究阶段，4到6级是工程化阶段，7到9级是产品阶段，其中4到6级也叫作纳米技术产业化的'死亡之谷'。我们国家在2014年左右实现了纳米技术基础研究领域的全球领先水平，但成果转化率不足10%。"展厅专业人员用专业的语言滔滔不绝。

其实，不同于基础研究阶段，工程化阶段最大的难点是需要更大的投入，通过整合社会资源，丰富工程化阶段，才能将更多的科研成果转化为产品。

为了突破科技创新链4到6级的难关，打造完整的1到9级科技创新链，推动纳米科技的产业化发展，广纳院才在创新大道上应运而生。

广纳院吸纳国内的高校及大院大所的1到3级成果，通过自身科技平台进行孵化，让纳米科技"变现"。

具体来说，就是将产品研发出来，形成专门的生产体系，最后实现稳定的批量生产。

"让科学家同时也成为企业家。"

在黄埔，短短8个月时间里，广纳院孵化的一个5G滤波器芯片厂就已建成。"在其他地方是'人找政策'，而在黄埔则是'政策找人'，这让科技转化为产品的整个过程都特别顺畅。"广纳院一位负责人说，"凭借着良好的政策条件，我们不仅实现应用研究、技术开发和转移转化，还着力建设重大基础设施，实现纳米技术的产业化。"

据介绍，广纳院重点打造微纳加工平台、纳米生物安全评价研究中心、国家纳米科技与产业大数据平台等重大基础服务平台，引进了谢毅院士的无机纳米防火材料、张洪杰院士的基于稀土发光材料的交流LED技术等超30个项目，培育、孵化一批高科技创新企业，形成纳米科技产业集聚区和辐射效应圈，已有10多个项目落地转化，孵化20多家企业。

"广纳院定位于国际一流的纳米技术转化基地，将汇聚2000人以上的国际化高水平工程师队伍，专门服务纳米科技成果转化，打造完整的科技创新链。"这位负责人表示，将逐步构建"基础研究+应用基础研究+技术开发+成果转化+科技金融"的创新全链条，推动研究院开放合作，整合国内外研究力量和产生一批世界领先的纳米科学成果，破解一批"卡脖子"科技难题，为抢占未来纳米技术产业制高点提供技术支撑。

创新大道沿线，像广纳院这样的大院大所、大科学装置短短5年就汇聚了12家，仿佛是黄埔吹响了"集结号"——

新加坡国立大学广州创新研究院、广东粤港澳大湾区黄埔材料研究院（航空轮胎大科学中心）、广东粤港澳大湾区国家纳米科技创新研究院、西安电子科技大学广州研究院（下称"西电广研院"）、清华珠三角研究院粤港澳大湾区创新基地……

产教融合、产研结合、校企联合、校地聚合……上溯至创新源头的技术创新，每天都能在这里感受到创研原动力的脉动。

天问、北斗、天眼……众所周知，西安电子科技大学的创新成果可谓"顶天""立地"。在西电广研院展馆中，智能柔性产线技术、激光雷达、新一代信息技术等先进技术的成果展示令人目不暇接。

2020年，西电广研院落户知识城就是聚焦与产业密切相关的前沿创新领域，解决急难险重的技术问题。

"来到广州之后，我们把与本地产业发展契合度较高的新一代通信技术、材料、集成电路半导体、人工智能等学科领域搬迁过来做更深度的产教融合。"西电广研院党委副书记刘涛介绍说。

"我们与园区中小企业进行了多项融通，共建了17个校企联合中心，针对发展的瓶颈问题，提出解决方案。"刘涛说。

丰海科技是一家智慧交通领域的专业设备制造商和服务提供商，是校企合作的受益者。

"我们公司在战略转型时遭遇了技术瓶颈，是西电广研院为我们提供了创新力量支持，突破了技术瓶颈。"丰海科技董事长胡亚平回忆，"一开始对我司与西电广研院联合成立的智慧交通创新研究中心是否能有成效还有所顾虑，但短短两年合作时间……"胡亚平从三个方面讲述了这种校企合作的成效。

首先是增强了丰海科技的研发实力，西电广研院先进的研发团队与丰海科技对市场需求的深耕强强结合，让公司的发明专利数量从3个迅速增长到了十多个，未来肯定会诞生更多的发明专利，也为西电高科技人才提供创新创造的热土。

其次是扩大了企业的行业影响力。之前，丰海科技的知名度仅仅限于本行业，经常在"走出去"上遇到瓶颈，当公司想进智能家居和汽车领域，很难得到客户的认可。但通过与西电广研院的合作，客户很快了解公司的科研实力。

最后是为企业提供创新支持。早在2018年，公司就想进入亳米波雷达领域，但是当时企业由于研发实力不足，无法开展。西电广研院的加入，让公司内实现了毫米波雷达的量产，而且仅这一个产品就给丰海科技创造了十几个发明专利。

链接科研机构、高校和企业的创新大道就像一条大动脉，源源不断吸纳创新的新鲜血液。2023年7月1日，被称为"黄埔一期"的西电广研院首批598名研究生毕业。

"这里的技术应用方向丰富，我们的学习内容和企业应用端很近，前景非常广阔。"一位研究方向为"宇航电子可靠性"的毕业生进入了一家创新企业继续从事科技创新工作。

"在西电各二级学院中，西电广研院的优秀论文、优秀毕业生的比例是最高的，本届毕业生有48.3%能进入世界500强企业，也和我们的教学与产业深度融合，相互促进有密切关系。"刘涛心存自豪感。

高校科研院所的集聚，大幅降低了中小企业专利技术获取成本，助力产业集群创新发展。数据显示，2022年，知识城战略性新兴产业的专利授权增长迅速，其中新能源汽车与新一代信息技术领域分别爆发式增长1578.26%和182.5%。

从黄埔老港海关码头东门出来，即进入扩建一新的双向八车道丰乐南路。

这是一条高质量发展"黄金轴带"。

在普通人看来，创新大道是一条生活性主干道，通过重要交通节点改造、扩建等手段，打通了黄埔港、科学城、知识城三大片区的交通联络。但在业内人士看来，创新大道破解了片区之间发展的"不均衡、不充分"，更深层次的作用在于加速三个区域之间创新要素的流通。

沿着丰乐南路向北，最早形成创新规模的要数华南新材料创新园（下称"华新园"）。

"这是一条激发黄埔创新活力的纽带。"8年前，谢泽帆进入华新园初创团队，开始打造这个新材料方面的产业孵化平台时，华新园门前的科丰路还是一条双向四车道的破旧道路。

如今是华新园总经理的谢泽帆回忆，每天早上，他在奥体中心公交站场换乘944路公交车慢慢摇到科丰路时，路上跑的都是各种物流大货车，而道路沿线的产业业态还是较为低端的仓储和物流。

"现在创新大道上两侧都聚集有大量的创新企业。"谢泽帆说。华新园已容纳了超过500家企业，涵盖了从新一代信息技术、5G、人工智能、大数据到智能硬件的广泛领域。

广州希森美克新材料科技股份有限公司（下称"希森美克"）在刚进入华新园时，还是一家员工只有十人的小公司。

仅仅几年，其产品已广泛应用于十多个领域。包括华帝、美的、华为等在内的众多一线品牌成为希森美克的战略合作商，并获得了众多投资机构的青睐。

在北京冬奥会上，希森美克的超级干纳米涂层被应用于配电箱内部防凝露，保障了冬奥会的电力设施稳定运行。

每天都在华新园服务创新者的谢泽帆笑言："在创新大道上拦住一个人，说不定就是哪家公司的技术骨干。"

一条创新大道，育才、聚才、助才，最终把创业链、产业链、资金链和人才链充分融通，推动着创新从知识城"裂变"，并散播四方。

创新大道北端。知识城。

远处是起伏的自然丘陵，近处是岭南特色的人工湖凤凰湖；满眼的层峦叠翠之间，四时之景皆有意趣，冬日可见枫红色的落羽杉，春日可赏一树浪漫的宫粉紫荆；在湖畔草坪上休憩，到栈道前饮咖拍照，在连续性慢行系统上骑行跑步……

凤凰湖畔的马路上，一辆头顶测试模块，正在进行自动驾驶测试的智能网联车引起路人关注。

这辆巡检车名为"黄埔哨兵"。

坐在驾驶员座舱里的不是司机，而是安全员。只见他双手脱离方向盘，仅保持着准备把握的姿态，车辆就已经起步，一个左转就驶上了行车道。

路宽阔整洁，碧绿的湖面与湛蓝的天际线，点缀着几座葱茏的小山，好一个青山入城，绿水环城。

车身喷涂着彩装，"黄埔哨兵"看起来很"乖巧"。遇上障碍物或有行人，它就会缓缓刹车。

"它头顶的模块虽小，却可以实现对机动车违停、非机动车违章等28种事件的智能化识别。"杨斌是百度智能交通的广东副总经理，他介绍，"黄埔哨兵"在发现道路问题和违规行为后，通过无线网络将信息传输给相关部门，可快速修复和处罚。

2020年，为打造"智慧+"交通基础设施样板，阿波罗智行科技（广州）有限公司（下称"百度阿波罗"）落户广州开发区，之后就开展了"智慧+"车城网"新基建"项目，利用车路协同感知实时数据向"车、城、人"互联融合过渡。

这也是百度阿波罗建成的国内第一个城市级规模化综合融合感知体系，构建服务于高等级自动驾驶的"车城网"平台雏形，并落地了全国首个服务于多元出行的自动驾驶MaaS平台。

"黄埔是创新的起点，百度的许多创新都是源自这条创新大道,通过这里走向大湾区进而走出国门。"他以百度的"阿波龙二代"为例,已经"远销阿布扎比等国际市场"。

杨斌详细介绍了"黄埔哨兵"的"特异功能"。

"这个产品最大的特点是对机动车违停、非机动车违章的智能化识别。"据杨斌介绍,目前已在一期工程102个车路协同路口、133千米高精地图覆盖路网基础上启动二期工程建设,新增230个车路协同路口和437千米高精地图路网,可进一步加强车路协同路网覆盖,打造全区数字城市发展的一张"经络图"。

据悉,该创新已累计自动驾驶巡检50万千米,识别各类交通/市政类事件超60万起,有效率达90%以上。

每天有20万人次出行能得到这种创新技术的服务,已开通5条公交环线,建设300多个接驳站点,自动驾驶公交车、出租车等车型已在知识城、科学城等区域实现常态化运营。

随着这个"新基建"数字底座的完善,百度阿波罗的136项专利得到活力释放,更多的产业空间被打开——

对危化品运输车、泥头车等车辆部署智能设备进行安全管理;利用车路协同感知实时数据,减少绿灯空放浪费;让智能网联车实现超视距感知,进行车道级导航……

在创新大道北端的知识城,总投资逾14亿元的首个旗舰产业园——中新智慧园也坐落其中。

该园是中新双方深化科技创新、智慧城市等领域合作的重点项目之一,由中新广州知识城投资开发有限公司自主开发并独立运营,致力于打造以生物医药、新一代信息技术和人工智能产业为核心的全球化产业生态圈。

风雨连廊、屋顶花园、人行步道……这个融合中国传统文化特色与新加坡"绿色生态"元素的"海绵城市"共有12栋各具功能特色的建筑，由展示交流区、产业孵化区、产业加速区、生活配套区组成，总建筑面积约18万平方米。

"园区对我们帮助很大，2022年3月立项，6月份就开始正式营业，短短3个月，园区就帮我们把办公区装修好，效率很高。"恩士迅（NCS）大湾区创新科技交付中心负责人范圣勤说。

恩士迅（NCS）是亚太地区的一家水平卓著的IT技术服务提供商，总部就位于新加坡。

"对于交付中心人才引进，园区也助力恩士迅（NCS）做了很多工作。"范圣勤说，"2023年，企业扩大三倍人员规模，还要扩大办公室，园区给了我们很大帮助。"

"我们十分看重黄埔知识城的创新活力和人才优势。"范圣勤表示。

Singrow Pte.Ltd.是一家新加坡农业科技公司，提供世界领先的基于功能基因组学和表现遗传学的精细农业解决方案。其总经理陈华恺表示："中新智慧园通过链接本地政府、企业和机构，建设一个活跃以及可持续的科技创新创业的生态体系，对我们后期发展有很大帮助。"

Singrow Pte.Ltd.研发了30多个独家新品种，涵盖了主粮作物、牧草、园艺作物等在内的多个高效数字化种植方案。"落户在这里，业务拓展也将会更高效，这里是我们新加坡企业落户中国的首选地。"陈华恺条理清楚，说话自然、明白。

中新青年创新创业基地位于中新智慧园产业孵化区A2栋，对标新加坡纬壹科技城的活力社群概念，是一个整合创业者、投资机构、科研院校及政府职能部门的综合型创新平台。

"基地为来自新加坡以及全球的创新企业、创业人才提供政策咨询和解读、投融资、法律咨询、知识产权等全方位一站式的企业发展服务。"中新智慧园总经理王苗对自己的"一亩三分地"了如指掌。

瞄准全球创新发展关键领域，中新智慧园广纳海内外科研创新人才。目前，依托园内的中新国际联合研究院瞄准全球创新发展关键领域，重点推进人工智能、生命健康、新能源、新材料等六大领域的专精特新项目产业化，推动创新成果的落地转化。

"研究院已吸纳海内外科研创新人才近500名，海外院士9名。发表论文200余篇，申请国内外专利超150件，实现近百项新工艺、新产品技术创新。"王苗脸上浮现出满意的笑容。

沿创新大道，科技创新企业一家接一家。

走进广州安凯微电子股份有限公司（以下称"安凯微"），挂满整面墙的专利授权书映入眼帘，中国芯片产业自立自强的精神在这里浓缩展现。

这是一家专注于物联网智能硬件核心SoC芯片研发、设计、终测和销售的芯片设计公司，已授权专利超过300件，且以发明专利为主。

安凯微副总经理、董事会秘书李瑾懿表示，公司系统级芯片（SoC）中自研IP占比超过75%，自主可控程度高，拥有60多类电路设计IP，并形成了SoC、ISP、机器学习等七大类核心技术。

不仅如此，凭借多年的技术积累和创新，其产品在"PPA"（性能、功耗、晶粒面积）三个方面实现了良好的平衡，具有集成度高、晶粒面积小、功耗低等特点，综合性能达到行业主流水平，部分关键技术指标位居国内领先地位，其物联网摄像机芯片在全球家用摄像机市场占有率超过25%。

李瑾懿说："我们是广州开发区的老企业，搬到知识城后乘着知识经济发展的东风快速发展壮大。在这里，我们可以很方便地与周边的科研院所沟通和交流，比如广大黄埔研究院、广外黄埔研究院、西电广研院等。"

2023年6月底，安凯微电子在上海证券交易所科创板成功上市，成为广州开发区第80家上市企业。创新大道激活了沿途的产业积淀、科学技术、知识产权等创新要素。来创新大道，能真切感受到黄埔区、广州开发区如何建设一座高级人才聚集、高科技产业发达的创新高地。

南抵"黄埔港"，北达"知识城"。

创新大道串联山、水、城、园，连接起黄埔的过去、现在和未来，众多创新企业、科研院所、高校智库、服务机构云集，成为黄埔区、广州开发区创新要素流动的"风景线"。

在这条创新大道上，黄埔跑出了创新创业的加速度。这一点，在中新知识城发展规划馆找到最好的佐证。

走进馆内，头顶上是由上个件专利证组成的天花板"走廊"。它揭示了创新大道是如何从荒芜之地发展成为集聚信息技术、智慧技术、生物医药科技、半导体等高新科技的产业走廊。

在这里，专利证为每一个到访者解码创新大道的"新"——
是创新要素的"新"。
是创新产业的"新"。
是可持续发展典范的"新"。

创新大道见证了黄埔从无到有、从有到优的创新。在十数年间，通过创新大道，"裂变"出生物医药、集成电路、智能网联与新能源汽车等超级产业链群，激活了沿途的产业积淀、科学技术、知识产权等创新要素。

2023年，在全球主要经济体知识产权数据受多种因素影响增速放缓的大背景下，中新广州知识城知识产权指标实现逆势跃升，各项核心指标连续六年保持两位数的高速增长。

在这些数据里，中新广州知识城高价值专利占有效发明专利总量超90%，其中战略性新兴产业有效发明专利类型的数量占比超95%。

创新大道勾勒出今天黄埔"IAB"产业的新主轴——

百济神州、诺诚健华、龙沙、康方生物、恒瑞医药等多个尖端生物制药产业项目扎堆聚集知识城，产值超千亿元。

粤芯芯片、深南电路、光掩模等集成电路产业上下游企业多项核心技术实现国内零的突破。

小鹏汽车、百度阿波罗等企业以新能源汽车智能化、自动驾驶为突破方向，加快打造智能网联与新能源汽车超级产业链群……

创新的故事不断上演，链条也在传递。

从黄埔港延伸出的"创新大道"，贯通南与北，连接山和水，从珠江江畔到知识城，正如其规划和建设的初衷，引导着更多创新要素汇聚，成为一条具有创新特色的魅力大道。

创新大道沿线，"新"火正在燎原！

第三章

培 育

1. 啊！摇篮

科技企业孵化器作为黄埔创新体系的重要组成部分，是"中小企业能办大事"不可或缺的"创富源"和"就业源"。

何谓科技企业孵化器呢？

在科技部印发的《科技企业孵化器管理办法》中，对孵化器这样下定义："以促进科技成果转化，培育科技企业和企业家精神为宗旨，提供物理空间、共享设施和专业化服务的科技创业服务机构。"

这一定义，准确涵盖了中国企业"发展高科技、实现产业化"的初心与梦想。

与中国科技企业孵化器的发展一脉相承，黄埔区、广州开发区科技企业孵化器也经历了概念导入、快速成长、整体爆发的三个阶段，功能也从提供创业空间场地，发展到提供创业导师、路演推介、投融资等多元化增值服务的过程。

2021年3月，黄埔区、广州开发区发布《广州市黄埔区、广州开发区、广州高新区促进创新创业孵化器高质量发展办法》（以下简称《办法》）。《办法》重点引导域内孵化器提质增效，向规范化、品牌化、资本化、国际化、效益化、专业化、生态化等方向发展。

这就是被媒体广泛报道的"孵化10条"。

在品牌化方面，《办法》支持优秀国家级孵化器建设成为标杆性品牌孵化器，辐射带动区域孵化器集群发展；在资本化方面，《办法》支持孵化器完善"孵化+投资"功能，着力扶持发展投资型孵化器，推动孵化器运营管理模式从基础服务型转向投资服务型，盈利模式从物业租金收益型转向投资企业收益型。

奖励、扶持……数额自然不菲：对新认定的国家级、省级、市级科技企业孵化器，广州开发区将分别给予100万元、50万元、25万元的一次性奖励。

"确实，政府给了我们孵化器很大的扶持。"纳金科技孵化器运营负责人余诗琪谈道，"扶持力度和兑现速度，都比较让我们惊讶。"

纳金科技产业园位于广州市黄埔区瑞和路39号，总占地面积6.4万平方米，是国家级小型微型企业创业创新示范基地、广东省科技企业加速器。

走进园内，一栋栋层高5米的定制化的新型研发办公楼拔地而起，这些办公楼的承重是普通办公楼的5倍。

"确保能满足新兴产业需求。"余诗琪说。

从2015年到2019年，纳金科技仅仅用了4年多的时间就实现了从区级科技企业孵化器到国家级孵化器的华丽转身，2022年跻身A类国家级孵化器。

政策引导，以升促建、以升促进，黄埔通过外延孵化、内生孵化、协同孵化等模式推动域内科技企业孵化器从市级一步一步向国家级孵化器迈进。

纳金科技正是此类"外延孵化"的缩影。

我们再来看看"内生孵化"。

如果说外延孵化叫"移植大树",那么内生孵化便是"育苗造林"。从孵化器"毕业"的部分科技企业,通过自建孵化器发展成为集团式企业,别具一格,"独木"也"成林"。

这,成为黄埔区、广州开发区构建投资多元化孵化器体系的重要部分。

企业通过建设孵化器,孵化相关领域的上下游企业,或促进企业内部孵化,有助于打造创新集群,提高企业自身的竞争力。

"黄埔科技企业孵化器只有少部分是公办孵化器,大部分是民营孵化器,其中大部分又是从孵化器毕业后发展壮大的科技企业自建的孵化器。"区科技局负责人认为,民营资本已成为孵化器建设的主力军。

"大孵化器体系"建设的多元性还体现在"协同孵化"。

多年前曾有一则轰动全国的新闻——《90后大学生研制最大射高2万米火箭》。

这位新闻中的"90后"大学生名叫彭澍,他的团队来自中山大学,在黄埔的印客时光(InkTime)·众创空间(以下简称印客)接受孵化。在印客,彭澍团队有一个响当当的名字,叫"开源卫星战队"。

"我们团队研发的火箭不仅可以搭载航天飞船上到太空,还可以为科研院所研发、手机智能、远程遥感等方面提供帮助。"彭澍在平板电脑上展示团队所设计的火箭,虽小而精致,坚固异常。

"造火箭貌似高深，其实也没那么复杂。"彭澍嘴角轻轻上扬，漾出好看的弧度。

印客就是依托广州光机电科技企业孵化器的公共技术服务平台，为彭澍创业团队提供遥感、光学等领域的技术共享、支持。因为孵化的专业特点，目前印客已经聚集了包括大数据、云计算、超算等近20个"高精尖"项目入驻，成功孵化了十多家企业。

根据中小企业的成长路线图，黄埔区、广州开发区构建了"创业苗圃—孵化器—加速器—科技园"的完整的孵化链条。

黄埔构建的这一孵化链条明显针对成长型科技企业的四个发展时期的不同需求，分阶段资助和配套服务，可谓用心良苦。

这四个发展时期是——

创意萌发时，可以首先进驻"创业苗圃"。

创业想法成熟并公司化之后，可以进入孵化器，这里办公场地租金优惠，能低价使用各种实验室、存储中心等公共资源，有创业导师进行辅导，还能与各方风投大佬们"套近乎"。

创业销售额达到1000万元时，就可以从孵化器里"毕业"了，但在销售额达到5000万元以前，自己建厂房建园区都是不划算的，可以进入"加速器"加速……

这里有必要普及一下"加速器"的概念，它是介于孵化器和科技园之间的一环，是服务于扩张期企业的机构。

加速器（Accelerator）最早是美国人在互联网兴起时提出，以Idealab为代表，与孵化器类似，意味着小批量、高强度、快速的孵化。

其逻辑是，孵化器"毕业"企业往往进入扩张期，但还没到可以自己购房或者拿地的程度，因此需要有人在大规模生产、大规模经营管理团队办公等方面提供帮助，这就是加速器的职能。

现在在美国，加速器比孵化器更流行，像YC、PNP等。

在中国，加速器这一概念的提出大概在15年前，被相关主管部门接受后，继而提出了苗圃、孵化器、加速器构成创业孵化链条的理念。

众所周知，那块刻着"中小企业能办大事"的巨石就立于黄埔广州科学城的广州开发区科技企业加速器（以下简称"开发区加速器"）园区中央，异常醒目。

开发区加速器毗邻城市主干开源大道，地铁、公交、高速等交通配套齐全。作为黄埔战略性新兴产业基地的重点孵育平台，开发区加速器是黄埔区、广州开发区"三个重大突破"战略性基础设施建设项目。

"开发区加速器优势要素集聚，企业众多，高知云集。主要面向从孵化器'毕业'企业和高成长性的中小科技企业。"开发区加速器运营负责人表示，高端装备制造、生物医药、新一代信息技术、人工智能及新能源、新材料等重点产业企业都可以在这里找到一席之地。

园区共30栋建筑，占地总面积约为28.87万平方米，建筑面积达75万平方米，依靠园区内完整的产业链，整合上下游产业资源，挖掘优质产业企业。

开发区加速器建成以来，努力践行中小企业能办大事，秉承"和合共赢"的价值理念，致力于成为转化科技成果、凝聚科技人才、培育企业成熟的高科技产业发展平台，累计引进企业140余家，入驻企业有超过56%被认定为国家高新企业，规上企业达98%。

科技企业发展到一定阶段，加速器载体空间已"容不下"

时，则可以通过申请用地建立研发、生产总部的方式退出加速器，寻求更大发展。

如国内质谱仪器行业龙头上市公司禾信仪器、广州首家科创板上市的方邦电子等，均是通过"加速"成为各自行业领域的"单打冠军""隐形冠军"，继而拿地建立了自己的研发、生产总部。

可以这么说，在黄埔，中国乃至全球行之有效的孵化模式都有落地。黄埔就是通过实施"大孵化器"集群战略，积极推动孵化载体提质升级，从单纯追求"量"的增长，到积极推动"质"的提升。

创新驱动发展，科技引领未来。

近5年来，作为科技创新的主力军，"大孵化器"集群的背后有何秘诀？

黄埔区科技局相关负责人一语道出"天机"：送政策送服务，搭平台建链条，探索科创企业孵化新模式。

在打造平台载体方面：经政府部门认定的科技企业孵化器有108家，拥有近500万平方米孵化载体，载体内的企业已超过5000家，形成"创客空间（创业苗圃）—孵化器—加速器—科技园"大孵化器发展模式。

在驱动企业路径方面：黄埔不断完善"科小—高企—瞪羚—独角兽"科技企业梯次培育链条，可以这样说，科技型中小企业只要"到黄埔去"，必能入驻一个适合自身的载体空间，心无旁骛地去"办大事"。

"初创型企业往往像易碎的鸡蛋，好的孵化器就像一个全能型'保姆'，可以为初创型、成长型企业从初始化到市场化、规模化提供全程护航。"这位负责人表示，"孵化器关键在'孵'，资金、技术、资源、市场，都是初创企业生死存亡的痛点，解决了这些问题，企业小苗就'活'了，孵化也就成功了！"

正是优良的科技企业孵化环境和强有力的政策保障体系，催生了不少明星孵化器，黄埔区、广州开发区已成为全省乃至全国孵化器建设最为活跃的地区之一。

截至2023年底，全区累计建成108家科技企业孵化器，建成孵化载体总面积近500万平方米。其中，国家级27家，约占全市国家级孵化器总数的42.8％，省级以上孵化器33家，占全区孵化器总数的31％，孵化器载体先后获"中国优秀孵化器集聚区奖""中国孵化器TOP粤港澳优秀孵化器"等，国家级孵化器年度考评优秀数量连续9年排全市第一。

独特的孵化育成体系，孵化出洁特生物、禾信仪器、迈普医学、方邦电子等一大批"隐形冠军""瞪羚""小巨人"和"独角兽"，也"孵"出袁建华、周振、袁玉宇等一大批创新创业的领军人才。

"孵化器"是一个舶来品，源自美国。

全球第一家企业孵化器是1959年在美国纽约出现的贝特维亚工业中心。在中国则是在1987年6月8日，武汉东湖新技术创业者中心挂牌。

黄埔诞生第一家孵化器是在1998年，叫"留学人员广州创业园"，经过20多年努力，黄埔科技企业孵化器建设实现了大跨越。

孵化器是连接研发和产业化的重要桥梁，处于科技创新加速的重要阶段。

接下来，我们来认识一下黄埔科技企业孵化器的代表，听孵化器负责人和创业者讲述"孵化器里的创业故事"，记录他们在"共创"道路上的经历和体会——

华南新材料创新园位于广州市黄埔科学城，在黄埔"孵化"界，也算得上是个"明星"，头上的光环十分耀眼：国家级科技企业孵化器、国家级众创空间、省小型微型企业创业创新示范基地、省孵化育成体系建设试点单位、市战略性新兴产业基地、中国孵化器50强……

华新园的"标杆"还在于"孵"出上市企业4家、聚集高新技术企业168家、规模以上企业76家、专精特新企业65家（国家级3家）、新四板挂牌企业91家、瞪羚企业/瞪羚培育企业50家，园区企业专利申请量、授权量连续三年位居开发区第一名。

"华新园建设投资额近20亿元人民币，占地160亩，总建筑面积22万平方米，入驻企业总数520家。"据华新园新材料创业孵化基地总经理谢泽帆介绍，自2013年7月运营以来，华新园专注于新材料产业企业的孵化育成，已连续多年在国家、省、市级科技企业孵化器绩效考核评价中获得优秀（A级）等级。

"龙头企业+孵化企业"。华新园的孵化器创新发展模式比较新颖，是依托新材料行业龙头企业金发科技与高金富恒集团，依托自身产业资源牵头打造的专业性孵化平台。

这是一家产、学、研、园协同运作的"创新联合体"。雄厚的产业链资源吸引了新材料产业链上下游创新项目或科技型企业落地，其中，材料类企业占三分之一，生物医药也占三分之一，剩余的以节能环保、电子信息等为主。

华新园还引入毕克助剂、阿科玛、集泰化工等龙头企业入驻园区，与龙头企业开展创新链、资金链、供应链等方面的深度融合、相互嵌入式合作,带动产业链大中小企业的发展,形成龙头企业与中小微企业协同创新、融通发展的共生共赢生态圈。

谢泽帆说,园区根据各类中小企业的发展特点和共性、个性服务需求,提出"七位一体"的精准孵化服务体系,从技术研发、市场销售、科技金融、政策申报、创业辅导、文娱休闲、人才招聘等方面为各个发展阶段的中小型科技企业提供全面的创新创业孵化服务。

昊毅新材料是华新园孵化的一家省级专精特新企业。董事长李晋权对园区的孵化服务啧啧称赞:"公司会有很多项目申报的需求,我们不清楚,只要提出要求,园区就会派有经验的讲师给我们员工组织培训。"

"华新园创新氛围很浓,会经常组织园区企业开展像华交会、BOSS午餐会、华新大讲堂、华招会等活动,通过园区赋能,我们与园区内的企业互联互通,大家合作共赢。"李晋权温文尔雅,说话底气十足。

华新园培育孵化的光为科技(广州)有限公司(下称"光为科技")成立于2017年,是一家专注于3D感知光芯片及其模组的高新技术企业,拥有3项世界首创技术,解决了2项"卡脖子"技术难题。

光为科技科研能力强大,核心团队由世界头部企业的首席科学家、美国杰出青年科学家及海外多位博士组成。

"我们华新园为其提供全链条政策辅导服务、市场营销服务、人力资源服务、科技金融服务、媒体宣传服务等,全方位助推其高速发展。"谢泽帆的情况介绍头头是道,逻辑性和记忆力超强,"在政策辅导服务方面,我们规划并辅导企业申报高新技术企业、专精特新企业、院士工作站、博士后创新基地等项目,已成功认定高新技术企业、省专精特新企业等10余项荣誉资质，获得中国创新创业大赛三等奖、广东众创杯金奖等；在市场营销服务方面，我们推荐企业参加中国创交会等各类展会，为企业对接小鹏汽车、必维检测、盛光微电子、诚臻电子及程星通信等产业上下游30余家企业，达成交易合作点超10个，促成企业之间交易额累计超800万元；在科技成果转化方面，我们为企业对接广东省科学院、华南理工大学、香港科技大学等创新服务资源，并成功辅导其在企业内部成立企业科协，搭建企业科技工作者及企业技术服务的新平台，深入赋能企业的创新发展。

广州微远基因科技有限公司（下称"微远基因"）也是"被"华新园培育孵化的，公司成立于2018年，专注于基因诊断领域与感染精准医疗，拥有病原宏基因组学（mNGS）诊断与基因编辑工具（CRISPR-Cas12/13）快速诊断技术两大核心技术。2020年1月新冠疫情之初，微远基因就以创新性的病原宏基因组学技术，参与了新冠病毒首次发现、鉴定过程。华新园为其提供科技金融+政策辅导+知识产权等精准化服务，不断推动企业发展迈上新台阶，助力微远基因高质量发展。

目前，企业已完成D轮融资，共融资约8亿元，并获国家高新技术企业、省专精特新中小企业、中国潜在独角兽、投资界医疗健康Venture50、中国生物医药产业价值榜——最具成长性生物技术企业TOP10、广州市硬科技企业培育百强等荣誉资质。

"华新园是以生态圈带动生态圈，以市场需求做资源整合。"谢泽帆透露，园区建成以来，促进企业获得融资100亿元，企业年产值超140亿元，中小企业在这里获得了很好的培育和成长。

这也难怪，取经的同行总是络绎不绝在园区进进出出。

如今，华新园形成了龙头企业引领、大中小企业融通发展、国内外创新要素流动、精准服务机制健全、产业资源聚合、双创环境友好的新材料产业创新创业生态圈。

位于广州科学城中心区的广州国际企业孵化器成立于2000年12月，广州产投旗下科金集团运营的国家级科技企业孵化器，也是粤港澳大湾区最具专业化的国家级生物医药产业孵化载体，建设有"生物医药专业公共技术服务平台"，生物医药类占比超60%，园区企业年产值近40亿元。

广州国际企业孵化器探索成功实践了"产业+平台+人才"的孵化模式。累计培育科技企业1000多家，累计培育高新技术企业120多家，专精特新企业52家（国家级1家），规模以上企业38家，上市企业4家。

云舟生物科技（广州）股份有限公司创建于2014年，是世界知名分子生物学家蓝田博士创办的基因递送领军企业，全球最大的科研级别基因载体供应商，在全球范围内设有10余家分公司和办事处。

通过广州国际企业孵化器的孵化培育，云舟生物独创线上基因载体设计和电商平台"载体家（VectorBuilder）"，在这里开启了定制化基因载体商品化时代。

广州派真生物技术有限公司（以下简称"派真生物"）是一家专注于基因治疗递送工具腺相关病毒载体（AAV）的研发生产的公司，通过孵化器的培植，降低了基因治疗药物的生产成本，国内AAV大规模生产技术实现零的突破，推动基因治疗走进寻常百姓家，实现"让老百姓用得起基因治疗"的使命。截至目前，派真已成功交付200+AAV中试项目，3个FDA、8个NMPAIND申报项目和15个IIT项目，包括新生血管性年龄相关性黄斑变性、眼科

疾病、神经系统疾病、恶性胶质瘤、先天性耳聋等多个基因治疗
药物项目。

那么,广州国际企业孵化器有哪些独门绝技?

回答是:"1+4+N"。

"1"是指"科技红联,党建引领"。

以全国企业党建创新优秀品牌——广州产投"科技红联"党
建引领,以国企党建成效辐射带动民企党建和经营业务双发展。

"4"是指4大品牌系列活动。

1. 讲堂·创业培训汇:定期邀请产业大咖为园区企业提供讲
座、培训;邀请园区企业负责人走进高校、产业园、标杆企业考
察走访。

2. 政策·政策直通车:联合市、区有关部门和协会对园区企
业开展政策申报宣讲和培训,帮助入园企业用足用好各级惠企支
持政策。

3. 沙龙·创始人沙龙:园区搭台,定向邀请园区企业创始人
围绕固定话题,举办氛围轻松的交流活动,促进企业间宣传与合
作交流。

4. 科金·科金服务站:联合广州产投、科金集团及专业投融
资机构的优质资源,搭建平台,挖掘优质项目,提供优质科技金
融服务、投融资对接等服务。

"N"是指围绕科技企业孵化育成体系,无限链接更多孵化
服务。

比如:通过引进、共建、企业自建等方式,构建园区26个生
物医药专业与公共技术服务平台,促进园区生物医药产业延链补
链;通过链接孵化企业与国资国企、大院大所,推动产学研合作
转化及产业协同等。

独具特色的孵化服务模式,让广州国际企业孵化器成为区域最具影响力的以生物医药产业为主导的孵化园区。

广州标杆孵化器还有广东软件科学园(以下简称"科学园"),致力于从科技企业孵化向新兴产业培育。

科学园坐落于广州市经济技术开发区广州科学城核心地段,占地面积6.67万平方米,建筑面积15万平方米。累计培育企业960多家,高新技术企业199家,上市企业7家,挂牌企业46家,各级专精特新企业89家。连续8年获国家级优秀(A类)评价。

1999年,科学园一经批准建设就被科技部批准成为全国首批14家"国家火炬计划软件产业基地"之一,也是国家"863"软件专业孵化器(广东)基地、广州国家软件产业化基地,是广东省首家国家级软件专业孵化器、国家备案众创空间、国家中小企业公共服务示范平台。

一路精心耕耘,二十五载风华正茂。

在"孵化"圈,广东软件科学园也算是一只"老母鸡"了,但其孵化能力毫不逊色。早在2008年,科学园依托原国家"863"软件专业孵化器(广东)基地的嵌入式系统技术平台团队和数字移动终端技术团队内生孵化出了北斗产业细分领域的两个"隐形冠军"。

这两家公司分别是泰斗微电子科技有限公司,以及北斗射频芯片行业的领先者广州润芯信息技术有限公司。

成果转化引领企业孵化,科学园探索出"一个研究院+一个基金+一个产业园+一批企业"的发展之路,培育出一批以北斗(授时定位导航)相关产业、软件开发、集成电路、物联网、大数据、人工智能、区块链为主的产业新生力量。

广州瀚辰信息科技有限公司(下称"瀚辰信息")就是其中

的优秀代表。

成立于2016年的瀚辰信息是一家专注于研发北斗卫星导航、通信等领域的微波毫米波芯片和RF射频芯片设计的高新技术企业，致力于打造国内领先专业的导航通信领域服务品牌。

依托园区卫星导航仿真开发公共技术平台，瀚辰信息在卫星通信射频芯片、毫米波芯片等研发领域获得较大突破。

征途不止，不负韶华。

射频收发芯片、北斗系列射频芯片、北斗系列高精度射频芯片、上变频发射芯片……北斗系列的超宽带UWB芯片、无电池韦根计数芯片正在研发中。

除了技术创新引领产业升级外，科学园还赋能传统行业高质量发展。

最令人称道的是科学园依托较为完善的软件产业孵化生态，培育出广州携旅信息科技有限公司（以下简称"携旅"）等一批以数字化技术和产品赋能传统产业升级的信息技术企业。

这些企业在细分赛道同样取得不俗成绩。

比如携旅聚焦商旅数智化协同运营、重构场景价值，基于酒旅行业的各类智能屏以及SAAS化服务系统，打造一站式商旅服务平台。

在科学园，即便服务业因三年疫情遇冷，携旅依然获得资本青睐，2020年成功融资2500万美元，2021年融资数千万美元，2022年融资4亿元人民币。

有了钱，携旅就有了底气。

"起初，我的想法仅仅是想做酒店的'数字化升级'。"携旅创始人唐健铭坦言，经过几年的拓展，可自研系统仅仅覆盖了3万间客房。

经过对市场的重新梳理分析，唐健铭转变思路，决定进行品牌共创，重点链接中高端连锁酒店并结合酒店属性进行系统数字化升级。

思路决定出路，携旅由此撬开中高端连锁酒店市场。

目前，携旅已经服务超190个酒店中高端品牌，签约服务的客房超252万间，占全国中高端酒店近40%的市场份额，年服务近5亿的全国中高端商旅用户。

此后，携旅通过"品牌推广+深度体验"的整合营销，以携旅平台内容生态和营销工具为品牌精准提供用户消费偏好，成功赋能单家品牌方一个月收获3000万+曝光量。

如今，携旅已获得广东省专精特新企业、广东省创新型中小企业、黄埔区瞪羚培育企业等资质，未来将在酒店全场景生态运营中创造无限商业可能。

"骑着自行车进去，开着小汽车出来。"这是外界对创业者进出科技孵化器的"生动"描述。

孵化器为无数创业者孵化梦想、成就未来。

在黄埔国家级科技企业孵化器创造者园区内，有两家看似毫无关联的生物科技企业，一家名为广东佳悦美视生物科技有限公司（以下简称"佳悦美视"），另一家叫广东麦进嘉生物科技有限公司（以下简称"麦进嘉"）。

实际上，这两家创业公司的背后，是同一个创始人——翟嘉洁。

翟嘉洁博士毕业于中山大学药理学专业。

曾经，我国人工角膜产品一度受限于国外技术和原材料管控，面对需要人工角膜移植的病人，眼科医生往往空有一身技术，却无角膜可用。

面对外国的"卡脖子"，人工角膜成为翟嘉洁念兹在兹、孜孜以求的梦想和追求。

"一定要实现人工角膜的国产化替代。"翟嘉洁暗下决心。

2016年，翟嘉洁牵头成立佳悦美视，经过5年呕心沥血，材料、厚度、内应力等难题相继被攻克，国产领扣型人工角膜终于研制成功，从技术攻关、制造、应用上实现了全链条突围。

"我们已经实现让患者用得上、用得起中国人自己的人工角膜，多项技术指标从追赶实现了反超。"翟嘉洁骄傲地说，"已有数十家医院使用了我们的产品，帮助百余名患者重见光明。"

核酸药物研发是药物研发领域最热门的赛道之一。

在成功创立佳悦美视3年后，2019年8月，对前沿科技有着敏锐触觉的翟嘉洁又将目光投向了国际上炙手可热的核酸药物研发的赛道。

正是创造者孵化园区帮助，翟嘉洁申请黄埔区政府产业基金，通过国家人才引进计划引入以南丹麦大学Hans Thorleif Møller博士为首的科学家团队，创办了广东麦进嘉生物科技有限公司，并建立了国内首个反义寡核酸——Blockmir技术平台。

为什么是丹麦团队？

丹麦虽然只有不到600万的人口，却是一个创新能力很强的国家，先后产生过14个诺奖得主，是全世界人均获诺奖数量最多的国家。

"引进丹麦团队，看中的正是他们强大的研发创新能力。"翟嘉洁当时就想：丹麦擅长做0到1的原始创新工作，中国擅长做1到100的扩大化工作，但丹麦人口及市场规模都很小，很难把一个平台技术做大。何不把两个国家的优势结合起来，尽快从0一直做到100，覆盖新药研发全链条，让丹麦的创新技术就像一颗种子，在中国的土壤上开花结果？

于是便有了麦进嘉公司。

在生物医药行业深耕多年的翟嘉洁深知，以科技创新推动产业创新，必须以颠覆性技术和前沿技术催生新产业、新模式、新动能，才能从后发追赶模式走向创新引领发展的新模式。

核酸药物研发，就是她等待已久的风口。

与国内其他核酸药物研发平台不同，麦进嘉的Blockmir技术全部拥有独立知识产权，全球专利所有权已落户中国且专利的所有发明人都在麦进嘉全职工作。

麦进嘉自有的技术平台和在研管线平台一起步就获得法国药企施维雅的青睐。2021年麦进嘉与施维雅就开发了一种治疗罕见神经退行性疾病新药，达成预付款近200万欧元+3500万欧元合作。

"生物科技初创企业能在初创期就和跨国药企达成合作的，可以说是凤毛麟角。"翟嘉洁自豪地表示，对麦进嘉来说，具有里程碑式的意义。

麦进嘉同样也受政府及媒体高度关注，翟嘉洁曾被中国科技部生物中心邀请在"2023年中国生物技术创新大会"上做项目路演，公司还入选粤港澳大湾区生物科技创新企业50强。

在位于黄埔的科技企业孵化器——澳门青年人创新部落里，来自澳门的陈祥和他的伙伴冯文滔共同开创了"澳优码"体系，通过区块链溯源，助中药材走出国门。

"譬如陈皮。"陈祥说。国人很自然地知道它的功效，而他的外国朋友听介绍时就是一头雾水，睁大眼睛死活搞不明白。

"这种用过的、陈旧的橘子皮不是丢垃圾桶吗，怎么还有用？"

"'上火'是什么意思？"

"'去火'又是什么意思？"

"非常有必要向世界推广我们的中药材。"陈祥感叹。

说着一口流利的普通话、生于1985年的陈祥是地地道道的澳门人，大学毕业后他先回到澳门，找了一份稳定的工作，但他一直在寻找突破机会。

有一次，陈祥和内地的朋友聊天，说起内地茶叶市场情况，他特别好奇，专程到广州茶叶市场一探究竟，结果深受启发。

于是，陈祥从茶叶项目开始接触种植业，在此过程中，他们发现中药材的农业溯源意义重大。

"能不能把物联网技术运用到中草药溯源上？"陈祥心想，"澳门每年有3900多万来自世界各地的游客，如果寻找到内地的优质农产品，特别是中药材，说不定能拓宽海外市场。"

"对，中医药大健康产业涉及面广、产业链长、综合性强、增长空间大。"陈祥的想法与冯文滔不谋而合。

"我们希望能以此为契机，通过数字技术赋能中药材种植，以智慧化手段助力行业升级。"冯文滔说。

2020年2月11日，他们联合开创的广州神农智联农业科技发展有限公司（以下简称"神农智联"）正式入驻位于广州黄埔区的澳门青年人创新部落，由此开启在科技助农领域的尝试。

根据《中药材术语国际标准》，陈祥他们在"澳优码"的二维码内容里让外国朋友能够以一些化学物质的含量来理解诸如陈皮之类的中药材功用，也包括茶叶、枸杞、淮山这些习以为常的农产品。

"在外国人眼里，这些东西都是新奇的，我们要用国际化的语言或手段来让他们了解并接受中国的好产品，解决他们对'上火''去火'的疑惑。"

2021年，陈祥和冯文滔联合多家单位成立了澳门质量品牌国际认证联盟，并启动了大湾区品质认证工作。

也是这一年8月，中国信通院正式发布了"星火·链网"底层区块链系统（BIF-Core）。这正契合了"澳优码""去中心化、来源可溯、去向可踪、不可篡改"的区块链技术核心。

"澳优码"正式申请加入这个公有区块链系统。

"中药产业在澳门有着坚实基础，也是澳门推动多元经济发展的产业抓手。作为澳门青年，我们希望能用我们对接海外资源的优势，用区块链助中药材'走出去'。"陈祥说，"只要扫一下产品包装上的二维码，整个生产工序的全生命周期数据都可追溯。"

区块链数据有不可篡改的技术特性，是最具权威的数字身份标识。"澳优码"利用绝对公信力提高全链效率，为中医药品牌建设、经济高质量发展提供强有力的支撑。

据陈祥介绍，"神农智联已经取得国家'星火·链网'骨干节点和国际超级节点的运营牌照，中医药产品走向海外有了强有力的平台支撑"。

在"星火·链网"的技术支持下，陈祥和冯文滔打造的"澳优码"体系为乡村振兴助力。

"我们希望以数智助推茶叶、中药材等农副产品发展，改善目前种植和加工方式不规范等产业现状，实现中药材'种、管、收、产、运、销、服'数字化升级。"陈祥说。

在茶叶溯源板块，陈祥派出"90后"员工阿豪前往合作地之一的陕西安康茶园，发展"乡村合伙人"。

　　为了自动监测农作物环境，陈祥和小伙伴们研发出一个类似于"田间小路灯"的"溯源唯真系统"。

　　"有了这个智能监测设备，品质的稳定就有了确保。"陈祥介绍，在陕西安康，他们安装了约50套数据采集杆，而在广西梧州，近2万亩的茶田里也已装上百套数据采集杆。

　　"农民通过手机端将日志数据、用户数据、运营数据等上传至"澳优码"平台，既解决了终端数据的接入问题，又提供了就业机会。"陈祥说着，手中的笔在桌上来回摆动，这似乎是他找到的一个两全其美的方案。

　　在中药材溯源板块，陈祥和冯文滔正与广东新会陈皮、龙泉灵芝进行合作。陈祥认为，中国有3000多种中药材，要把各地特色中药材的溯源做好，预计需要几年甚至十几年，智慧农业板块的赛道很广阔，接下来神农智联将深入研究长白山的人参。

　　"你到澳门去走一走，随处可见中药房，游客很喜欢把中医药产品当作手信送与家人或亲戚。做数字认证，黄埔澳门青年人创新部落就是天然的土壤。"陈祥表示。

　　落户黄埔区澳门青年人创新部落的还有"80后"香港青年余子杰。

　　2020年，余子杰创立的广州世朗普力斯绿色环保科技有限公司（下称"世朗普力斯"）在澳门青年人创新部落扎根，接受"孵化"。

　　他的目标是致力于打造一体化工业固废循环经济生态产业链，努力实现对工业固废的减量化、无害化、资源化处理。

　　余子杰13岁到英国留学，学成后在欧洲工作，其间，余子杰接触到欧洲的热裂解技术团队，开始了解固废资源综合回收，尤其是废轮胎回收技术。

"废轮胎属于高分子弹性固体废弃物，具有难溶性、耐热性、耐生物分解性、耐机械磨损性等特点。"余子杰解释，"如不进行回收处理，'黑色污染'对环境会造成极大危害。如果进行合理的回收利用，可以'变废为宝'。"

2019年11月，余子杰的广州世朗普力斯绿色环保科技有限公司成立。

"我最终选择把公司搬迁至这里，是因为黄埔区围绕港澳台青年就业创业，提供了全方位多元化的扶持，企业服务也极人性化。"余子杰说。

2021年，黄埔区、广州高新区出台促进绿色低碳发展办法，提出要大力发展绿色低碳经济，对符合条件的项目实施单位给予资金补贴、配套扶持。2022年8月24日，黄埔区、广州开发区正式发布《广州市黄埔区、广州开发区进一步支持港澳青年创新创业实施办法》。

余子杰连连迎来"利好"。

"热裂解技术被认为是现时处理废轮胎最经济、最环保的手段，能够安全且完整实现废轮胎减量化、无害化及资源化利用。"余子杰解释道，"通过工艺技术的迭代，我们已经能够把废旧轮胎高效转化成为再生环保材料及再生能源，从而达到节能减排的效果。"

"我是一名循环经济生态产业的从业者，我希望能够推动再生资源规范化回收利用。"余子杰说。

除了提升自身工艺技术，余子杰还参与编制"橡胶用改性裂解炭黑"团体标准，推动全国废旧轮胎更规范地回收处理，在助力环境保护的同时创造绿色环保GDP。

2. 滴 灌

作物苗壮生长，离不开阳光雨露。

融资难、融资贵、融资慢一直是影响和制约中小企业发展的"拦路虎"，对于大多数中小企业而言，资金就是阳光雨露。

在黄埔，一家家中小企业聚焦主业、心无旁骛，踏踏实实办"大事"，每一颗耀眼"明星"的升起，背后都离不开资金的鼎力支持。

在黄埔区工业区，有一辆白色监测车走走停停，车顶上伸出几根金属探头，吸引了不少人好奇并驻足观看。

其实，这是一辆环境监测车。车内搭载了禾信仪器的拳头产品——大气VOCs（挥发性有机物）秒级多组分走航监测系统，可秒级响应，快速深入了解区域污染物分布情况。

禾信仪器公司研发出的10种质谱仪中，有1种处于世界领先水平——单颗粒气溶胶质谱仪，可用于PM2.5环境监测。

然而，禾信仪器创立之初，包括董事长周振在内，除了四人团队，就是一箱资料、一箱零件和100万元资金。

"起初什么都缺，缺技术、缺人才，面临最大的困扰是缺资金。"周振坦言，"出去找投资，不懂行的人，转身就走了；懂行的人，往往一脸惊讶地反问：'至少要投资1000万元吧？'摆摆手也走了。"

在禾信仪器最低谷期，禾信仪器公司账户上只剩2万元，连工资都发不出，年轻人熬不住，纷纷离开了。

"我差点就要以300万元的价格转让公司大部分股权，后来卖掉了自己的房产和汽车才挺了过来。"周振回想往事，唏嘘不已。

在最困难的时刻，广州开发区伸出了援手。2009年3月，在黄埔区科技局的牵头下，禾信仪器与当时的广州科技风险投资有限公司、凯得科技创新投资有限公司等签订了投资协议，共募集融资资金500万元，渡过了经营难关。

彼时，广州开发区采取"政—产—学—用"模式扶持类似禾信仪器这样的科技型中小企业，即通过政府扶持，引进民间资本，协助推动企业研发成果产品化。

中小企业融资难、融资贵、融资慢，是全国甚至世界范围内普遍存在的痼疾。

那么，黄埔是如何破解中小企业资金难的？

2018年11月，针对中小企业突出的痛点、难点、堵点问题，黄埔区、广州开发区发布《关于大力支持民营及中小企业发展壮大的若干措施》，停征（免征）一批涉企行政事业性收费，出台了"三个百亿"政策：统筹300亿元产业投资基金，组建100亿元民营企业发展基金，实施民营及中小企业融资300亿元计划。

措施全面激发资本市场活力，目标直指在全国率先做到企业负担最低。

区财政提供政策和制度保障，多维发力。2021年，黄埔在全国率先推出专精特新专项政策——"专精特新10条"。包括推荐专精特新企业纳入市区两级普惠贷款、科技型中小企业信贷、知识产权质押融资等风险补偿机制管理，鼓励和引导银行业金融机构对专精特新企业发放信用贷款……

黄埔财政对中小企业的"关照"可谓事无巨细：出台"知识产权保费资助"等专项扶持政策和"财政高质量发展12条"，建立兑现政策多维度监督评价体系、提升支出精准度，切实发挥资金效益。

为了助力中小企业减负增能，黄埔区财政局甚至在政府采购方面都对中小企业倾斜：对于采购预算超200万元的货物和服务采购项目、超过400万元的工程采购项目中适宜由中小企业提供的，将面向中小企业采购预留份额由预算总额的30%提高至40%以上，其中预留给小微企业的比例从60%提高至70%；加大小微企业的价格评审优惠力度，提高小微企业中标概率，扩大小微企业市场份额。

政府倾力做"后援"，企业在创新一线"冲锋陷阵"。

巨轮（广州）机器人与智能制造有限公司（以下简称"巨轮智能"）在国产机器人及智能装备发展的控制系统技术与精密制造技术攻关方面走在行业前列，也是广东工业机器人领域的中小企业领军企业。

"巨轮智能实施的研发项目，如面向抛光打磨的机器人智能共享工厂核心技术与装备、高精密金属件智能制造车间技术改造等，均获得了政府补助资金和高新技术企业补贴支持。"巨轮智能副总经理洪润龙说，"这些资金为公司不断攻克'卡脖子'难题助力。"

巨轮智能成功研发机器人关键零部件RV减速器，突破国外垄断、填补国内空白；自主开发出具有国际先进水平的高性能机器人控制器，首创全国抛光打磨智能共享平台。

"创新是企业的立身之本、活力之源，政府补助补贴、奖励资金在公司科技兴企之路上发挥了重要作用。我们将继续发挥创新潜能，在市场竞争中赢得更多主动。"洪润龙说。

"近年来，像巨轮智能这样的一批中小企业得到财政资金的支持后，在集成电路、生物医药、高端制造等关键核心领域突破"卡脖子"关键核心技术，对黄埔'制造业当家'和中小企业'办大事'形成了有力支撑。"

"黄埔出台研发费用奖励政策，持续加大支持科技企业开展核心技术攻关，构建和完善科创型中小企业的科技企业培育链条。"黄埔区财政局相关负责人说。

2023年年初，对于看好的科创型企业，黄埔区财政围绕技术创新、产品创新直接进行投资，已扶持的35家科技型企业中，有的成为独角兽，有的已被纳入国家专精特新企业名单。

税费赋能，为企业注入资金"活水"。

2023年5月16日，广州市黄埔区、广州开发区"黄埔财税智造10条"措施发布，综合运用税收优惠政策、政策奖补、个税补贴等政策工具，以及提供分类分层定制服务等举措。

杉金光电（广州）有限公司（下称"杉金光电"）是全球最大的偏光片供应商，自投产以来，陆续购置偏光片卷材生产线、污染防治辅助设备等，固定资产投入比较大，研发投入高。

金恩希是杉金光电财务负责人，据他回忆，"黄埔税务主动向我们宣讲设备器具一次性扣除政策、研发费用加计扣除政策、环境保护专用设备10%投资额抵免税额政策，辅导我们一次性税前扣除9400余万元、2022年度研发费用加计扣除6100余万元，相当于减免企业所得税近4000万元"。

"都是扎扎实实的真金白银。"金恩希说。

"这项政策措施出台后，出口退（免）税不断提速、办理操作越来越便利了。"乐金显示光电科技（中国）有限公司是韩国乐金显示集团首个跨国大型OLED面板工厂，公司财务部部长孙映穆颇有感触，"乐金光电属于一类出口企业，政策出台后，出口退（免）税基本3天办结"。

凡益之道，与时偕行。

新冠疫情期间，不少中小企业遇到经营困难。2022年10月，黄埔区税务局大力落实新出台的对科技型中小企业研发费用加计扣除比例升至100%、加大支持科技创新税前扣除力度等一系列企业所得税优惠，为中小企业"注血"解困。

"太好了，公司的企业所得税一下就节省了30多万元。"速达软件技术（广州）有限公司财务负责人谢小姐对研发费用加计扣除比例从75%提高到100%的政策赞不绝口。

速达软件一直深耕中国中小型企业管理软件市场，已为超过百万家企业提供数智化管理服务，每年用于创新技术、完善系列软件产品的研发投入很大，约占营业收入的20%。

"订单受到疫情影响，营业收入也相应受到影响，加计扣除比例再提高，让我们一下增多了储备资金，解了燃眉之急。"谢小姐眼角含笑，内心里充满谢意。

"对于我们来说，项目的研发投入、成果转化都离不开税惠对于公司的大力扶持。"亿航智能设备（广州）有限公司董事长胡华智特别强调。

亿航智能是一家科技创新企业，获得中国民用航空局颁发的"EH216-S无人驾驶载人航空器系统型号"合格证，是全球首个获得型号合格证的载人eVTOL航空器。

"资金需求是支撑企业技术创新的必要条件之一。"胡华智以2022年为例，研发费用加计扣除近6000万元，此外还有增值税即征即退、留抵退税和出口退税等税收优惠。

"都为我们充盈了资金。"胡华智温文儒雅，是一个说话很有分寸感的人。

广州黄埔区作为全国首个"中小企业能办大事"创新示范区，像亿航智能一样生长在此、不断研发突破的民营科技型中小企业数以万计。

为确保各种优惠政策落实到位，税务局还通过税收大数据比对筛选，挖掘潜在可享受该项优惠政策的科技型中小企业跟进提醒享受。

"税惠应享尽享给了我们很大资金助力。"广州海睿智能科技股份有限公司董事长江晓发善于用数据说话，"比如2022年科技型中小企业加计扣除比例升到100%，让我们公司享受超过400万元的加计扣除。"

这是一家主要面向农业种养领域和全产业链的用户提供数字化产品服务和整体解决方案的广东专精特新企业。正是在税惠的持续滋养下，公司自主研发出农情监测、农机智控、农业植保、数字乡村、数据服务5大领域的数字化软硬件产品，累计服务全国4000多家农业企业。

詹学仕也是收到"提醒"才知道有政策优惠的。

"税务人员发现我公司存在大量研发费用，第一时间告知这项新政，还在申报期全程跟进，辅导我们填报申报表，服务非常体贴到位！"詹学仕是广州卓舟信息科技有限公司的法定代表人，他算了一笔账：按100%的比例可以加计扣除近35万元，这让他们在投入文化行业应用软件开发项目上能有更多的资金支持。

便民办税，助力中小企业经济高质量发展。

黄埔税务聚焦"办好惠民事·服务现代化"主题，丰富完善"云税厅"办业务、"云直播间"讲政策、"云会客厅"深辅导、"云沟通群"细解答、"云推送"广宣传、"云调解厅"解争议等线上服务矩阵，打造"埔小税"数字客服，探索以新型税费服务厅建设为载体，搭建统一规范管理的"可视化互动中心"，为服务对象提供更贴心的办税体验。

此外，黄埔税务还大力推动涉税费业务进驻区政务服务中心，推行"非接触式"办税，推进税收征管和服务一体化，以税收大数据为驱动力，提升税收治理数字化和智能化水平。

一系列组合式税费支持政策实施，黄埔税务部门精准落实减税降费政策，找准痛点、难点持续发力，以政策红利的加速释放，力撑中小企业"稳运营、敢投资、能创新"。

中小企业抵押物缺乏、信用记录不足、短期财务指标不优，往往难以获得银行和其他金融机构的贷款和信用支持，于是才有"融资难、融资贵、融资慢"的说法。

黄埔区、广州开发区大手笔出台金融扶持政策，助力中小企业削切融资高山、跨越转型火山、融化市场冰山。

2019年，黄埔重磅发布《广州市黄埔区 广州开发区促进金融业发展政策措施》（简称"金融10条"），目的是引进集聚各类金融要素和金融资源，加快推动金融业健康发展，加大金融资源供给。

有媒体这样形容：此次金融新政可谓是黄埔在金融产业扶持方面浓墨重彩的一笔。

"金融10条"从项目落户、发展壮大、并购重组、场地补贴等诸多方面对落户黄埔的金融机构予以最大力度的扶持资助，集聚高端金融资源，加快完善现代金融服务体系。

这是黄埔自2017年出台全国最给力的"风投10条"政策之后的又一重大创新举措。

值得称道的是，"金融10条"政策对黄埔区内企业利用多层次资本市场给予奖励，支持企业开拓股权融资、债券融资等直接融资渠道。

同期推出的，还有"金融超市"小程序，由开发区金融工作局与开发区金融控股集团有限公司（以下简称"开发区金控"）联合打造。

自动筛选、优化匹配、自由接洽……小程序通过链接供需两端，对企业融资需求与金融机构产品进行高效撮合。

"我们充分发挥金融、科技、园区三大业务板块协同效应，整合旗下'硬件+软件'科技金融要素，短短半年时间就开发完成。"开发区金控负责人的话语简洁有力，让人感到振奋。

2020年6月，金融服务超市升级，首家线下实体店在科学城总部经济区顺利启动，线上线下一体化平台完善。

集金融产品、中介服务、政策咨询、信息共享等功能为一体的金融服务超市，整合区内银行、证券、股权投资、融资担保、小额贷款、融资租赁等多种金融服务资源，引进金融机构近百家入驻，覆盖约3000家区内高新技术企业，发布超过200种不同类型金融产品。

2022年7月，广东金融业"我为群众办实事"实践活动优秀案例颁奖，广州开发区控股集团有限公司（下称"广开控股"）和下属企业广州凯得投资控股有限公司分别以"中小企业金融赋能平台""一站式金融服务"两个项目获评服务实体经济类优秀案例。

"中小企业金融赋能平台"是依托新成立的凯得金服集团，于2021年启动的。这是一个集科技担保、小额贷款、融资租赁、创投基金以及股权交易、知识产权交易、金融资产交易为一体的多层次现代金融服务体系。

金融服务超市是"中小企业金融赋能平台"的实体载体和抓手。广开控股一位部门高管说，疫情防控期间，金融服务超市开设的疫情防控专区和重点复工复产专区发挥了极大的作用。

据他回忆，当时一家专营团餐业务的企业老总向他"诉苦"，一脸无奈地说："因对应服务的学校食堂一直没办法营业，资金出现困难，实在难以为继了。"

"这不是个别，是普遍现象。"针对类似情况，广开控股旗下的凯得金服很快发布了一款"扶困贷"产品，依托这款产品，这家企业渡过了难关。

"这笔贷款犹如一场'及时雨'。"这位老总非常感激。

粤信融、中小融、信易贷，金融服务超市进一步与系列信用信息平台对接，创新性地将金融数据与政务系统数据整合，为金融机构提供精准的企业画像，更好匹配各类金融产品。

此外，金融服务超市定期举办针对各类企业的融资对接、业务培训、知识交流及经验分享活动，成为"一站式、智能化、个性化"的科技金融综合性服务平台。

金融输活水，服务无止境。

2023年10月，黄埔区、广州开发区推出《广州市黄埔区 广州开发区进一步深化"政银企"合作助力工业项目提前投产"赛龙夺锦"若干措施》，补齐企业融资贷款时效慢的短板。

"以往，企业申请项目融资贷款需要具备产权证、建设用地规划许可证、建设工程规划许可证、施工许可证，'四证'齐全才能放款，贷款从申报到批下来往往需要3至6个月。"广州开发区金融工作局相关人士坦承。

为此，区金融工作局会同区行政审批局联动8家银行，通过审批提速增效和政银深化合作共同"破题"。

这就是"'赛龙夺锦'政银合作10条"出台的背景。

"'赛龙夺锦'政银合作10条"精准针对融资互动的难点痛点，由区行政审批局依据项目贷款所需，出具有关投资额、建设规模、审批进度等意见函，为项目贷款进行适度"背书"，支持企业开展项目贷款申报，一旦项目证照齐全且符合贷款发放条件，金融机构3个工作日内发放贷款。

当天，多家银行打开了金融"百宝箱"，针对"赛龙夺锦"项目的需求推出各类金融产品和服务，比如，专门面向"专精特新企业""高新技术企业"等科技型企业的新产品"善新贷"最快一天就可放款。

审批领着项目跑，资金跟着项目走。通过并联审批、融合审批、流程再造，搭建数字融资信用体系，强化"区块链+信用"应用，为企业提供快捷高效的融资贷款服务。

让企业找到最佳贷款，让银行找到优质项目。

在黄埔，构建了多层次、多类型的融资体系，聚集广发证券、粤开证券、广州农商银行等持牌法人金融机构总部6家，银行分支机构147家，风投机构834家，管理资金规模超过2400亿元。

此外，大湾区跨境理财和资管中心、广州科创金融服务基地、广州开发区民营及中小微企业信用信息和融资对接平台等线下线上投融资平台，为中小企业融资赋能。

更多金融服务为中小企业提供助力，包括贷款风险补偿机制、助企应急资金周转支持机制、科技企业信贷、天使投资、知识产权质押融资……

几张A4纸就融来2300万资金？

看起来匪夷所思，但这是真的。

华银健康科技有限公司（以下简称"华银健康"）位于广州黄埔区开源大道188号，公司总经理黄春波对此做了证实："知识产权证券化对我们的帮助非常大。华银医学聚焦医学诊断服务领域，因为前期创新投入大，资金周转困难，公司一度陷入发展壮大的瓶颈。关键时刻，抽屉里4件发明专利派上用场，为公司融来2300万元，解了燃眉之急。"

这笔融资，来自广州开发区发行的全国首个纯专利知识产权证券化产品。

"真的没想到，这些躺在文件夹里的A4纸竟然这么值钱。"黄春波言谈间透出一种风趣与沉重。

"企业发展越快，对资金的需求量越大。"对黄春波来说，融资难一直是一块心病。

想当初，华银健康四处融资确实不易，黄春波说："银行等金融机构在贷款时更看重企业是否有东西抵押，因为银行也有风控考虑。但作为技术型企业，我们对厂房、设备、土地等依赖性不高，大部分资金都用于技术研究和医学检测，不仅短期无法看到收益，抵押贷款金额也很有限，'难以解渴'。"

华银健康作为一家高速成长中的第三方独立医学实验室，购买高端设备、研究远程医疗技术、研发改进信息系统……一切都需要大量且持续的资金投入。

流动资金不足，令华银健康的可持续创新能力面临考验。

手握一批核心知识产权，却像一名身怀绝技的武林高手，找不到用武之地。

2019年9月11日，全国首个纯专利知识产权证券化产品在黄埔落地，为华银健康打开了一个融资新渠道。

黄埔区、广州开发区发行了全国首单专利许可知识产权ABS，选取华银健康等11家科技型中小企业的140件专利为资产池，其路径就是以融资租赁的方式将专利变成可流动资产，然后通过区属国企为中小企业增信，使其获得更多的融资额。

140件专利共带来3.01亿元的融资，有效反哺了研发。其中，华银健康通过该产品对"远程病理诊断切片数字图像处理及传输技术"等4件发明专利采用专利许可质押，共获得2300万元。

"知本"变"资本"，黄埔区的此番尝试开创了中小企业运用专利权在资本市场融资的先河，是科技型中小企业直接融资的重大创新。

由此，知识产权证券化探索率先从黄埔起步——

2021年，黄埔立足已有的知识产权证券化产品发行经验，成功发行全国首单纯商标知识产权证券化产品。

2022年8月，全国首只纯专利资产证券化产品——"兴业圆融-广州开发区专利许可资产支持计划"顺利收官，验证了知识产权证券化的可行性和可复制性。

"相比传统融资渠道，知识产权证券化产品的融资不仅额度更高，期限也更长。以我们公司为例，4件发明专利获得5年期的2300万元融资，这样更有利于科技企业长期的研发投入和战略布局。"黄春波表示。

"不单融资周期够长，利率也比较低，企业整体融资成本大致为6%～8%，而知识产权证券化产品是4%。"广州开发区知识产权局相关负责人说，"越来越多的金融机构、投资机构纷纷找上了门，他们不再向公司要厂房、土地等资产证明，而是问我们还有哪些核心专利。"

作为一种无形资产，专利贵为"纸黄金"，代表着企业最核心最前沿的技术发明。黄春波说："知识产权证券化不看固定资产，只看知识产权，而且估值定价十分严谨，一系列评估、定价、发债、交易、专利'知产'一旦得到机构投资者的认可，知名度也跟着'出圈'。"

在此之前，在企业内部，技术和金融就像两条平行线。那些投入大量资金、人力搞创新的高含金量"知产"，只能以专利的形式被保护性藏在文件夹，躺在抽屉里。

证券化让无形"知产"真正有了"身价"，同为首批受益者的长视科技股份也像华银健康那样找到了技术和金融的交点。

董事陆序怀说："我们当时获得了总额4000万的融资，使得我们在2020年全球芯片紧张的时候储备了大量芯片，从而支持了今年的业绩。"

"天下事有难易乎，为之，则难者亦易矣；不为，则易者亦难矣。"黄埔用创新手段破解融资难痛点。

2020年8月，黄埔区再次发行生物医药、新一代信息技术2只知识产权证券化产品，为24家企业融资4.34亿元。

为了化解中小企业资金困难，黄埔以"知识产权"为抓手，创新推出多种金融新模式，为中小企业融资发展提供了经验。

中小企业需求在哪里，金融创新就跟进到哪里。

除了知识产权证券化、质押融资新模式也在黄埔"闪亮登场"。2021年9月，黄埔制订出台《广州开发区知识产权质押融资入园惠企工作方案（2021—2023）》。

有了政策加持，一个"政府引导、银行支持、评估机构及服务机构共同参与、企业受益"的知识产权质押融资生态圈良性循环。

广州市昊志机电股份有限公司（以下简称"昊志机电"）是

开发区利用知识产权质押融资的典型代表。

该公司成立于2006年，专业从事中高端数控机床、机器人、新能源汽车核心功能部件等的研发设计、生产制造、销售与维修服务，其核心产品主轴在全球市场占有率第一。

"我们拥有多项专利，但因企业流动资金紧张且土地、厂房等抵押物不足，难以通过常规途径获得充足贷款。"昊志机电财务总监说。

了解知识产权质押融资政策后，昊志机电打算将名下核心专利作为质押物在银行获得贷款，但没成功。

事情的转机发生在一次知识产权质押融资宣讲活动上。

"就是在这次活动上，我结识了三环知识产权的一位专家，我虚心请教如何开展知识产权质押融资。"

这位专家在听取企业情况和需求后，对气浮电主轴等相关产品进行评估。

"我给你们一个初步融资方案。"这位专家和蔼地表示。

凭着这份严密的方案，昊志机电与多家银行对接，最终通过8件核心发明专利成功在建行和工行获得3000万元贷款。

"本来抱着试一试的心态，没想到最后成功了。知识产权发挥融资作用，对急需资金周转的企业来说无疑是雪中送炭，往后的贷款都会考虑用知识产权来质押融资。"这位企业财务总监说。

2023年4月，昊志机电用两个发明专利又从银行贷到了2700万元。

"昊志机电十分注重提升研发实力和效率，加强技术攻关和储备，在超高速气体静压轴承设计技术、高速电主轴振动抑制技术等核心技术方面进行了全方位知识产权布局，累计提交700多件专利和100多件商标注册申请。"昊志机电有关负责人表示。

截至目前,公司拥有有效专利541件,其中发明专利158件,成为全球主轴领域拥有专利最多的企业。通过专利资源优势,昊志机电历年来累计质押融资近2亿元。

像昊志机电一样,一大批中小企业依靠手中的无形资产获得资金支持。据统计,2021年以来,广州开发区超过1000家次企业通过质押知识产权获得融资242.06亿元。

黄埔运用知识产权进行质押融资的企业为什么那么踊跃?

区知识产权局负责人认为"与一系列政策措施密不可分"。他提出自己的两点看法:一方面是建立了知识产权质押融资风险补偿、贷款贴息和担保补贴等机制,从制度上推动企业"敢质押"、银行"敢贷款";另一方面是搭建"银企"对接平台,定期举办"知融汇""IP融资汇"等品牌活动,引导银行加大贷款投放力度,并引入保险、担保等机构提供增信措施,降低信贷风险。

金融服务中小企业,贵在精准有效。

为科技型中小企业"找钱",黄埔可谓"绞尽脑汁"。2022年7月26日,科学城(广州)融资租赁有限公司(以下称"科学城租赁")面向专精特新企业的"中金–科学城租赁资产支持专项"设立。

据媒体报道,这在全国又创了个第一!

8月,项目在深交所成功发行,发行主体为科学城租赁。

该项目的最大亮点是面向专精特新中小企业,底层资产超过70%属于"小巨人"企业,发行金额共计4.31亿元。

"这项计划吸引了超过20家金融机构投资者的踊跃参与,其中优先A档发行利率仅为2.95%。"有知情人士透露,"再创黄埔区、广州开发区融资租赁ABS发行利率历史新低。"

"实施这一创新举措旨在积极响应培养黄埔专精特新中小企业战略，发挥资源禀赋优势，以'服务中小企业'为使命，以专精特新、知识产权、绿色租赁为要件，构建起多元、全面的租赁服务体系，为多家高端制造领域的专精特新中小企业提供融资租赁服务，持续为中小企业引入金融活水。"科学城租赁高管在接受媒体采访时这样表示。

无独有偶，一个多月前的6月22日，一场针对"瞪羚"企业的"黄埔瞪羚荟金融服务对接会"在广东股权交易中心成功举办。

这天，宾朋满座。中国银行、广州银行、广州农商行、广东省中小企业融资平台等机构以及10余家黄埔瞪羚企业相关负责人参加本次对接会。

"举办金融服务对接会，有助于解决企业和银行间信息不对称、信息不通畅等问题，帮助企业主动与相关金融机构对接，帮助企业用足、用活、用好金融支持政策，争取更多金融信贷支持。"黄埔区科学技术局相关处室的领导在发言中指出，瞪羚企业群体是黄埔区高质量发展的典型代表，代表着黄埔区的未来，持续践行着"中小企业能办大事"的理念。

也是在这次对接会上，中国银行、广州银行、广州农商行三家银行代表从产品优势、业务特点、适用条件等方面向参会企业详细介绍了本行的瞪羚企业综合金融服务方案。而广东省中小企业融资平台运营中心政企服务总监王廷利则介绍了"首贷贴息"政策。

"我们举办'黄埔瞪羚荟'，目的是持续提供专业化资源链接、培训交流、商业模式打磨等服务，让黄埔'瞪羚'跑得更快、跳得更高。"

经过多年的探索和实践，黄埔已成功打造出全国第一条贯穿中小企业发展全生命周期的"投资基金—质押融资—证券化—上市辅导—海外保险"知识产权金融服务链。

为持续深化和拓展知识产权与金融深度融合之路，2023年11月，黄埔区、广州开发区在最新发布的"高质量发展30条"中，对通过知识产权证券化产品实现融资的企业，按其实际融资金额的50%给予补贴，每笔融资补贴期限最长3年，每家企业每年可申请1笔扶持，每笔扶持最高200万元。

这一招，不仅促进"创新链+产业链+资金链"的深度融合，更进一步畅通了"科技+产业+金融+知识产权"发展渠道。

实体经济是金融生长的"土壤"，金融是中小企业发展的"血液"。只有源源不断的金融活水，才能浇灌出科技创新和中小企业发展之花。

在黄埔，ABCD轮、天使轮融资发挥着独特的作用。

那么，融资ABC轮、天使轮是什么？

天使轮是指创业公司在种子轮之后的第一轮融资，主要由天使投资人进行投资。天使轮的融资金额一般在数十万元到数百万元之间。

A轮是指创业公司在天使轮之后的第一轮机构投资。A轮的融资金额一般在数百万元到数千万元。

B轮是指创业公司在A轮之后的第二轮机构投资。B轮的融资金额一般在数千万元到数亿元。

C轮是指创业公司在B轮之后的第三轮机构投资。C轮的融资金额一般在数亿元到数十亿元。

2022年10月，黄埔区、广州开发区基因治疗产业企业云舟生物科技（广州）股份有限公司一举获得4.1亿元C轮投资，引起业内广泛关注。

云舟生物是黄埔在地培育的优质生物医药企业，也是全球最大的科研级别基因载体服务商，累计向全球4000多家科研院校和制药公司提供超过120万个基因递送解决方案，定制化基因递送服务在全球科研市场份额占比超80%。

蓝田博士是云舟生物创始人及首席科学家，谈起C轮融资，他的眉宇舒展，无比开怀地表示，云舟生物将以本轮融资为契机，推进基因递送研发生产技术平台的升级和产能扩增，进一步加速全球化业务布局，通过核心技术赋能基因药物产业，助推全球生命科学和基因药物研发。

基因递送是生命科学研究与基因药物开发的关键环节，对于赋能基础科研，以及加速基因药物临床应用具有积极推动作用，云舟生物当之无愧成为基因递送的领军企业。

近年来，黄埔区、广州开发区着力打造生物医药产业高地，已形成覆盖引领未来的基因检测、重组蛋白、细胞治疗、干细胞、组织工程、3D生物打印等六大领域生物医药产业集群，在推动广州开发区基因治疗产业"强链、补链"方面，C轮融资"出尽风头"。

2023年4月，广州派真生物技术有限公司成功完成数亿元人民币C轮融资，投资方分别为广州开发区产业基金、新兴基金、港粤资本、三美投资、华城睿思等，老股东国聚创投也来持续加码，"火上添油"。

此轮融资所筹集的资金将用于加快AAV载体创新与产能拓展，并加速派真的全球扩张，赋能基因治疗药企新药申报及上市进程。

基因治疗概念从20世纪70年代初提出，到近几年药物上市，中间经历了超过半个世纪的发展。"但总算是从'0'到了'1'。"创始人兼董事长李华鹏博士说，"派真成立之初的使命，是希望作为一个纯粹的支持平台，通过技术的创新迭代，解决将'1'变为'100'乃至'10亿'的瓶颈问题，让基因治疗可及，让老百姓真正用得起。"

"这是我们的目标和终极使命。"李华鹏博士目光坚定。

为何机构如此看好派真生物？

"派真生物已成功为20多个国家的客户提供了上万批次的AAV定制样品，客户群体包括全球知名跨国制药公司和各类研究机构，成了AAV赛道的头部企业。"李华鹏说。

凭借着专业团队、尖端技术和大规模生产能力，派真生物建成了符合NMPA/FDA/EMA标准GMP级别的AAV生产厂房，执行的临床级别订单超过20个。并开发出包括π-AlphaTM 293细胞AAV高产技术在内的5大技术平台。

派真秉承"针尖战略"，用"十年磨一剑"的精神，实现"三级跳"：一是实现了AAV大规模生产，且生产效率提高10倍以上；二是在新载体的开发上获得突破，多种新型AAV在灵长类动物上表现得更高效、更安全；三是在美国休斯敦的PD实验室已落成，正式开展CDMO业务，接受客户订单……

"派真生物在大环境非常不利的情况下完成了新一轮融资，着实不易。"李华鹏表示，未来会持续专注于技术创新和全球市场拓展，推动基因治疗药品的临床应用，惠及更多患者。

派真生物的成功融资再次展现了资本市场对黄埔区、广州开发区生物领域的信心。

臻泰生物创下天使轮融资"最短"纪录就是一个例证。

成立于2023年10月的臻泰生物，在两个月后的12月就完成了数千万元天使轮融资，投资方由广东粤港澳大湾区黄埔材料研究院、一线机构投资人、上市公司高管等共同组成。

此轮融资经36氪发布报道后，臻泰生物迅速成为投资机构关注的焦点，不仅吸引了超过50家投资机构的关注，海内外投资商更是主动伸出了合作橄榄枝……

为什么经由36氪发布？

原来，36氪深入挖掘了这家公司的背景、团队、技术实力，发现公司核心科学家团队由来自哈佛大学、剑桥大学的归国教授和中国科学院等研究机构的海内外顶尖学者组成。主打柠檬酸材料和胶原蛋白等产品管线研发的臻泰生物，以其独特的创新技术和市场前景引起了36氪的高度关注。36氪于是对其首轮融资进行了详细的"轰炸式"的采访报道。

臻泰生物创始人黄建国毕业于天津大学化学工程与工艺专业，曾是世界500强丹纳赫集团管培生和经理人，也是一位连续创业者，深度参与过多家估值10亿级公司的创立。

目前担任臻泰生物CEO、总经理的黄建国介绍，臻泰生物研发团队聚集了多位生物材料方向的研究员、高级工程师。

"36氪助力对臻泰生物融资成功至关重要。"黄建国说，相比胶原蛋白，臻泰生物选择另辟蹊径，开发柠檬酸、苹果酸这类新材料，将有可能成为下一代医美材料，帮助大家安全、健康地变美。

针对中小企业发展中面临的一个个困局，黄埔区、广州开发区完善金融体系、强化金融创新、拓宽融资渠道、优化金融环境，为探索破解中小企业融资难题交出了一份亮眼答卷。

3. 乘"市"而上

企业上市，是资本市场服务实体经济的重要手段。

南网能源、广发证券、天赐材料、视源股份、海格通信、达安基因、万孚生物……黄埔区堪称广州上市公司的"高地"，这里集聚了一批知名A股上市公司。

"抢滩"资本市场，"黄埔军团"创造了多个奇迹。

2019年，黄埔"一口气"上市四个"广州第一股"——

1月3日，维港环保在香港主板挂牌上市，成为广州企业赴港上市第一股，也是香港联交所2019年的第一个IPO。

7月22日，全球电磁屏蔽膜领域的龙头方邦股份在科创板挂牌上市，成为国内首批、广州科创板第一股。

7月25日，丸美股份在上交所主板上市，成为广州企业主板上市第一股。

12月12日，亿航控股在美国纳斯达克交易所挂牌上市，成为广州市企业赴美上市第一股。

作为国内资本市场最受关注的焦点之一，科创板被誉为"中国版纳斯达克"，2020年1月22日，同样从昔日"小作坊"成长为国家级专精特新"小巨人"的洁特生物，在科创板上市交易。

2月，黄埔培育的上市公司创造一周两家登陆科创板的"神话"。17日，瑞松科技捷足先登，21日，百奥泰接踵而至……

坊间还盛传这样一件有意思的事。

由于受疫情影响，百奥泰的上市仪式就在科学城内企业自家园区的会议室里举行。有意思的是，为了体现仪式感和为企业复工复产打气，百奥泰策划方在淘宝上花费600元，买了一面能及时送达供上市使用的铜锣。

"虽然跟上交所的开市大锣无法相比，但简简单单的道具和操作，更加让人觉得接地气。"公司负责人回忆当时的场景还颇有感触。

广开沃土，"埔"玉成器。

2021年7月26日，迈普医学登陆创业板，成为全国首家按照创业板第二套上市标准申请上市的企业；同年11月15日，北交所开市，永顺生物成为首批登陆北交所的上市企业之一。

2022年3月25日，多年来深耕功能性高分子材料领域的广州鹿山新材料股份有限公司，登陆上海证券交易所主板，"敲钟"上市。

2023年5月16日，广州慧智微电子股份有限公司（以下简称"慧智微"）在上海证券交易所科创板成功上市，证券简称为"慧智微"，股票代码为"688512"。

慧智微是一家为智能手机、物联网等领域提供射频前端的芯片设计公司，主营业务为射频前端芯片及模组的研发、设计和销售，具备全套射频前端芯片设计能力和集成化模组研发能力，其产品应用于三星、OPPO、vivo、荣耀等国内外智能手机品牌机型，并进入一线移动终端设备ODM厂商和头部无线通信模组厂商。

2023年10月17日，润本生物技术股份有限公司（以下简称"润本股份"）在上海证券交易所主板成功上市……

这是黄埔第83家！

一家家上市公司，犹如一艘艘快速行驶的大船，带动上下游关联的行业企业，引领黄埔"上市军团"加速扩容。

随着润本股份的成功上市，黄埔区、广州开发区上市企业数量居全市第一，居国家级经开区第一，企业上市竞争力全国区县领先。

黄埔迎来高光时刻！

一个区，上市企业达到83家是什么概念？

意味着数量超越一半以上的省份！

黄埔上市企业"井喷"，成为黄埔经济活力的一个缩影。

上市公司数量是区域经济活力的象征。除了已上市的83家企业，广州开发区、黄埔区提交上市注册和通过交易所发行审核的拟上市企业还有7家，申报境内外上市审核企业12家，在省证监局办理上市辅导备案的企业17家。

充足的上市企业及上市"后备军"，不仅反映黄埔经济发展的水平，更隐含了未来全国新兴产业的潜在版图。

除了数量多，上市公司科创"含金量"高。

来自粤开证券的数据显示，黄埔区集聚科技型中小企业超4万家，其中高新技术企业超3500家，国家级专精特新"小巨人"超百家。广州市重点推进的五大科技创新平台，有四个在黄埔。同时，黄埔区规模以上高技术产业产值，占全市的80%左右。

"科创"二字，成为黄埔区上市公司的共同标签。

罗马不是一日建成，黄埔上市公司集群的出现也绝非偶然。那么，黄埔如何能打造穗企上市的"梦之队"？

"产业筑基。"区金融工作局主要负责人斩钉截铁地表示。

在黄埔，金融和资本是"活水"，实体制造是基础。作为广州实体经济主战场、科技创新主引擎、工业"一哥"，黄埔区、广州开发区成为上市企业"富矿"，与雄厚的产业基础、浓厚的创新氛围分不开。

黄埔区、广州开发区始终坚持"制造业立区",形成了集成电路、绿色能源、生物安全、高端装备、美妆大健康5大千亿级和新型显示、汽车、新材料3大五百亿级产业集群,战略性新兴产业产值超全市50%。

有了产业"沃土",还须善于"耕耘"。

"植沃土—促上市—育龙头"。多年来,黄埔深耕产业沃土,坚持构建"初创—高企—瞪羚—独角兽—百亿级高企"企业成长链条,将培育企业上市工作向前延伸至产业孵化、科技赋能,向后延伸至上市辅导的各个环节以至上市后的发展,打造了企业上市培育"全过程跟踪服务"。

这或许是黄埔资本市场高地崛起的基因。

增优势、强特色、补短板……黄埔打造上市护航新模式,早早就把"上市梦""种"到企业心中,开展全流程跟踪、全周期辅导、多方面资源对接、全方位金融服务……

区金融工作局资料显示,为了在产业沃土中寻找到更多上市种子企业,黄埔区先后推动"广州科技金融路演中心""广州新三板企业路演中心""广州高新区科技金融路演中心"落户,常态化开展企业投融资路演,组织区内孵化园区推荐优质上市"苗子企业",开拓上市孵化服务,加强"明星企业""苗子企业"的上市对接和动员。

肥沃的创新创业土壤,高效便利的营商环境,无微不至的上市服务……涌现一大批成长性好、创新能力强、发展潜力大的企业"埔公英"的种子。与此同时,一批企业借助资本市场实现跨越式成长,成为行业龙头。

那么,黄埔企业上市第一大区是怎样炼成的?

构建苗圃企业，"梯队式"分层培育机制。

2021年3月，为抢抓科创板开板、创业板改革、北交所设立等历史机遇，黄埔区、广州开发区正式启动企业上市"苗圃培育工程"。

有证券媒体记者报道："黄埔旨在加强上市后备资源挖掘和储备。"

广州开发区金融工作局在接受这家媒体采访时坦言："深度对接广州企业上市'领头羊'计划，将围绕'大盘蓝筹''硬科技''三创四新''专精特新'等板块定位，形成'种子层—青苗层—金穗层'拟上市企业梯度。"即"种子层"优质培育企业，"青苗层"优先辅导企业，"金穗层"重点推进企业。

7月22日，上市苗圃企业首发暨苗圃企业特训营"开营"，仪式上公布了首批上市苗圃企业名单共235家。

235家上市苗圃企业发展潜力巨大，合计市场估值超过1000亿元，其中30%的企业被证券交易所评价为"优先支持上市企业""重点促进上市企业"。

上市苗圃企业创新特色突出，与黄埔"万亿制造"的"四梁八杜"产业规划高度契合——

36家企业获得、承担或参与国家科技进步奖、国家自然科学奖、国家技术发明奖和国家重大科技专项。

84家企业属于国家鼓励、支持和推动的关键设备、关键产品、关键零部件、关键材料等产业领域。

21家生物医药企业具有一项以上核心产品获准开展二期临床试验。

199家企业的科创属性被评价为强、较强、很强。

蓄能高质量，特训营为苗圃企业集结顶级资源和资本力量。

上市苗圃企业特训营授课导师阵容强大，要么是沪深交易所、区域监管机构的战略咨询顾问，要么是来自知名投研机构、券商研究所的投行业务精英。

特训营根据金穗层、青苗层、种子层企业不同阶段发展需求专门定制上市培育课程体系、课程内容，涵盖资本市场基础知识、公司治理、资本运作等方面，特训内容也露出了"神秘面纱"——

"种子层"班设5个授课模块：政策辅导、财税管理、法务支持、综合素养、组织激活。

"青苗层"班设5个授课模块：上市基础篇、政策解读篇、科创板与注册制、IR与PR、财务税务篇。

"金穗层"班设6个授课模块：IPO战略策略、IPO财务规范、IPO税务规范、IPO法律规范、公司治理、投资者关系。

通过一整套课程体系搭建及丰富的专家智库资源，深度链接资本市场，全面赋能上市苗圃企业，分阶段、分梯队护航苗圃企业抢滩资本市场。

广东永顺生物制药股份有限公司（以下简称"永顺生物"）入选了"金穗层"苗圃企业，参与了特训营课程，在财税、法律、公司治理及资本运作等方面得到全方位指导和服务。

"这些支持让永顺生物上市少走了很多弯路。"永顺生物总经理林德锐说。

林德锐所说的"弯路"是指永顺生物从2012年就开展了公司股改，筹备IPO申报，却因多种原因一次又一次无奈暂停。

到底差在哪里？

需要如何改进？

"虽然2016年永顺生物得以进入新三板，但无法在资本市场更进一步发展仍让我们感到迷茫。"林德锐欣喜地说，"正是参加了特训营，我们找到了数年上市筹备与现实之间的落差。"

"打通了企业上市'培训+实战'融合的各个环节，系统性培养一批具备全球视野与战略思维、深谙公司治理与资本运营、洞悉科技前沿与产业先机、富有企业家精神与社会责任感的优秀上市工作人才队伍。"主办方这样说。

厚植产业沃土，凝练上市优势。

自"企业上市苗圃培育工程"启动以来，已先后举办了三期。2023年9月8日，黄埔区、广州开发区上市苗圃企业特训营3.0在广州盛大开启！

350家苗圃企业集结到位。

3.0特训营是在中国证监会全面实行股票发行注册制背景之下举办的，征集和遴选企业涵盖金穗层36家，青苗层121家，种子层193家。苗圃企业群体规模更大，"硬科技""三创四新"底色鲜明；后备资源挖掘和储备"更上一层楼"。

相较前两届，课程体系持续升级，突出三大亮点：一是实操提炼，注重企业家商业战略思维训练；二是与高校资源联动，增加走进名校的环节；三是加强产业互动，促进资源链接，苗圃企业特色更鲜明，亮点更突出——

梯队结构良好。金穗层、青苗层、种子层企业配比约为1:3:5。金穗层企业均已在广东证监局办理辅导备案，或已经上报证券交易所发行审核；青苗层企业主要经济效益指标达到主板、科创板、创业板、北交所等板块发行上市标准的50%或以上，近70%企业正筹备股份制改造或正开展企业上市规范工作，部分企业启动境外上市筹备工作；种子层企业正在或已经引入战略性投资伙伴，利用资本市场实现跨越发展的意愿强烈。

上市步伐加快。积极参与广州市加快推进企业上市高质量"领头羊"行动计划，2022年度共有17家企业成功上榜广州拟上市企业"领头羊"，均为黄埔区上市苗圃企业，上榜总数占全市57%。

产业特色突出。形成了以生物科技（医疗器械、生物制品）、电子信息（电子制造、半导体）、高端装备（计算机应用设备、专用设备）为主的特色行业集群。全部企业具备专精特新企业、高新技术企业、瞪羚企业、广州开发区产业政策入库企业等资质，50%以上企业意向申报科创板、创业板。

特训营3.0课程合计6周39个课时，进一步整合监管部门、交易所、金融机构和高校等多方资源，增设专业的信用风险管理课程，针对拟上市公司分享信用风险管理的最新理念和方法，提供实用的信用风险防范技巧。

值得称道的是，特训营通过"培训+实地参访+走进名校+沙盘演练+产业链互动"等多个环节，开展投融资、公司治理、资本运作等理论特训，以及经营决策实战沙盘、模拟IPO发审会等实战演练，帮助苗圃企业家完善上市知识体系。

"受益匪浅。"光为科技麦志泉参加3.0特训营后，认为机会太难得了，印象十分深刻。他兴奋地说："授课导师够专业，都是来自红杉资本、中山大学的知名专家或者行业翘楚；培训内容够精准，针对企业高管战略管理，设置沙盘课程，进行模拟实战；活动内容够特别，开展'企业家有话说''苗圃学长说'等特色活动；活动形式够新颖，营造沉浸式特训氛围……"

"加上前两届，参训人次已超1000人。"主办方负责人说，旨在探索上市前"苗圃培育"+上市后"高质量发展研修实战""一体两翼"服务模式，为苗圃企业IPO道路保驾护航。

植沃土，育苗圃，促上市。

通过实施企业上市苗圃培育工程，黄埔区、广州开发区紧抓资本市场改革的重大历史机遇，为企业提供全流程、全方位的上市培育，推动更多优质企业上市，带动行业转型升级与产业链高质量发展。"我们以'培育一批、股改一批、辅导一批、申报一批、上市一批'为发展思路，遵循'小升规、规改股、股上市'培育路径，全方位打造顶尖'黄埔上市军团'。"谈起为企业赋能，护航上市成长，金融局负责人侃侃而谈——

一是加大种子层企业上市培育力度。强化"投早投小投科技"资本支撑，开展企业家资本市场能力提升行动，提供定制化银企对接服务，促进企业提升持续经营能力，推动更多企业尽快达到登陆资本市场的条件。

二是提升青苗层企业上市服务水平。建立上市服务顾问制度，开展高管团队赋能工程，优化政情通报和政企沟通机制，提供企业知识产权能力强化辅导，实施企业股份制改造工程，尽早做好企业规范化培育，强化上市规范工作，前瞻谋划企业上市路线图。

三是稳步推动金穗层企业上市。建立"交易所直通车"沟通机制，强化上市申报保荐中介服务，深化企业上市"有呼必应"服务，重点推进企业及时完善申报材料，配合上市发行审核安排，加快上市步伐。

"苗"绘广阔蓝图，"圃"写上市篇章。

黄埔区、广州开发区已探索出资本集聚培训企业上市的"黄埔模式"。一批符合国家战略、突破关键核心技术、市场认可度高的企业正为登陆资本市场蓄势待发。

自苗圃特训营活动举办以来，广州开发区投资基金管理有限公司（以下简称"广开基金"）连续三年（2021—2023年）作为主办方支持苗圃企业对接资本市场，助推企业发展壮大，为苗圃企业IPO道路保驾护航。

广开基金连续承办三届上市苗圃企业特训营，已为350多家区内苗圃企业种下"种子"，投资苗圃企业54家，投资金额累计超过18亿。

"我们广开基金是广州开发区区属基金化投融资平台，通过开展早期、VC、PE、Pre-IPO全链条的股权投资，服务区内中小企业、科创企业的融资需求。自成立以来，累计投资项目超500个，累计46家被投企业成功上市，其中，投资区内上市企业12家。广开基金林义伟表示，广开基金将继续扛起支持中小企业办大事的旗帜，依托旗下股权投资、招商引资、国家级孵化器三大平台，深化投融资服务、资源匹配、政策辅导、人才申报等各类精细化服务，助力苗圃企业"苗"准上市目标，"圃"写不凡答卷。

如今，上市苗圃企业特训营已成为黄埔创设上市培育的金字品牌。

丰富的科创型中小企业为黄埔区培育上市公司提供了想象和可能。

黄埔乘"市"而上，涌起上市热潮，还来源于强化政策扶持，完善服务体系。

多年来，黄埔区、广州开发区加大企业上市政策支持力度，引入风险投资机构，加大财政奖补力度，完善覆盖获得信贷、引入投资、股改规范、"新三板"分层奖励、上市辅导、成功上市、上市再融资、发行债券、并购重组等全方位扶持政策。

　　科技企业在种子期、初创期需要资金投入用于研发，但科技企业抵押品少、回报有较高不确定性，往往会导致创业"死亡谷"的出现。

　　为应对创业容易面临"死亡谷"的局面，黄埔区、广州开发区落地实施"风投10条"，搭建投资生态，强化上市资本支撑。

　　"风投10条"的实施，助推百度风投、创新工场、IDG资本、韩国KIP韩投伙伴等一批国内外知名风投机构落地黄埔，管理资金规模超过2400亿元，为中小企业发展提供长期资金供给和行业资源支持。

　　据相关资料，通过加强股权投资资本支撑，风投创投机构直接带动区内重点科技企业获得股权投资资金超30亿元，充分发挥黄埔人才引导基金作用，引导深创投、KIP资本、斐君资本等知名风投机构累计设立26只子基金，累计向230家企业投资超60亿元，投出21家IPO上市企业，67家专精特新企业。方邦股份、安必平医药等科创板企业成功上市背后，就有人才引导基金的"推手"。

　　同时，开展股权投资和创业投资基金份额转让试点，进一步完善全省私募股权创投基金"募投管退"全链条综合服务体系。

　　除了"风投10条"政策，黄埔还陆续出台了"金融10条""绿色金融10条"等针对性金融扶持政策，分阶段、分层次实施企业上市奖励政策，对企业特别是绿色企业上市给予最高800万元奖励，市区叠加上市奖励最高不超过1000万元，并配套并购重组扶持、债券发行补贴、贷款贴息等政策扶持，促进企业加快上市步伐。

　　在IAB专项政策中，"民营18条""美玉10条"等"金镶玉"系列产业政策中都设有针对科技企业上市扶持的专门条款。

　　给政策、给补贴，黄埔扶持力度无"死角"。

"绿色金融10条"：对成功在新三板挂牌的区内绿色企业给予100万元奖励，对进入新三板创新层、精选层绿色企业分别再给予50万元、100万元奖励；对本区企业通过发行绿色债券融资的，每笔债券在存续期内给予利息补贴，贴息比例为每年累计实际付息额的10%；对本区企业发行绿色资产证券化产品的，按照发行金额1‰的比例予以奖励发行主体，企业可就多笔绿色资产证券化项目申请奖励，单个发行主体每年最高200万元，等等。

"金融10条"：对在境内外资本市场上市的企业按股份制改造并签订上市工作协议，境内间接上市企业、迁入上市企业等分阶段给予奖励；对在境内资本市场直接上市的企业，完成证券主管部门辅导验收工作、首次公开发行股票并成功上市的，分阶段给予奖励；支持金融机构、行业协会、专业机构举办金融论坛等高水平活动，根据活动的影响力、规模、效果及实际支出等情况，给予最高300万元资助等。

"企业债券市场融资贴息"：融资金额在1亿元以下的部分，贴息比例为每年累计实际付息额的10%；融资金额在1亿元以上、5亿元以下的部分，贴息比例为每年累计实际付息额的8%；融资金额在5亿元以上、10亿元以下的部分，贴息比例为每年累计实际付息额的5%；融资金额在10亿元以上的部分，贴息比例为每年累计实际付息额的1%……

覆盖获得信贷、引入投资、股改规范、新三板分层奖励、上市辅导、成功上市、上市再融资、发行债券、并购重组等全方位的扶持政策，吸引了大量的高成长企业纷至沓来，促进企业加快上市步伐。

作为北交所首批挂牌上市企业，永顺生物是黄埔区企业受惠于区域发展与政策创新双重优势的典型案例。

"顺利上市北交所,是永顺生物的'大事件'。"永顺生物副总经理兼董秘吴子舟说,永顺生物从登陆新三板、精选层挂牌到北交所上市,总共获得区级产业扶持资金800万元。

良策暖心,服务让企业更"省力"。

吴子舟觉得,相比于资金上的支持,黄埔区、广州开发区对企业上市过程中的扶一把、送一程更让企业感激。

吴子舟讲了这样一个至今还在黄埔企业界流传的故事——

2016年11月的某一天,广州开发区发改金融局金融服务处的一位负责人,在她每天必看的各金融市场的公告上看到了永顺生物在新三板挂牌的消息。

"这个企业需要上市辅导。"这位负责人心想。

她手边一时没有联系方式,于是,她就发了一条"朋友圈"——"谁能帮我联系上永顺生物的董秘?"

"正是通过这个渠道,这位领导找到了我,并把我拉进了黄埔区、广州开发区上市企业和拟上市企业苗圃的交流群,让永顺生物在对接资本市场时及时地找到了组织。"吴子舟转过身,露出一个很温馨的微笑,微微翘起的嘴角挂着满心的回忆。

"例如推出注册制后,其中三方回款的比例要求为审核制不超过5%、注册制不超过15%。由于永顺生物的商业模式,一开始无法满足这一条件。"吴子舟说,"但最终问题得到解决,还是因为区金融局主动找上门,提供辅导。"

推进企业上市的过程中,区金融局关注到上市募投项目的重要性,认为募投项目是上市公司未来业绩增长的动能,代表产业发展重点方向,因此联合区内相关项目管理部门,共同实施上市主体与募投项目"双关注、双激励"政策导向,相继为瑞立科密、润本生物等企业协调加快土地保障和供应工作,加强上市募投项目招引措施，促进上市公司募投项目在黄埔集聚……

金融局的服务案例信手拈来。

2022年10月，聚合科技向北交所提交了公开发行相关申请文件，并按照规定接受上市审核。期间企业出现募投项目环保问题、税务问题、守法合规相关问题，区金融局分管领导建立企业上市困难纾解机制，及时帮助企业协调解决历史沿革、政策合规等问题。

"聚合科技的上市，倾注了区金融局分管领导的大量心血。"2023年5月，聚合科技成功通过北交所上市委审核。后来企业因经营发展状况出现波动，分管领导及时带领聚合科技代表赴北京拜访北交所，了解新形势下监管导向，使企业能够把好下一步上市推进的方向。

与聚合科技有同感的方邦股份董事长兼总经理苏陟则用另一种方式来"真情告白"——

科创板开市，广州科创板第一股方邦股份为了感谢广州在企业上市期间的帮助，公司股票代码后三位特意选择与广州区号一致的"020"。

上市公司创始人告白的背后，是对黄埔对上市企业"保姆"式服务——对企业进行全流程业务跟踪协调的高度认可。

在拟上市阶段，邀请交易所专家调研重点上市培育企业，组织企业开展"走进交易所"活动建立"分战场""分梯队"的上市促进机制，构建层层递进的中小企业成长路径和良好的多层次资本市场生态。

同时，健全完善企业上市疑难常态化协调纾解模式，帮助企业解决上市申报过程中遇到的多种问题，建立"交易所直通车"沟通机制，细化券商保荐服务，帮助企业就上市过程中遇到的

"疑难杂症"获得权威专业意见，保障企业上市工作顺利推进。

如与成功上市保荐团队、资深创业投资专家、专业中介团队建立良好关系，通过加强信息共享、创新业务探索等方式，为拟上市企业提供更加精准、务实、高效的个性化指导意见，促进企业上市成功经验的借鉴吸收。

此外，完善企业守法合规证明协调机制，建立守法合规培训、守法合规检查、守法证明办理的全链条服务，帮助企业规范达标。

全方位上市工作联动，形成强大上市推动力。

在为企业提供上市全流程服务之外，黄埔还构建了全链条的金融服务体系。

在企业发展壮大过程中，黄埔为拟上市企业提供了多种融资渠道，通过引导基金、信贷、担保、小额贷款等方式，将培育企业上市工作向前延伸至项目落地、产业孵化、科技赋能等环节。

大力发展并购基金，为专精特新企业兼并重组提供配套资金支持，形成一批龙头上市公司，加速产业链的延链、补链、强链和固链。

优化投融资发展环境。成立百亿规模的专精特新产业投资基金，构建服务中小企业的金融平台体系。支持符合条件的中小企业发行集合债等新型债券，特别鼓励机构对创业早期企业开展天使投资。

铺设上市专道，加快上市冲刺。

在企业上市时，在挂牌上市、发行债券、并购发展等方面给予企业融资全方位的指导和服务；在全市率先与上交所签订战略合作协议，与深交所建立常态化对接沟通机制，与港交所、新加坡交易所开辟信息沟通渠道。

在科创金融服务方面，黄埔创设金融服务高端平台，打造科创金融服务矩阵和资本市场高地的"定盘星"——

创设广州科创金融服务基地、金融服务超市等高端金融服务平台，为科技成果转化、创新创业、上市辅导等一站式科创金融服务；打造"融资汇""融智汇""创享汇"等五大投融资对接品牌活动，完善"直接融资支撑—间接融资保障"综合金融服务体系；打造"科创资本会客厅"服务品牌，让区内企业在家门口即可享受IPO发行路演、业绩说明会等便捷服务……

通过多层次资本市场体系构建，黄埔区打造了"政策引领扶持—间接融资保障—直接融资支撑—服务平台对接"的综合金融服务体系，形成"初创期企业投融对接、成长期企业发展伴随、成熟期企业培育上市"的生态链。

未来，黄埔区、广州开发区将紧紧围绕制造业立市战略，深化企业上市苗圃培育工程，遵循"植沃土—促上市—育龙头"的上市高质量发展路径，推动战略性新兴产业通过资本市场增强创新发展能力和核心竞争力，充分发挥资本市场枢纽功能，促进上市公司借力资本市场，实现高质量发展行稳致远。

第四章

拔 节

1. 小而不凡

《礼记·中庸》曰："致广大而尽精微。"

这句话的理解是：既登高望远、胸怀大局，又落细落实、积微成著。"致广大"与"尽精微"，两者相辅相成、辩证统一。

近几年来，黄埔区、广州开发区加速推进新型工业化，聚焦新一代信息技术、人工智能与智能装备等"颠覆性技术创新"，做强新型显示、集成电路、生物医药、新型储能、商业航天、低空经济等新兴产业，抢占人形机器人、生命科学、蓝色能源等关键领域的产业新赛道。

小身躯有大能量，小体量有大作为。

干在实处、走在前列。在黄埔，5.87万余家中小企业在各自的行业赛道上，扛起了科技创新、自立自强的大旗，淋漓尽致下好"先手棋"：创天电子的射频微波陶瓷电容器和微波芯片电容器填补了国内空白；佰聆数据电力大数据分析平台在增强分析及智能决策技术、分析导图技术能力等方面实现国产替代；嘉德乐科技采用蒸馏单硬脂酸甘油酯提纯技术提取的产品含量超过99.9%，达到全球最高水平；广大黄埔研究院与20余家中小企业合作解决信息技术领域安全、自主、可控的技术难题……

5月，是孕育硕果而厚积薄发的季节。

在广东众生睿创生物科技有限公司（以下简称"众生睿创"）的发展史上，有多个"分镜头"可以载入史册。

2021年5月19日早上，朝阳格外灿烂。

在黄埔区福珀斯创新园内，一面上书"睿见未来，创立新篇"8个遒劲大字的蓝色海报墙熠熠生辉。

海报墙下，红毯铺地，鲜花拥簇着中央舞台及两侧。

群贤毕至，高朋满座。

这天，众生睿创在黄埔区、广州开发区隆重举办了广州总部落成暨开业典礼。共襄盛典的除了政府官员外，还有一众行业高管、医药大咖，其中不乏长江学者特聘教授、国家级重大人才工程专家等，共和国勋章获得者钟南山院士发来亲笔贺信。

"众生睿创广州总部的开业，为众生睿创未来美好光辉的发展开启了新的篇章。我们出发于东莞，面向全球；我们来自传统，矢志创新；我们站立在湾区，敢于突破！希望众生睿创的小伙伴们能在新起点、新征程，把握机遇、勇挑重担，一起拼搏、一起奋斗，为成就公司的美好愿景而努力奔跑！"作为众生睿创的母公司，众生药业董事长、总裁陈永红充满激情地致辞。

众生睿创成立于2018年10月，早期专注于NASH领域，随后拓展到代谢和肥胖领域。到2020年后，基于当时的疫情情况，考虑到新冠病毒会与人类长期共存，于是公司又布局了广谱抗新冠病毒药物的研发。

2023年3月23日，众生睿创欣然宣布，中国首个单药3CL蛋白酶抑制剂来瑞特韦片（商品名：乐睿灵®）获得国家药品监督管理局按照药品特别审批程序，进行应急审评审批上市，治疗新冠新药在黄埔诞生！

这一消息让全球振奋，也让3CL靶点站上了风口。

那几天，众生睿创的联合创始人兼总裁陈小新十分煎熬，他不断地刷新着官网页面。当来瑞特韦片正式获批上市公告弹出来的那一刻，44岁的陈小新还是没忍住，流泪了。

所有压力、焦虑、期望在看到获批公告的那一刻得到释放。公告发出来的前几天，陈小新把自己的办公室收拾干净。"当时的想法是，如果药批不下来，就引咎辞职。"陈小新说。

一款新药便是一个希望。

一周后，"3CL靶向新冠病毒感染治疗药物来瑞特韦片研发研讨会"召开，钟南山院士面带笑容，与团队代表杨子峰教授等一起款款走进会场。

钟南山院士充分肯定了来瑞特韦片为新冠治疗提供了重要保障，他说："人民至上，生命至上。研究团队通过大协作，实现了'单药给药'方案的重要突破，丰富了我国药物储备，也为全球抗击新冠疫情提供了更多的中国治疗方案。"

广州实验室研究员、广州呼吸健康研究院副院长杨子峰表示，来瑞特韦片项目在多地共33家临床中心开展了三期临床试验，入组了1359例病例，结果充分证实了来瑞特韦片的安全性和有效性。

与会专家们认为，这款药物对5种不同的新冠毒株均有显著抑制活性，包括野生株、阿尔法株、贝塔株、德尔塔株和奥密克戎株等，临床试验患者人群单药服用4.2天后即可转阴，病毒载量较安慰剂组相比平均降低近90%，抗病毒效果与辉瑞Paxlovid效果相当，实现了显著抗病毒效力，有效避免了因联用利托那韦产生的毒副作用，并解决了传统药物研发模式瓶颈，实现研发上市"加速度"……

来瑞特韦片是何方神圣？

该新药用于治疗轻中度新冠患者，是国际首款无须联用利托那韦的拟肽类3CL靶向新冠治疗药物，也是我国具有自主知识产权的原创1类新药。

"其原理是通过一种SARS-CoV-2主蛋白酶Mpro（也称为3C-样蛋白酶，3CLpro）的拟肽类抑制剂，可抑制SARS-CoV-2 Mpro，使其无法加工多蛋白前体，从而阻止病毒复制。"众生睿创联合创始人、总裁陈小新博士介绍。

没有谁生来就是"药神"。

三年疫情，国人一直在期盼着特效药物的诞生，但已上市的部分新冠药物因须联用易发生药物相互反应，如利托那韦，导致老年人、基础性疾病患者等须慎用或无法使用。

国产新冠药的出现，让单药治疗成为可能，减少了联药的副作用风险。

新药实现了无须使用利托那韦的单药方案，为老年人以及肿瘤、神经精神类疾病、肝功能严重受损患者等人群提供了安全有效的新冠用药选择。临床数据显示，药物不仅为重点人群带去用药的安全选择，还对轻中度患者具有显著疗效。

从2021年12月底确定新药化合物结构到2023年2月递交全部注册申报资料，来瑞特韦片项目仅用了不到14个月，跑出了新药研发的"加速度"。

14个月，奇迹变为可能。

14个月，可能变为现实。

"一年多时间，我们星夜兼程，攻坚克难，规范高效地完成了从一期到三期临床研究。"众生睿创董事长龙超峰回顾来瑞特韦片研发过程时感慨万千，"我很感激、很高兴，也很自豪。"

总裁陈小新博士回忆说，研发是全国优势研究力量"拧成一股绳"的过程：广州实验室整体统筹组织药物研发，广州呼研院、国家呼吸系统疾病临床医学研究中心等高效有序推进临床前及临床研究，生物医药公司加紧协调产业化落地，各医院积极推进临床试验，众生睿创加紧协调产业转化……

14个月，研发的"加速度"靠什么？

靠的是黄埔生物医药产业的深厚积淀，靠的是科研团队不舍昼夜的拼搏，靠的是新型举国体制的支持以及对创新链产业链、资金链、人才链深度融合的运用。

科研团队倾注心血，不舍昼夜并肩作战，一款新药的面世来之不易，背后的精神更难能可贵。

譬如单独给药的方式成药，来自陈小新大胆的想法。

"也是一个风险很大的决定。"陈小新回忆，当时连临床试验负责人都建议他选择联用的方式成药，但基于已有临床前及临床数据，众生睿创管理层意见还是达成了一致。在保守和挑战之间，众生睿创选择的策略是：在一期、二期的临床试验中既做联用，又做单药。

"我们一定要去做这个尝试。"陈小新说，"一旦我们把单药做出来，就是创新突破，是不一样的东西，为什么不去试一试？"

那段日子，焦虑、失眠成了陈小新的常态。

虽然说"失败是成功之母"，但是真的失败了，肯定要有人去顶这个"雷"。决策是陈小新和管理团队做的，三期如果做不出来，如果输了，作为公司负责人，他这个责任确实很大。

2022年春节，众生睿创没有一名员工休息，加班加点生产毒理批次样品，为新药临床试验申请（IND）做准备。

为确保4月25日提交IND申请，一切都在紧锣密鼓地推进：2月20日毒理批样品完成生产，4月22日毒理试验完成……

"总裁，已经连续加班几个晚上，太疲劳了，能不能明早再递交……"4月25日晚，负责IND申报的同事向陈小新申请。

"今晚，哪怕是过了零点，我也认为是4月25日交的，明天交就超出我们计划的时间点了，一个时间点错过可能就丢失了最佳时机。"陈小新没有采纳。

"新冠药虽然有'绿色通道'，但一环扣一环，是与时间赛跑的铺垫。"陈小新心里清楚，如果很多新冠药都在申报，你就得排队；如果春节不加班赶，申报就可能落在5月；如果5月拿不到批文，就赶不上8月在海南二期临床；如果赶不上二期临床，11月初的广州三期临床也将错过……

2022年8月6日，星期六。

那天，陈小新躺在家里刷着"朋友圈"，突然刷到一条国家卫生健康委的数据信息：2022年8月1日0时至8月6日24时，三亚市累计发现确诊病例615例、无症状感染者213例。

"去三亚做临床试验。"几乎是同一瞬间，陈小新做了下意识的决定。很快，陈小新便在众生睿创管理层的群聊中敲定去三亚做二期临床试验的计划。

但计划赶不上变化，8月7日，海南海口市宣布自8月8日6时起至19时，全市实行临时性全域静态管理，三亚出入港的航班大面积取消。

"开车也要去三亚！"陈小新和团队没有选择退缩，决定陆路和水路并进。他们从做冷链的朋友那里借来了冷链运输设备。8月7日，两名众生睿创的工作人员连夜从广州开车来到湛江徐闻码头，又从码头花了3000元乘船前往海口。

"抵达时，已经过了凌晨12点。"在众生药业海南分公司同事的协助下，终于顺利抵达三亚。

三亚的临床研究顺利推进，结果也符合预期。

"临床三期试验一开始就捏了一把汗，"陈小新回忆，"因为有的临床研究中心在停止入组几天之后，一个病人都没有了，大家都在那波感染完了。在四十多天的时间内完成一千多例入组，这样的速度在中国甚至是全球新药研发史上可能都没有。"

"对我们整个团队来说，荣耀和耻辱就在一线之间，来瑞特韦片项目成了，说明我们这个团队能做成事。"陈小新感慨道，来瑞特韦片寄托了太多人的期望，现在，中国拥有了自己的新冠口服药。

让氢燃料电池装上泥头车，这是雄川氢能科技（广州）有限责任公司的首创。

在位于黄埔东鹏大道的湾区氢能孵化中心前，一排蓝白相间、整洁漂亮的崭新泥头车正"整装待发"。

时间是2022年2月，全球首批、规模最大的500辆氢燃料电池泥头车在黄埔发布。根据相关资料，车辆一次充氢仅需8～15分钟，可行驶400千米以上。500辆氢燃料电池泥头车投入运营后，每年可减少碳排放3.5万吨，减少氮氧化物等污染物排放量768吨。

"氢燃料电池汽车，全工作周期只排放水。"雄川氢能副总经理李荣军表示。

氢是一种化学元素，在元素周期表中排名第一位。高温之下，氢非常活泼。在碳达峰、碳中和"双碳"背景下，全球掀起了氢能浪潮。

意味着以往马力呼啸的"城市尾气制造机"一去不复返了，城市将更清静、更干净，马路将焕然一新。

不只是氢燃料泥头车，从雄川氢能驶出的还有氢燃料环卫车、物流车和公交车，实现了多种应用场景的开拓。

李荣军表示，氢燃料电池汽车背后的产业链很长，需要人才、技术、企业的集聚效应，只做一个点是很难把产业整合在一起的。

那么，从"点"到产业链，黄埔是怎样做到的？

"只有大家聚集在一起才有可能。"李荣军坦承。

雄川氢能成立于2017年11月21日，创立之初，团队便瞄准了加氢站建设与氢燃料电池汽车运营这块终端市场，他们很快就发现，光是氢燃料电池汽车的发动机，上下游关联零部件就达到400多个。

真的并不如此"单纯"。

在鸿基创能技术（广州）有限公司（以下简称"鸿基创能"）办公大楼内，摆放着一块小小的塑料薄膜，上面镶嵌着一枚"芯片"，这是氢燃料电池的"心脏"——膜电极。

鸿基创能于2017年12月入驻黄埔雄川氢能运营的湾区氢能孵化中心，旨在建立第一个以膜电极为核心部件的研发、制造、销售一体化公司。

作为燃料电池的"芯片"，氢燃料电池的电堆中最核心的部件是膜电极，它是燃料电池所有功能的中心。

然而，膜电极涉及的关键核心材料技术门槛极高，其成本占据燃料电池电堆的70%，占据燃料电池动力系统的35%。

膜电极是国内氢能源电池"卡脖子"的环节之一。

在此之前，我国的膜电极基本依赖于进口，传统的薄膜电极制备技术中，需要采用喷射、热压转印等非连续或线性速度较慢的方法，导致制备过程难以控制，产品质量不均匀，线性速度较慢，限制了其大规模工业化应用。

2018年，加拿大国家工程院院士叶思宇被引进到黄埔。

不到两年时间，年轻的鸿基创能就解决了国内燃料电池膜电极"卡脖子"问题。叶思宇领导着他的研发团队，应用了国际上最先进的卷对卷双面直涂技术、膜电极集成成形技术、膜电极自动化快速封装技术等，快速建成国内产能最大的自主化膜电极生产线，年产能达30万平方米。该公司的膜电极产品整体性能较国内目前进口的膜电极产品提升35%，成本下降30%，同比千瓦成本下降50%，填补了国内高能量密度膜电极产业化空白。

2021年，鸿基创能创下了百万套薄膜电极的行业纪录。

"中国的膜电极产量与品质，已与世界领先水平相媲美。"鸿基创能副主席、CTO叶思宇自豪地表示，"产品性能，一致性，良品率，都是国内数一数二的。"

"产量达到一百万片，我们就有底气了。"叶思宇介绍，鸿基创能与国内外100多个燃料电池电堆及系统厂商建立了良好的合作关系，其中涉及亚洲、北美、欧洲等多个国家的燃料电池著名厂商，产品涉及燃料电池大巴、燃料电池厢车、燃料电池重型卡车等，是国内自主式薄膜电池配套厂商中最早的一批。

"氢能源不只是用于运输，在工业、农业和电力等领域也有着独特的用途。"叶思宇表示。

包括鸿基创能在内，黄埔已引进中德氢能研究院等20多个高精尖氢能龙头能产业项目，如在系统和电堆方面，培育及引进了雄韬氢恒、雄川氢能、广州舜华、群塑能源、摩氢科技等企业，引进了现代汽车氢燃料电池系统项目；在催化剂方面，加拿大国家工程院院士叶思宇、陈忠伟等团队在燃料电池低铂催化剂方向上开展研发突破……

随着内育外引，黄埔区、广州开发区氢能产业全产业链的发展脉络日渐清晰。由雄川氢能负责运营的湾区氢能孵化中心已经形成一个比较完备的氢能产业链，涵盖燃料电池膜电极、电堆、动力系统、车载供氢系统、检验检测等产业链上下游及终端环节。

"我们推出了全国第一款氢燃料电池环卫车，18吨的洒水车，还有全国第一款燃料电池自卸车。"在政策扶持与创新的市场化探索下，雄川氢能的"氢"力量更具优势。

一台裸露着"骨架"的原型机、一台具备控制屏与外壳的中试线设备、一台在车间里不断制造出石墨烯材料的生产线设备……这三台设备清晰再现了广州墨羲科技有限公司（以下简称"墨羲科技"）"从0到1"的过程。

墨羲科技位于广州开发区科技企业加速器园区，由北京大学量子材料科学中心博导、纳米器件物理与化学教育部重点实验室副主任、国家万人领军人才陈剑豪创立。

创立于2017年的墨羲科技以纳米创新高科技技术研发与生产为主营业务，是一家拥有石墨烯产业化核心技术优势和持续创新的高新技术企业。

众所周知，石墨烯具有优异的光学、电学、力学特性，是世界上最坚硬的三种物质之一，在材料学、微纳加工、能源、生物医学和药物传递等方面具有重要的应用前景，被称为未来的革命性材料。

虽说石墨烯具有优异的性能，但长期以来，它的二维结构在力学上存在不稳定性，在溶液中往往会发生聚集，变回石墨；材料应用往往需要大量构筑成宏观三维结构又能稳定保持纳米特性的材料。

因此，人们把目光放在了如何将二维的石墨烯改变为三维空间结构，即"三维介孔微晶碳"。

如何将二维石墨烯片叠加出三维结构、解决石墨烯材料在应用中存在的缺陷问题？

这成为陈剑豪博士专注的焦点。

历经多年艰苦研发，陈剑豪领衔团队围绕高石墨烯化三维互联的碳材料，在全球首创纳米三维稳定结构的新型石墨烯大规模量产技术，实现了石墨烯材料制备技术的革命性突破，这也是目前已知的世界首项可以大规模量产纳米三维石墨烯材料的技术。

"三维介孔微晶碳"的横空出世，过程只有短短三年。

"这项技术不仅突破了传统二维石墨烯的制备技术，而且开发出低成本、环保、自动化、宏量制备的工艺，实现了石墨烯材料制备技术的革命性突破，是目前已知的世界首项可以大规模量产纳米三维石墨烯材料的技术。"陈剑豪坚毅的眼神充满了智慧。

"三维介孔微晶碳"脱颖而出，引起市场广泛关注。

据了解，这项技术的商业化应用领域广泛，可用于锂电、超级电容的纳米三维石墨烯导电剂、硅基负极材料，运用于氢燃料电池膜电极的ORR铂碳催化剂等，前景不可估量。

业界知道，在先进碳材料领域，有不少国际巨头，为什么是墨羲科技拔得头筹？

"除了对自己的技术有信心，还要胆子大。"陈剑豪笑着说，"在颠覆性技术的研发上，中小企业尤其是初创企业没有像巨头那样的路径依赖，只能瞄准一个目标冲刺，专注且灵活。"

新材料是我国七大战略性新兴产业之一，也是其他战略性新兴产业发展的基础。近年来，作为前沿新材料的新型碳材料行业处在高速发展阶段，而我国也成为全球最大的碳材料生产和消费国家之一。

譬如，在锂电池硅基负极应用上，三维介孔微晶碳作为弹性体添加剂加入高硅负极材料，可以有效抑制硅氧材料膨胀和粉化，使得高硅负极全电池循环性能大幅提升。根据国内锂电头部厂商的试用情况反馈，三维介孔微晶碳是首个可以辅助硅氧掺杂量提升至40%以上保持循环性能的材料，其性能还可提升优化。

那么，墨羲科技的三维介孔微晶碳究竟何物？

其核心技术主要有两点：一是构建了一种具有纳米介孔三维结构，具备杰出的机械性能、高表面积、稳定的化学和热性能的新型微晶碳材料及其配套的全自动化生产技术；二是专注于解决纳米材料化学合成的自动化多通道平行反应工作站，自动化多通道平行反应仪可实现由程序自动化控制设备的大部分运行，精准调控并记录各类运行参数……

6年来，墨羲科技用技术创新蹚出"蝶变"之路，其三维介孔微晶碳由大量纳米到微米级别的石墨烯晶体共价互联成三维结构，片与片之间形成独特的纳米介孔结构（<10纳米）和超强的稳定弹性体结构（100MPa压力下不损坏，可回弹）。

陈剑豪坦言，从"0"开始的产线研发并无先例可循，团队也多次走了弯路，但最终得益于黄埔深厚的工业基础挺了过来。"一个价值不过几千元的零部件小订单，供应商都会拿出高精度、高质量的产品。"他感慨道。

除了具有二维石墨烯的特性之外,三维介孔微晶碳在此之上还具有介孔材料和多孔纳米材料的特性,极大扩展了该材料的应用范围和效果。同时和碳管、炭黑、活性炭等碳材料对比,其孔体积、石墨化程度和比表面积综合参数更显独特优势。

墨羲科技还自研出PECVD技术及配套工艺设备,实现以纯气体为原料,无须模板、无须催化剂、自组装大规模制备三维介孔微晶碳材料,能实现吨级产能。"自研的石墨烯生产线可以实现模块3~6个月快速扩建,单条生产线产能达到1吨,核心零部件全面实现了国产化。"陈剑豪表示。

作为又一种新型材料,2022年到2029年,全球石墨烯市场将以30.5%的极高复合年增长率增长,2029年市场规模有望达到21.722亿美元。

抓住这一"风口",墨羲科技已在新能源、环保医药、工业应用等高价值领域抢占"制高点",三维介孔微晶碳材料正式实现产业应用——

作为氢燃料电池催化剂,该产品在耐久性等方面的性能大幅超越现有国内外碳材料,且已进入中试阶段。

与陶瓷过滤膜复合,该产品在复合膜成本、通量、耐污性等方面有大幅提升,现已跟国内多家陶瓷膜头部厂商展开联合研发,且已有厂家进行到了中试阶段。

在生物医药领域,该产品作为纳米药物颗粒递送缓释载体平台,可让药物更容易进入细胞,实现药物的缓释,大幅提升疗效,创造全新价值……

"材料是基础,有好的材料才能做出好的产品。"陈剑豪博士以锂电行业为例,"如果要把锂电负极的性能提高到三倍以上，目前只有我们研发生产的材料能够胜任。"

"由于其具有颠覆性的介孔微结构，作为'导电骨架'，具有与其他纳米材料复合的高度可扩展性，应用领域十分广阔。"陈剑豪总是目标明确，浑身散发着自信和坚定的气质。

刷卡、刷二维码、刷脸……你有没有听过"刷手消费"？

在位于广州市黄埔区光谱中路云升科技园D栋17楼的广州麦仑信息科技有限公司（下称"麦仑科技"），一款辨认手掌静脉走向的闸机引人注目。你只需登记身份和银行账号信息，再把手伸进闸机快速滑过，就能"刷手消费"。

"这是麦仑科技开发的'手掌脉络微特征'识别技术，这项'零介质'闪速识别技术为世界独一家。"公司总经理谢清禄称，"人的静脉走向比脸更加稳定和具有唯一性，刷手的准确度，比刷脸还要精确百万倍，可以实现百亿人次0.3秒闪速识别。"

除了消费，手掌脉络微特征识别还可进行身份识别，用于安防领域，"手"住最后一道防线，故被亲切地称为"仙人掌"。

那么，什么是手掌脉络"微特征"识别？

我们知道，手掌脉络包括动脉、静脉、毛细血管、纤维结构组织等，具有浩瀚的"手掌脉络"微特征隐形信息。

微特征识别系统是通过HOR感知人眼不可见的"掌脉"全维脉络微特征，利用数百万个手掌脉络维度微特征，把浩瀚的手掌脉络编为高密度、高容量、独一无二的"原生码"，每个手掌就是一个超级ID。

随着科技的发展，生物识别信息作为公民独一无二的"人体密码"，越来越多地进入人们生活的日常，成为数字时代的通行证。但指纹认证存在信息量小、易被盗取、很多用户无法使用等问题；而"网红"人脸识别固有的显性信息，会导致不知情的情况下很容易被别人拿走，涉及很多隐私的相关问题；虹膜检测精度高，但使用不便，隐形眼镜和美瞳会让该技术失效，外部光线也会影响识别结果。

严重依赖传统生物识别技术的安防识别行业，急需一种新兴的、可靠的创新技术，来实现市场突围，而"人手识别"无疑带来了一丝曙光。

微特征识别独辟蹊径，在同质化竞争中使出"撒手锏"，通过获得手掌内部包括毛细血管、纤维血管在内的庞大而独有的信息，以颠覆性的技术创新"手"住最后一道防线。

基于万亿张图像智能分析的算力积累，通过FVR（Full-hand Vein Recognition）人手脉络识别技术，麦仑科技把浩瀚的人手脉络微特征变成了"原生码OG Code"。

"刷手时，系统快速识别掌脉，从而识别出用户身份。"谢清禄介绍，"每个手掌的脉络微特征都具有'我是我'的唯一性，同一个人左右手的掌脉完全不同，同卵双胞胎的手掌脉络微特征亦完全不同。"

"我们叫'三秒注册，两步完成，适用一生'。"谢清禄说，"它的优势是不会丢，不会被盗用，不会被转让，非常安全可靠。"

该技术感知的是手掌内部隐性的脉络微特征信息，隐性信息从不对外公开显示，任何人不可见，不能复制，不能伪造，不能盗用，更不会遗失，与裸露在外的人脸信息具有天壤之别，安全性极高。麦仑科技的这一技术，不仅解决了精准度和识别速度的问题，而且实现零漏洞的社会管理，可支撑起10亿级用户的应用需求。

用户只需在首次使用时，进行短暂的注册，再使用该设备时，只需挥手即可完成认证与授权，彻底摆脱银行卡、身份证、交通卡等传统介质的束缚，可谓一"掌"走遍天下。

其实，这一技术成果走向市场，经历了很多过程。

首先是技术标准要满足国标和更多认证。但刷手科技一出"手"就是颠覆性的，此前没人做过，也没有认证的规范和标准，需要有应用场景才能达到后续的认证，这就陷入了先有鸡还是先有蛋的死循环中。

谢清禄说："在这个过程中，黄埔区政府给了很多支持。比如前几个项目都是先让我们做好，政府部门再批复，这对初创型科技企业非常关键。"

出国留学前，谢清禄到过广州，一次前来参加国际人才交流大会时，发现黄埔这里的变化很大，让他惊喜："从政府的效率到环境等各个方面越来越好。"

手掌脉络微特征识别系统的产品牵扯到算法、硬件和整个电子微器件的制造加工，黄埔地处大湾区湾顶，周围一个小时车程内硬件、软件、制造加工各方面的人才，各种部件器材都能覆盖。

"这无疑是一个优良的创新创业环境，是离自己成功最近的地方。"谢清禄认为，除了对科技创新的笃定，更重要的一点是团队所从事的事业具有长久性。"非常荣幸能够在这个人工智能时代做一些贡献。"

从2018年手掌脉络微特征识别技术正式问世以来，经过几年的发展，麦仑科技已经完成了从产品研发到技术落地的过渡——

首个"刷手就餐"项目落地黄埔区政府机关食堂，涉及区内的数万名公务员和百万群众，他们率先体验到了刷手带来的全新就餐方式。紧随其后，黄埔马拉松赛、广州市政、青岛崂山旅游景区、广东省网络安全应急响应中心（网络安全110）、广东省政府机关食堂、黄埔流动人口智能社区管理、深圳地铁20号线等多个项目先后落地。

"算法、技术、性能各方面都得到了全面的升级与优化，产品落地已经从'点'进入了'线'阶段。"谢清禄说道，"目前正处于市场的快速扩张期。"

2. 另类思维决定另类出路

日月其迈，时盛岁新。

多年来，黄埔区、广州开发区瞄准"卡脖子"、聚焦"断链点"，积极为中小企业搭建起站C位、当主角、唱主戏的发展大舞台。广大中小企业心无旁骛、探索关键核心技术埋头攻关，练就一系列"撒手锏"和"独门绝技"。

"生物学研究更能从疾病根源上解决问题。"李华鹏博士如是说。

李华鹏是派真生物创始人、董事长。

1996年夏，高考填报志愿时，李华鹏决定报读生物学。但父亲的主张与儿子的志愿稍显不同，他更倾向儿子能跟他一样学医，将来做一名悬壶济世的医生。

但在李华鹏的认知里，生物学探究生命的奥秘，自然能救治更多病人。

李华鹏坚持了自己的选择，被中山大学生物系录取。

"我一直认同'21世纪是生物的世纪'那个高考前就流行的观点，即使这些年来也听到各种不同的看法，我从来没有改变。"李华鹏笑言。

李华鹏是一个能坚持自己想法的人。无论是求学还是创业，每一步他都遵从自己的追求，不犹豫不纠结，走得顺理成章、云淡风轻。

2003年，李华鹏在中山大学读完本科和硕士，接受了完整系统的科研训练，夯实了科研基础。

硕士毕业后，李华鹏留在实验室工作了两年。正是在这期间，李华鹏将研究方向从基因工程手段改造植物转向了人类。

"这符合我当年大学专业选择的初衷——'造福更多的人'。"李华鹏说。

2006年，李华鹏考入中国科学院广州生物医药与健康研究院攻读博士，师从裴端卿教授从事干细胞与癌症方向的研究。

不知是机缘巧合还是命运使然，2010年，李华鹏博士毕业前夕，他看了一部电影《良医妙药》，电影讲述了一个真实的故事：一位华尔街的高管为了拯救自己患庞贝氏罕见病的女儿，在极短时间内投资组建医药研发公司，并成功开发出治疗药物，最后挽救了自己女儿的生命。

这是一部跟基因治疗相关的电影。

"这部电影激起了我对罕见病的兴趣。"李华鹏开始查阅相关科研前沿成果，发现当时已经有第一个眼科罕见病在临床上被治愈——以腺相关病毒AAV为载体，装载正常的基因，注射到缺失这种正常基因的病人眼睛里，使病人重见光明。

一次注射、长期有效的治疗方式，让李华鹏意识到，一个新的时代已经来临。

2010年12月，李华鹏选择到马萨诸塞大学医学院（University of Massachusetts Medical School）基因治疗中心高光坪教授实验室进行博士后研究。

"四年的AAV研究，我像进了一个宝藏之地，新奇而兴奋，实验填满了我的生活。四年后，当离开实验室时，我盘点自己参与的项目，大大小小居然有20多个。"时隔多年，当李华鹏谈起那段经历，依然感到充实。

在美国马萨诸塞大学医学院基因治疗中心完成第一轮博士后，李华鹏又到该校癌症分子生物学部开始了第二轮博士后，主攻以AAV作为关键工具做眼科肿瘤疾病的机理研究。

做实验、核数据，日复一日，循环往复。如果从大学毕业算起，李华鹏沉浸于生物医学研究足足24年。

在科研追梦路上，李华鹏的研究方向不断调整，但指向却越来越明晰——成果离临床越近越好。

"我一度想研发一种罕见病的基因治疗药物，但一个发现让我改变了主意。"在马萨诸塞大学医学院基因治疗中心，李华鹏发现有一个专为学校实验室提供基因治疗载体腺相关病毒（AAV）定制包装的地方。

"哈佛医学院、麻省理工学院等高校研究机构，以及一些大型药企如默沙东等，都从这里定制。"李华鹏由此看到了定制包装AAV载体的前景。

足量的高质量AAV包装技术门槛非常高。李华鹏明白，"如果做成一个大的AAV病毒载体包装的CDMO平台，就可以助力更多基因治疗药企，从而推动整个基因治疗领域的发展。"

创业的念头自然而然。

2014年12月，在广州国际企业孵化器一间面积不到160平方米的房子里，派真生物成立，注册资金180万元。

"这是一次水到渠成的选择，尽管略显寒碜。"李华鹏透露，合伙人是三位大学同学，资金都是东拼西凑筹集的。

没有成熟的模式可以复制，也没有现成的经验可以借鉴，单纯做生产AAV的平台公司，派真生物是国内唯一。

创业初期，李华鹏面对的首要困难是实验室搭建。要在有限的场地围绕整个AAV的包装生产流程设计实验室，从未接触过工程设计的李华鹏只能凭着自己的专业理解去摸索，设计、用Windows的画图软件画出工程草图，再交给装修公司。

最关键的还是置备实验仪器。AAV生产需要的仪器有的很昂贵，比如超高速离心机，要大几十万，荧光定量的PCR仪价格也不菲，他决定买二手货。

在当时，国内二手仪器买卖并没有形成市场，李华鹏只好到实验室二手仪器市场成熟的美国去"碰运气"。

李华鹏好不容易在网站上 "淘到" 美国西海岸的加州一款性能和价格都合适的仪器，但人又远在东海岸的波士顿。去实地考察吧？既没时间，又没精力。先从加州运到波士顿再运回中国吧？既浪费时间，又多花运费。真是左右为难。后来，在评估卖家的信用后，李华鹏抱着赌一把的心态从网上下单，并让卖家直接将仪器寄回广州实验室。

回顾当初的这一重大决定，李华鹏还有些后怕："在旁人看来这个风险还是挺大的。万一这些二手仪器买回来不能工作，损失可不是一般的惨重啊！"

从2014年公司成立到2016年李华鹏回国，应该说是公司最艰难的时期。在这期间，李华鹏要继续在美国完成学业，又要兼顾公司的研发、遥控公司的日常管理。更令人焦灼的是，从公司成立到2016年9月从互联网上接到第一个小订单，在近两年的时间里，公司没有收入，只有支出、支出、再支出……

2019年底，全球约有496家基因治疗研发企业。而成熟的临床级别AAV载体包装供应商，国外不足10家，国内更是凤毛麟角。

"如果没有底层技术上的优势，只凭商业蛮力来进入这个领域对我没有吸引力。"李华鹏决心在两个方面寻求突破：一是改造当时广泛应用的三质粒转染生产体系，二是改造当时的生产工艺。

李华鹏对上游载体的关键改造记忆犹新，他说："一开始研究并不顺利，大概半年时间，生产的AAV连基本的滴度都上不去，纯度也成问题。"

有一天，一篇文章让李华鹏猛然想起一个以前做过的相关实验。当时结果很异常，滴度很高，但导师对使用的材料并不看好，所以就没往下做。

对比多年前的实验数据，李华鹏苦思冥想，倏然，一个新的改造思路浮上脑海：既然导师对使用的材料不看好，是否可以预测其有潜在优势的部分，转移到常规的载体上做筛选呢？

李华鹏立即开始构建载体克隆实验，为提前一天拿到结果，在半夜细菌克隆刚到肉眼能见的时候，就挑了克隆。

第三天，就送出候选载体克隆做测序，同时接种了中量提取的菌液。

第四天，拿到测序结果，就把正确克隆的中提质粒用来转染细胞。

第六天，获得细胞裂解液，用细胞感染法来测量滴度，需要等两天时间。

第八天，在显微镜下观察，果然，个别候选片段载体的荧光大大超过没改造的。

筛选成功！刹那间，李华鹏看到了隧道尽头的微光。

随后，李华鹏又做了一系列不同载体改造，反反复复进行验证和优化。接着又花了几个月的时间来打磨上游的转染方法和参数，又做了不下二十轮实验……

由于上游AAV产率的提升，下游纯化环节也有足够的原材料去摸索了。李华鹏又对大量环节做了调整、删除、合并，或者用新的试剂替代。

通过这些技术改进，一方面，上游的载体改造取得了突破，大大提高了产率；另一方面，通过对下游的工艺改造，提高了质量、简化了流程。特别是在交付周期上，派真生物有了质的飞跃，将研究级的AAV交付周期由1～2个月缩短为1～2周，大大领先于同行。

就这样，经过数月潜心探索、实验、验证、优化，派真生物实现了AAV包装效率和质量的双重提升。

历经风雨，终见彩虹。

从3名员工到200多名员工；

从160平方米办公实验混用面积到13000平方米广州和休斯敦厂房总面积；

从180万创办资金到完成七轮融资数亿元；

从GMP平台搭建到全国领先的AAV基因治疗CDMO企业……

10年光阴，一步步成长、一次次蝶变。

派真生物已在美国波士顿、瑞士苏黎世，以及国内的上海成立了全资子公司，一场全球化布局正徐徐拉开序幕。

"派真"是由"PackGene"音译而来，而"PackGene"正是"包装+基因"的组合。谈及派真生物的布局与发展方向，李华鹏说，他们依然会专注于基因治疗CDMO，加速推动全球基因治疗研究成果产业化。

"技术创新和规模化将始终是我们关注的重点，为的是大幅降低生产成本，最终降低基因治疗药物的成本，让基因治疗不再遥不可及，让老百姓用得起基因治疗。"谈起公司愿景，在惯常的谦逊与淡然中，李华鹏多了充足的底气。

"我的工作就像是把国外'卡'国内企业'脖子'的手，一根指头一根指头地掰开。"广州市昊志机电股份有限公司汤秀清从打工仔变成国家"万人计划"领军人才！

1992年，不满19岁的汤秀清，从湖南老家只身到广州打工，第一个落脚点是黄埔区。

提起汤秀清，很多人可能不认识他，但提及昊志机电，那可是赫赫有名的。这是一家专业从事中高端数控机床及机器人核心功能部件、新能源汽车和节能环保领域的燃料电池压缩机、曝气鼓风机、直驱类高速风机等产品研发、生产的高新技术企业，是国内电主轴领域的龙头企业及该领域唯一一家创业板上市公司，电主轴全球市场占有率第一。

昊志机电突破了多项技术难题，打破国外多项技术垄断：自主研发超精密静压电主轴解决了我国超精密机床核心功能部件——超精密静压电主轴受制于人的"卡脖子"难题；加工中心系列电主轴打破了国外长期垄断的局面，实现了进口替代；超高速气浮钻孔机系列主轴，打破了该领域的国外垄断，实现了进口替代……

1973年12月，汤秀清出生在湖南省岳阳市湘阴县。20世纪90年代初，南下广东的打工潮悄然兴起，汤秀清来到广州，他先是进厂当普工，流水线的枯燥生活让他近乎崩溃。每当夜深人静时，汤秀清总感到莫名不安，一辈子打工肯定是没出息的，得去尝试能够提升自己的新选择，这样的人生才具有挑战。

有了自己做老板的愿望，就坚定了自己创业的信心。

很快，机遇摆到了汤秀清眼前。当时，生产方便面的前端工序都实现了自动化，包括和面、炸面，但是后端的面料包投料、包装和装箱还是需要人工。

1999年，他和另外三个朋友一起投资开了一个自动化设备厂，生产方便面的后端自动化生产线。

创业初期，汤秀清带着技术人员一起在厂里钻研，他学历不高，基础也不好，完全凭着兴趣和对挣钱的渴望，一天干十几个小时，硬是把方便面的后端自动化生产线给弄出来了。

汤秀清的产品一经推出，周边几家大的方便面厂全成了他的客户。

2005年，尝到经商甜头的汤秀清手里有了本钱，他和姐姐一起创办了广州市大可精密机械有限公司，开始推出更高转速的机电主轴。

三年后，企业获得国家高新技术企业认证，再三年，公司更名为"广州市昊志机电股份有限公司"。

汤秀清常说，"成功有三三三定律，30%的人有理想有规划，30%的人有行动，30%的人能坚持"。

随着公司的蓬勃发展，汤秀清有了更大的雄心。

在业务拓展过程中，汤秀清看到在高端的数控机床领域和机器人领域除了主轴属于"卡脖子"的技术外，其他的核心部件也一直被国外的企业把持且难以突破。

"没有高精尖，就永远没有春天。"汤秀清说，公司秉承

"立足自主技术创新、服务全球先进制造"的发展战略，在主轴领域技术研发投入可谓"不计成本"，已建立起先进、完整的研发体系，近几年平均研发投入占比为10%以上，最高的时候达到15%，并成功地将数控机床和机器人行业的直线电机、DD转台、数控系统、伺服驱动、伺服电机、谐波减速机、末端执行机构等核心部件做到与国际高端产品同台竞技。

目前，公司拥有一支近300人的强大的研发团队，占员工总数的14.5%，且大部分是来自全国知名985高校的本科生和研究生。

"他们是公司实现可持续发展和持续技术创新的有力保障。"当回忆起自己在广州打拼并连续成功突破"卡脖子"技术难题的经历时，汤秀清坦言靠的绝对不是幸运，而是"不服输、扎实干"的拼劲。

小工厂起身，做到利润10年翻35倍。

这就是成立于2005年12月的广州视源电子科技股份有限公司，一家以显控技术为核心的智能交互解决方案提供商，液晶显示控制模块的市场份额多年来稳居全球第一。

2009年，视源股份创立了信息化教育服务品牌"希沃seewo"，短短三年，希沃教育交互智能平板夺得行业销量冠军后，年年蝉联行业第一。至此，视源股份根据时代的发展和用户需求，不断地在增加新业务，开拓新领域。

2017年，视源股份于北京国家会议中心发布自主品牌高效会议平台——MAXHUB。公司的MAXHUB品牌专注于提供智慧协同平台终端设备及相关应用软件，以提升企业会议、办公协同和数字化运营的效率，连续7年在中国会议平板市场份额排名第一。

从一家提供零部件的小工厂，到如今在国际上举足轻重的知名企业，视源股份衍生了多家业务子公司，集中在液晶显示主控板卡、智能交互平板、储能逆变器、工控计算机、LED显示屏等产品的设计、研发和销售。

视源的"必杀技"仰仗于新技术，坚持在研发、供应链、销售、服务等方面，进行技术的沉淀与资源累积，不断加强技术与产品创新。

"创立之初，视源股份就明确了'以科技为先导、以创新为动力'的发展思路，高度重视技术创新和研发投入。"吴成玲是视源股份高级副总裁，"当新一轮科技革命和产业变革加速演进，对于科技企业来讲最大的挑战是如何应对当前技术的快速变化，尤其是人工智能AI的崛起。"

吴成玲坦言，她经常思考这样一个问题：在一日千里的技术变化中，企业能不能站稳脚跟，取决于创新力能不能跟得上脚步。

2013年，吴成玲一毕业便入职视源，一晃10年过去了。俗话说，"初生牛犊不怕虎"，伊始，没有任何工作经验的她被调去负责公司23亩用地的新大楼建设，两年后新总部大楼投产并达到满产。紧接着，2016—2017年完成公司在开发区内的第三园区视琨电子的建设项目。

"我并非科班出身，也没有过往经验积累，从0到1的摸索过程，遇到的困难和挑战可想而知。但是我坚信办法总比困难多。"吴成玲有超好的心态跟抗压能力，善于具体问题具体分析，把复杂事务的逻辑给它理顺，并找解决问题的办法。

2018年，习近平总书记在广州提出著名的"中小企业能办大事儿"时，吴成玲作为科技企业代表受到习近平总书记的接见。

这些年来，作为视源股份全国产业园投资建设的负责人，吴成玲先后完成了全国各重点区域投资选址、建设投产，推动集团先后获批国家级企业技术中心、国家级企业工业设计中心、国家博士后科研工作站，形成技术+人才聚集的孵化平台，携手解决高清显示、人机交互等行业共性关键技术，突破行业技术瓶颈，在助推科创企业高质量发展中展现了巾帼担当。

视源紧跟科技发展前沿，得益于对研发的大手笔投入和人才的支撑。最近五年，视源投入研发经费达51.12亿元，国内专利申请量超13000件，国内专利授权量超9000件，拥有计算机软件著作权、作品著作权超4000项。设立"三院一站"，拥有在站博士后17位，汇聚了超过百名行业资深博士以及各领域优秀的专家。

2023年春天，一场由ChatGPT掀起的生成式人工智能（AIGC）热潮从大洋彼岸涌向了中国市场。"拼技术"成为海内外科技企业的普遍选择，各国争相推出更智能、更高效、更便捷的产品和服务，在教育信息化的浩瀚星海中探索更广阔的"新航线"。

作为国内智能交互平板龙头企业，视源股份也在招兵买马，加紧布局两大AI模型，以技术优势撬动新的增长点。

"创新为道，应用为王"是视源股份的"技术观"。2023年以来，视源股份紧跟AI发展浪潮，聚焦旗下希沃和MAXHUB两大品牌，瞄准教育、会议平板双赛道布局AIGC产业，先后推出了希沃教学大模型内测版和领效智会大模型内测版，推动新一代AI技术在教育、办公等场景中落地。

作为深耕教育领域14年的科技品牌，视源股份旗下品牌希沃并未复制其他科技公司的路径，而是专注教育本质、聚焦教育场景，在AIGC这片新蓝海找到了大模型差异化竞争的新航线。

在开发阶段，希沃的研发团队赋予了希沃教学大模型多种功能，包括课件自动生成、集备研讨、智能反馈、学情分析等。

目前，希沃自研AI教学终端搭载希沃教学大模型，实现了智能化采集师生互动、提问理答等课堂数据，让教师能够及时收到课堂分析报告，并进行教学反思和改进。而同步推出的新一代交互智能平板，不仅在运算效率、安全性和稳定性上有极大的升级，同时在画面清晰度、可视度等多个方面都进行了创新升级。

继希沃教学大模型之后不到一周，2023年10月23日，视源股份旗下另一品牌MAXHUB首发会议大模型——领效智会正式开放内测。

提效助手、实时记录员、智能秘书……这款会议大模型拥有多重身份，它的目标是成为更懂用户的AI会议好帮手。

领效智会大模型将率先搭载在会议平板、智能办公本等多个产品中，提供语音操控、发言实时转录、会议纪要智能提炼、待办自动生成等功能，让AI能力贯穿会前、会中、会后全流程，提升用户协作效率，沉淀会议价值。

作为一款专注于会议领域的大模型，领效智会具备MAXHUB多年深耕会议场景的经验积累优势，同时背靠母公司视源股份在AI算法研究方面的技术沉淀。

笃行致远，视源股份稳步迈向高质量发展，启航新征程。

随着希沃教学大模型、MAXHUB领效智会大模型这两大AI模型内测版的推出，视源股份成功探索出一条与众不同的"新航线"：对外，扎根公司强产业，推动新一代AI技术在教育、办公等场景中真正落地；对内，鼓励微创新，持续为全体员工打造更浓厚的技术氛围，将技术经验沉淀成企业资产，以长期技术优势撬动未来业务的新增长点。

"创新创业犹如走戈壁，是绝望中的坚持。"这是明珞装备姚维兵的至理名言。

姚维兵，湖北监利人。从不到30岁创业算起，他与其他传奇的企业家别无二致。

如果单提"明珞装备"，恐怕并不为人所知，但把奔驰、宝马、丰田、大众这些耳熟能详的全球顶级车搬出来，就会让你"如雷贯耳"吧！

没错，这些汽车车身底板零件和侧围零件及车顶横梁、车顶等零件的焊接拼装，就是交给明珞装备干的。

"也就是焊接但未涂装之前的白车身。"姚维兵说，那是汽车总拼系统最核心的一环——将车身底板零件和侧围零件及车顶横梁、车顶等零件通过焊接拼装在一起。

通常，一辆汽车的白车身焊点量在5000~6000个，汽车发生碰撞时，它们往往扮演着承受、转移压力的角色。

焊点质量与整车安全密切相关，寻找点焊缺陷，也是质检环节的关键。如果检测出某个焊点有问题，就可能会召回整个批次的车辆，显然这会大大增大制造成本。

姚维兵表示："任何车企在选择焊接线体供应商上，都十分谨慎、严苛，因为焊接技术的好与坏，不只涉及生产成本，还直接决定一辆车的安全性能。"

2009年，明珞装备成立产品研发部，展开关键技术的研发工作。在过去很长一段时间里，外国车企只把中国当作一个制造基地或消费市场，明珞装备搞研发，还提出想要与名闻天下的品牌车企搞合作，岂不是天方夜谭？

被拒绝、被质疑、被折磨的滋味，姚维兵再熟悉不过。

奔驰是全球要求最高的车企之一，它的"挑剔"，让姚维兵屡次"苦不堪言"。

姚维兵回忆，他带着方案第一次叩响奔驰的门时，对方一脸警惕，说："不会是'小偷'想来抄我们的东西吧！"

几年后，姚维兵拿着调整后的方案再次叩响奔驰的门，对方一脸蔑视，说："你们中国的产品不行，你的公司不够资格与我们合作。"

姚维兵并不气馁，他知道，总拼系统一旦出现质量问题会增加车辆的报废率和制造成本，这让许多汽车制造商在选择上更加谨慎，不易接受国产品牌的系统。

又过了几年，姚维兵带着新方案，第三次叩响奔驰的门。

这一次，奔驰"笑脸相迎"了。

明珞装备一举拿下了奔驰海外汽车主焊及侧围智能生产线项目近3亿元人民币出口订单，包含200台机器人。

项目全部完成后，由于质量好、交付快、成本低，满意的奔驰为明珞装备专门举办了一场"庆功宴"。

为此，姚维兵花了整整15年。

15年前，在汽车总拼系统方面，国产的设备、材料、工艺尽管能做，但强度不够，精度不够，可靠性、稳定性和一致性也不够，因此，在汽车总拼市场，基本是国外汽车装备企业彻底垄断。

"要说研究，中国压根就轮不上。"姚维兵的无奈，是藏在心底的苦涩——

2002年，姚维兵毕业于吉林大学车辆工程专业，他加入了广州本田。彼时，广本第20万辆轿车下线，三年后第50万辆轿车下线……

那是广本发展最迅速的时期，企业扩张需要更多新技术的支撑。2003年，广本引进了第一台自动化机器，随后又引进了多车型共线柔性总拼系统，大大提高了生产效率。

"怎么能把机器做得这么巧妙？"姚维兵每次看，就像在欣赏一件艺术品，令他震撼、着迷。

"国内与国外制造水平差距巨大。"姚维兵强烈地意识到这种差距。大学期间，他曾在一汽集团下属的制造工厂实习，工人师傅扛着焊枪打点，用时2～3分钟，而像广本购买的设备一样进行自动切换打点，焊接一台只需43秒。

"为什么我们不能自己造呢？"这件事激起了姚维兵的斗志。

姚维兵了解到，国内使用的总拼系统全来自国外进口，且价格十分昂贵，购买这样一套进口设备需要2000万到4000万不等。

"一定要缩小这种差距。"姚维兵决定自己研究。

2008年，姚维兵离开广本，开始"赤手空拳"创业，因为他的手里只有多方筹集到的15万元。

公司初创团队仅6人，挂着的招牌为"明珞公司"，"明珞"是姚维兵从大学时期沿用至创业期的笔名，明是光明磊落，珞是珊珊美玉、坚硬的石头。

姚维兵以"坚韧不拔、追求卓越"寓意企业价值。

伊始，团队只是接一些技术服务的外包，一小时收几十元的服务费，一个项目也就赚个几百元。

"2010年，与明珞合作的外资公司倒闭了。"创业的残酷，让姚维兵第一次感到了"走投无路"的窘境，租住的厂房要搬出，员工的工资要发放……

明珞被拖进了一个生死未卜的境地。

"那段时间，压力大到我一天抽一包烟。没办法，我只能抵押了唯一的一套房子去借高利贷，把钱又投了进去。"现在回头来看，姚维兵说当时这个举动吓坏了不少人，有亲戚说他这是"冒险"，有朋友说他是"固执"。

姚维兵是一个越挫越勇的人，无论是冒险还是固执，这些都恰恰是很多创业精英或技术极客的成长路径。

姚维兵并不是一个冒进的人，他的做事方式用9个字来概括就是"决心大、情况明、方法对"。

姚维兵意识到，公司要做大做强，必须应用技术创新。有钻劲、有见识、对国外设备了如指掌的他，一旦拿到融资，就给公司添加生产设备，然后带领团队搞研发。

明珞装备每年投入的研发资金都超过6000万元。姚维兵算过账，第一笔投资，明珞开始研究机床、总拼系统；第二笔投资，明珞开始研究激光焊接；第三笔投资，明珞开始研究数字制造、工业物联网……

经过四年的投入、研发、验证，一个个方案推翻后，又投入、研发、验证，明珞的第一套自主研发的总拼系统终于在2012年诞生。

"2013年明珞装备做出两代总拼系统的样机，卖出第一条生产线，陆陆续续在2015年卖出8套系统，为企业带来了4亿元的营收。"

2018年明珞总拼系统走出国门，首创的明珞数字化虚拟制造与智能化数据诊断分析应用落地，8秒随机切换车型、生产一辆汽车车身最快只需42秒。

姚维兵说，明珞装备的总拼系统已经更新至第三代，产品性能和综合指标更加精益，成功达到世界水平并打破进口垄断，一举奠定了其在汽车智能装备这一细分领域的王者地位。

明珞的坚持，成为无数中小企业奋斗的缩影与品格体现。明珞装备也逐渐成为市里省里甚至全国全球的明星企业。

从2013年开始，明珞装备开始在美国、德国等许多国家设立分公司，为配合客户的时区，在黑白颠倒中"正常"工作。夜深了，厂房机器的轰鸣声映射着天上的繁星，而办公室仍然亮着的灯光，仿佛手里的手电筒。

姚维兵常说，创业创新就好比走戈壁，没有光亮，没有指引，你能依靠的，只有手里的手电筒和黑夜的繁星，是在绝望中的坚持。

绿水逶迤去，青山相向开。

姚维兵的蓝图正在一步一个脚印的创新实践中成为现实。提到对企业未来的思考时，他说会从行业宽度和产业深度两个维度上进行战略布局，结合智能制造"六化"，即自动化基础上的精益化+柔性化+标准化+数字化+智能化。

"这是作为实现智能化生产的关键路径。"姚维兵对未来充满信心。

不管多忙，每天早上起来，刘双广总是先练一练太极拳，再投入一天的工作。

这样的习惯，刘双广已经坚持了十几年。

刘双广何许人也？

他是高新兴科技集团股份有限公司的创始人，也是今日掌门人。

"太极是一门很有意思的艺术，学无止境，柔中寓刚。"刘双广喜欢打太极，但就练"老架一路"，不去玩太多的招式、套路。

"我就专注练一个，屡练屡新，做到最好，不断进步。"刘双广一个个稳实马步，好像让人怎么也推不倒。

"动则俱动，静则俱静，劲断意不断。"刘双广打太极不断磨炼，干企业也是一样。从1997年创立高新兴，26年来，刘双广一直在物联网领域深耕、延伸、聚焦。

"主要做动力环境监控产品，这条'主航道'放在今天正是通信物联网范畴。"刘双广说。

20世纪80年代，潮汕小伙刘双广考上了南京邮电大学的王牌专业通信工程专业。

刘双广天生就是做工程师的料，虽然他的第一志愿并没有填报通信专业，但阴差阳错，他"出奇"地喜欢。

"当时在学校我就会组装电视机，假期回家就买了一些元器件，自己组装了一台黑白电视机，让从来没有看过电视的村里人过了把瘾。"除了专业知识，刘双广特别喜欢动手做一些"好玩的东西"。

毕业后，刘双广被分配到广州通信研究所，当时，他利用业余时间研制了一款小型程控交换机，一个电话进来每个房间都能接，成果被一家工厂量产后大受欢迎。

痴迷于"做好玩东西"的刘双广开始小有名气。

20世纪90年代，刘双广做出一个令人困惑的决定，放弃铁饭碗，自己创业。1997年，32岁的刘双广成立了广东高新兴通信设备有限公司。

藏匿在天河区的一栋二层小楼里，刘双广锁定了动力环境监控设备——为无人值守的通信基站远程监控电力、温度、湿度等。

产品出来后，刘双广将监控器装在背包里，骑着单车挨家挨户地上门推销，由于产品性价比高、质量过硬，这个"初生牛犊"拿下了广东移动和浙江移动的大订单。

2000年，刘双广大病一场，不得不停工休息，公司全员到一线销售产品、四处调查客户需求。

公司经营一落千丈，濒临倒闭。

转折发生在2002年。

此时，深圳移动提出寻找运行可靠的大规模无线联网智能门禁系统，并"扬言"：3个月内哪家能做出来，就用哪家的产品。

原来，当时的深圳移动有上千个基站，上千把钥匙。满满一个房间装的都是钥匙，借、还都要登记，还不能放错位置。

"小钥匙成了大问题。"深圳移动于是"张榜招贤"。

"真是天助我也。"刘双广当即组织研发团队进驻深圳，夜以继日加班加点。最终有3家公司研制出了产品，但只有高新兴的产品通过70多项指标的测试。

凭借100%的准确率和测评第一名的成绩，高新兴拿下了这一智能门禁项目。这一单让高新兴崭露头角，门禁产品也很快在全国铺开。并且，无线联网智能门禁系统成为高新兴首个获得授权的发明专利。

此后十余年间，高新兴"一发不可收"，相继获得近千项专利，并参与多项国家与行业标准制定。如今，高新兴拥有近400项RFID核心专利，拥有超过85%的机动车电子标识市场份额，稳居机动车电子标识行业第一把交椅，是中国四大自主卫星手机终端提供商之一，居全球CDMA模块市场第一……

至此，高新兴从制售动力环境监控产品的小团队，成长为物联网应用落地最为全面的公司之一，其建设运营超过100个"平安城市"，覆盖过半国土面积，每天为数亿人次提供安全服务。

2010年，把高新兴带上创业板。

随着城市对安全日益增长的需求，城市治理智能化、精细化、透明化的趋势，成为高新兴聚焦的对象。

在一次调查需求中，公安部门有客户提出，监控视频调取出来后，靠肉眼分析耗时耗力。往往一个重大案件发生后，要动用上千警力在海量的监控视频中找人找车，不仅效率低下还让人非常苦恼。

"这是向科技要警力的特别案例。"2014年，高新兴在业界首创以AR专利技术为核心的"立体防控云防系统"，把AR+AI技术术应用到公共安全领域，为城市管理增添"大脑"。

传统的城市安防指挥、调度是在二维地图上"作战"，交通、视频、人口等信息需要切换不同系统才能逐一获取。而"立体防控云防系统"让安防部署变得前所未有地直观可视，警力、物力、车辆是否到位一目了然。

目前，该系统已在全国24个省、78个市、200多个项目中应用，在"数字中国"峰会、"金砖国家政党、智库和民间社会组织论坛"、广州全球财富论坛、成都国际马拉松、深圳马拉松等重要赛事和会议中实战应用。

其间，高新兴深耕通信监控领域，并提出二次创业战略转型。彼时，物联网万亿赛道兴起，高新兴拥有雄心壮志。

2011年至2018年，高新兴先后并购了讯美电子、创联电子、智联科技等多家标的，将业务延伸至多个领域。

车联网、车路协同（V2X）、电子车牌、铁路列控、智慧警务、智慧执法……刘双广坦言，兼并收购带来了业务分散等一些问题，高新兴的并购虽然都是紧紧围绕物联网赛道进行，但物联网的范围太广，不同行业有不同的客户、不同的商业模式。

"功夫都是逐步磨出来的。"刘双广的每一个举手投足都充满了力量与韧性，他说，当前高新兴的各业务子公司正专注各自擅长的细分领域，做专做精。

"公安警务、铁路列控业务是高新兴业务的'底座'，传统动环监控业务要逐渐往数字能源上转型，为通信运营商的能源消耗及电费降本赋能。"刘双广认为，车牌数字化是个千亿级别的市场，电子车牌、车载终端、车路协同三大业务有望成为高新兴增长的核心驱动力。

"我们先把功夫练好，一旦机会来了，我们就抓住它。"据悉，高新兴已经斩获了多个省会城市近千万张两轮车数字号牌订单，在广东、河北、浙江、福建等多个重点省份占有较大市场份额。

在黄埔这片创新沃土，刘双广率领的高新兴将坚定走物联网产业集群协同发展道路，继续成为物联网大数据应用的多个细分行业的领先者。

3. "独"你千遍不厌倦

雏鹰、瞪羚、独角兽……在黄埔采访，采出一堆"神兽"。一开始以为黄埔变成了大动物园，后来才知道，这是业内给优秀的三高（高技术、高成长、高附加值）企业取的"花名"。

不得不说，这个名字还真是既贴切又形象。

打个简单的比喻，如果独角兽企业是黄埔成长型企业的学霸，那么瞪羚企业和雏鹰企业就是三好学生。

"都是些坐在教室前几排，上课经常被老师点名回答问题的好学生。"黄埔区、科技局负责人形象地比喻道。

譬如瞪羚。

瞪羚体态小巧，生性机灵，行动敏捷，听觉和视觉都十分灵敏，特别善于跳跃和奔跑。它的两只眼睛特别大，眼球向外凸起，看起来就像瞪着眼一样。

瞪羚时常一边摇摆着尾巴吃草，一边还密切注视着周围的一切，确实像极具创新活力、发展速度很快的高科技企业。一个地方的瞪羚企业数量越多，就表明这个地方的创新活力越强，发展速度越快。黄埔的瞪羚企业一列一大串。

独角兽比瞪羚更厉害，看外形就不平凡——西方神话中的独角兽形如白马，额前有一个螺旋角，还长有一双翅膀；东方神话中的独角兽头顶正中长一个单角。

后来，投资领域借用"独角兽"这个词，专门指成立10年以内、估值超过10亿美元、获得过私募投资的企业。在黄埔，有粤芯半导体、奥动新能源、慧智微射频、文远知行、如祺出行等12家独角兽企业。

作为中小科技企业的代表，独角兽、瞪羚企业成为黄埔区、广州开发区完善创新体系、构建现代产业体系的关键布局和高质量发展的风向标和发动机，能够加速带动黄埔产业转型升级、创新人才集聚、科研成果转化，推动形成优质的城市创新创业生态环境。

在黄埔，好公司都在争先恐后"野兽化"。

黄埔区、广州开发区是独角兽企业主要孕育地和栖息地。下面，就来讲讲几家独角兽企业的故事——

2023年12月20日，黄埔南洲路换电站。

小汽车缓缓驶进换电通道停稳定位，车主举起手机扫码缴费，车辆随即被举升机抬起，两侧换电机器人启动，进行20秒极速换电：一侧机器人从充电仓滑出，把亏电电池卸下；另一侧机器人将满电电池送出充电仓，并在车辆底盘安装完成。

随着"咔嗒"一声响起，换电举升机开始缓缓下落，换电完成，车辆驶出换电站，全过程仅需1分钟。

全球换电模式开创与引领，要从2007年说起。

那年，新能源领域的弄潮儿沙伊·阿加西在美国加州创办了Better Place换电公司，但仅仅维持6年，公司就破产了。而与此同时，在大洋彼岸的中国，换电公司在漫长的蛰伏后，才开始"发力"。

坐落在黄埔区的奥动新能源就是其中之一。

2020年，张建平在美国签下一笔订单：一家卡车公司将与奥动新能源合作换电业务。此时距离换电鼻祖Better Place申请破产已经过去整整7年。

张建平是奥动新能源联席董事长、联席CEO。2004年，移民美国5年的他看到一位朋友研发电动车，意识到这是未来汽车产业发展的方向，同时也发现电池是一大局限。

正是这辆电动车，让他对换电这种颇有理想主义色彩的商业模式思考良久，构思了"电车分家，电池租赁，电网介入"的技术思路和商业梦想。

张建平不走寻常路，决定回国大展拳脚，在北京搭建起"电巴"团队，开始布局换电。

因此，张建平被誉为中国"换电赛道第一人"。

那时，电动化浪潮尚未到来，由于缺乏订单，资金投入大，业务受制于新能源汽车发展，换电模式也一直未成为主流模式。

换电为什么没有得到大规模推广？

究其原因主要是投资成本高、换电车辆少、电池标准不统一。

为了推广，一门心思认定新能源产业大有可为的张建平，回到自己的成长地兰州，成立兰州开创科技有限公司，自掏腰包买公交车，改装后免费提供给公交公司示范，配套一个简陋的换电站。

当时，这个消息还上了《兰州晚报》——

兰州讯：2006年6月18日，兰州31路公交车车队里，多了两辆不带"大辫子"的公交车。当地媒体对此报道称，这是由兰州开创科技有限公司研发的集零排放、无噪声、无视觉污染于一身的两台电动公交车，解决了"长辫子"公交车系统成本过高、运行线网存在"蜘蛛网"视觉污染、怕停电、用电成本高、必须沿着线网运行的问题……

当时的报道显示，这种电动公交车每天更换3～4组蓄电池，每运行两圈须更换电池1次，每组蓄电池重1吨，更换电池由"机械手"完成，更换时间仅为2分钟云云。

这则新闻背后，是一个成长于兰州的海归精英回国创业的商业冒险故事，大多数市民并不知道操盘手正是张建平。

走到示范运营这一步，张建平花光了公司账上的500多万，还欠了一屁股债。

当时有朋友觉得风险太大，劝他收手："你一个做换电站的，怎么搞着搞着还造车去了，还把车免费给人家用？"

但张建平觉得很值，正是这些实实在在的运营经验和路试数据，让他获得了参与2008年北京奥运示范项目的机会。

俗话说：酒香也怕巷子深。

之后，上海世博会、广州亚运会，"电巴"成为电动公交快换系统供应商，换电模式也逐渐得到认可。

2016年，蔡东青的奥飞娱乐股价"噌噌"直攀高峰，"钱多多"的蔡东青正在寻找新的投资方向，而张建平和蔡东青已经相识20多年，两人每次见面，都会聊起换电。

张建平描述的换电行业"'三桶油'+一个电网"的万亿前景，打动了蔡东青。"这么多年他也看明白了，我做了16年，公司都没倒下，本身就证明这是个朝阳产业。"张建平开玩笑说。

蔡东青本身也是个"奇人"。从生产小喇叭进入玩具行业，后转型做动漫，《超级飞侠》这部3D动画讲述了乐迪、酷飞、小青与一群称为"超级飞侠"的飞机机器人环游世界，为不同国家的小朋友递送包裹。

蔡冬青在现实中也有"超级飞侠"的能力，他将奥飞娱乐做成国内第一家动漫上市公司，其资本运作与市场拓展能力正是张建平所欠缺的。

两人一拍即合，于是便有了"奥动新能源"。

多年坐"冷板凳"的张建平，在换电这条赛道上一而再地坚持，伴随动漫传奇人物蔡冬青的投资加盟，他的换电梦想迎来最强搭档。

守得云开见月明。2020年，国家出台鼓励充电设施建设政策及新能源汽车发展规划，张建平敏锐意识到："换电的春天来了。"

正是有了之前的技术积累和政策的助推，换电终于从小众进入主流。

"在换电行业摸爬滚打20年，团队几经沉浮，很不容易。"张建平在接受《第一电动》采访时曾坦言，"我那时候不觉得是冒险，和很多回来的人一样，我们都心潮澎湃，觉得机会终于来了。如果知道（这么难），我就不回来了。"

"目前，奥动新能源与16家车企达成30款换电车型的开发合作，既有乘用车，也有商用车，换电车辆总数已近10万辆，大多为营运车辆。"

张建平介绍："现在每辆车要承担的成本已经降到1万元左右，和充电桩差不多，相比之下，一辆电动车的充电桩安装费还要多出大几千。"

2020年11月，奥动新能源在广州车展上发布"20秒极速换电技术"，张建平感慨："今年是2020年，我做换电20年，把换电做到了20秒。"

伴随着从一次换电10分钟缩短到3分钟，再到20秒，奥动新能源也积累了近3000项全球专利。

"早期换电站全是自营，后来开启加盟模式，因为这是一个非常大的产业，不能都自己来做，方式越多，成功的机会越大。"张建平设想的理想状态是，一个换电站有12个通道，1个通道对应一家品牌的车。

2021年，奥动与中石化达成战略合作，除战略投资外，双方还宣布将在全国超过3万座中石化加油站网点布局换电站。

当年9月，奥动新能源完成15亿元的B轮战略融资，投资方为中石化旗下恩泽基金、广州金控等，其C轮融资也已经启动，估值200亿元。

在海外，英国石油公司（BP）、法国石油公司道达尔及日本软银旗下的软银能源均是奥动的投资方。

"（想投的）人太多了，很多大企业、国外的企业都在找新能源赛道。"阳光透过窗帘，洒在张建平的身上，他的举手投足充满了自信。

迄今，奥动新能源已经是全球最大的换电商业平台，单在国内市场，已覆盖北京、上海、广州、厦门、海口等全国58座城市，投运超过812座换电站，形成了多品牌车型共享的规模化商业换电服务网络。

从40岁的不惑之年到年过60岁的花甲之年，从光环加身的海归精英到四处碰壁的创业者，张建平把一度被认为"死路一条"的换电模式变为政策大力支持的技术路线与商业新蓝海。

张建平的商业故事，足以拍成一部激荡人心的励志电影。同时，也是中国新能源汽车产业蹒跚起步到引领全球，成为产业变革核心的一个微观写照。

在黄埔，有一家年轻的企业，7名创始团队均为"90后"，美国名校辍学创业、10亿美金独角兽企业……其身上几乎贴满了创业圈的顶级流量标签。

它就是广州黑格智造信息科技有限公司（以下简称"黑格科技"），3D打印行业的一匹黑马。

这7位有海外留学背景的创始人，分别来自材料工程、机械工程、电子工程等不同的专业。"我们在校期间就因为相同的兴趣爱好，常聚在一起。"联合创始人兼CEO武随平说。

当时，美国的学生中流行一种手工定制的耳机，价格高达数百美元。捕捉到商机后，他们挤在6平方米的阁楼里鼓捣了几个月，成功开发出3D打印定制式耳机。随后，他们凭着这款定制式耳机参加了北美地区创业大赛，一路过关斩将，如秋风扫落叶般摘取了第一名，短短半年赢利30万美金。

在了解到黄埔良好的资本环境和政府大力支持高科技人才创业的有利政策后，2015年6月1日，7位创始人带着简单的行李，毅然集体休学飞回广州创业。

于是，黄埔便有了这家后来成为独角兽企业的黑格科技。

"我们立志将3D打印顶尖科技带回祖国，融入普罗大众的生活中，创办属于中国人自己的高新科技品牌。"武随平坦言他们回国来到黄埔的初心。

来到黄埔当年，黑格科技发布了全球首款3D打印蓝牙耳机U1，两个耳机之间取消了恼人的线缆，可以触摸控制、无线充电，一下子吸引到来自中科招商领投的千万投资。

黑格3D打印精度达25微米，而传统3D打印机是200微米，他们通过综合了3000多对人耳三维数据所得出的仿生造型，制造出的耳机几乎可以满足任何人舒适地佩戴。

"黑格科技是一家以技术为驱动的公司，创新能力强。我们7个创始人都是理工出身，做研发的。"武随平说，"但我们做的是研发设备，不卖设备。"

创业之初，黑格科技主要是依赖进口国外设备，但由于到货时间长、价格昂贵等原因，给企业的发展带来严重的滞后性，黑格科技创始团队不希望因为"等设备"而错过最佳的发展时机，决心走自主研发的道路。

黑格科技开发出了一批具有知识产权的关键设计、软件、部件、设备及智能自动化3D打印生产线，构成了完整的3D打印产业链，为客户提供从设备到定制再到量产的一体化服务支持。

"我们瞄准市场份额高达千亿的口腔医疗产业，通过互联网医疗+物联网3D打印，创新数字化健康解决方案，使口腔医疗行业能够降低成本、改善患者治疗并优化工作流程，推动口腔医疗行业快速转型和产业升级。"

武随平拿起一个牙套，"就拿这牙套来说，我们会先通过扫描获得客户的牙齿三维模型和数据，再通过3D打印技术做出来，既节省制作时间，又能让客户戴起来十分舒适、贴合"。

据悉，全国前十大牙科医院有八家已经由原本使用国外设备转而选用黑格科技设备。

在黄埔公司展示通道上，展示着他们自主研发的产品：假牙、珠宝、耳机、助听器、运动鞋、古典建筑、艺术塑像，涵盖了建筑模型、运动保护器等，其丰富的品类令人大开眼界。

"哇！连止鼾器都能打印？"参观者无不啧啧称奇。

很多人不解：黑格为什么叫"黑格"？

有好奇者按自己的理解："黑"代表"黑马"，因为创业者是一群"黑马"；同时，企业在创新驱动方面，也是行业内的"黑马"。至于"格"……

也有人解读为"黑科技，有格调"，这个比较靠谱。

在公开场合，黑格科技的联合创始人还没有谁对他们公司名称含义有过任何的解释。

在一间3D打印车间，排列着整整齐齐的打印设备，武随平说："这些设备都是我们公司自主研发的。"

黑格的主营业务包括数字化齿科、医疗与康复、智能耳戴设备、创新驱动应用4大板块。涉及包括硬件、软件、高分子材料、设计服务、云平台、技术培训等6大领域。

作为一家以3D打印应用和数字化智能制造技术为核心的科技创新驱动型公司，黑格科技如拉满的弓上射出的响箭——

2016年，黑格科技首发高精度3D打印系统UltraCraft。

2017年，被美国权威商业杂志《快公司》评为最佳创新50强，系该榜单中唯一一家3D打印公司。

2018年，黑格科技首发了Ultra-Net智能制造系统和Ultra-Hub

人工智能数据中心。

凭借着UltraCraft、Ultra-Net和Ultra-Hub三大利器，黑格科技打通M-B-C，从"数字化生产"到"去规模化"零售的新型3D打印应用场景。从设计、智造到模式，产品贯穿医疗、消费、电子等多个行业。

"我们80%以上的业务都在齿科。"武随平说，齿科产品具有高度定制化的属性，市场集中度较低。黑格科技抓住这样一个市场"痛点"，运用科技和大数据等手段，为用户提供全流程解决手段。

武随平介绍，公司的全流程解决方案流程为数据收集—设计中心—自动化前处理—运动设备管理—批量3D打印—模型后处理—交付成品等。

"公司以齿科为切入点，不断在医疗康复、智能穿戴等领域不断探索。"武随平补充道。

如今，黑格科技已成为全球领先的数字化3D打印应用整体解决方案服务商，以及我国目前3D打印行业唯一的独角兽企业。

在黄埔，黑格广州总部拥有建筑面积超5000平方米数字化技术研发基地，以及超5000平方米数字化生产无人智造工厂。

"黑格从诞生到壮大，一路上非常感谢政府的关怀和政策的扶持，总是在我们这个年轻团队面对困难时为我们'拨云散雾'，也幸得如此，黑格业务板块现已成功拓宽到口腔医疗、3D打印机租赁服务、3D打印+互联网等。"

武随平表示，未来黑格科技将继续深耕中国3D打印领域，充分利用先进的3D打印技术和产业化平台，帮助传统企业升级转型，奋力打破欧美等跨国企业的市场垄断，代表民族品牌占领全球3D打印市场，推动"中国智造"走向世界。

2023年5月，云舟生物科技（广州）股份有限公司完成新一轮股权交易，估值70亿元，正式晋升全球独角兽企业，成为黄埔乃至广州首家生物科技独角兽企业。

随后，云舟生物先后入选美国著名数据分析公司Crunchbase的"Crunchbase独角兽企业"榜单，以及知名咨询机构长城战略咨询的"2023年中国新晋独角兽企业"榜单。

2023年9月，云舟生物从广州市1.23万家高新技术企业中脱颖而出，荣登2023广州拟上市高企百强榜单。这是继2022年上榜后，再次入选该榜单。

云舟凭啥如此"豪横"？

全球首创载体智能设计交易平台——"载体家"，开启了定制化基因载体的商品化时代……成长曲线好、独有核心技术、能抓住风口、颠覆性的商业模式、有规模效应。

这是一家黄埔区本土培育的基因递送领军企业，成立于2014年。

这一年，世界知名分子生物学家蓝田在广州创办云舟生物，针对生命健康领域新兴的基因递送技术，研发基因载体智能设计和智慧生产的定制化基因载体服务平台。

市场、资金、人才……即使手握领先技术，云舟生物依然要面对所有初创企业的难题。

"类似云舟生物这样的科技企业，他们所关注的问题具有普遍性，我们要为企业的资源配置提供舞台，提供帮助。"黄埔区科技局相关负责人如是说。

云舟生物常务副总经理陈丽娟回忆，在企业发展的不同阶段，都得到了来自黄埔区、广州开发区以及广州市科技局给予的重要政策支持和引导——

在创业初期，获得了科技项目和人才项目资金支持；在参加双创大赛时，区、市科技局指导云舟生物对自身的商业模式、技术逻辑进行了多轮打磨和提升，从而最终获得全国一等奖的优秀成绩；在融资过程中，区、市科技局帮助其对接众多投资机构，成功完成了C轮4.1亿元融资……

同样，扎根于基因递送行业，或许是云舟生物被持续看好的原因。

业界普遍认为，基因药物将成为继小分子化学药、大分子蛋白药之后的第三大生物医药支柱产业，全球相关科研和临床研究项目非常火热就是例证。

基因递送是生命科学研究和基因药物开发的关键环节，根据全球增长咨询机构弗若斯特沙利文（Frost & Sullivan）的报告，基因药物2030年整体市场规模将达到约450亿美元。

云舟生物这匹"黑马"的爆发性出现，无疑将推动黄埔区乃至粤港澳大湾区基因治疗产业链"强链、补链"，助力中国在基因药物赛道实现"弯道超车"。

国家高新技术企业、国家级专精特新"小巨人"企业、广东省技术先进型服务企业、广东省知识产权示范企业，多项产品被评选为省"名优高新技术产品"，发明专利成果"载体设计方法及载体设计装置"荣获"中国专利优秀奖"……

云卷千峰天为岸，舟破万水终致远。

历经10年发展，云舟生物已成长为全球最大的科研级别基因载体服务商，在全球范围拥有10余家分公司和办事处，海外市场占比超90%，累计向全球4000多家科研院校和5万多家制药公司提供超过120万个基因递送解决方案，涵盖全球顶尖科研院所与制药企业，如哈佛大学、剑桥大学、约翰·霍普金斯大学、强生、诺华、拜耳、罗氏等。

成长起来的云舟生物，有着更多的前瞻性思考。

蓝田博士表示："基因递送在生命科学研究领域的需求量非常大，科研与商业需求也将大幅提升，云舟生物将进一步加快基因递送技术平台的升级迭代，推进产能扩增，加大全球业务布局。"

基于此，云舟生物抢抓新赛道，萌生了要建设全球首个基因递送研究院的想法。"我们正在牵头筹划，通过这一研究院的建设，可以实现核心基因递送技术的突破，有望成为全球领先的基因研究中心，助力黄埔在这个新兴行业成为全球科研和产业高地。"蓝田对此信心十足。

2023年8月22日，广州国际生物岛。

这天对于70岁的范先生来说，实在是太惊喜了，因为他有幸带着夫人参加由文远知行特别策划的"七夕自动驾驶花车约会"活动，庆祝40周年结婚纪念。

鲜花、气球、礼物……

一辆温馨的自动驾驶花车，载着两对包括范先生夫妇在内的"红宝石婚"夫妇环岛游，这场冒着"粉红泡泡"的约会，让他们在感受黑科技的同时，也过了一个浪漫又难忘的七夕节。

独特的纪念方式，让两对银发夫妇不约而同竖起了大拇指：

"平稳舒适，很安静。"

"这个车真的很安全，相信中国科技，相信文远知行。"

"希望能看到更多这样的自动驾驶车。"

作为自动驾驶领军企业，文远知行一直以技术创新和人文关怀为本，竭力做一个有温度的自动驾驶品牌。举办这个活动，用创始人兼首席执行官韩旭的话说，就是"把传统的车辆变成一个个移动生活空间，让自动驾驶技术见证越来越多人的爱情、亲情和友情"。

文远知行成立于2017年，是全球领先的L4级自动驾驶科技公司，致力于"以无人驾驶改变人类出行"。

凭借"1个平台+3大场景+5大产品"的多元商业化战略，文远知行在全球超过26个城市开展自动驾驶研发、测试及运营，累计自动驾驶里程超2000万千米，应用场景覆盖智慧出行、智慧货运和智慧环卫，形成自动驾驶出租车、自动驾驶小巴、自动驾驶货运车、自动驾驶环卫车、高阶智能驾驶等五大产品矩阵。

这只估值51亿美元（约合人民币372亿元）的自动驾驶超级独角兽，去年拿到了赴美IPO的通行证。

韩旭出生在内蒙古，创业前在美国密苏里大学任教，带领团队研究计算机视觉相关技术。凭借多年成果，他手里已经端着一个"铁饭碗"——密苏里大学的终身教授。

"那是一眼就能望到头的生活。"2014年，韩旭接受吴恩达的邀请，放弃终身教授"铁饭碗"，加入百度美国研究院，成为百度自动驾驶事业部的首席科学家。

同年4月，韩旭成为文远知行的联合创始人。

韩旭最初身份不是公司CEO，而是CTO，负责组建工程师团队，搭建技术框架，典型的理工男。

2018年2月，作为CTO的韩旭临危受命被推上CEO位子，接管公司后，从战略方向到融资、团队管理，无一不是对他新的挑战。

"说实在话，一个CTO来当CEO，有点措手不及。"刚接手公司时，韩旭有些"紧张"，甚至"不自信"。

"总不能让公司垮掉。"在文远知行，韩旭认为自己就是一艘大船的船长。正如电影《天地英雄》中有一句台词"无关我便是关"，顶上来就要做好、做实。

他临时抱佛脚，买来一堆如何当CEO的书，但发现根本不适用，因为时代已经变了，很多事情必须亲自去探索。

更要命的是，韩旭刚接手公司不久，国内就进入了资本寒冬，融资困难，如果8个月内融不到钱，公司将面临关门。

自动驾驶创业与其他不同，要在有限的时间突破技术挑战。"好比把你和一堆打散的飞机零件、燃料一起从一个悬崖上扔下去，你要在有限的时间把飞机组装好，再在飞机坠毁前让它飞起来。"韩旭拿这个比喻来形容创业。

韩旭告诉自己，心态不能崩，也不能乱。

面对困境，唯有节衣缩食先渡过难关。本来准备租两层的办公楼，韩旭只能无奈厚着脸皮退租了一层，还去和供应商砍设计费。

随着市场慢慢回暖，资本寒冬过去了，韩旭说："能挺过去还是靠我们的核心技术。"

2021年初，文远知行宣布完成B2、B3两轮融资，B轮总融资金额达3.1亿美元，成为2021年自动驾驶领域第一笔融资。

融到资，韩旭兴奋不已，他在朋友圈里发了一句话："更喜岷山千里雪，三军过后尽开颜。"

钱包鼓了，文远知行与宇通集团合作，研发和生产前装量产L4级无人驾驶小巴，搭载的就是文远知行自主研发的全栈式软硬件解决方案。

韩旭特别喜欢一句广东谚语："食得咸鱼抵得渴"（要吃咸

鱼就要忍得了口渴）。

韩旭觉得，CEO就是这个活儿，既然你选择了，就别叽叽歪歪的，耐不住你也得耐，要么就别当这个CEO。

凭借着这股子坚持，文远知行在2020年走出逆境，韩旭成功打造了"1+3+5"模式：

1个平台（自动驾驶通用技术平台WeRide One）、3大场景（乘用出行，货运商用和智慧环卫）、5大产品（自动驾驶出租车、自动驾驶小巴、自动驾驶货运车、自动驾驶环卫车、高阶智能驾驶）的通用自动驾驶技术落地模式。

无人驾驶，被誉为人工智能"皇冠上的明珠"，是下一代汽车竞争的关键。2022年5月，文远知行在获得博世集团战略投资时宣布，双方将联合研发L2—L3级高阶辅助驾驶系统方案。

这是全球首个跨国汽车Tire 1巨头与L4自动驾驶企业的战略合作。

披荆斩棘，文远知行无人驾驶技术迎来收获季。

在广州官洲生物岛，一辆8座的自动驾驶小巴驶来，乘客上车只要支付2元票价，车辆在响起"请系好安全带"的提醒后便自动关闭车门，开始了自动驾驶的路程。

行驶过程中，自动驾驶小巴方向盘正上方的电子屏实时显示导航路线和路面实况。行驶转弯的路段，小巴会自动拐弯，甚至在拐弯途中面对前方出现的车辆放缓速度避让，全程安全员未有任何操作。

文远知行商业化落地更是迎来全球开花——

6月30日，文远知行正式取得北京市高级别自动驾驶示范区"无人化车外远程阶段"示范应用许可，旗下自动驾驶出租车可在京开展纯无人示范应用。

7月3日，阿联酋批准了首个自动驾驶路跑牌照，这是中东乃至全球首个国家级全域自动驾驶路跑牌照，文远知行将在阿联酋开展各类自动驾驶车辆的路跑测试和运营。

7月7日，大连高新区车联网无人驾驶示范项目经过180天的测试后正式首发运营。文远知行无人驾驶小巴和无人驾驶环卫车作为首个落地大连的自动驾驶车队正式投入运营。

7月24日，文远知行正式获得北京市高级别自动驾驶示范区工作办公室颁发的智能网联清扫车道路测试通知书，成为首家获准在京开展无人清扫作业的自动驾驶公司。

12月，文远知行与广州巴士集团开放全国首个自动驾驶小巴商业收费运营服务，首批投入50辆。

2024年开年，文远知行带着L4级自动驾驶小巴，在美国拉斯维加斯举办的CES（国际消费类电子产品展览会）亮相……

截至2024年1月，文远知行宣布已在全球20座城市落地自动驾驶小巴测试或示范运营，拥有规模超600辆的自动驾驶车队，累计自动驾驶里程已经超过2000万千米。

自动驾驶是公认的大趋势，自动驾驶技术也是汽车企业研发的共同目标。对自动驾驶何时真正落地，并适用于真实道路场景，作为自动驾驶领跑者，韩旭频频"喊话"。

2023年12月8日，"2023粤港澳大湾区硬科技产业大会"在黄埔区、广州开发区盛大举办。韩旭受邀主席，并以《自动驾驶商业化探索与实践》为主题，发表了演讲。

以下是现场讲话摘录，以飨读者——

　　我是文远知行的首席执行官韩旭，今天很荣幸，因为文远知行从创业开始就是在广州开发区这片热土上，所以很高兴能够有机会向大家报告一下这几年自动驾驶的发展，特别是文远知行的发展。

……今天大家都相信自动驾驶会带来巨大的社会意义，其实核心的问题是大家天天在想自动驾驶，天天只听楼梯响不见人下来，什么时候自动驾驶能够真正落地？如果你在生物岛，有几件事是在全国任何其他地方都看不到的，第一件是在生物岛你想环岛游的话，你可以坐全球第一辆L4级的车——无人小巴，是文远知行在生物岛做的。

第二件是生物岛的街道很干净，但不是人扫的，而是纯无人驾驶吸扫车扫的，我们用了很少的人工，全部是纯无人扫的。

总结一下自动驾驶的优势很简单。

第一，它更安全。因为机器不会像人一样犯愚蠢的错误，很多的交通事故主要是人为产生的，第一个就是疲劳驾驶；第二个就是醉驾；第三个分心驾驶，一边发微信打电话一边开车；最后一个是毒驾。机器不会干这些事情，所以机器比人更安全，也会更便宜。随着时间的推移，摩尔定律依然起作用，硬件会越来越便宜，而人工随着人们生活水平的提高会越来越贵。所以相对来说，自动驾驶就会更便宜。

第二，它有更高的通勤效率，也能节省劳动力。很多东亚国家、西欧基本上都进入老龄化了，老龄化带来很多的社会问题，一旦进入老龄化，再怎么鼓励生育，人口依然在极度缩减。广州、深圳一线城市出租车司机的年龄逐年变大，年轻人不再开出租了，我们必须用自动驾驶来解决这个问题。

第三，它能解决很多社会问题。以新冠疫情为例，2021年刚开始实施隔离政策的时候，15万人民隔离在一个区域里，一旦要开卡车进去送一次生活物资，一个卡车司机就变红码。文远知行在广州用纯无人的车去运，解决了这个问题……

或许，自动驾驶离人们越来越近了。

真的！

4. "芯"潮澎湃

2017年，总投资约300亿元的广州粤芯半导体技术有限公司（以下简称"粤芯半导体"）在黄埔打下第一桩地基，这一桩地基也彻底改写广州乃至广东缺"芯"的历史。

粤芯半导体的身上带着三个特殊标签。

其一，粤芯半导体是目前粤港澳大湾区首家并且是唯一一家进入量产的12英寸晶圆制造企业。

其二，粤芯是自2006年以来，中国大陆地区12英寸晶圆代工领域新晋者中唯一量产的企业。

其三，粤芯半导体是国内第一座以虚拟IDM（VirtualIDM）为营运策略的12英寸芯片厂，被列入省、市重点建设项目。

在粤芯半导体，汇集了美国、英国、新加坡、中国大陆和中国台湾省的一大批优秀技术人才，以细分化、差异化、定制化的营运定位打造高端模拟芯片、汽车电子等国内较为稀缺的产品。

众所周知，半导体是资金和人才密集型行业，产业链上的制造环节更是高居塔尖的"烧钱游戏",培养成功晶圆代工企业需要多方形成合力。而在粤芯的身后,聚集了一个超豪华的投资人阵容,既有长长的市场化投资机构,也有广州当地产业基金撑腰,更是不乏汽车、工业领域赫赫有名的产业资本,估值已达数百亿。

这么一个超级半导体独角兽有何来头?

时间的镜头回到2017年。毕业于中山大学的陈卫带领一批芯片技术人才,在广州黄埔创立了粤芯半导体。

当时,尽管广州已成为国内制造业和信息产业的核心区域,可在芯片产业方面有所"偏科"。

在集成电路业内流行着一句话:"全球60%的芯片销往中国,而中国60%的芯片消耗在珠三角/粤港澳大湾区。"

曾有投资人感叹,"我们一年投的5家芯片公司,全部在华东"。

可以说,不仅是黄埔,广州、广东都十分渴"芯"。

12月,粤芯半导体在黄埔区中新广州知识城剪彩成立,这是广东省和广州市全力打造的本土集成电路企业。

18个月后,粤芯半导体很快用实力证明了自己的不凡。

2019年9月20日,粤芯在黄埔"横空出世"!

这是广州第一条、广东省唯一一条量产的12英寸芯片生产线,标志着珠三角先进制造业"缺芯"成为历史。

这天群英荟萃!

在投产启动活动的现场,粤芯半导体与中国科学院微电子研究所、中山大学微电子学院、华南理工大学微电子学院、复旦大学微电子学院、广州昂宝电子有限公司、格科微电子(上海)有限公司等20多家半导体产学研单位签约,共同开展产学研合作,合力培养半导体产业发展的人才。

"粤芯半导体投产标志着黄埔可生产在地芯片，填补了之前广州、广东芯片生产空白，是'广州第一芯'。之后我们可以直接服务粤港澳大湾区客户群。"粤芯12英寸晶圆项目投产当天，粤芯半导体总裁及首席执行官陈卫对前景一片看好，"全球将近1.4万亿的半导体芯片市场份额，实际上近60%的芯片市场在中国，中国近60%是在珠三角。广州有很多优秀的制造业企业，他们需要大量的半导体芯片，整个行业需求量非常大，当前供不应求。"

2018年3月打桩，10月主厂房封顶，2019年3月设备搬入，6月生产设备调试完毕开始投片，9月两个工艺平台开发完毕、通过可靠性验证，并开始爬坡"量产"，2020年12月实现满产运营，产品优良率达到97%以上……

短短6年多来，粤芯半导体一期、二期已建成投产，三期在望，四期正在筹划……到2025年，月产能将达到12万片。

粤芯半导体生产包括微处理器、电源管理IC、模拟芯片、功率分立器件等，满足物联网、汽车电子、人工智能及5G等创新应用的模拟芯片与分立器件需求。

从无到有，从量产到满产，整套流程下来，粤芯仅仅用了20个月。从消费级芯片起步，延伸发展至工业级和车规级芯片，相比国外巨头快了2年时间，粤芯刷新了"黄埔速度"。

粤芯半导体第一期投资100亿元，专注于0.18微米～90纳米模拟芯片与分立器件制造，实现月产40000片12英寸晶圆的生产能力。第二期专注于65～40纳米，世界最先进、高端的高压BCD模拟芯片技术，月产40000片12英寸晶圆。

"粤芯半导体落户黄埔，被省、市两级政府寄予厚望。"一位半导体投资人回忆，长期以来，广州缺乏大型芯片制造项目，已经成为制约当地发展芯片关联产业发展的重要因素。

粤芯以"链主"之势，带动超过100家半导体产业链企业争相落户黄埔，是目前粤港澳大湾区首个并且是唯一进入量产的12英寸芯片晶圆制造厂。

粤芯犹如一条鲇鱼，彻底搅动黄埔半导体产业。当这条鲇鱼落户黄埔中新广州知识城后，数十家集成电路企业曾慕名前往中新广州知识城考察，计划在此落地。

数据显示，仅中新广州知识城已吸引数十家半导体企业落户，涵盖芯片设计、封装测试、终端应用等领域，其中更是不乏营业额过亿的企业。基本构建起了以粤芯半导体为龙头，集"芯片设计—晶圆制造—封装测试—终端应用"为一体的全产业链生态圈。

如今，黄埔集聚集成电路上下游企业超200家，占广州90%以上，成为华南地区最大、产业链最完整的集成电路产业基地。

曾经，广州乃至广东的芯片之缺，成为大湾区的隐痛：半导体产业布局晚，芯片制造产业底子薄，芯片研发、高端科技支撑不足。

悄然间，黄埔走出了一股"芯"势力——广芯半导体、兴森快捷、巨风芯、海格通信、高新兴、广电运通、智光电气、泰斗微电子……

黄埔"芯"潮澎湃。

2023年10月的一天，郁俊来到粤芯半导体，考察这家广汽连续两轮押注、投资数亿的企业。

郁俊是广汽集团副总经理、广汽资本董事长，两年前，为打通产业链核心技术和资源，覆盖汽车芯片研发制造等核心产业环节，广汽大手笔投资粤芯半导体。

2022年6月，在广汽资本的领投下，粤芯完成45亿元融资，将瞄准车规级、工业级芯片市场。

作为主攻汽车芯片IDM模式下的晶圆生产企业，粤芯与广汽早已是"老搭档"：粤芯不仅与广汽资本、广汽埃安联合成立了汽车芯片协同培育平台，还与广汽研究院成立了国产车载芯片制造协同培育平台，直接为车载芯片提供"定制服务"。

"旨在共同搭建'芯片制造—整车厂'产业链联动模式。"郁俊谈道，"一台新能源智能汽车需要1000~1500颗芯片，是传统油车的5~6倍，无论是用新能源智能汽车替换传统油车，还是新能源智能汽车本身的增长，都对汽车芯片提出了广阔的增量需求。"

黄埔"芯"的密码，或许就藏在"一辆车"里。

2020年6月30日。西昌卫星发射中心。

在这里，北斗三号最后一颗组网卫星发射成功并定点到轨。7月31日，北斗三号全球导航系统正式开通。

两年多，18箭，30颗星，北斗高密度发射组网连战连捷。

激二十六载，凝聚几代人心血，中国正式成为世界上第三个独立拥有全球卫星导航系统的国家。

当"中国造"的北斗卫星导航系统在太空中逐渐织成一张网时，地面上也多了这么一群"望星人"，他们将导航设备对准北斗卫星，不断进行调试升级。

这群"望星人"中，藏着一个"广州军团"：海格通信、中海达、南方测绘、泰斗微电子、广州润芯等。

其中的海格通信、泰斗微电子就来自广州黄埔。

我们先来认识海格通信——

说起卫星，可能很多人都会觉得离自己很遥远，不过对杨春宝来说，对卫星导航的研究，十多年来已成为他生活的一部分。

作为海格通信副总工程师、北斗首席科学家的杨春宝出生于黑龙江省一户农村家庭，本硕博于清华大学无缝对接，仪器科学与技术专业毕业后选择南下广州加盟海格通信。

海格通信，是广州国有企业无线电集团下属上市公司，也是国家重点领域最大的北斗导航设备提供商。

"选择海格通信除了专业对口，同时也是因为被广州这座城市的效率、务实与真诚所吸引。"杨春宝记得，来海格通信面试，企业墙上的一个理念很是打动他："我们要造好电台！如果可能的话赚点钱！如果必要的话赔点钱，但我们要造好电台！"

"没有豪言壮语，没有虚的，就是踏踏实实把事情做好。"

在广州，杨春宝感受到开放包容的大都市气质和充满活力的市场环境，感慨黄埔不愧是全球人才创新创业的沃土。

早在清华大学攻读博士学位时，杨春宝就参与了清华纳星一号的研制，负责星载GPS模块，与卫星导航结下了不解之缘。

2004年8月，国家立项研制北斗二号卫星导航系统，杨春宝来到广州后，正好赶上系统启动建设，他于是和团队承担北斗二号应用分系统的三个重点项目。

"我们研究的，就是如何让北斗定位定得更准确，让北斗短报文通信成功率更高，让技术成果应用到更加广泛的场景。"杨春宝说。

2011年，杨春宝成功主持研制当时指标先进的北斗基带芯片，实现了北斗、GPS等信号的兼容处理。

如今的"北斗芯"都是"中国芯"，性能指标媲美国际同类产品，但解决"缺芯少核"的过程，却是一场艰辛的跋涉：在暗室检测设备分析每一个数据，跟团队修正完善每一个环节……从2016年开始，杨春宝在北斗三号基础核心芯片项目中发力攻关，三款核心基带芯片均一次流片成功，有力支撑北斗三号全球系统组网运行。

对技术精益求精，杨春宝总是常常拼搏忘我，在一次技术瓶颈攻关后，他满怀兴奋地敲开同事的门共同庆祝，才发现已近凌晨四点……

"可以说，在我的事业发展中，广州成就了我，海格成就了我。"在广州工作生活20年，杨春宝深感选择黄埔、选择海格通信、扎根国企、潜心科研是今生最优选择。

投身北斗，追"芯"不辍。

20年来，杨春宝先后主持省部级以上项目6项，突破一系列北斗导航核心技术，和科研团队开发了北斗产品近百项，覆盖海陆空等领域。近年来，杨春宝又投身大投入、高风险、长周期的北斗SOC芯片研制。

仰望星空、北斗璀璨。如今，海格通信已发展成为国家重点领域最大的北斗导航设备提供商，构建起"芯片、模块、天线、终端、系统、运营"的全产业链。

在海格通信，还有一位让"声音"跨越山海的"大国工匠"。

他叫张路明。

张路明是广东兴宁人，高级工程师，2020年被评为"卓粤技术工匠"，2021年"大国工匠年度人物"获得者。

作为无线通信领域公认的技术专家，张路明坚守岗位40年，以其在短波通信领域的卓越成就，成为广东唯一获奖人物。

"对我职业选择影响最大的要数电影《英雄儿女》，影片里'嘀嗒嘀嗒'的电波声深深地印在我脑海里。"张路明说，"这可能是对我进入短波通信领域的最早启蒙。"

那么，短波通信是什么呢？

一说到这个专业术语，平时内向的张路明开始滔滔不绝："短波通信是一种不依靠基站、卫星转发，通过电离层反射来进行通信的手段。若是在战争情况下，卫星可能被打掉，海底电缆也可能会切断，这种情况下，短波通信就成了唯一的通信手段。"

张路明真正接触到短波通信是在1984年。

那年夏天，21岁的他以射频设计师的身份来到了广州海格通信的前身国营第七五〇厂工作。

短波通信很冷门，而张路明日复一日，年复一年，一头扎进去就是整整40年。

"精于此道，以此为生。"张路明先后参与研制了四代短波通信系统产品，主持了三代短波通信系统设计。

我国某新型战斗机在科研攻关时遇到飞行中存在中远距离无线通信效果不佳的行业难题。

"按照新型战斗机的设计要求，通信装备必须'更小、更轻、更强'，其中，抗振强度指标要比现役装备的要求提升一倍以上。"张路明坦言"这是几乎不可能完成的任务"且"非常苛刻"。

很多厂家无人应战，海格通信将之当作一个机会，迅速组织了以张路明为首的技术攻坚团队，主动接受挑战。

技术攻关期，张路明带领着项目团队，不断打破原有思维定式，前后对超过8种实现形式的机载通信设备进行对比试验，最终选择出了最佳方案开展方向图对比，近场、拉距和远场辐射性能对比等试验上百次。

产品成形期，张路明又带领项目团队在全国开展多次上机性能对比试验和试飞通信试验。

在全国最北端漠河，气温低至零下四五十摄氏度，通信设备必须耐得住严寒的考验；在南端三亚，常年高温高湿，通信设备基本像是泡在热水里一样，也要正常运作。

而张路明和他的团队在零下50摄氏度或零上55摄氏度的研发环境里，一待就是好几个小时，不解决完问题不出来。

苦吗？

累吗？

苦也苦过，累也累过，但值得。

经过无数次、长时间的测试，最终，海格通信新研的机载通信装备的体积只有常规地面装备的20%，功耗更低，性能更优，完美解决了新型战斗机因特殊功能设计导致无线通信难的问题。

除了军用，海格通信的芯片广泛应用于港口。在货如轮转的南沙港四期码头，由于各种集装箱、桥吊等对信号带来很大遮挡，海格通信自主研发的"面向复杂电磁环境的北斗导航创新技术研究及产业化"技术通过集成抗干扰和多源融合处理的芯片化解决方案，把在复杂环境的定位成功率从70%提升至95%以上。

南沙港四期依托高精度导航芯片和5G网络，成为全球第一个水平运输无人驾驶集装箱卡车的自动化码头。

海格通信正是这样，始终以"北斗+5G"领域应用的先行者为己任，与国家同频，与时代共振……

15年前，广东生产了全国逾六成的车载导航设备，产品里的芯片却没有一颗产自国人之手。

2008年，在广东省科技厅的谋划下，泰斗微电子科技有限公司（以下简称"泰斗微"）成立。

那一年，地球上空只有5颗北斗卫星，远不是今天的55颗。成立次年，泰斗微便推出国内第一款北斗导航SOC基带芯片。

然而，高端市场仍被外国垄断，泰斗微只能在中低端市场打"价格战"。

"必须自主研发高端芯片。"泰斗微总经理助理韩冰说。

接下来两年，泰斗微"连钱带人"全都投入TD1030芯片的科研中。两年时间里，研发人员和管理人员吃住在一起。

"管理层几乎每个人都把房子抵押给银行，确保给研发人员发工资。"这场没有退路的"对赌"，泰斗微赢了。2016年6月，TD1030芯片诞生，成为全球性价比最高的定位导航芯片。

韩冰说："过去，要解决导航问题需要两颗芯片，一枚基带芯片和一颗射频芯片。而在TD1030里，首次把基带跟射频两部分合一了，而且尺寸还做得更小。"

流片成功那晚，公司所有人都"疯狂"了。

如今，36.9%的国产北斗芯片均产自这家隐藏在黄埔的"隐形冠军"公司，每年有超过2500万颗芯片走下泰斗微电子的生产线。

"我们的第5代数模混合导航芯片，制程已经达到28纳米。"韩冰骄傲地表示，"在一些关键的技术指标上，已经能够和国外的主流供应商对标，而且还有性价比优势。"

比如在摩拜单车的锁机里，藏匿一颗小小芯片，让人们能随时随地开展一段大街小巷的自由骑行。

"在竞争摩拜的卫星导航芯片供应商的时候，我们的TD1030

芯片就以特别优异的性能，战胜了两家在卫星导航领域的世界顶级公司。"韩冰说。

这是一家有着特殊"基因"的企业，成功演绎10年千倍的增长传奇，并与国际ATM巨头并驾齐驱，它就是中国ATM制造业No.1企业——广电运通金融电子股份有限公司（以下简称"广电运通"）。

广电运通凭什么"攻城拔寨"，像"子弹"在飞？

在地处广州经济开发区的广电运通一楼展示厅，从一幅幅图表、一台台金融智能设备中，每个到访者都会找到答案——自主研发的高速钞票识别与处理技术，使我国成为全球第三个掌握同类技术的国家；装有"中国芯"的自动柜员机（ATM），成功打入全球80多个国家和地区的1200多家银行，可辨识120多种货币的真伪……

业内都知道，谁掌握核心技术，谁就把握住了行业的命脉。广电运通的这些核心技术对于ATM机来说，就好比是汽车的引擎，电脑的CPU。

那么，广电运通究竟拥有哪些核心"大杀器"呢？

简而言之，就是钞票识别技术、高速钞票处理技术、硬加密技术、现金处理技术。

广电运通成立于1999年7月，前身是一家拥有60年历史的军工企业，在20世纪90年代初期曾负债3亿多元，人均负债10万元，被戏称为"十万负翁"。

彼时，洋品牌在国内ATM领域大行其道，NCR、迪堡、德利多富等老牌国际巨头云集中国，以"循环出钞"与"出钞器"为代表的核心部件一直被美国、日本、英国等行业巨头垄断。

广电运通总经理叶子瑜记忆犹新。"去广电运通之前，自己也没有接触过这个领域，到广电运通后，为了弄懂其中的道道，在车间蹲了半天，之后发现，高科技的东西就在那些模块里。"

"这个东西（一般所说的'机芯'）都是向国外购买，我们不能碰。"有技术人员指着模块提醒他。

"这些'不能碰'的东西就是那些出钞模块、钞票识别模块之类。"叶子瑜说。

2003年以前，广电运通接手的1500台ATM机经常出故障，还被客户指着鼻子骂，主要还是代理国外品牌的核心部件。

当广电运通向国外品牌提出深度合作时，对方开出6000万欧元的天价作为合作条件。"广电运通一年的营业额也没有那么多。"叶子瑜说，高价迫使广电运通走上了自主研发之路。

2004年，广电运通成立由博士、硕士及学士组成的研发团队，研发高速钞票识别与处理核心技术。

"我们收集了100多个国家的钞票，分析它们的防伪水印、防伪油墨、安全线、磁分布等特点，针对每个防伪技术点，研究解决方案。"叶子瑜说，大家都憋着一股劲，到最后攻坚阶段，干脆就封闭起来，天天与机器为伴。

"还有同事蓄须明志，立志不研发出机芯就不剃胡子，胡子还真长得很长。"叶子瑜笑称还真像"一个道士"。

除了广纳人才，广电运通还有一个办法就是使劲"砸钱"。据介绍，公司坚持每年投入营业额的8%进行研发，最高的时候超过10%。

经过无数次"屡败屡战"的摸索，最终用6年时间自主研发出了领先于世界水平的中国人自己的钞票识别模块采样技术，广电运通骄傲地叫它"中国芯"。

　　"中国芯"实现了对钞票高速准确传输技术的突破，在每秒传输10张钞票以上的速度下，能够保证钞票完整、准确地存入钞箱，或者从钞箱里传送出来。数十张打乱的纸币通过该机器轻松完成了5元到100元不同面值分离，整个过程不到一分钟。

　　同时，"中国芯"可以识别100多个国家的币种，能够快速鉴别钞票真伪和面额，对钞票实行全方位的检测和处理。

　　2011年，广电运通凭其"中国芯"打赢了两场"硬仗"——

　　第一是投标土耳其农业银行循环机采购。凭借设备表现出众，产品性能和稳定方面相关指标击败了美国、欧洲、日本等国际厂商，将2.3亿元人民币订单收入囊中。

　　第二是广电运通系列ATM产品在经历2200多项严格测试后，成功通过德国银行业委员会（ZKA）的质量认证，获得了德国客户的认可。

　　至此，广电运通实现从"跟跑"到"领跑"的转变，开创了中国现金识别技术的新时代，彻底改写了中国ATM钞票识别技术依赖国外的历史。

　　目前，广电运通已累计申请专利1769件，授权专利711件。曾经有德国企业想购买广电运通VTM专利，被叶子瑜婉拒了。

　　叶子瑜深深感慨："只有掌握自主知识产权的核心技术，才能自由掌握企业的命运。"

　　创新无止境。除了ATM系列，广电运通还推出了远程视频柜员机（VTM）、智能柜台（STM）、清分机、自动售检票系统（AFC）等20多类高科技产品。研发出全球首创的生物特征识别ATM机，可通过人脸识别、指静脉识别、虹膜识别进行身份认证。

在金融智能科技领域持续深耕20余载，广电运通作为国家标准起草单位，主导或参与制定及修订的金融自助设备类国家标准共16项，包括带头起草全球第一套VTM国家标准、牵头制定生物特征识别系列国家标准等。

2017年，广电运通开始向"AI+"方向转型升级，逐渐完成从ATM业务一枝独秀到"AI+"多面开花的转变。

广电运通董事长黄跃珍在接受《时代周报》记者的提问时，有着清晰的脉络——

时代周报：2017年12月，ATM行业迎来巨变之时，你开始执掌广电运通，当时是怎么确定"AI+"这个赛道的？

黄跃珍：以底层技术来看，从2000年开始，广电运通在研发货币识别、出钞控制、现金循环等ATM核心技术时，已逐步拥有传感、识别、算法等人工智能底层技术的基础。

展开来说，人工智能主要包含"数据、算力、算法、场景"四大要素。过去21年，广电运通在全球布局超过30万台智能金融设备，这都是应用场景；公司掌握的钞票模式识别，人脸、指静脉、掌静脉、虹膜等识别都是算法；场景+算法，体现了终端。终端通过网络到核心系统收集形成数据，数据量足够大以后就需要算力。公司的ATM机+银行主机系统，实际上就是一个完整的人工智能构架。

所以，经过21年的积累与沉淀，广电运通在技术研发、市场客户、服务网络、生产智造等方面都具备强大实力。可以说，广电运通就是"天生的人工智能企业"，这让公司在转型升级的道路上更平稳，也在新技术应用浪潮中具有先发优势。

回顾转型之路，黄跃珍称，广电运通是"天生的人工智能企业"，新目标和任务就是要融入数字经济发展浪潮，致力成为"人工智能行业应用领军企业"。

广东有句俗语：煲一碗靓汤，需要花很长时间。

但凡硬科技创业，都要有"煲一碗靓汤"的耐心，既守得住寂寞，又坐得住冷板凳。

这是一个崛起于黄埔的芯片创业故事。

"70后"李阳扎根微波技术30年，创立广州慧智微电子股份有限公司（以下称"慧智微"）。2023年5月16日，慧智微成功登上科创板敲钟舞台，李阳也收获了他的第一个IPO。

这是一家为智能手机、物联网等领域提供射频前端芯片设计的高科技公司。射频前端作为无线通信设备的核心组件之一，已遍布我们熟知的手机、平板等电子设备。

"我们的产品已应用于三星、OPPO、vivo、荣耀等国内外智能手机品牌机型。"李阳说。

值得关注的是，IPO申报前一年内，有近40家机构突击入股这家公司，其中不乏国家大基金二期、红杉中国、元禾璞华等知名机构。

1991年，李阳从老家东北来到清华，就读于微波技术专业。

"微波技术专业干啥的？"

这是一个别人避之不及的冷门专业，李阳却用了12年念到博士，2003年，李阳前往哈佛大学继续深造博士后，之后近7年的时间在美国Peregrine、Skyworks等半导体巨头工作，专注于高性能射频微波芯片的研发。

"未来射频前端市场70%的客户一定会在中国，那是全球第一的供应商。"在美国期间，李阳萌发了回国发展的想法。

机缘巧合的是，2010年，黄埔区、广州开发区赴美国波士顿开展招才引智工作，李阳了解到一系列优惠政策后，有了回去"做点事情"的冲动。

2011年，李阳放弃了美国的高薪，和好友郭耀辉、孙坚来到广州，三个"光杆司令"创办了一家慧智微芯片企业。

习惯于当"技术男"，李阳面对创业初期的琐琐碎碎，一时手足无措。

组建团队时，李阳才发现，广东在集成电路领域的人才储备并不深厚，招到第一个工程师足足花了3个月时间，十多个人的小团队，他招了6个月。

有了团队，李阳的重点是研究采用什么样的技术路线以生存并杀出重围。

有着美国工作的技术经验和积累，李阳明白，国内射频厂商想要做大做强需要迈过三道坎：技术难题、成本难题、专利难题。

"射频器件面临的核心挑战是解决服务需求和网络容量爆炸式增长所需的更多蜂窝频段。"李阳说，作为无线连接的核心，既要支持2G、3G，还要满足4G、5G的发展。

采用每个频段用一个单频段功率放大器，是传统的射频前端解决方案，但伴随着频段增多，功率放大器数目会快速上升，这样不仅成本会增加，面积也会增大。

李阳决定采用可重构技术，用软件定义硬件，让同一组器件在多个频段和多种模式间重复使用，"这样一来，可以让功率放大器产品成本低、尺寸小、支持频段多"。

从2003年起，国外就一直在研发可重构的射频器件，这是业界一直公认的技术难点，多年突破均未成功。

"慧智微行吗？"选择这一技术路线，同事们半信半疑。

"一定行！"李阳深知将面临不小风险，但却异常坚定地说，"如果最后发现判断错了，那就接受这个结果。但不要因为太难就怀疑这条路走不通而放弃。"

李阳的坚定打动了第一家投资机构，仅靠着几页PPT，慧智微就成功获得融资。

"不是'黑'PPT哈，我真的就凭几页PPT获得了投资。"李阳笑言。

慧智微的股东阵容堪称豪华，除了大基金二期、红杉中国、元禾璞华，还有金沙江创投、闻泰科技、光速中国、祥峰投资等，共71名股东。

2011年，慧智微率先投入自有知识产权射频前端技术平台AgiPAM®1.0的搭建。

2014年，采用基于"绝缘硅（SOI）+砷化镓（GaAs）"两种材料体系的混合架构射频前端技术路线，并实现技术突破及规模商用。

2015年，基于可重构技术平台，慧智微实现业界首款可重构4G LTE射频前端模组产品量产。

2020年，慧智微与国际厂商同时同质推出5G新频段L-PAMiF产品，并在三星、OPPO等国际一线品牌手机中得到应用，率先实现5G L-PAMiF产品量产。

2021年，慧智微领先投入5G L-PAMiD产品开发，深度布局L-PAMiD产品……

这些具有自主知识产权、基于可重构设计的AgiPAM技术，使射频前端器件可以通过软件配置实现不同频段、模式、制式和场景下的复用，取得性能、成本、尺寸多方面优化，帮助全球客户化繁为简，与时俱进。

慧智微的产品线涵盖了2G、3G、4G、5G等多种通信制式，包括5G新频段L–PAMiF发射模组、5G新频段接收模组、5G重耕频段发射模组、4G发射模组等数十款产品，兼容目前国际主流SoC平台厂商的主要产品系列，可为客户提供全面的射频前端解决方案。

如今，慧智微的产品已经应用在了三星、OPPO、vivo、荣耀等国内外智能手机品牌机型，并进入闻泰科技、华勤通信等移动终端设备ODM厂商和移远通信、广和通、日海智能等头部无线通信模组厂商。

射频前端是无线通信设备的核心组成之一，其中射频前端芯片关系到国内通信系统关键零部件的自主可控战略。在被美国Skyworks、Qorvo、博通、高通和日本村田等巨头牢牢占领的全球射频前端市场，李阳凭借着技术专利杀出了一条血路。

众所周知，芯片产业投入资金大、回报周期长、产业链复杂，资金投入可能会达到千亿级别，需要政府、大型国企、科研院所等在上下游大力协同。

慧智微产品要快速迭代，引领射频创新，持续为全球客户提供满意的射频解决方案，"路漫漫其修远兮"！

在慧智微的前方，是一段漫长的征程。

第五章

秋 实

1. 勇闯无人区

阳春三月，春光明媚。

珠江之畔，春潮涌动……

立足雄厚产业基础，锚定全球前沿产业。黄埔中小企业引领全国新一轮政策创新风潮，瞄准半导体、基础工业软件、智能传感器等产业基础薄弱的战略性新兴产业，从基础工艺、技术、产品"单点突破"，助力关键技术应用创新与产业化夯实基础补齐"断链"为中小企业提供强力支持。

专精特新中小企业是强链补链、解决"从0到1"的重要力量。派真生物潜心研究递送载体基础和规模化技术，建成全亚洲最大的AAV（病毒载体）生产基地。

黄埔区科技局、广州开发区经济和信息化局相关领导都表示，区内中小企业的自主创新，勇闯行业"无人区"，填补了相关领域的技术空白。

"做中国自己的质谱仪。"这是广州禾信仪器股份有限公司

（以下简称"禾信仪器"）创始人、首席科学家、总经理周振的人生信条。

科学仪器行业是典型的高附加值、技术密集型产业，涵盖光谱仪、质谱仪、材料测试仪等。其中，质谱仪作为实验分析仪器的重要分支，是测量物质原子量、分子量的唯一工具，被誉为"科学仪器皇冠上的明珠"。

质谱仪可以用来做什么？

形象地说，往100个标准游泳池那么大的湖里滴一滴墨水，质谱仪能检测出这滴墨水的存在，是现代科学研究最重要的基础工具之一。

"质谱仪用于观测'看不见的世界'。"周振20年来为了采撷这颗精密仪器领域的"明珠"，一直默默努力，最终实现质谱仪国产化，填补了我国在高精尖科技产业的巨大空白。

让时间回到1990年。

当时，在厦门大学科学仪器工程专业读大三的周振，第一次接触到国内罕见的质谱仪，他知道，质谱仪用于观测"看不见的世界"，在国民经济发展中，环境、药物、食品和国家安全等60%以上的领域，都需要使用质谱仪进行监测检测，但当时国内使用的质谱仪，几乎全部依赖进口。

"自己当教授的月薪也才400元，而一台质谱仪就价值上百万。"导师告诉他，"质谱仪对国家很重要，但研发太难，太少人愿意投身于这个领域。"

"为什么不研发中国人自己的质谱仪？"受师长的影响，周振在大学期间就立志"做中国人的质谱仪"，打破国外技术垄断。

质谱仪涉及精密电子、高真空、软件工程等技术，又需要掌握电子电力光学、物理、化学等众多学科知识。1998年，周振在厦门大学获得化学博士学位后，赴德国吉森大学攻读物理学博士，继续向高精尖的质谱仪器研发前进。

2000年，他成功研制出当时世界最高水平的垂直引入式飞行时间质谱分析器。

两年后，周振参加第五届中国广州留学人员科技交流会，在会上推介自己着手研发的质谱仪，引起了中国科学院广州地化所傅家谟院士的关注。

当听说年轻的留学生周振要"做中国人的质谱仪"，傅家谟既惊又喜，立即邀请周振回国。

当时，质谱仪的研发在国外已有近百年历史，而中国却是"一片空白"。2004年，周振将资料、零件打包，毅然携家带口从美国来到黄埔创办了中国第一家专业质谱仪器公司——禾信仪器。

"认识我的人觉得我疯了，放弃大好前途，去做一件不可能成功的事。不认识我的人认为我是骗子，钱少不可能造出质谱仪。"很多人并不理解周振的选择。

"回国创业不单单做研究，而是要做出产品。只有做出好产品，实现替代，才能让我们国家在质谱领域不再受制于人。"周振说，不管压力多大，他没有动摇过决心。

在禾信仪器，工程师们全神贯注地盯着屏幕上的数据，仔细调试质谱仪，工位四周摆放着各式高精尖的零部件。

"刚开始，公司仅有4人。"周振说，除自己外，还有一名助理和两名学生。周振回忆，当时找不到人才，也没有投资，资金和技术条件十分紧缺，所有的零部件都要自己画图，一边勒紧裤腰带过日子，一边没日没夜地搞研发。

"现在已经发展到500多人了。"周振说,"质谱仪研发的难度超乎想象,但是一条有光明前景的路。"

彼时,质谱仪研发是一个"无人区",国产化更像一场"持久战"。周振回忆,公司初创时,自己的办公室设在实验室里,晚上就躺在仪器边上睡觉。

"为什么要躺在仪器边睡觉?"

"听着机器噪声入睡,才能安心呀!"周振说,以前的机械泵是真空系统,运作声音很吵,但得时刻盯着以防出现故障。因为一旦停电,这个仪器中价值高达5万元的泵就报废了。

"只有累,没有辛苦",周振从未想过放弃,只会想方设法去解决问题。

创业初期,公司常常发不出工资,最困难时,公司账上只剩下2万元,周振不得不变卖房产和汽车予以维持,但团队十分团结地拧成"一股绳"。

周振和团队走遍珠三角主要的材料市场,带着磁铁逐一挑选符合要求的材料。陶瓷垫片、电极极片等器件加工精度达到微米级别,大多厂商难以做到,他们干脆自己动手,一丝丝打磨……

凭着一股子干劲,周振和他的团队硬是靠纯手工打造出几台样机。

2013年,禾信迎来突破性一刻,打磨了近10年的PM2.5在线源解析质谱监测系统产品面世。质谱仪应用于环境监测,1个小时内就能精确地捕捉到空气中PM2.5的污染源,而传统方法的解析时间长达3个月以上。

这套系统在全球首次实现PM2.5在线源解析,解决了快速弄清PM2.5污染物来源这一业界难题。如今,该监测系统已技术迭代4次,在200多座城市应用。

从2002年开始做前期调研，到2012年制作出样机，再到2013年推出市场，一款PM2.5飞行时间在线源解析质谱监测产品的诞生，整整用了十年。

"真正的十年磨一剑。"周振戴一副黑框眼镜，着一件格纹衬衫，尽管不到55岁却有一头"标志性"白发，谈起质谱仪来目光炯炯、神采奕奕。

周振介绍，世界上的物质都由原子和分子组成，而质谱仪则是直接测量物质的原子量和分子量的仪器。此后，周振带领团队全面实现数据快速处理、在线动态源解析等关键功能，在2010年广州亚运会空气质量保障、"东方红Ⅱ号"黄、渤海科考研究等许多大型外场实验中都发挥了关键作用。

以质朴心，造质谱仪。

2017年，禾信仪器再次迎来"零"的突破，创造了中国大型尖端科学仪器首次出口欧美的纪录。"那时候全球能做这台仪器的公司只有两三家，但能批量生产的只有我们一家。虽然只是卖出了一台仪器，但极大地提振了我们乃至国内整个行业的信心。"谦逊的周振笑着说，"至少得到国际的认可了。"

同一年，禾信的质谱仪作为"雪龙"号上唯一一台大型国产高端科学仪器参与北极、南极科考。

苦心钻研30年，周振不悔少白头，"做中国人的质谱仪器"的梦想已照亮了现实：建成了我国第一个质谱仪器正向研发平台，实现了我国高性能飞行时间质谱仪的国产化和产业化，使我国成为世界上少数几个掌握飞行时间质谱核心技术的国家之一。

"质谱仪行业注定是一个'慢行业'。"周振心知肚明，他说，"企业这么多款产品，每研发一款的周期最快都是七年，而且是多学科高度合成、技术门槛高，不能短时间快速产生利润，注定我们要脚踏实地、不忘初心。"

周振还带领团队服务于国家发展战略，如开发全球首个"PM2.5在线源解析质谱系统"，助力国家打赢"蓝天保卫战"；为核工业和国防单位定制开发专用仪器，打破国外长期封锁；开发"大气污染防控综合服务管控体系"，服务于全国200多个城市以及近年多个国家级重大活动、赛事的空气质量保障……

2020年初，为抗击新冠疫情，周振还率领团队开展核酸质谱产品研制攻关。"用质谱仪做核酸检测可以同时检测几十种病毒，疫情突然发生，我们提早开始攻关。"周振回忆，年初二的晚上，他们就开始讨论布置任务，年初十便付诸行动。

壮志不减，步履不停。

如今，周振还在积极筹建"粤港澳大湾区高端科学仪器创新中心"，以推动中国尖端科学仪器行业的跨越式发展，助力保障国家在质谱领域技术和产品这一重大关键领域的自主可控。

"国外有近百种质谱仪，我们现在能做10种，等到能做到二三十种的时候，就具备国际竞争力了。"周振十分清醒，"从0提高到6%，打破了依赖进口的局面。但要推动国产质谱仪器行业良性发展，需要几代人努力。"

你是否想过，我们的脑膜可以被3D打印出来，再植入体内？

这看似不可思议的事，科技已将它变为现实：用比头发丝还细的纤维材料逐层堆积出来的"睿膜"，贴在人体脑膜的受损处，就可以诱导组织细胞黏附、爬行生长，形成新生组织。

这并非科幻！

这是首个国产生物增材制造人工硬脑（脊）膜实现产业化。

打印"生命"。这是广州迈普再生医学科技股份有限公司

（以下简称"迈普医学"）涉足基于生物增材制造技术（俗称"生物3D打印"）的植入医疗器械新赛道后，凭借原始创新成果产业化而实现的在这一领域的"逆袭"。

迈普医学位于广州开发区，是一家医疗器械企业，走进公司展厅，"3D打印，打出一个无限可能的未来"的大字扑面而来。

欧盟CE认证、中国专利银奖、国家博士后科研工作站……行走在迈普医学的展厅内，一张张获奖证书、认证荣誉，旁边陈列着各式产品和栩栩如生的大脑模型、心脏模型等，展现出企业的技术积淀和实力。

走进人工硬脑膜洁净生产车间，十多台人工硬脑膜增材制造设备陈列在几百平方米的车间内，每台设备有一个"管子"，镶嵌着十来个针头，每个针头喷射出无数纳米纤维，在收集装置上逐层堆积，形成白色薄膜状的三维仿生结构人工脑膜产品。

这是一张神奇的"膜"。

"薄薄的一张硬脑膜产品，怎样仿生人体的脑膜？"许是看出访客的疑惑，袁玉宇解释道："别小看这薄薄一片，实际上它由上万层纳米纤维膜堆积而成。这种纳米纤维构成的方式结构和人体自身脑膜组织微观结构高度相似。"

医疗器械是生物医药行业的一颗明珠，也是科技创新的代名词，往往与"高精尖"联系在一起，属于知识、技术、资金密集的战略性新兴产业。

迈普医学创始人是"80后"袁玉宇，年纪刚过不惑，发间就已夹杂着不少白发，乌黑深邃的眼眸架一副眼镜，举手投足显得十分沉稳。

作为迈普医学的董事长，袁玉宇回忆起创业的艰辛时感叹："这是一个从'0'到'1'的过程，没有标准，更没有可对标的范例。"

2008年，袁玉宇在美国拿到生物工程博士学位。留学期间，他跟随导师从事生物3D打印技术、人工合成材料领域的研究与实践。

"是留在国外过优渥生活，还是回国接受未知挑战？"当这个毕业后的选择放在袁玉宇面前时，他斟酌了许久：一边是美国的世界500强企业职位，年薪丰厚；一边是从零开始的创业之路，前途未卜。

当时，我国再生医学产业尚处于起步阶段，绝大部分产品依赖进口，价格昂贵，病人经济负担沉重。

"如果将生物3D打印等前沿技术产业化，将为国内患者节约多少医疗费用啊！"袁玉宇想。

于是，他下定决心回国。

2008年9月，袁玉宇在黄埔创办了迈普医学，开始步入植入医疗器械领域，打造以生物3D打印技术为基础的再生医学技术平台。

人的大脑头皮与脑组织之间有一个保护层——硬脑膜，脑部手术完成后，须在缺损创面上覆盖人工硬脑膜再封闭颅骨。当时，市场上绝大多数人工硬脑膜产品材料选自动物源。

袁玉宇的首个研发目标是人工硬脑膜。

他说，采用人工合成材料，设计最接近于人体硬脑膜的三维仿生微观结构，这样有利于人体自体脑膜组织的再生，还可避免动物源引起的疾病感染风险。

在国内，这些环节都还没有人做过：技术加工、设备工艺、生产线、人工合成材料……

研发设备到哪里找？

哪些材料性能适合人体？

袁玉宇知道，这是一条布满荆棘的创新之路。

"做我们这个医疗器械行业，要耐得住寂寞，沉得住气。"那段时间，袁玉宇和他的团队泡实验室筛选材料，没日没夜，最后锁定了两三种材料。

"很多时候走出实验室时，一抬头才发觉天已拂晓。"袁玉宇回忆道。

"动物实验阶段，让我们研发团队备受煎熬。"袁玉宇说，理论推测跟实际结果出现偏差成了家常便饭。

接下来是设计出最有利于人体组织再生速度的支架。团队开始与纤维膜的厚薄、膜孔的大小较起劲来，研发出的"膜"仅有0.2～0.5毫米厚。

第一道关材料找到了，第二道关结构设计有了，第三道关自主研发的"睿膜"面世了，第四道关就是如何产业化。

"市面上没有量产化的生产设备，需要自己重新设计，要解决的问题多达40多项。"袁玉宇说，受制于工艺性能稳定性不足，有一次三个月都没产出一件产品。

"整整3年没有卖出一件产品，没赚到一分钱。"袁玉宇感触良深，"可以说我们一开始是一个'三无团队'，在这个新领域里没资金、没资源、没经验。好在当时黄埔区、广州开发区向公司提供了办公场地并免去3年租金，国家对科技型中小企业技术创新的政策帮助我们闯过了难关。"

2016年5月，迈普医学成功开发出了可用于神经外科手术的可吸收硬人工硬脑（脊）膜补片，这是全球首个实现了生物增材制造产业化的人工硬脑膜产品，被临床医生认为是世界上最接近自体、修复效果最理想的人工硬脑（脊）膜。

这一产品突破了规模化生产条件苛刻、生产效率和稳定性低等技术瓶颈，不仅补齐了行业短板，更是一种全球性的技术创新。

袁玉宇说，过去，技术、人才支撑等方面国内和国外差距较大。现在，迈普医学完全有条件、有能力去做国产的高性能医疗器械品牌，至今已迭代升级到第三代。

"医疗器械的创新十分漫长，一个产品从立项、动物实验、临床试验，直至拿到注册证上市，需要5到8年时间。技术过硬是基础，但没有一点儿情怀，也很难坚守下去。"袁玉宇有着刻骨铭心的体会。

比如，国内医疗手术用的可吸收纤丝型止血纱，之前一直被国外企业垄断。迈普医学历经8年才研发出可吸收再生氧化纤维素止血产品。

袁玉宇讲述了这样一个故事：一个40多岁的男子因交通事故导致颅脑损伤。医生借助迈普医学设计生产的颅颌面修补材料，将其置于颅骨缺损处，帮助患者实现颅骨塑形，恢复健康。

2011年，"睿膜"拿到了欧盟CE注册证，这是进入欧洲市场的入门券。袁玉宇印象最深的是第一次参加全球最大、规格最高的医疗器械展。

"这是要贴到脑袋里的东西，中国产品行吗？"

"技术和性能有那么好吗？"

一时间，外国客户对迈普医学的产品质疑声四起。

袁玉宇不厌其烦，一遍遍演示、一次次请人试用……凭借优异性能，英国剑桥大学医院成功应用"中国造"人工硬脑膜，产品终于打进欧美高端市场！

如今，迈普医学的国际市场已覆盖亚洲、欧洲、非洲、南美洲的80多个国家和地区，临床应用超35万例……

年轻的迈普医学作为行业新秀，在由欧美龙头企业占据的全球高性能植入医疗器械市场中闯出了一片天地。

2018年，在科技部《创新医疗器械产品目录》中，迈普医学研发的"睿膜"是唯一一款入选的脑膜产品，也是仅有的9项"国际原创"产品之一。

经过十多年的不懈努力，企业不仅研发出人工硬脑（脊）膜补片、颅颌面修补系统等植入医疗器械产品，还开发出多个先进制造技术平台，向口腔科、普通外科、大止血等领域拓展。

2018年，袁玉宇当选为十三届全国人大代表。

当年全国两会期间，习近平总书记来到袁玉宇所在的广东代表团参加审议。袁玉宇向习近平总书记汇报了自己的创业经历。

"备受鼓舞！"回想起当时的情景，袁玉宇仍激动不已。

2021年，"睿膜"相关项目获生产力促进（创新发展）一等奖；2022年，"基于生物增材制造技术的人工硬脑膜的产业化"项目入选工信部首批增材制造典型应用场景。

片1厘米厚的3D细胞培养支架，可以培养10亿个细胞。目前国际上只有两家企业掌握了这门技术，一家在美国，一家在中国。

在中国的这家就是位于广州黄埔的广州洁特生物过滤股份有限公司（以下简称"洁特生物"）

洁特生物的"横空出世"，彻底打破了美国的技术垄断和市场垄断，促使同类进口产品价格下降约40%，每年可为国内客户节省40亿~50亿元人民币。

创办洁特生物的"牛人"名叫袁建华。

2001年4月，袁建华带着10万美金回国，东拼西凑了两百万元人民币，在黄埔创立了洁特生物。

从黄埔起步，80平方米的"小作坊"、十几人的团队，洁特生物成为国内最早生产生物实验室一次性塑料耗材的企业之一。

"做生物实验室耗材是我梦寐以求的事情。"袁建华说，他为此思考了10年，当时国内这一领域几乎是空白的，很多高端关键技术和产品都被海外垄断。

"我希望能做中国自己的产品。"

科技型企业最艰难的是前10年。洁特生物在创立之初的4年里没有任何销售业绩，还要投入大量资金在产品研发上，因此每花一分钱，公司就少了一分钱。

也因为这个"定律"，老板袁建华前3年骑自行车，后6年开桑塔纳，据说车速快一点，车还会"飘"起来。

袁建华跟不少人讲过这样一个故事——

2005年，美国一家公司给袁建华发来了邮件，表示对洁特生物的产品很有兴趣，希望来公司洽谈合作。

当时的公司还比较"寒碜"，办公室加起来只有80平方米，没有专门的会议室用于接待，想到外面酒店租会议室又囊中羞涩。

袁建华为此颇为头疼。

情急之下，他想到了开发区的管委会。

"客人很快就要到了，能不能借个会议室临时接待国外客户？"

"没问题，我们马上给您安排。"管委会二话不说就免费提供了一间会议室。

这是一次"历史性"的会见，洁特生物顺利拿下了美国的订单，也是从这一份订单开始，"小瓶罐"开始登上大舞台。

"洁特生物是一个出口型公司，出口比重达80%。"袁建华回忆，曾经公司出国参展不敢租展位，因为搭建个展位要2万到3万元，一场展会算下来支出在20万元到30万元，最多只能租一个3米乘3米的展位。

"现在我们的展位越做越大，从36平方米、72平方米到'特装展'，吸引了来自世界的目光。"洁特生物未来还将在国外成立销售公司并建立自己的销售渠道和队伍，就地提供服务。

说了半天，洁特生物有哪些产品是"独门绝技"？

其实都是些"毫不起眼"的塑料制品。

走进洁特生物的产品陈列室，渐次映入眼帘的是用于检测新冠病毒的核酸采样管，专门用来研发疫苗的细胞培养转瓶，在国际市场大火的吸头、离心管……

正是这些"不起眼"的塑料制品，背后却蕴藏着不为人知的技术壁垒。"你看着好像很简单，但国产的塑料器皿就是培养不活细胞。"袁建华说。

回顾洁特生物的成长史，或许可以用这样一段"颁奖词"来概括——

在无人问津的领域埋头苦干，20多年默默无闻地将生物实验室耗材生产技术做到极致，打破一直被国外垄断的技术门槛，以自主创新的产品和技术站在全球竞争舞台的中央。

"从培养瓶、培养皿到真空过滤器、吸头，这些塑料瓶瓶罐罐看似简单，但在洁特生物创立之初，因国内厂商生产不出，市场被国外完全把持。"袁建华说。

在产品展示区，袁建华摆弄着那些透明的、他再熟悉不过的瓶瓶罐罐，说："这是细胞培养瓶、细胞培养板，那个是细胞培养皿……统称为'生物实验室耗材'。"

不可思议，这些普通的"塑料瓶"竟然是一座"细胞工厂"。

然而，看似普通，实则内藏"玄机"。

袁建华拿起一个细胞培养瓶，注视着，转了转，并以此为例："看外表只是小小的塑料瓶罐，但其主要原材料为高分子材料支撑，高分子材料的改性和加工技术是最关键的技术。"

"在培养瓶的生产过程中，除了对塑料本身有一定要求外，还要通过表面改性技术，赋予其培养活体细胞、贴壁细胞等功能。"袁建华晃了晃手上的培养瓶，"既要让这个培养瓶能够应对高温高压，还要应对极寒等恶劣实验条件，并提供细胞可以正常发育的稳定生长环境，需要横跨生物医药、高分子材料等学科知识……如果缺乏关键的技术，例如高分子材料表面改性技术，细胞便无法贴壁成长。"

据了解，这些生物耗材生产除了医学、高分子材料表面改性技术外，还涉及材料学、生物力学、测试分析学、高分子材料、机械制造等多种学科和技术。

"每一个学科都直接影响到生物实验的成功率。"袁建华用他的专业知识一步步剥茧抽丝，"过去做细胞研究都是用玻璃瓶培养，但玻璃很容易破，实验者就容易受到感染，塑料虽然不会破，却又具有天然疏水性，如同'荷叶效应'，细胞无法贴壁。"

如何破解这个难题？

20多年前，袁建华在美国哈佛大学公共卫生学院从事医学生物学研究时，就经常使用一次性塑料细胞培养瓶。

回国后，他花了数年时间潜心研究，成功攻克其核心技术，做出了产品—— 一个呈多面体、透明的细胞培养瓶。

这是一个模拟细胞在体内生长真实环境的"细胞工厂"，在有限三维空间里利用隔层最大限度地在培养表面实现大规模培养细胞。

"该产品主要用于疫苗、单克隆抗体或生物制药等工业规模生产，既适用于贴壁细胞，也可用于悬浮培养。"

疫苗生产的最后一道工序是把庞大的液体浓缩、纯化，使得疫苗能够安全地注射进入人体。其中的关键就是纯化，纯化做得好，疫苗才没有多余的杂质。洁特生物正在参与攻克这道疫苗生产的"卡脖子"技术难关，即开发一种"膜"来解决疫苗的纯化浓缩问题。

"公司参与开发的超滤膜已立项并基本对标国际，一旦攻克难关，即可用国产取代进口。"袁建华说，"公司还会继续向上游拓展，做高精尖难度大的需求量大的原材料，而'膜'的生产和研发，只是其重要的课题之一。"

科技创新路上，拓荒者不止步。

2020年1月22日，洁特生物于科创板上市交易。其上市之旅不仅是 次对所在产业链空白的填补，同时也是一次对相关认知领域空白的填补。

对于洁特生物来说，黄埔是一片创业"乐土"——

2020年，洁特生物凭借"一次性细胞培养瓶透气盖装配机"获中国专利优秀奖。

2021年，凭借"防病毒口罩"获中国专利优秀奖、"细胞培养装置及方法"获国家发明专利银奖。

2022年6月，洁特生物从广东省近800家上市公司中脱颖而出，获得第二届"创牛奖"最具价值上市公司奖；7月26日，国家知识产权局发布关于第二十三届中国专利奖的授权决定，洁特生物申报的发明专利"一种便于消毒清洗的生物培养容器放置柜"在全国申报项目中脱颖而出，荣获中国专利优秀奖⋯⋯

二十年弹指一挥间。洁特生物扎根黄埔如鱼得水，拥有包括29项发明专利在内的148项专利；成为国内唯一掌握"3D细胞培养支架及细胞灌流培养系统"技术的科技企业，并在2020年上市科创板，2021年被纳入国家级专精特新"小巨人"企业名单⋯⋯

成立20多年，洁特生物瞄准科学研究工具的生物实验室一次性塑料耗材这一专业细分领域，推出移液管系列、细胞培养系列、离心管系列、过滤器系列及其他系列（分析仪器、实验室设备、试剂、培养基等）共五大类，涉及700余种产品及配套。同时建立较为齐全的全球销售网络，国内销售基本覆盖全国各省份和自治区，国外出口美国、德国、英国、澳大利亚、印度、巴西和阿根廷等国家和地区。

近80%的产品出口国外，这是一个相当高的数字。

从昔日"小作坊"到专精特新"小巨人"，洁特生物书写着"中小企业能办大事"的传奇。

如今，洁特生物建设了20层高层厂房及28层研发大楼，在这里，产业链、创新链将加速完善。袁建华表示，洁特生物立足自主研发，以"预研一代、储备一代、孵化一代、开发一代"的思想，形成有梯度的新产品研发序列。

"我们已经做好充分准备，去迎接下一段征程。"袁建华眉宇间流露出一种坚毅刚强的神情，"我认为挑战是永恒的，不怕，认真对待。"

是啊！这是一场长期的挑战，沉下心来熬得住，不是每一个创新创业者都能做得到的。

2. 智高一筹

曾经，总有人如此想象：未来的人类不再驾驶汽车行驶在公路上，而是驾驶飞行器在空中任意穿梭，快速、自由、不再堵车、不用等红绿灯，充满科幻味道。

这种愿景或许正在变为现实。

11月中旬的广州，秋高气爽。

某公园深处，树木繁茂、景色别致。这里藏匿着一块面积不大的平地，地上刷着同心圆，圆心是一个巨大的"e"字样。

这是亿航智能设备（广州）有限公司（以下简称"亿航智能"）的一处eVTOL（电动垂直起降飞行器）测试飞行场地。

此时，一架有着16个旋翼的eVTOL稳稳地垂直升起，无声地飞向天空，悬停在空中又特别稳定，就像一颗钉子钉在天上一样……

"它动若脱兔、静若处子。"亿航智能创始人、董事长胡华智说，他常常看EH216-S测试，看着它飞起来又落下去。

从普通人的角度来看，眼前这款黑白配色、叫eVTOL的双座无人驾驶航空器与传统的航空器迥然有别，仿佛是从科幻电影中穿越进现实。

亿航智能的产业生态展厅，仿佛是一家小型的航空博物馆，这里展示着多款固定翼、多旋翼、复合翼等各种构型的eVTOL，几乎囊括了当下最全面的eVTOL机型。

展厅墙上，一张EH216-S型号合格证用红色的大幅相框装裱着，放在各种荣誉和证书的最正中显眼位置，让人挪不开视线。

"这是含金量最高的证书。"胡华智非常自豪地介绍。

2023年10月13日，北京。

这一天，对全球电动垂直起降飞行器领域而言都是一个瞩目的日子。中国民航局向亿航智能颁发了EH216-S无人驾驶载人航空器系统型号合格证（Type Certificate，简称TC）。这标志着EH216-S的型号设计符合民航局适航要求，具备了载人运营的安全能力。

作为全球"首个"，亿航智能为中国乃至全球创新型eVTOL的适航认证树立了重要标杆。

"为了走完EH216-S这款创新产品的型号合格全过程，团队汇集了航空、材料、电子信息技术、通信等多行业的专业人才。"胡华智说，"我们积累了全球最领先的经验，实现了跨学科、跨领域的融合创新。"

胡华智的身上有很多标签：CEO、航模爱好者、理工男、工程师、偏科生、产品经理、技术宅……作为亿航的创始人，他却很少出现在公众视野，不爱上镜，甚至有点神秘。

他是谁？他为何创办了亿航智能？他缘何投身于eVTOL赛道？胡华智到底是一个怎样的人？

2018年8月，广东卫视主持人邓璐与胡华智有一场访谈，我们可以窥见一二。

> 邓璐：你是一个很宅的工程师还是一个喜欢广交天下之友的人？
>
> 胡华智：我在工作中肯定是个特别宅的人，但是我在不工作的时候喜欢跟大家交流，我是个很外向的人。
>
> 邓璐：5岁的时候梦想要开一个飞行玩具店，现在还有这

个梦想吗？

　　胡华智：有啊。

　　邓璐：你相信自己会是这个行业的颠覆者和革命者吗？

　　胡华智：一定是。

　　邓璐：程序终有一天会规划人类的行为和命运吗？

　　胡华智：不会。

　　邓璐：你觉得人可以把生命托付给机器吗？

　　胡华智：可以。

　　邓璐：飞行可以改变世界，请用一句话来表达你飞行的梦想是什么。

　　胡华智：让人类在空中可以像鸟儿一样自由地交通。

　　邓璐：你最愿意做的事情是什么？

　　胡华智：跟大家一起工作，跟大家一起搞高科技研究，搞这些东西是我最喜欢的。只要有飞机飞就好了，有飞机陪我，有工程师、有我的团队陪我就够了，这是我最大的乐趣。

　　…………

　　看得出，胡华智回答每一个问题是极其冷静、理智和清醒的，都有清晰的思考脉络和理科生特有的逻辑严密的语言表述。

　　最后，主持人对着屏幕前的观众这样总结道——

　　他是一个不那么擅长跟社会周旋的人，他也不要太多的曝光，不要更多的关注，他只看技术，他觉得这个品牌也好，或者他这个人也好，最值得坚持的东西就是他独一无二的技术，他的核心。

　　胡华智出生在湖北一个工程师家庭，父亲是电子工程师，母亲是机械工程师。15岁时，胡华智进入清华大学计算机系就读，在大学时代，因为对飞行的痴迷，他爱上了玩航模，"我喜欢玩各种类型的专业航模，固定翼、直升机、双翼、单翼等。我喜欢研究各种航模的结构，研究每一个航模是怎样飞的，怎么飞得更好"。

胡华智平时喜欢穿休闲T恤，是典型的理工男。但是在亿航官网里，那些每张值得纪念的照片里，他西装革履，咧着嘴笑，有着一般人少有的松弛感。

聊到关于飞行的实践与梦想，胡华智就谈锋极健，眼神里洋溢着热情，笑容也特别阳光灿烂，仿佛能瞬间感染每一个人。

其实，早在2014年创立亿航智能之前，胡华智已经是国内顶尖的计算机指挥调度方面的专家了，曾担纲2008年北京奥运会指挥调度系统等大型项目的搭建。2009年，胡华智来到广州，负责搭建与2010年广州亚运会有关的智慧道路指挥系统。

"到了广州，我就被这个玩航模的天堂吸引了，因为以前玩的航模百分之八九十都是这里生产的。"胡华智笑言，"所以就留下不走了。"

从2012年底开始，在广州的家里，胡华智一个人从头到尾在琢磨一架他梦想中的飞行器，它必须具备三个指标：无人驾驶、全备份系统和指挥调度。

这个概念当时在国内，甚至国际上都没有人提出来。

作为一个飞行资深爱好者、计算机专家，胡华智的人生和事业从此迎来了历史性的跨越。

2016年1月，在美国拉斯维加斯消费电子展（CES）上，一位年轻的中国工程师带着全球第一款无人驾驶载人航空器EH184甫一亮相便震惊了业界。

这位中国人就是胡华智。

美国《时代》杂志用图文隆重推介这款EH184；美国*VOGUE*杂志在当年的4月刊用这款航空器做背景拍摄时装大片，一个典型的三口之家，年轻的父母带着孩子，朝着这架无人驾驶载人航空器走去……

美国著名的科技杂志《大众机械》曾在1957年大胆预测，飞行汽车即将问世。没想到将近60年后，一位中国人发明的无人驾驶载人航空器则印证了他们当年的预言，于是，该杂志用EH184做了封面。

2019年7月，有"航空界奥斯卡"之称的"航空传奇"颁奖典礼，获奖名单中，第一次出现了一位中国人的名字——胡华智。

从2016年1月发布全球第一款无人驾驶载人航空器，到2019年12月成为全球第一家登陆纳斯达克的UAM（Urban Air Mobility城市空中交通）企业，再到2023年10月获得全球第一张无人驾驶载人航空器型号合格证——这么多全球第一叠加在一起，构成了亿航智能和它的创始人胡华智的传奇与光环。

"EH216-S的整个飞行里程可以达到几十公里，如果一个城市的直径是15千米，那么它就可以完全覆盖整个城市。"胡华智这样描述它的未来应用场景："随着低空空域逐步放开，EH216-S类型的eVTOL将成为城市上空的'空中出租车'。"

不过，在胡华智看来，做eVTOL，是一个很痛苦的过程。亿航智能从一个黄埔本土的中小企业，成长为一个能为海外智能自动驾驶飞行器提供科技方案的企业，过程十分艰辛。

"我没想到未来要成为一个行业的缔造者，其实只是为了实现自己的一个小梦想。我的老本行是计算机指挥调度，又是学计算机出身，还是狂热的飞行爱好者，这三个因素叠加在一起成就了我。"胡华智看得清自己的过去、当下与未来。

关于飞行，胡华智是梦想家，更是实践派和行动派，他不断在出发，再出发，他从来就只有一个梦想：让飞机变成一个城市的"空中出租车"，并且让每一名老百姓都能享受到像乘坐地面出租车一样的便捷服务。

在黄埔区开源大道企业加速器园区内的小鹏汽车办公基地，何小鹏圆圆的脸颊与和蔼可亲的笑容给人的最初印象是温暖的。

那天，他穿着带有小鹏汽车LOGO的Polo衫，整个形象也是意气风发。

在新能源汽车这个赛道，除了传统"巨头"比亚迪、上汽、广汽、长城、通用五菱、吉利外，造车新势力也不甘示弱，包括理想、蔚来、哪吒、领跑、小鹏等。

而小鹏汽车就在广州开发区。

"能够在市场中脱颖而出而且成为新能源汽车'新势力'，除了技术过硬，更离不开时代机遇和发展环境。"何小鹏认为，在黄埔发展是一个很重要的运气，作为大湾区"湾顶明珠"，这里有很好的上下游供应链软硬件条件，对于产品定位辐射全球的企业是一个很好的发展"宝地"。

小鹏是第一个依靠核心技术打入欧洲市场的造车新势力。

2020年9月24日，一艘名为"银雷号"的滚装船缓缓离开广州港新沙港区，船上还载有首批出口至欧洲市场的100辆超长续航智能SUV小鹏G3i，驶向了此次航程的终点站挪威。

"投石问路。"董事长兼CEO何小鹏抑制不住激动，他说，"小鹏汽车立志在智能电动汽车赛道上成为全球领跑者，挪威是公司开拓欧洲市场的第一个关键里程碑。"

先投入产品摸清市场，随后建立渠道，最后再谈建立工厂。这被理解为出海车企的普遍操作。

事实上，小鹏早就对欧洲市场"垂涎欲滴"、动作频频。

2019年，小鹏汽车在荷兰首都阿姆斯特丹设立了欧洲总部，并在丹麦、德国、挪威和瑞典设立了办事处。在模式上，小鹏汽车相对稳妥地选择了"直营+授权"的新零售模式，直营店用于打造品牌形象，授权经销则依靠当地实力较强的经销商来提升出货量。同时加快开拓并夯实欧洲当地包含荷兰、瑞典及丹麦在内的销售网络。

2021年8月，小鹏P7也把目的地选择在了挪威，同年10月，在挪威官宣小鹏P7售价并开启小鹏P7鹏翼版的限量发售。同时在瑞典、荷兰、丹麦开设了线下体验店。

在挪威众多"鹏友"中，有两兄弟都成了小鹏P7鹏翼版车型的车主，"鹏翼门兄弟"之一的Michael讲述了他和小鹏P7鹏翼的神奇缘分。

这是一个始于颜值终于才华的故事——

前卫的造型设计，靓丽的车身色彩吸引了上班途中的Michael。在了解小鹏P7鹏翼版之后，Michael逐渐沦陷，因为小鹏P7鹏翼智能科技为其加了很多分，内饰的精致与高级感也让Michael爱不释手。

小鹏P7鹏翼触屏搭载的语音功能"能动口的不必动手"，可以实现控制车窗开关、切换驾驶模式、激活自动泊车、调节能量回收等14个大项65个小项。

在动态表现上，小鹏P7鹏翼版采用低风噪外形，并对车身结构优化设计，从止振、隔声、吸声的角度进行三位一体的声学设计，动静皆有亮点。

…………

小鹏P7的出色表现得到了挪威市场消费者的认可。2021年11月，挪威权威Aller Media（传媒机构）公布2022年度汽车指数调研结果，小鹏汽车荣获"年度最知名新车品牌奖"。

该指数调研是挪威最负盛名的年度汽车调查，这增强了小鹏在开拓海外市场路上的信心。

小鹏汽车为何如此信心十足？

时间拨回到2014年6月11日，当天，阿里巴巴宣布以43.5亿美元收购何小鹏创办的UC。

业界和媒体津津乐道："创下中国互联网史上最大并购纪录。"

在当时确实如此，那一年，何小鹏37岁。

突然的财富自由让他有些兴奋和迷茫。他买了游艇和大房子，也买了许多好酒，尽管他的酒量很一般。

何小鹏出生于湖北黄石一个普通工人家庭，第一次坐上汽车时还未满10岁，"我再去造一个30年没有变化的车子有意义吗"？

"我要造一款智能化、环保的纯电动汽车。"小鹏汽车就被注入了智能化的基因，并延续至今。

不知风声如何走漏，晋商贾老板闻讯抢先发布超级造车"SEE计划"。PPT上的标语何小鹏至今还记得："颠覆，由你开始"。

后面的故事大家都知道了，"下周回国"已经成了江湖传说。

与贾老板的PPT造车不同，何小鹏是真金白银造车。他首先想到的是在老东家阿里的"体制内"造车，不过人家没兴趣。

无奈之下，何小鹏开始以投资人的身份物色造车人。

很快，广州市广汽新能源中心的夏珩进入了何小鹏的视线，而夏珩的好友，广汽新能源智能电动车研发负责人何涛也有此想法。

几人一拍即合，就创立了小鹏汽车的前身"橙子汽车"。

日子平平淡淡过了三年。

2017年2月16日，何小鹏的小儿子出生了，凑巧的是，儿子出生才一小时，曾多次投资UC的符绩勋就给何小鹏打了一通电话，告诉他应该有梦想。

何小鹏也觉得自己要做一些事证明给儿子看。

8月22日，就在美国对中国发起"301调查"的3天后，何小鹏决定从阿里巴巴集团离职。

那一天，是UC13岁的生日。那一年，何小鹏40岁，正值不惑。

7天后，何小鹏从幕后走到台前，正式加入小鹏汽车，出任董事长一职。当天，何小鹏身穿红色Polo衫，站在七位身着统一白色上衣的高管中央，合了影。

何小鹏当时也说了一句壮怀激烈的话，"All in十年"。

当时，国内的智能驾驶公司刚刚起步，而在大洋彼岸的美国，智能驾驶已入佳境。从谷歌独立出来仅一年的Waymo已经在开始测试完全无人驾驶，搭载了Autopilot自动辅助驾驶系统的特斯拉最新车型Model 3则提前半年交付……

正当何小鹏准备撸起袖子大干一场时，市场和资本寒流不期而至。

"那是小鹏汽车的第一次至暗时刻。"何小鹏说。

2019年7月，北京1700米长的金融街上，挤满了亏损的新能源投资人。每隔几天都有新造车势力上演亏损、裁员、起火、融不到资的戏码。

"小鹏汽车也来到ICU门口徘徊了。"何小鹏说，此时距离小鹏汽车上一次融资已经过去了18个月，现金流随时可能断裂。

为了保命，何小鹏不得已在半年内裁了近千人，唯一没有动刀的是自动驾驶团队，仅仅是缩小开支。

让何小鹏渡过难关的是，2019年11月13日，老大哥雷军送来了4亿美元的C轮融资，解了燃眉之急。

其实，就在一年前的7月9日，小米集团在香港上市，上市即跌破发行价。当时，何小鹏自掏腰包买了1亿美元的小米股票。雷军对此很是感激，专门飞到广州约何小鹏喝酒。当晚，何小鹏耿直地说："雷总，不用谢我，咱们是兄弟。"

没想到一年后，自己就跌入冰窟。

这一次雷军雪中送炭，也算是投桃报李。

经过一年的拼命，2020年4月上市的小鹏P7终于用上首个全栈自研的智驾方案XPILOT 3.0。

P7对标的正是特斯拉Model 3，能实现出众的智能驾驶，研发团队开发的算法功不可没。

由于P7出色的智能化体验，小鹏再度成为资本市场的香饽饽。2020年8月27日，小鹏汽车在纽交所敲钟上市，市值高达150亿美元。

"出海至少要有10年的部署和决心。"小鹏汽车董事长何小鹏曾表示，"小鹏汽车的看家本领是以智能技术作为先发优势，建立新型竞合的'自研技术+绿色环保'的生态体系。"

2023年的慕尼黑车展上，小鹏汽车展台挤满了欧洲人，国际版P7i、G9两款车型吸引了他们的目光。

两款车型为何引发如此关注？

以小鹏G9智能驾驶及智能座舱系统迭代为例，已经升级7次，具备XNet深度视觉感知系统，落地无图、全场景、点到点的智驾功能，标配全域800V碳化硅平台和支持超快充的3C电池，电量从10%充到80%仅需20分钟。

早在6月，在挪威乘联会NAF举办的为期两天的夏季电动车测试中，小鹏G9（欧版）就打破充电纪录，充电峰值功率达到319kW，并以113%的WLTP续航完成率拔得头筹。

智能环保上的技术优势，让德国龙头车企大众对小鹏"情有独钟"，宣布向小鹏汽车增资7亿美元，共同开发两款大众汽车品牌的电动车型。10月12日，何小鹏在自己的微博写道："9月底我拜访了大众集团Wolfsburg（沃尔夫斯堡）总部，对大众在产品和工程设计以及大规模制造方面的能力深感钦佩，也对未来如何优势互补、长期共赢地合作充满了信心和更多想象。"

据悉，新车型将搭载小鹏XPILOT软件，其全栈自研电动汽车平台以及车联网和自动驾驶软件，而这正是小鹏的"看家本领"。

与德国车企大众的合作，将帮助小鹏更快地打入德国乃至欧洲市场，开拓其未来发展方向。

德国并不是小鹏的开始。

在此之前，小鹏汽车已在挪威、瑞典、丹麦、荷兰建立初步的营销服网络，仅在2022年，4国门店访客总人数已达到50万人次，试驾超过4500次。

如今，对环保严苛的欧洲正成为小鹏汽车急于探索的高地。在渠道建设方面，小鹏汽车不断发力，截至目前，与挪威、瑞典、丹麦、荷兰本地经销商共同建设包括超过10家直营及授权门店。其瑞典直营体验店位于北欧地区最大的商业综合体Westfield Mall of Scandinavia，为欧洲的"鹏友"们打造了一个集销售、服务、互动于一体的专属品牌空间。

与此同时，小鹏开始布局全球，在中东区域，哪一年7月小鹏官宣与以色列头部经销商集团Freesbe达成战略合作，同时也将积极探索拓展东盟、南美等区域市场。

依托电动化与智能化的战略契机，小鹏汽车领先一步出发，以技术和环保出海的路径，加速渗透全球市场。

小鹏汽车除了坚持围绕新能源汽车和自动驾驶开展科技创新，何小鹏透露，创业初期，就对未来交通提出一个设想——飞行汽车，尽管只是一个很朦胧的想法。

"当时朴素的想法，现在正不断变为现实。"2024年3月8日，小鹏汇天飞行汽车旅航者X2在广州天河区震撼首秀。

通过自动驾驶模式，旅航者X2从天德广场甲级写字楼垂直起飞，横跨广东省博物馆、花城广场、海心沙亚运公园，抵达广州塔……

"低空经济包括飞行汽车，在未来十几二十年里，将成为一个巨大的发展赛道。"何小鹏期望，在两年内实现第一款飞行汽车量产并交付。

"虽然它的性能还达不到大家所设想的在高速堵车时就直接飞起来，但我觉得量产就是第一步，非常重要。"何小鹏讲话的神态显得非常自信，嘴角挂着微笑，展示出他的决心和勇气。

自主创新，是广东永顺生物制药股份有限公司（下称"永顺生物"）的"看家本领"。

永顺制药的前身是广东省生物制药厂，2002年9月重组为一家股份制民营企业。20多年来，深耕兽用生物制品领域，是一家集兽用生物制品研发、生产、销售、服务于一体的高新技术企业。

公司产品种类齐全，覆盖了猪用疫苗、禽用疫苗、水产疫苗、诊断试剂等30余个品种，包括单价苗、多价苗、多联苗和多联多价苗。

灌装、轧盖、灯检、贴标、电子扫码……在位于广州市黄埔区的永顺生物园区内，核心生产区的工人寥寥无几，车间里自动化、智能化的疫苗生产线不停运转，履带上不断传送出一字排开的"红帽子小瓶"疫苗。

"中间偶尔出现几瓶疫苗数据采集失败的情况，会自动挑出来放在一边。每一瓶疫苗封装完成后都会赋予独一无二的编码，系统会自动扫描录入系统。"永顺生物公司副总经理、董事会秘书吴子舟指着其中一条猪瘟活疫苗生产线介绍道。

永顺生物每年的猪瘟疫苗产量都会超过200批，平均每批大概有100箱，每箱有60盒，一盒里面有10瓶疫苗，"我们的猪瘟疫苗有不同规格，我手里这瓶就可以打10针，也就是对应10头猪，有些规格是可以打50头猪或者100头猪的"。

吴子舟用一头200多天出栏的猪举例子，总共要打两针猪瘟疫苗，如果加上其他疫苗，正常情况下，猪的一生要打六七针。

"个别疫病的毒株并非一成不变，比如禽流感疫苗平均一年多就会更新换代。"吴子舟说每隔一段时间就需要去农业农村部领回新的流行毒株来生产。

20多年的发展历程中，公司先后承担国家863计划、科技支撑计划、国家重点研发计划等各类科技项目达40多项；获得中华农业科技进步奖一等奖、中国专利优秀奖和广东省科技进步奖一等奖等10余项。

细数永顺生物在研发上的创新突破：2004年，获得高致病性禽流感灭活疫苗定点生产资质；2005年，作为国家首批紧急生产猪链球菌2型疫苗企业，仅用一周时间便实现技术攻克及量产；2008年，与农业部中国兽医药品监察所合作，使用传代细胞，填补了国内使用传代细胞生产猪瘟活疫苗的空白；2016年在新三板正式挂牌；2019年，永顺生物被认定为"广东省重点农业龙头企业"；2020年，成为全国首批32家精选层企业之一……

2021年11月，永顺生物在北交所上市，标志着永顺生物走上商品化市场化快车道。华丽蜕变的永顺生物既见证了国内兽用生物制品行业从小到大的发展变化，其本身又是这一领域的重要开拓者。

在细分领域，永顺生物是猪瘟疫苗领域的龙头企业。根据中国兽药协会统计报告显示，永顺生物的猪瘟活疫苗（传代细胞源）在国内市场份额约50%，市场排名第一；猪瘟、猪丹毒、猪多杀性巴氏杆菌病三联活疫苗在国内市场份额约40%，市场排名第一。

"我们的发展离不开这块创新创业热土。"永顺生物总经理林德锐这样表达对黄埔的感激之情。

纵观永顺生物的发展史和几次重要的大事件，可以很清楚地感受到，这是一家靠产品、靠科研立身的企业。

而猪链球菌2型灭活疫苗的研发是一个关键性节点。

时间回溯到2005年6月下旬，四川爆发大规模人感染猪链球菌疫情，此次疫情备受全国关注。

为应对四川部分地区发生的人感染猪链球菌的疫情，农业部专家组经过严格考察，决定把生产全国首批猪链球菌2型专用灭活疫苗的重任交给广东永顺生物制药公司。从7月24日至7月31日，经过七天七夜的奋战，永顺制药成功研制和生产的首批50万（头）份猪用猪链球菌2型灭活疫苗运至成都，为四川防疫解了燃眉之急。

经此一役，这款疫苗荣获"国家重点新产品"称号，而刚刚经历改制的永顺制药也大大提升了行业地位和社会知名度。

"这是对永顺（制药）最好的肯定。"林德锐回忆，能够担此重任，离不开永顺多年在研发创新上的坚持。

从一家岌岌可危的兽用生物制品老国企，永顺生物一跃成为国家高新技术企业。此中有多少汗水与泪水，想必只有林德锐心里最清楚。

2008年，永顺生物与农业部中国兽医药品监察所合作，使用传代细胞培育出了新猪瘟疫苗，属国内首创，填补了国内使用传代细胞生产猪瘟活疫苗的空白。产品于2012年正式获得新兽药证书，此后通过技术转让给18家厂家共同生产，产品市场占有率将近50%，居全国第一。

从填补行业空白到制定标准，永顺生物二十年扎根黄埔办大事。

除了自主研发，永顺生物还展开了与高校和科研机构之间的协同合作。作为产学研一体化的成功典范，它赫然出现在国际权威科学杂志《自然》刊登的《聚焦广州：从贸易枢纽到创新热土》一文中。

据了解，永顺生物的产学研合作模式主要有三种：一是通过产学研的合作模式共同研究开发新疫苗；二是直接向高校或科研院所购买研究成果；三是成立专项，联合对口的专业机构和技术人员共同研发。

ST猪瘟活疫苗（传代细胞源）就是一个非常成功的例子。

该疫苗由永顺生物和中国兽医药品监察所联合研发，2013年至2015年连续三年被评为"中国生猪业产品榜最具影响力猪瘟苗"，成果转让给国内18家同行企业。而永顺生物与中国药品生物制品检定所合作研发的蓝耳病疫苗（GDr180株），同样为公司带来"滚滚财源"。

"疫苗的成功还得益于广州国家生物产业基地生物制品研发和中试生产公共服务平台。"林德锐介绍，该平台是一个集动物疫病病原检验检测、新产品研发、新药中试、工艺技术研究、技术服务、产业化于一体的"共享"平台，推动整个产业的聚集化，2008年由国家发展改革委立项，永顺制药承担建设。

作为建设者，永顺生物也是受益方。依托平台，公司承担了国家、省、市科研项目20余项；与20多家科研院所、企业开展科研合作或提供中试服务。

敢于扛起社会责任，是永顺生物企业发展一以贯之的"法宝"。

2018年，中国境内首次发现生猪发生非洲猪瘟疫情，从辽宁省逐步传到全国21个省份，共77个疫区。面对危机，永顺生物积极应对，通过大力推广"联合免疫，一针两防，科学减负"方案提高客户的疫苗使用黏性。

疫苗属于行业前沿领域。与发达国家相比，我国的海水动物疫苗研发长期空白，不仅研究难度大，而且投入的人力物力非常大。

比如，鱼类疾病种类很多，一种鱼患一种疾病。如果针对该病种研发出专属疫苗，几千万元的投资却不具备广泛应用性，众多研发机构只能望而却步了。

永顺生物"办成大事"，就在于敢"吃螃蟹"，大胆涉足"动物疫苗界的蓝海"——水产品疫苗领域，并不断填补国内甚至国际空白。

查阅相关资料显示，中国拥有世界上规模最大的水产品市场，仅草鱼一个品种每年生产量就达1000多万吨。鱼类疾病的频发，每年给我国水产养殖业直接造成数十亿经济损失，而疫苗是最安全而且效果最好的一种防疫措施。

当时，中国尚未有任何一例商品化的海水养殖鱼类疫苗上市，整个国际市场也都处于相对空白状态。

"大国不可无苗。"中国是全球第一的水产养殖国家，永顺生物坚定地把研发鱼疫苗作为担当与责任。

"创新很难，冒着风险向一个未知的领域进发，还不一定能成功。"林德锐坦言，"所有环节都要鼓起很大的勇气。"

鱼疫苗大多需要注射，给鱼一条条抓起来打针，显然不现实，研发人员决心打破"注射法"传统模式，走"浸泡法"路径，让鱼儿接触疫苗像在水里畅游一样自由。

"我们选定了鳜鱼和大菱鲆两种品种，养殖范围一南一北，方向上主攻一类细菌苗、一类病毒苗，由此铺开了对鱼疫苗的技术研究。"永顺生物科研管理办公室主任涂玉蓉参与了鱼疫苗的研发，她回忆说，"就像答题一样，要尝试各种方法。眼看完成到99%了，结果就是出不来，急死人了。"

坐在显微镜前，研发人员日复一日、年复一年地做实验，有时经年累月都在重复同一个步骤。"终于有一天，那个细胞突然就培养出来了！哇，大家都在欢呼，那种激动的心情很难描述。"涂玉蓉的心中像放下一副千斤担子般轻快，无法遏止的眼泪悄悄顺着脸颊流淌。

2015年，永顺生物的大菱鲆迟钝爱德华氏菌弱毒活疫苗和鳜传染性脾肾坏死病灭活疫苗获得国家一类新兽药证书，均为全球首创疫苗，均是采取"浸泡法"，突破了我国水产疫苗产业化开发的技术瓶颈。

"类似的国家一类新兽药，必须是世界范围首次研发成功的兽药才能申请获得证书。"林德锐黑曜石一般的眼睛里透着一种执着，"我们再次成为第一个吃螃蟹的人。"

10多年潜心研究，永顺生物在水产疫苗领域在国内处于绝对领先地位。除了迟钝爱德华氏菌弱毒活疫苗，永顺生物还有嗜水气单细胞菌病灭活疫苗、草鱼出血病活疫苗等多个品种。

如今，手握多张重磅行业专利证书的猪瘟疫苗龙头永顺生物已成为国内兽用生物制品高端品牌的代表——

在国内，百强养猪集团中超六成都是永顺生物的客户；在猪瘟活疫苗（传代细胞源）和猪瘟、猪丹毒、猪多杀性巴氏杆菌病三联活疫苗领域，市场占有率行业排名第一。在国外，在越南成功注册7个产品，其中鸡新城疫、传染性支气管炎、禽流感（H9亚型）三联灭活疫苗（La Sota株+M41株+HP株）产品的注册批文是越南第一个也是截至目前唯一取得进口批文的同类产品。此外，永顺生物还在积极推进埃及、巴基斯坦、泰国、印尼等国家的出口业务。

凭借多年对行业的深耕和理解，永顺生物在行业发展中越来越有话语权。参与制定猪瘟活疫苗（传代细胞源）和猪伪狂犬病活疫苗（Bartha-K61株）的国标和生产规程，共计参与研发成功并制定国家兽用生物制品生产规程与质量标准18项。

决定企业成功与否的因素很多，但其中优渥的发展环境不可或缺。作为一家扎根广州黄埔的企业，可以说永顺生物乘上了黄埔区、广州开发区高质量发展的东风，成为中小企业能办大事的优秀样板。

大抵是因为黄埔这一方天地给了公司施展的机会，所以在很多公开场合，林德锐都表达过对黄埔区、广州开发区给予永顺生物支持的感谢，林德锐称："下一步，公司将持续提升研发创新能力、完善研发体系，通过自主研发、技术引进等方式开发更多适销对路的产品，进一步丰富公司产品种类，为公司带来新的业绩增长点。"

"智圆行方，锻百年基业；德至善明，炼永顺人生。"这，就是永顺的企业精神，也是永顺的愿景。

走进瑞松科技董事长孙志强的办公室，首先映入眼帘的是墙正中的一幅书法——"良器惟精"。书法下方陈列着几只机械臂模型，一辆引擎盖上有签名的汽车模型和一个画有日本富士山春景的瓷盘。

一副金丝眼镜，一身蓝色工装，身形修长，孙志强妥妥一副专家范儿。

瑞松科技是一家专注于机器人、机器视觉、工业软件及智能制造领域的研发、制造、应用和销售，为客户提供柔性自动化、智能化系统解决方案的国家高新技术企业。

在黄埔瑞松科技园生产基地里，巨大的厂房一座紧挨一座，布局紧凑，很是气派。"智"造工厂，一排排机器人正有条不紊地焊接，少见人影。

一台乘用车，将冲压件焊成一台完整的车身，需要完成数千个焊接点，在瑞松科技机器人柔性智能化焊装产线的助力下，不到60秒就能完成。

而在另一座搭建汽车生产线的厂房里，多组技术工人正在组装产线。机械臂林立，各类零部件分门别类铺在地上整装待发。

从这里输出的汽车制造智能装备，已经被送抵丰田、本田、马自达、广汽、比亚迪等国内外众多家知名汽车厂商的车间。

"产品及服务广泛应用于汽车、机械重工、3C电子、电梯、轨道交通、航空航天、海工船舶等多个领域。"孙志强说,"在这里,上一个订单可能是供应凯美瑞的生产线,而下一个可能就是供应的汉兰达。"

从代理国外机器人起家,广州瑞松科技是怎样走出一条"贸、工、技"的高新技术路线的?

20世纪90年代,孙志强为日本松下电器做电焊机及机器人的国内代理。通过这段与日企接触的经验,孙志强又与日本企业合资在广州创办了汽车装备企业。2012年,孙志强创办瑞松科技,从汽车生产解决方案向3C、重工、船舶等的智能制造系统拓展,从市场、贸易逐步发展到自主技术研发。

近几年来,新能源汽车已经成为出口"新三样"之一,众多制造商大举扩产。

"以做优做强为目的,并不追求快速规模化。"作为汽车产线高端装备制造企业,孙志强更专注在领域里做好。

不过,在技术能力的扩展上,孙志强决心很大:"瑞松科技第一步做工艺装备,第二步到硬件,第三步要走向数字化技术。"孙志强所说的数字化技术指工业软件、机器视觉、工业互联等。

瑞松科技是一家从事"机器人+工艺解决方案"的智能制造公司。在瑞松科技展厅,展示着一系列市场突破:为广汽传祺汽车首次实现了全产线无人化生产,产线效能、智能柔性水平达到甚至超过国际一流;为广汽新能源汽车生产首次采用铝质车身、轻量化设计提供技术保障,成功打破国际巨头在该领域的技术封锁……

瑞松科技并不生产机器人，它就像一个连接器，为上下游整车厂提供智能柔性系统解决方案。

说得通俗一点就是要"教"机器人听从指挥。

譬如拧螺丝看似很容易，但对比人手拧螺丝，机器人其实更难达到，特别是针对一些非常细小的螺丝，光对准这个环节就要不断调试，还有螺丝松紧程度需要不断调节机器人扭矩。

再比如，机器人经常要举起几百千克的钢架，每一次举重若轻都好比头发穿过针眼，要求非常精准，避免因震动可能造成的轻微位移。

"对机器人稳定性和技术人员的调教水平要求很高。"孙志强说，瑞松科技对解决制造具体应用场景和需求十分了解。

瑞松科技涉足机器视觉的底气就是来自对应用场景的熟悉，产线中机器人每个精准的焊接、装配动作，背后都配合了瑞松科技大量的算法和软件能力。

"我们利用自主研发的机器视觉技术，为产线装上'眼睛'，让每条产线变得'耳聪目明'。"孙志强的自信散发出瑞松科技的魅力，"公司机器视觉的代码全部是自己写的，是完全自主知识产权。而且我要求很高，我让团队去找全球最顶尖的工业设计。我们一定要跟国际接轨，拿出来的产品一定要让人爱不释手。"

2020年2月，瑞松科技成功登陆科创板，成为科创板开市以来登陆的第四家广州企业，当时被称为广州在新冠疫情暴发以后的"复工第一股"。

作为一家专注于工业机器人和智能制造装备的企业，瑞松科技在汽车智能制造方面的柔性产线技术，是一个从技术引进成长为技术输出的案例。

柔性生产，指产线对不同产品的兼容和快速切换能力。"欧美系的生产模式和日系的生产模式不同，瑞松科技的生产体系是按照日系构建起来的。我们给丰田提供的柔性生产线，一条产线可以兼容生产4到6种车型，而且可以做到零时差切换。"

"瑞松一直在寻找数字化标杆。"孙志强介绍，柔性生产的重要性在新能源汽车时代日益凸显，"现在新能源汽车的车型迭代速度很快。而车型迭代就明显增加了对柔性生产技术的需要，我们为此做了多年的技术储备。"

孙志强拿出一块铝合金板，这其实是由两块铝合金板焊接而成，但从侧面看，似乎是完整的一块，看不出有焊接痕迹。

这一高端新型焊接技术正是瑞松科技的"拿手绝活"。

随着汽车产业向新能源汽车转型，焊接技术也在不断拓展。为减轻车身重量，铝合金、镁合金等高质轻量化材料被运用于制造新能源车，特别是在新能源汽车动力电池的生产中，为保证电池不漏水，要求由高质轻量化材料焊接而成的电池壳必须严丝合缝，确保密封性。

瑞松科技的搅拌摩擦焊接装备及技术以优越性能解决了焊接中的密封性问题，在新能源汽车动力电池壳生产中起到了关键作用。

2023年8月18日，瑞松科技为春风动力北美海外工厂提供的沙滩车柔性智能焊接生产线正式量产。

智能焊接、智能装配、智能检测、智能物流……近年来，瑞松科技在轨道交通、机械重工、航空航天、3C电子等领域实现了业务的进一步拓展，已与机械重工领域，如三一重工、中联重科、山河智能等开展业务合作。

2021年，瑞松科技入选国家专精特新"小巨人"企业。同年8

月，瑞松科技成立全资子公司广州飞数工业软件有限公司，正式进入国产工业软件"赛道"。

"我们对工业软件的研发，是基于十年来我们对制造业的理解。"孙志强表示，瑞松科技也使用过大量国际大牌的工业软件，对于现有软件的优点和痛点都十分了解，产品不仅可以供自己使用，还可以对外销售，成为新的业务增长点。

为此，瑞松科技将原数字化信息技术与软件相关研发团队及部分智能制造研发设计人员投入到飞数工业软件中，加快工业软件研发、销售人员的引进，扩大工业软件团队的规模。

目前，瑞松科技的研发投入约占营收总额的5%，接下来随着工业软件、机器视觉以及新材料新工艺等业务板块的投入增大，瑞松科技将继续加大人才和技术研发的投入。

"我对未来的发展比较乐观。我们现在仍在不断地积累着自己的能量，借助国家高质量发展的势头，脚踏实地往前走。"孙志强说。

3. 夺　冠

"隐形冠军"一词由德国著名管理学家赫尔曼·西蒙提出，指在细分市场占据绝对领先地位但不被公众所知晓的中小企业。

作为全国首个"中小企业能办大事"创新示范区，黄埔不断优化中小企业创新创业创造的成长土壤，培育出多家"单项冠军""隐形冠军"企业。其中制造业单项冠军18家，隐形冠军56家。

广州鹿山新材料股份有限公司（简称"鹿山新材"）锚定绿

色高性能功能性高分子材料主战场，解决了该领域过去缺技术、少材料等难题，填补了产业链空白。

光伏胶膜，是光伏产业供应的关键材料，鹿山新材占据世界70%出口、80%的装机量，他们是怎样做到的？

"攻克管道防腐关，用产品高品质占领'新材'主战场。"鹿山新材董事长汪加胜说。

关于鹿山新材的故事，要从西气东输工程说起——

2002年，西部大开发的标志性建设工程——全长4200千米的西气东输工程开始招标，这条天然气管道是当时中国距离最长、管径最大、投资最多、输气量最大、施工条件最复杂的天然气管道，其战略意义无须赘述。

在工程施工建设层面，该项目有许多技术难题需要解决，其中一大难点就是如何实现管道腐蚀技术"零"的突破。

管道穿行沙漠、盐碱地、沼泽地等各种恶劣环境，沿途复杂的埋地条件给管道造成复杂的腐蚀环境，造成管道设备使用寿命缩短。而此时，国内没有成熟的管道外防腐材料技术，需要依赖进口。

解决此难题的正是鹿山新材！

那一年，鹿山新材才刚刚步入第四个年头，是所有参与投标公司中个头最小的。

许多人困惑：这样一家"小企业"的技术和产品如何就能取代外国公司成功中标，成为西气东输项目供应商？

"凭借的是过硬的技术和产品质量。"据汪加胜回忆，业主单位和专家对油气管道防腐热熔胶的现场考察和抽样检查非常严苛，鹿山新材经受住了这种严苛的考验。

几十人拿下超4000千米管道防腐材料难题，鹿山新材创造了一个行业奇迹。

设想一下，如果没有鹿山新材的管道防腐热熔胶，在西气东输主干线超1000多亿元，全部工程总造价达4000亿元的投资中，管道防腐材料及施工都将全部被国外巨头垄断。

"那时外汇还很紧缺，需要进口的设备、材料还有很多，鹿山新材在这项工程中为国家节省了大量外汇，也结束了国家重点管道工程无国内供应商的历史。"汪加胜回忆往事，成就感油然而生。

鹿山新材就此打开了石油天然气防腐管道行业的大门，在细分市场占据竞争优势，并在国际市场上与国外知名厂商直接竞争。

从零下60℃低温的西伯利亚到零上80℃高温的阿拉山口，从海底深埋到横跨沙漠腹地……如今，鹿山新材油气管道防腐热熔胶覆盖中石油、中石化、中海油、宝钢股份、华菱集团、金洲管道等下游知名客户，提供服务的管道建设总长度已超过20万千米。

2012年，受政策等外部环境的影响，鹿山新材能源项目受到不小冲击，面对重要转折期，汪加胜果断收缩战线，带领企业研发团队寻找新的发展机遇。

"我们能沉下心搞研发的底气就在于自身过硬的自主创新能力及科研成果转化能力。"鹿山新材研发的"铝塑管纳米热熔胶""聚丙烯、金属用热熔黏合胶""钢管防腐涂层用茂金属聚丙烯改性材料及其制备方法和应用"发明专利三度被国家知识产权局授予中国专利优秀奖。

鹿山新材研发实力雄厚，技术优势显著，多项技术成果处于国内领先水平。据汪加胜介绍，鹿山新材及其子公司在国内拥有的有效已授权专利超过110项，其中发明专利超过80项、实用新型专利超过30项。

正是这些专利及其衍生产品帮助鹿山新材走出转型阵痛，再次获得快速成长，并最终成功上市上交所主板。

近几年，鹿山新材依托自身建设的"国家博士后科研工作站""省级博士工作站"等多个研发平台，不断夯实自身实力。主营业务也从服务于石油、天然气等传统能源，拓展为面向光伏、动力电池、锂电池等新能源，主要产品包括太阳能电池封装胶膜及功能性聚烯烃热熔胶粒产品。

最值得一提的是太阳能电池封装胶膜。

行业周知，由于光伏电池的封装过程具有不可逆性，且光伏组件常年工作在露天环境下，要满足电池组件运营寿命在25年以上的要求，光伏胶膜必须具备耐热性、耐低温性、耐氧化性、耐紫外线老化性等特性。

"一旦电池组件胶膜、背板发生黄变、龟裂，光伏电池就容易失效报废。"汪加胜说，太阳能电池封装胶膜是决定光伏组件产品质量、寿命的关键。

同燃气管道防腐蚀涂料一样，这一材料过去也是由国外企业垄断。鹿山新材以自身的科技创新成果成功突破技术壁垒，为中国光伏产业的崛起填补了关键产业链空白。

成立20多年来，鹿山新材深耕功能高分子材料领域，并紧随新能源发展潮流，不断开发基于绿色环保需求的新产品。譬如，自主研发的新型胶膜产品——"热塑型光学透明胶膜"可用于触控模组与LCD、OLED等显示模组复合黏接，提升了下游产品的透光性、清晰度与良品率，适用性更好，在大尺寸屏幕领域能够替代OCA（用于胶结透明光学元件的特种粘胶剂）及LOCA（用于透明光学元件黏接的特种黏接剂）等黏接产品的使用，在新能源汽车、智能家居等多个国民经济重要领域能发挥积极作用。

深度捆绑全面爆发的新能源汽车产业，天赐材料坐上"电解液一哥"的宝座。

天赐材料全名为广州天赐高新材料股份有限公司，成立20多年以来，它一直在讲述着一个高增长、高盈利、高市占率、高景气度的"天赐故事"。

天赐材料的主营业务为锂离子电池材料、日化材料及特种化学品两大业务板块，老板名叫徐金福。

徐金福的成功故事不仅仅是一个人的故事，更是一个关于梦想、信念和勇气的故事。

1988年，徐金福与同学罗秋平一起在广州创立了道明化学，经过道明化学研究所完成资金积累，赚了"第一桶金"。

而后，徐金福离开道明化学，带着"巨款"雄心勃勃回到了杭州富阳，他立志自己创业，大干一场。

然而，自古雄才多磨难。

二次创业遭受重创，"巨款"灰飞烟灭，徐金福"灰头土脸"向亲友借钱返回广州，他不断总结经验，于2000年6月在黄埔创办了天赐材料，旨在重整旗鼓。

之后，从日化材料及特种化学品开始逐渐涉足生产研发，徐金福在材料领域足足积淀了5年。

从洗发水和沐浴露材料切入，精研技术与品质，紧随大型跨国企业的节奏，天赐材料的发展开始进入"正轨"。

2007年，天赐材料凭借高效的供应能力和产品的优良品质，与蓝月亮、宝洁、联合利华、欧莱雅等多个国内外知名企业建立了合作关系。2017年，天赐材料正式宣布进入彩妆和膏霜领域，继续扩大"美"的事业。

"一路走下来，我们成为中国洗涤用品行业比较有影响力的原料供应商。"徐金福讲话的神态显得非常自信，嘴角挂着微笑。

"黄埔真是我的'福地'，在这里做实业营商环境一流。"带着长远的发展目标，以及对黄埔区、广州开发区工业环境的认可，徐金富扎根广州开创天赐材料的第二跑道。

早在2003年，徐金富就洞察到了锂电池的商业价值，躬身布局组建锂电池电解液的研发与生产。通过付费购买技术或与外国企业合作，掌握了锂电池电解液的制造技术。

"那时候只有手机电池，还没有电动汽车，没有上电动汽车电池之说。"徐金富坦言，"当时做电解液研发是从战略角度去看整个趋势。"

正是对市场的判断和把握，天赐材料快、准、狠地跨入一个新的领域——锂电池电解液，并成为国内掌握自主生产锂电池电解液技术不多的厂家之一。

如今的事实也证明，天赐材料通过对电解液原材料纵向一体化的构建让其"横扫千军如卷席"。

生产电解液最关键的原材料是六氟磷酸锂，早在2007年，徐金富就开始了对六氟磷酸锂的布局。三年后，天赐材料成为上海世博会锂电动汽车的主要电解液供应商之一。

2011年初，天赐材料的锂离子电池材料全面进军锂电动力市场，成功实现了六氟磷酸锂的量产，打破了日韩企业在这一领域的长期垄断，成为国内首家、全球少数具备精提六氟磷酸锂规模化生产能力的电解液供应商。

2014年，天赐材料收购东莞凯欣。

在外界看来，这是一个溢价太高、买得不值的决定。然而，背后的秘密在于东莞凯欣是头部锂电池厂商ATL的合作伙伴，通过收购东莞凯欣，天赐材料迅速崛起。

天赐材料一路高歌猛进。2016年，电池材料产销量蝉联全球第一；2019年，天赐材料不仅产出了新型锂盐LiFSI（双氟磺酰亚胺锂），而且高电压和高镍三元动力电解液配方技术也取得了重大突破。

凭着对锂电池电解液的专利掌握，徐金富以高质量的产品顺利进入ATL和宁德时代的供应链。

有资料显示，锂电池"大鳄"宁德时代从天赐材料采购的电解液所占的比重最高达到了54%。全球前12大锂电池公司中，有9家是天赐材料的客户。

2021年，新能源汽车强势爆发，以连续三位数的高增长态势，成为中国制造业的"大黑马"。

相应，整个产业链也跟着"水涨船高"，其中也包括做着被称为"锂电池血液"的电解液生意的行业龙头——天赐材料。

瞄准核心技术，专注在行业高端领域拓荒，天赐材料不仅为企业自身的发展争取到了主动性，也令天赐材料的未来拥有了更多可能。

术业有专攻。

广州麦普数码科技有限公司（以下简称"麦普数码"）当之无愧成为有机光导鼓领域的"扛旗者"。

麦普数码科技成立之初就面临市场严峻考验：国际品牌打印机垄断中国市场、国内产品参差不齐、原装耗材严重挤压通用耗材生存空间……

黄埔区麦普数码科技园投产运营之后，麦普数码再次迎来了绝佳的发展机遇，逐渐成长为全球产业链最完整，以及国内独家掌握复印机有机光导鼓制造技术的企业。

洪林锋是香港人，有着多年做原装耗材中国区代理商的经验。后来，他从香港回到内地，独辟蹊径，投资创办了麦普数码科技，生产制造喷墨打印机以及墨盒的相关业务。

彼时，国内打印机市场基本被国外品牌所垄断，前五名惠普、OKI（日冲商业）、爱普生、三星、富士施乐的市场占有率之和就达到了87.5%。

除了原装品牌对耗材市场的挤压，市面上还充斥着各种假冒伪劣产品，一些不法分子通过回收旧硒鼓、在墨盒中灌入劣质碳粉来牟取暴利。

面对乱象，麦普数码决心要为通用耗材正名。

带着做实事的心态，麦普数码在打印耗材领域掌握核心技术的"命门"，成为国内最早做打印耗材的企业之一。

2000年，麦普数码的耗材产品重磅亮相美国消费电子展和德国汉诺威展，获得了全球客户的一致认可。两年后，麦普数码商标在全球15个国家完成注册，产品全面进入国际市场。

2003年，麦普数码跟紧行业趋势，成立了激光打印事业部，着力在激光打印硒鼓方面投入研发力量，建成了超2万平方米的研发生产基地，成功推出了通用激光打印机硒鼓。也是这一年，麦普数码从广州天河区搬到了黄埔区花果山。

2008年，麦普数码在广州科学城觅地投资建立建筑面积达10万平方米的麦普数码耗材科技园。

"当时那地方很是偏僻，野草都有一两米高。"回忆刚买下黄埔区麦普数码科技园生产基地用地的情景，洪林锋笑称。

"麦普数码扎根黄埔是最好的选择。"科技园从动工、竣工再到后续的发展，始终受益于政府部门"有求必应"的服务能力与快速反馈的响应机制。

在洪林锋看来，"内地的投资环境，黄埔区说第二，没有人敢说第一"。麦普数码的有机光导鼓研发从无到有，再到成为全球知名的有机光导鼓制造商，都是在黄埔区这块科技创新"洼地"上发展起来。

有机光导鼓相当于打印机、复印机的心脏，缺少这个部件，文字与图案就完全没办法成像。

深入激光打印机这块领域后，洪林锋越发强烈地感觉到了掌握核心技术的重要性。

面对有机光导鼓制造技术被国外工厂垄断的情况，洪林锋痛下决心："一定要做有技术含量的、门槛高的产品，否则就会陷入被动的局面。"

要啃下关键核心技术的"硬骨头"，谈何容易？

洪林锋带着一股子狠劲。

转向有机光导鼓制造后，麦普数码激发创新"源头活水"，立足基础研究，先后成立了感光材料研究院、铝管挤压厂、高精密铝管加工中心三个部门，为有机光导鼓的制造提供优质原材料。聘请专家团队和国内外专业的研发人员按照国际产品标准设计开发，严格把关和检测感光材料。

2011年，麦普数码建成高度自动化有机光导鼓生产线，年产量达到了1200万支，一跃成为国内有机光导鼓三大制造商之一。

目前，麦普数码建成了有机光导鼓生产线10余条，年产量超过8000万支。

2015年，为进一步突破有机光导鼓在延长使用寿命上的技术难关，洪林锋偕同管理层前往德国，从德国Hologic Hitec-Imaging GmbH（德国AEG公司）引进超长寿命的有机成像鼓技术配方和设备。

那时正值1月，洪林锋一行三人从德国法兰克福的小镇租车前往德国AEG公司，不料快到工厂时车子却在一条结冰的河面上抛锚，无法开动。

洪林锋看了看空旷的四周，只见大雪环绕，而路程却还有1000多米。"走吧！"他下车步行，走到了酒店时，两条腿冻得僵硬，温水浸泡许久才得以回暖。

三天的时间，洪林锋一行谈妥技术收购事宜，最终拿下了这一关键技术，并将其广泛应用于超高清激光打印硒鼓产品系列。麦普数码也因此成为行业内唯一一家拥有和使用该技术的有机光导鼓厂商，并且在后来进行复印机有机光导鼓制造的时候依然维持了竞争上的发展优势。

2017年，麦普数码收购了全球知名感光鼓品牌Alpha在中国的工厂，将这家韩国数码打印及设备材料专业公司的感光鼓生产和销售业务收入旗下。

"从接触Alpha到下定决心收购，我只花了十几天时间，这家企业非常优秀。"洪林锋说。

收购Alpha后，麦普数码将高精密铝管加工中心拥有的近百台高精密车床进行了改良，全面实现了机器人上料、下料的自动化生产，通过一流的高精密加工设备为产品品质保驾护航。

此外，为了继续发挥Alpha品牌在市场上的优势，麦普数码不仅没有让Alpha"消沉"，还保留了Alpha原有的生产工艺、技术配方和一部分韩国籍员工。

2019年，在德国电子科技展览上，麦普数码相关产品在国际上得到认可。如今的麦普数码，通过Hi-Clarity超清智能硒鼓技术系统和HiColorfresh智能墨水成像技术系统实现打印精度达9色阶的超高分辨率，呈现更加细腻、精准的色彩，获得更加持久、稳定的打印效果。

多年来，麦普数码通过自主研发、企业并购、与高校合作等方式，已经具备了有机光导鼓核心材料研发和制造、设备设计与集成、技术配方及生产工艺的开发能力，打破了复印机有机光导鼓一直由日本、德国等外国企业所垄断的局面。

拥有1200多款产品、28条生产线，兼容国内所有打印机品牌……洪林锋介绍，麦普数码的技术实力在有机光导鼓行业内位列全球前三，同时也是国内有机光导鼓的龙头企业。公司拥有多种有机光导鼓、涂覆机器人控制软件、千级净化车间控制软件、超精密铝管、超长寿命有机光导鼓等几十项知识产权及专利，产品远销美洲、欧洲、亚洲、非洲等海外市场。

在洪林锋看来，麦普数码只是脚踏实地，用专业的能力着眼于专业的领域做成了一项专业的事。

每个企业创始人都有段奋斗的故事，邱醒亚亦然。

邱醒亚是广州兴森快捷电路科技股份有限公司（以下简称"兴森科技"）创始人。该公司成立于1999年，是目前国内规模最大的印制电路板样板、快件、小批量板的设计及制造服务商。

邱醒亚1991年来到黄埔，他清楚地记得自己打的第一份工："开始是广州普林电路有限公司生产线上的一名计划调度员。"

这是一家合资企业，凭借个人的业务能力，邱醒亚不到半年就晋升为计划经理。

四年后，邱醒亚离开普林，加入兴森科技的前身——广州快捷线路板有限公司，并担任总经理一职。然而，天有不测风云，在1998年时，公司因母公司经营不善面临倒闭。

"怎么办？"邱醒亚倏然发现，自己的事业将戛然而止。

正所谓"上帝为你关了一扇门，又为你开了一扇窗"。当时他正好接到华为生产线路板的订单，要求3到4天必须交货。

在当时，按常规周期，这批订单至少15到20天才可能完成，以这么短的时间，能够做到的厂家几乎没有。

邱醒亚决定最后一搏。

他向朋友借钱，成立专项小组，动员员工集资，顶着巨大的压力，最终完成了订单任务，公司在困境中起死回生。

邱醒亚的订单质量和交付速度让华为"瞠目"。此时，小批量业务方兴未艾，他决定独立门户成立自主品牌。

职业经理人变身"老板"，邱醒亚正式开启创业之路。

从为华为提供的第一个富有挑战性的小批量订单起步，一个敢为人先、具有新知新觉、始终以引领行业技术创新为己任的科技品牌诞生了。

一个深夜，邱醒亚出差回到黄埔广州开发区，疲倦的他透过车窗看到外面依然灯火通明的一排排工厂，工人们孜孜不倦地在忙碌，这让他顿时精神起来。"我意识到这是一个繁荣时代，一定要把握好稍纵即逝的机遇，一次就让企业站稳脚跟。"

这种机会来了。

21世纪以来，受益于PCB（printed circuit board，印制电路极）行业产能向中国转移的趋势，加之通信电子、消费电子、计算机、汽车电子、工业控制、医疗器械、国防及航空航天等下游领域需求增长的刺激，中国PCB行业增速明显高于全球PCB行业增速。

作为创业人的邱醒亚敏锐嗅到了商机，他决定在PCB样板快件领域开启新征途。

1996—2007年，是邱醒亚的黄金10年，他和团队创办的兴森科技乘着这股"东风"，一路高歌猛进，连续十多年位列中国PCB行业百强，并被中国印制电路板协会连续两届评选为中国电子电路行业"优秀民族品牌企业"，于2010年成功上市。

邱醒亚说，这10年，对自己来说是艰辛的10年。

从基层技术员到管理员，再到创立公司，邱醒亚带领兴森科技从最初的200人团队发展到现在的集团化规模，实现了事业上的"飞跃"。

"我曾去过深圳和其他城市，但黄埔的包容、亲和，让我最是喜欢。"邱醒亚说。现在他已经是一名地道黄埔人，深深地爱上了这片创业热土。

2012年，兴森科技向具有极高技术门槛的IC封装基板业务全面进军，向国产替代发出挑战。

原来，邱醒亚在考察国外先进企业期间，敏锐洞悉到对IC封装这种空白技术的填补是产业升级的趋势，并坚定地认为芯片的发展离不开基础的封装技术，而具备最高价值的就是封装载板。

作为一种高端PCB，IC载板主要功能是作为载体承载IC。相对于普通的PCB产品，IC载板生产必须具有精密的层间对位、线路成像、电镀、钻孔、表面处理等技术，门槛较高，研发难度较大，前期需要投入长时间研究，因此涉足者寥寥。

当时，邱醒亚在PCB样板领域早已驰名，成熟的业务板块为公司贡献了接近八成的营收。

"半导体领域的技术门槛高、资金投入大且长、短期回报率低，这不是在'烧钱'吗？"公司内部质疑连连。

邱醒亚有自己的深思熟虑：进军半导体考量的并不仅仅是眼前的局部利益，而是他谋划的长远的大布局。

邱醒亚在这一技术领域"死磕"，从2012年到2018年，累计投入近10亿元，前3年几乎没有订单，连续5年亏损。

经过多年研发投入，其IC载板生产线在2018年底实现满产，并成功进入韩国三星的供应链体系，与三星、金士顿、海力士等知名企业开展战略合作，顺利挺进行业尖端产业行列。

事实证明，邱醒亚是有远见卓识的。一方面，和华为、海思、三星这样顶级的企业合作，对兴森科技产业升级、技术创新、人才技能培养、质量和产能交付能力有积极作用；另一方面，IC封装基板技术的成功对兴森科技获得其他头部客户群体的信赖起到了举足轻重的影响。

20多年来，兴森科技深耕PCB和半导体业务，在PCB样板领域，仅用十多年的时间就实现了"弯道超车"，跻身世界一流。

"IC载板是实现芯片国产替代的基础之一，兴森科技已成为国内拥有IC载板技术的四家企业之一。兴森科技拥有全球领先的快速交货能力并覆盖较全的产品品类，可实现24小时快速交货。"邱醒亚满面春风地说，兴森科技的项目有国家集成电路基金参与，实现国产替代指日可待。

小小一只腕表，成了老人的智能化"管家"，不仅可以24小时实时监测老人的脉率、运动等动态数据，还能定位老人的去向……如果老人发生意外，腕表会第一时间发出警报，及时寻求帮助。

这就是广东乐源数字技术有限公司（以下简称"乐源数

字”）的“独门绝技”之一。

这是一个24小时无缝隙的安全监控保障服务体系：智能腕表、智能腰带、智能鞋垫、智能浴室防滑垫等。

乐源数字成立于2011年5月，是一家专注于提供智能手表、机芯、移动医疗健康的生态链建设的创新型科技企业。

作为中国智能穿戴产业的先行者，创始人乐六平最早以一块智能电子表为起点，开创了全球智能钟表产业新格局。

1994年6月，乐六平毕业于中南工业大学技术经济专业，同年进入了台资工厂，从最基层的生产管理员做到生产主管，再被提拔为厂长，他只用了短短两年时间。

在厂长的位置上干了6年，2004年，乐六平毅然离职，成立了14人的团队开始创业之旅。

“我发现自己喜欢手表这一行。”乐六平说，他特别关注和探索手表行业的发展趋势和创新突破。

那时，手表是人们日常必备的物件。乐六平决定从智能手表生产开始做起。很快，这种智能手表被可口可乐和雀巢等公司选中用作促销礼品。几番合作下来，乐六平发现市场反馈相当不错。于是又推出了USB手表、MP3手表、MP4手表、蓝牙手表等一系列智能手表。

智能手表泛指具有信息处理能力、符合手表基本技术要求的手表，除指示时间之外，还具有提醒、导航、校准、监测、交互等。

别具一格的创新功能，在当时的市场引起轰动，备受热捧。也是从这个时候开始，乐源数字研发的产品形成了智能穿戴设备的雏形。

有一件事，让乐六平很受感动——

2005年时，乐源数字还比较弱小，资金短缺，他们接到创建以来的"大单"——来自德国的智能手表订单。

"按照合同要求，德国客户只需要先支付30%的定金。而此时我们由于没资金，原料采购不能到位，将导致订单无法如期交付。"乐六平回忆，他和团队决定向客户坦白实情。

德国客户得知情况后，派代表漂洋过海飞至乐源数字实地考察。在了解到乐源数字核心技术之后，德国客户打破常规，支付了该订单的全部金额。

"货款到位后，我们团队夜以继日保质保量提前交付。"乐六平说，德国客户的信任和帮助让乐源数字顺利渡过难关，他始终铭记这位德国客户对乐源数字的信任并以此激励自己乐观前行。

"这位德国客户已经是与乐源数字合作十多年的优质客户了。"乐六平谈起此事就心怀感恩。

此后，通过与硅谷等世界级技术公司的合作，乐源数字秉承绿色设计理念，自主开发了一套完整的芯片组和操作系统LeOS，实现软件的模块化及跨平台性，使产品拥有更高的稳定性、易用性及扩展性。

相对于其他嵌入式系统，LeOS更适用于智能可穿戴设备。首创机芯技术成为撬动全球钟表业大市场的科技原动力。

短短几年间，乐六平和伙伴们先后开发出了手表手机、蓝牙手镯等极具创意的新型产品，既吸引资本助力，也打开了市场。

多年来，乐源数字一直专注于提供智能手表成表及云端大数据解决方案。浸润钟表行业二十多年，乐六平瞄准传统手表市场研发核心部件智能技术，为传统手表提供迅速转型的翅膀。

"传统手表不是简单的电子产品，而是时尚单品、潮流典范，是身份的象征，它的价值深入人心。智能时代的到来，人们的需求开始多元化，审美、健身可穿戴功能需求旺盛。"乐六平相信智能手表将迎来新的市场爆发。

很快，乐源数字自主研发出核心芯片及智能手表的操作系统，结合自主研发的超小型马达，推出了一款"全球功耗最低智能手表机芯"，这项技术正击中传统手表转型的核心痛点，一推出就备受市场欢迎。

凭借此项技术，乐源数字在智能手表技术领域占据了重要的一席之地。"我们希望在技术自主创新上继续努力，成为行业的领导者。我们自己不做品牌，主要做ODM（原始设计制造商），做解决方案。"乐六平说，乐源数字将百分百的精力用来为客户赋能，不仅仅是在软硬件方面，还有整个行业升级的解决办法。

乐源数字的自主机芯拥有不可替代的核心竞争力，客户遍布五大洲100多个国家和地区。获得专利共330多件，其"穿孔触摸彩屏+超长待机100天+实体指针+智能功能"技术为全球首创，覆盖NFC（近场通信）、GPS（全球定位系统）、智能心率监测、全球自动对时及第二时区，以及50米防水功能。

乐六平发现，欧美经济发达国家将传统手表与现代科技融合，赋予了手表运动健康概念。

乐六平为公司梳理并定位了两个重要的业务战略方向：运动健康和时尚数码——这两个领域也成为乐源数字三大核心业务中的两个灵魂板块。

随后乐源数字推出了全球首款安卓智能手表手机、全球首创红外蓝牙心率手表、全球第一款带通话功能的蓝牙手镯，就是这两大业务线中的佼佼者。

2010年，乐源数字就切入智能养老的业务领域，看到健康管理是大势所趋，乐六平携手东软集团并成立合资公司，把智能养老纳入公司的业务组合。

"健康管理需要采集人的运动数据、生理指标，要传到云端，那时候提出了一个'健康云'的概念。"乐六平说，这一块就离不开我们的智能手表、智能穿戴。

第二年，乐六平从东软集团回购股份，采用大数据赋能，在智能穿戴行业率先推出智能养老整体解决方案。

中国人的养老观念倾向于居家养老，这就让越来越多的老人处于"空巢"状态。老人们"跌倒无人扶""急病无人救""走失无人知"的风险也越来越高……老年人的生命安全和身体健康已成为一个不容忽视的社会问题。

乐源数字贴近老人的特殊需求，推出让老人感到贴心的产品。"要想消费者对智能穿戴产品真正不离身，用户的黏性这一块要下功夫。"乐六平说。

那么，乐源数字的智能养老整体解决方案是怎样运作的？

据乐六平介绍，就是通过乐源数字的产品，把老年人的生理参数上传到"乐康云大数据健康平台"，平台在背后分析这些数据，指引乐源数字给这些老龄人提供增值服务。

"这是一种云端的智能养老服务新模式，"乐六平说，"目的是让那些无法留在老人身边的儿女，随时、实时关注到老年人的安全、健康，同时与老年人进行情感方面的交流和沟通。"

"乐源数字的智能穿戴产品是采集有效数据最好的设备、装备和工具，在这一块我们领先了一大步。"乐六平说。

4. "小巨人"炼成记

一块巴掌大的白色"塑料片",成本1元,能卖到100元。

一份智能"图纸",不增加硬件投资,能使非标供应链成本降低80%,生产效率提升20%。

一种10微米的薄膜,能让苹果公司几次上门询问何时量产……

这些令人咋舌的创新成果,就诞生在黄埔!

难怪黄埔被业内称作"小巨人"沃土。

这是一个盛产专精特新的地方,仅云埔街道,就汇聚着广州超四分之一的国家级专精特新"小巨人"企业,省级专精特新企业28家,市级专精特新企业125家。

专精特新企业尤其是"小巨人"企业的数量,被视为一个地区科技创新竞争力与市场活跃度的见证。

明珞装备、视源电子、五舟科技、弘亚数控、瑞松科技、方邦电子……这些"小巨人"企业闻名遐迩。

什么是专精特新企业?

在本书开篇曾介绍过,就是指"专业化、精细化、特色化、新颖化"。而专精特新"小巨人"企业是专精特新企业中的佼佼者,是专注于细分市场、创新能力强、市场占有率高、掌握关键核心技术、质量效益优的排头兵企业。

黄埔对专精特新中小企业的支持可谓不遗余力:帮助采用新技术、新工艺提高产品竞争力;引进高校、科研院所创新产学研合作方式;在全球范围内开展引智、引技、引才,提升在细分领域关键技术的研发创新能力；加大创新投入和核心技术攻关，加快技术成果产业化运用以及成果知识产权保护……

"小巨人"企业大都瞄准"缝隙市场"，在细分领域建立竞争优势，能有效连接产业链的"断点"，疏通"堵点"，并不断加强自身实力。一项技术实现一个"国产替代"，一个企业链接一个断点，一个产品演化出一个矩阵，一个"小巨人"引领一个行业迭代升级……

中小企业能办大事，在黄埔如星火燎原。

现在企业最怕什么？

人还在，数据没了。

试设想一下，当你电脑中的资料因误操作或中病毒被永久性删除后，你可能寄希望于已备份至硬盘中；若同样的事故发生在一个单位，那庞大的丢失数据危机怎么办？

尤其在数字化转型的当下关口，这种焦虑只会更甚。

2022年4月20日上午，吕晓峰像往常一样打开邮箱，一封来自客户乌鲁木齐中医医院的感谢信跃入眼帘。

吕晓峰是鼎甲科技计算机科技有限公司（以下简称"鼎甲科技"）的常务CEO，他仔细阅读这封信的内容后，方才明白是怎么回事。

原来，一周前，这家医院的超融合设备出现故障，随时有丢失数据的风险，技术人员建议，立即将平台上的虚拟机数据备份恢复至其他虚拟平台上。

"丁零零、丁零零……"事不迟疑，医院立刻拨通鼎甲科技在当地的服务电话。

一个小时不到，鼎甲科技技术工程师陈师傅就到达了现场。

他见招拆招，加班加点，重新搭建了一个临时备份平台，完成了数据迁移，确保医院系统业务不间断。

"太感谢了。"医院于是往吕晓峰的邮箱发了一封感谢信。

容灾备份，业内公认的企业数据安全逐渐从幕后走上了台前，成为"最后一道防线"。鼎甲科技，就是这样一个能大规模存储并快速恢复数据的容灾备份破冰者。

何谓容灾备份？

容灾备份指的是在遭遇灾害、病毒、故障或者各种数据丢失风险之前，利用冗余存储资源或云平台等进行高密度存储并在遇险后能快速恢复数据的技术保障手段。

鼎甲科技的产品扮演着"硬盘"的角色，行业专业名词为容灾备份一体机，被称为数据安全的最后一道防线。

搜索鼎甲科技的官网，首页是这样"自我介绍"的——

数据是企业最重要的资产，鼎甲科技致力于帮助客户应对日益紧迫的IT和业务挑战，加速数字化转型。面向传统数据中心、云计算、大数据三大场景，提供包括数据保护、数据副本管理、多云数据管理、数据存储等产品和服务。

公司成立于2009年，立足中国，服务全球。目前，已服务包括政府、金融、运营商、能源、医疗、教育、交通运输、制造业等众多行业的大中型客户。

始终坚持自主研发，产品每一行代码均出自国人之手，以不断创新迭代的产品服务客户。

使命：做中国软件、创鼎甲科技。

愿景：打破国外企业在数据安全和数据管理产品上的垄断地位，成为国际顶级软件厂商。

价值观：诚信、创新、专注、快乐。

这是一个不为普通大众关注的细分领域，但拉开鼎甲服务客户的名单，你会发现那些耳熟能详的企业——国家电网、中国工商银行、中国银行、数字广东以及三大电信运营商等。

严格意义上，企业都需要容灾备份服务，否则就存在风险点。

早在20世纪50年代，国外数据备份与恢复行业开始起源，到80年代初，美国已有上百家专业容灾备份公司，而国内从2000年才开始萌芽，这也导致国内企业一直难以在头部市场与国外厂商进行竞争。

于是，国外产品的高定价、垄断性成为行业最鲜明的特点。

"我要做中国自己的灾备软件。"鼎甲科技创始人王子骏说，"选择在国内创业，就是要做完完全全中国自己的灾备软件，每一行代码是我们自己写的，每一分投资是我们自己的钱。"

是的，鼎甲科技选择容灾备份这一国内少有人涉及的"冷门"领域，离不开王子骏人生的传奇色彩。

1985年，王子骏考入中国科技大学计算机专业，硕士毕业后到美国佛罗里达大学攻读博士。

1994年，还是学生的王子骏做出了一套数据备份软件，不久，他所在的公司被行业巨头Veritas以20亿美元收购。

那年是1998年。

软件是自己设计的，却被公司连人打包卖给了Veritas？

这让王子骏非常郁闷，他第一次萌生了自己创业的想法。

随后几年，王子骏在Veritas公司做到了首席架构师，心中有想法的他毅然辞职，他要为创业"储备"。

由于合同中有竞业协议规定，他选择到克莱姆森大学任教，由于业务和能力出色，他被学校聘为终身教授。

2008年，王子骏决定在美国创业，没想到创业前的一次回国，改变了他一生的轨迹。

5月12日，王子骏乘坐的飞机刚降落在上海虹桥机场，就看到了汶川大地震的新闻。

"子骏，我马上要开车出发到四川参与救灾，你要加入吗？"凑巧，一位好友给他电话。

"好！"王子骏旋即买了飞往成都的机票。

救灾过程中，一个偶然的对话影响了王子骏的创业路径。

当地一位房管局的领导告诉他，居民的房契全都埋到了地下，信息全丢失了……

王子骏开始思考开拓数据保护事业，"那时候，国内这一领域几乎是一片'处女地'，做出这个决定意味着我要抛弃在美国打下的基础，从头再来"。

困难不小，一是人才，二是资金。

"我原来想得比较简单，以为把以前所做的软件改改bug就可以了。但招来的几位程序员两个月没有一点进展，他们改不了我的软件。"王子骏于是改了思路，重新招人，重新上课，重新开始写软件。

"经过两年培训，这些程序员后来都成了行业顶尖人才。"王子骏说。

解决了人才，资金困难接踵而至。

王子骏拿着项目去融资，去参加创投比赛，但四处碰壁，人家只对立竿见影的应用软件感兴趣。

"何不接项目开发App？一个就赚几百万。"很多人劝他。

"不行，灾备软件是我们的事业，接了项目，我的团队就不能集中精力研发了。"王子骏没有动心，他知道容不得走半点弯路。

也有国外资本伸来橄榄枝，表示愿意提供融资，王子骏不为所动，"我选择做中国自己的灾备软件，不仅每一行代码要自己写，而且每一分投资也要自己出"。

从2009年到2015年，6年基本属于纯烧钱阶段，公司曾向一家银行贷款200万，遭到拒绝，银行提出必须拿重资产做抵押。这也理解，当时银行信贷风控规则比较谨慎，不敢对轻资产的科技型企业授信。

"最艰难的时候几个月发不出工资。"王子骏回忆，核心团队的成员不离不弃，还有股东为此抵押了在广州的房产。

这令王子骏非常感动。

经过数年的研发、打磨、完善，鼎甲科技的软件产品终于孵化完成，也等来了中国电子集团的入股投资。

苦尽甘来，容灾备份软件终于诞生。

从2009年敲下第一行代码，到2015年产品面世，鼎甲科技见过太多同类企业折戟沉沙。

产品度过了研发期，市场推广与用户的选择偏好仍是一道难关。

因为涉及企业数据的安全问题，灾备行业客户不会很轻易地去做决策，会对产品做比较长的测试、对比，直到满意为止。

在国家电网一个项目的竞争中，鼎甲凭借测试分第一名击败了IBM，一战奠定行业地位。此后，国内几大通信运营商、银行以及多个省、市级政务云项目，都选择鼎甲作为首选备份产品。

看似小众，实则必备。

随着销售团队的建立，产品开始大规模走向市场，也走上了发展的高速路，鼎甲科技与华为等多家国内头部的服务器及存储厂家开展紧密合作，全面拓展中国灾备市场，拿下全国一半以上的信创灾备项目。

2021年，鼎甲科技入选国家级专精特新"小巨人"企业，并被认定为国家级重点"小巨人"企业。

这是中国灾备软件领域唯一入选的"独苗"。

"闯过重重关卡后，回过头来看，行业内剩下的企业便屈指可数。"王子骏颇为感慨，更加时不我待，"现在我们做到了国内的行业龙头，但这还远远谈不上成功。鼎甲在扩大国内市场的同时，还要向国外拓展。"

"技术层面，鼎甲科技还要更上一层楼。"王子骏说。

广州越秀区。某三甲医院。

小莉沮丧地从皮肤科走出来，手里拿着医生的单子准备去一楼药房取药。

"开了药膏，还有这种敷料。"正在上大四的小莉说，"现在同学间都在流行刷酸（一种医美产品），很多人都在网上买'酸'自己刷，但我刷酸失败了，可能是肤质敏感，长了满脸痘痘。"

医生开给小莉的"敷料"叫作创福康胶原贴，生产地址位于广州黄埔，厂家名称是广州创尔生物技术股份有限公司（以下简称'创尔生物'）。

与功能为保养皮肤的面膜相比，敷料属于医用性质，可用于痤疮、皮炎、湿疹、皮肤过敏等疾病的治疗，生产环境按照药械要求严格控制，生产门槛更高。

创尔生物是我国胶原贴敷料产品的开创者，掌握生物医用胶原蛋白材料关键技术，拥有全国首款无菌Ⅲ类胶原贴敷料。

据查阅相关资料，胶原蛋白是一种生物高分子，来自哺乳动物体内的功能性蛋白，比如鱼骨、猪骨、猪皮、牛筋等。

而创尔生物的医用胶原蛋白就提取自牛筋，并且取自牛筋上十字筋那一段很小的部分。

2020年11月，正是凭此"撒手铜"，创尔生物入选国家专精特新"小巨人"企业，2021年又被工信部认定为国家重点"小巨人"企业。

创尔生物凭借什么在强手如林的产业界脱颖而出呢？

"二十年磨一剑。"创尔生物创始人、董事长佟刚说，"公司深耕于活性胶原原料、医疗器械及生物护肤品领域，集研发、生产、销售于一体，产品广泛应用在敷料、人工器官、再生医学、组织工程、生物护肤等领域。"

说起踏足这一领域，佟刚"有话要说"。

成立创尔公司前，毕业于华南理工大学的佟刚在上海从事资本投资。"当时最流行的就是'生物技术'这一新兴概念，于是我特别留意，想在这一领域寻找机会。"佟刚说。

当时，他的一个在医院工作的朋友正在研发胶原蛋白的细胞培养基质，胶原蛋白就属于生物技术板块。

胶原蛋白被誉为"人体软黄金"，是人体含量最高的蛋白质，对于人体各组织、器官都具有重要的保护和修复作用。

佟刚敏锐地捕捉到了这一发展机会，他毅然辞职回到广州，率先进入胶原蛋白这一领域。

现在看来，佟刚无疑是活性胶原蛋白市场的"拓荒人"。

2002年前，活性胶原蛋白领域在国内仍然是一片"荒地"。以胶原蛋白为主要成分的医疗产品多为"舶来品"，进口价格高，国内消费者望尘莫及。

"当时从国外进口胶原，1克要2000多元人民币，浓度高的甚至要到7000多元，十分昂贵。"佟刚说，"研究所培养细胞要买胶原，实在太贵，我干的第一件事就是组织技术团队，自己提取胶原蛋白。"

刚起步时是真的艰难，佟刚在太古仓旁的船舶大厦租了间24平方米的办公室，自己一个月工资拿1000元，初创团队每人给600元。因为没钱，他把公司宿舍搬到了芳村。

"创业初期大家省吃俭用，偶尔买上一点最便宜的猪头肉，就算改善伙食了。"佟刚说，就是在这样的条件下，他们拿下了胶原蛋白的提取。

"技术有了，可做什么产品呢？"佟刚最初的想法是把提取的胶原蛋白卖给科研机构做实验用，可是营业额太小，连维持企业的生存都很困难。

灵感缘起偶遇。

2003年广交会，佟刚在展馆里走遍了所有展台，足足逛了三天，却一无所获。

走出展览馆，佟刚失望地瘫坐在广交会大院的大树下，心灰意冷。

这时，两位女士拎着大包小袋也来到大树下乘凉。

"这回赚翻了。"一位穿着淡雅碎花连衣裙的大姐笑得合不拢嘴，眼里闪着兴奋的光芒。

"是啊！运气太好了。"另一位披丝质外套的靓女打开塑料袋子，脸上的酒窝也跟着放光。

"什么买卖让你们如此开心啊？"佟刚听到二人对话，便好奇地询问。

"这都是国际品牌的冻干胶原蛋白面膜，50元一片，在国内能够卖到200元。"

"真可谓天无绝人之路。"佟刚顿时眼前一亮，"胶原蛋白？那不是我正在研发的技术啊！"

真是柳暗花明，"两位大姐莫不是上天派来指引我的"？

绝处逢生的佟刚随即返回公司与团队研究讨论。

但他发现，同类产品需要用到的冻干设备高达几百万元一台，而自己的创业基金只有2.5万元。最终，创尔生物采用无纺布加胶原原液的形式，开发出了中国第一款胶原贴敷料产品。

直到现在，佟刚仍对20年前的两位大姐念念不忘。

据佟刚的专业介绍，胶原蛋白医用材料具有天然三螺旋结构，相容性较好，可促进止血，诱导细胞迁移、黏附和增殖，协同修复创伤，在皮肤屏障修复、骨骼和软骨缺损填充和再生，以及眼角膜、血管、瓣膜等组织工程替代方面具有突出优势，已被广泛应用于皮肤修复、组织工程、再生医学、医疗美容等方面。

作为后起之秀，佟刚和他的团队秉持"让百姓都能用得起"的初心使命，走上了胶原蛋白国产化的艰辛创业之路。

明确方向之后，公司走上了快车道。2008年，佟刚告别了船舶大厦，搬到黄埔区科学城，落地优宝科技园。

技术创新成就创尔生物的核心竞争力。围绕生物医学工程级别活性胶原在皮肤科、外科、烧伤科等专业领域的应用，创尔生物深耕活性胶原原料、医疗器械产品及生物护肤领域，创尔生物一路征程一路歌——

2004年，创尔生物率先在国内推出胶原贴敷料医疗器械产品，树立了在全国医用修复敷料领域的领跑地位，也掀起了我国第一波医用修复敷料的开发热潮。

2010年，研发出首个第三类植入性医疗器械产品——胶原蛋白海绵，正式进军外科市场。

2016年，创尔生物推进胶原蛋白核心材料新基建支撑技术的迭代，对胶原贴敷料产品进行全面技术升级……

周期短、活性强、纯度高、质量稳。随着创福康胶原贴敷料越卖越好，创尔生物的影响力越来越大。

"从行业技术难点看，一是动物源性胶原提取过程中产率低，二是病毒灭活难，三是免疫原性控制，这三大技术难点被我们相继攻克。"佟刚介绍，创尔生物的技术亮点在于，在有效维持了胶原蛋白的天然三螺旋结构前提下进行大规模无菌生产，包括高纯度胶原制备技术、产品最终灭菌技术、高效病毒灭活技术等6大核心技术。

"6大核心技术来之不易。"佟刚深有感触。当年，广州作为国家生物产业基地的主要城市，对生物产业大力扶持，创尔生物曾得到了一笔200万元的资金支持，佟刚毫不犹豫地全部投给了技术研发。

"说出来外人可能都不信，我的研发团队曾经六七次几乎'全军覆没'——整个研发部全部辞职走人，我只好再招人，干一干又没了，没了我再招人……"佟刚回忆说。

在佟刚的带领下，创尔生物研发中心新组建了一支由10多名高层次技术科研骨干为核心，研发方向辐射胶原原料、医疗器械、生物护肤等业务领域的新型研发团队。其中不乏来自海内外著名科研院校的博士和博士后，专业背景覆盖组织工程、再生医学、生物材料、细胞工程、基因工程和免疫学等。

"创尔生物的研发费用占营业收入的比例高达6.28%。公司共拥有22项有效专利，其中包括发明专利13项，实用新型专利8项，外观设计专利1项。"佟刚介绍道。

创尔生物一向低调，但产品却一路"高调"。主导产品胶原贴敷料攻城拔寨，已覆盖全国29个省（区、市）超过400家三甲医院，其中全国百强医院覆盖率超过47%。

小而"尖"、小而"专"。

作为国内活性胶原生物医用材料细分领域的领军企业，创尔生物竭力打造胶原蛋白民族品牌，先后承担了国家863计划及多项省级课题，拥有"创福康"和"创尔美"两大品牌，多项技术国际领先。

"前几年，我们把多年来所做的科研成果一一梳理时，才发现我们实实在在地做了大量科研探索，尤其是在胶原基础科研及其应用方面，甚至不是一家企业该做的事，而应该是科研院校、研究所该做的。"佟刚话锋一转，"比如酶切技术、灭菌技术等，包括一些生产设备也是自己制作，科技沉淀十分深厚。"

作为行业先行者，创尔生物积极参与多项行业标准、技术指导原则、行业共识等的修改制定工作，包括《可吸收止血产品注册技术审查指导原则》《YY/T 1511-2017胶原蛋白海绵》《医用胶原类产品的表征和质量评价技术共识》等，并作为起草单位发起制定2项广东省地方标准《DB44/T 2080-2017医用Ⅰ型胶原》和《DB44/ T 1360-2014胶原贴敷料》，此外还制定企业标准70余项。

谈及创尔生物未来的发展，佟刚表示："胶原蛋白这个行业，基础研究上创尔的技术已经达到国际先进水平，现在和国际一流最大的差距体现在胶原做成最终产品的成形工艺上。我们现在组建庞大的研发队伍，就是想攻克这些差距，不满足于在国内做到龙头，要向世界领先水平冲击，向开发人工角膜、人工血管等更为精尖的胶原产品进发。"

联柔机械全名叫广州市联柔机械设备有限公司，位于广州黄埔区云展路。

如果说专精特新是行业细分领域，那么联柔机械则是"细分中的细分"。

"席梦思、丝涟、舒达乃至宜家这些世界顶级床垫品牌，都在使用我们的设备。"据联柔机械副董事长谭治铭介绍，1998年，联柔机械成功研发中国首台机械传动袋装弹簧生产机，他们就在这个领域里全神贯注，直至达到国际领先技术水平。

制造多款行业首台（套）设备，联柔机械经历了传统制造企业到自主创新企业的蜕变，一步步成长为"小巨人"。

联柔机械，与改革开放"同龄"，与数字赋能同行。

1978年，联柔机械的前身联柔公司伴随中国改革开放的春风创立，起步时做模具制造以及玉石首饰加工设备，第一次转折源于对席梦思床垫这种"舶来品"市场热度的敏锐发现。

"当时做模具制造已经摸到'天花板'了，但和国外高精尖的机床相比，无论是速度还是精度都没有优势，我们在寻找新的方向突破。"谭治铭说，做床垫弹簧或许是一个契机，因为冥冥中感觉到床垫会成为中国家庭的刚需。

心动不如行动，联柔公司的投资获得回报。1998年中国首台机械传动的袋装弹簧生产机诞生，并成功卖给了美国家居材料制造商礼恩派。

转型"开门红"，外商看好并动了收购的心思。

"No！"联柔公司婉拒了。

事实上，床垫在国外拥有悠久的历史，联柔频繁到海外考察发现，由于长期追求手工化，床垫的现代制造技术积累并不深。

联柔决定迎头赶上，大干一场。

2005年，广州市联柔机械设备有限公司正式成立，正式走向专业化生产道路，为专精特新"小巨人"埋下伏笔。

"之所以在黄埔设厂，看中的是区内有从事钢丝材料、控制单元、电气、数控、检测、热熔技术等各类企业，它们和联柔机械形成了产业链协同效应，实现共同创新并降低成本。"谭治铭的嗓音浑厚而富有磁性，眼神让人对他的话深信不疑。

至今，联柔机械已陆续自主研发出中国首台伺服级数控绕簧机等多款行业首台（套）设备、首创设备，拥有目前全世界效率最高、性能最稳定的袋装弹簧生产设备，更填补国内多项技术空白，成为行业"单打冠军"。

"生产效率从最早1台机器1分钟制造60至70个弹簧，到现在1分钟可生产200个弹簧。"谭治铭言语间充满了自豪，他说，"要制造这些小小的弹簧，首先要制造出一台巨大的自动化生产机器。"

一谈起技术革新，谭治铭就眉飞色舞。

弹簧生产机要照顾每个弹簧的"脾气"，材料、刚性、直径、圈数……否则小小的差异会给人完全不同的睡眠感受。

"既要柔性适配，又要快速化、自动化大规模生产，需要很多创新研发技术的支撑。"谭治铭举起一个弹簧说，"你看这个封口处是不是弯下去的？这个特殊的处理就是为了防止它一旦脱落'蹦'出来戳伤人。"

特别是适用于电动床的新型床垫，对弹簧设计提出非常大的考验。一方面要有刚性支撑，另一方面又要有柔性折叠。

"我们想了很多办法，最终想出一种三角形交错排布的方式，摆脱之前弹簧'直立生长'的状态。"谭治铭说，焊点也要特殊化的超声波焊接处理，保证折叠的时候不会发出"沙沙"的摩擦声。

"联柔机械现在能做出千变万化的产品，甚至连弹簧都能'缩'到枕头里面去，让你晚上休息时'弹'走颈椎的疲劳。"谭治铭露出一丝微笑，让人顷刻感到一种温暖的气息。

2021年，《广州市"专精特新"中小企业培育行动方案（2021—2025）》提出，推进智能化数字化赋能专精特新企业，鼓励企业从生产流程、质量管理、运营管理、品牌培育、数字化云设计、个性化定制、供应链等方面运用数字化解决方案。

联柔机械再次抓住了数字化契机，踏出了第二次升级转型的步伐。在黄埔企业总部，一个个大屏幕正闪烁着数字流，远在德国、波兰等国的弹簧生产机系统能通过数字方式，实时显示此时的生产状态。

这个智能设备管理云平台采用AI图像识别技术、远程监控、大数据等手段和区块链技术，打破物理壁垒，实现互联互通，是行业内最成熟的物联网应用场景之一。

"前几年疫情防控期间，这套系统的优势完全显示出来，不用派工程师出国，就可以远在千里之外告诉国外厂商如何调试机器。"得益于数字化转型，企业实现了25%的逆势增长。

尝到了数字化转型的甜头后，联柔机械更加坚定走智能化与数字化转型之路。

无接触智能服务，是日立楼宇技术（广州）有限公司（以下简称"日立楼宇"）的制胜法宝。

新冠疫情那三年，很多电梯里都放着抽纸，乘客每次都要隔着纸巾去按楼层数字，因为担心触碰按键会交叉感染病毒。

而日立楼宇的电梯不用。

比如坐电梯时不必按键，只需要指尖停留在按键外几厘米1秒钟，电梯就能自动感应开门。

进门后，如果你要到3楼，就轻声叫一声"小立，3楼"，电梯就能声控执行。

神奇吧？

让电梯"看得见、听得到、能思考"，这就是日立楼宇首创的无接触智能召梯系统。

日立楼宇成立于2000年12月，由日立电梯（中国）、哈尔滨工业大学深圳研究院、广州市高新技术创业服务中心共同投资创建。

20余年里，日立楼宇专注深耕电梯控制系统技术研究，年电梯生产量超过15万台，是国内电梯销售量最大的企业。

日立楼宇是如何让电梯这个"交通工具"数字化、智慧化的？

是如何从初创时的"10兄弟"到如今600人的"小巨人"的？

日立楼宇总经理郭伟文回忆："最初，公司在广州天河东路的创业服务中心租了个100平方米的小单元，10个员工分成几个小组，有做进口部件国产化开发的，有做检测装备的，我负责做控制系统。"

谈到创业，郭伟文便打开了话匣。

在外人看来，大股东是日立电梯，应该是"全包揽"，其实技术全是自主研发，"10兄弟"一个人当三个人用，晚上下班回家还要继续研读国外的资料，节假日加班加点更是家常便饭，大家都有一个共同的愿望，就是让电梯制造业实现国产替代。

功夫不负苦心人。2003年，日立楼宇成功推出了第一代纯国产的一体化电梯控制和驱动系统。

"我们迎来了第一个发展里程碑。"郭伟文说，电梯制造最重要的就是控制系统，最初我们其实也不是很有信心，对这么大的项目也很难把控。经过跟哈工大、华工的交流合作，大家逐渐完成了技术积累。再跟当时的华为电气进行合作，把各自擅长的技术集成在一起，就是水到渠成的事了。

"一次成功，这让大家没有想到。"郭伟文坦言，原本大家还做好了遭遇几次失败的心理准备，结果实际进展十分顺利。

2011年，日立楼宇搬到黄埔区科学城新址，建立了生产基地，形成了从研发到生产到销售一条龙的全链条生产模式。自此，日立楼宇的发展高歌猛进。

在黄埔，日立楼宇建有约17000平方米的独栋办公大楼，还有20000多平方米的智能化数字化生产车间，电子板生产线13条，电气装配线12条，电子板产能达到260万片/年，生产自动化率达到90%以上。

"我们坚持'专''新'当家，生产设备和工艺技术均达到国际先进水平。"郭伟文说。

郭伟文认为，国家对中小企业专精特新的四字提炼得非常到位，他以日立楼宇为例："首先是'专'字，我们始终坚持专业化的发展战略，长期专注并深耕电梯控制系统，从而形成了具有竞争优势的产品；再就是'新'，持续的创新能力和研发投入是企业的生命力和活力源泉。"

正是技术创新，使日立楼宇成为国内首家采用智能光幕技术实现电梯防夹功能的企业，在智能光幕领域具有绝对领先的技术优势；正是技术创新，使日立楼宇在国内最先进行大数据预诊断研究的企业，通过人工智能和大数据技术实现电梯故障预诊断，填补国内短板；正是技术创新，使日立楼宇成为首家实现电梯大数据标配硬件功能的厂家……

　　"目前，我们接入大数据服务的电梯达30余万台，大数据采集分析条目类别、产品服务及应用体量均为业界第一。"郭伟文表示，"日立楼宇希望能尽微薄之力，通过物联网、云计算、能源管理、BIM新技术集成应用等，把电梯这个'交通工具'做到更安全可靠，以卓越的产品和服务贡献社会。"

尾声

你是我永远的风景

"弄潮儿向涛头立，手把红旗旗不湿。"这是出自宋代潘阆《酒泉子·长忆观潮》的名句。

凭借一股开拓进取、敢为人先的弄潮儿精神，"想尽千方百计、吃尽千辛万苦"的黄埔中小企业，坚守"中小企业能办大事"的信条，书写一个又一个叹为观止的精彩传奇。

用创新牵引，不让平庸主导；用梦想激发现实，不让现实锁定未来；用坚韧开拓，不让逃逸流行……

在黄埔，中小企业乘风破浪四十载，看今朝活力依然。

鲲鹏击水三千里，男立潮头踏浪行。勇立潮头的黄埔区、广州开发区，打造一幅壮丽豪迈、浓墨重彩的奋进征程图，中小企业成为其中最艳的亮色。

黄埔的风景让人喜欢，黄埔的奇迹让人惊叹。

2024年两会期间，"新质生产力"无疑是最大的热点之一，引发广泛讨论。

就在此前的1月31日下午，习近平总书记在中共中央政治局第十一次集体学习时强调，高质量发展需要新的生产力理论来指导，而新质生产力已经在实践中形成并展示出对高质量发展的强劲推动力、支撑力，需要我们从理论上进行总结、概括，用以指导新的发展实践。

那么，什么是新质生产力？

早在2023年9月，习近平总书记在黑龙江考察时第一次提出新质生产力的概念，强调"积极培育新能源、新材料、先进制造、电子信息等战略性新兴产业，积极培育未来产业，加快形成新质生产力，增强发展新动能"。

奔跑在高质量发展的春天里，黄埔区、广州开发区踩着新质生产力的节拍，"闯"出新天地，"拼"出新气象，"干"出新局面。

无惧风浪再扬帆，黄埔踏歌而行——

从重大平台建设到新兴产业，从科技创新到对外开放平台，从营商环境到民营经济……黄埔以"经济大区挑大梁"之姿，拿出硬招、实招、新招，促工业之"稳"、经济之"进"。

打开由中小企业构成的"三城一岛"布局图，各大产业集群"串珠成链"，新兴产业之火正燎原。

知识城在中新"全方位高质量的前瞻性伙伴关系"上做出新示范；科学城在"制造业当家"上扛起新担当；海丝城在服务国家共建"一带一路"倡议展现新作为；生物岛在广州"建设全球生物医药创新与产业发展高地"征程中贡献新力量……

"三城一岛"联动发力，高标准建设产业增长极。推动中新国际科技创新合作示范区、大湾区国创中心研发中试基地等科创平台产学研融合发展，成片成势打造湾区半导体产业园、高性能医疗器械产业园等新兴产业载体。

从"多起来"到"强起来"。

智能网联与新能源汽车、新一代电子信息技术、生物医药与健康等新兴产业，黄埔中小企业迅速切入一条条"火热赛道"。

坚持制造业当家不动摇，做强新能源汽车、集成电路、生物医药等战略性新兴产业，壮大低空经济、氢能与储能、人工智能、大模型大数据等"新赛道"产业，加快化工能源、食品饮料等传统产业高端化、智能化、绿色化升级改造，让八大支柱产业集群向千亿级跃升。

在科技创新方面，黄埔以最快速度、最大力度建设大装置、汇聚大院所、打造大平台，建立起"2+3+N"的战略科技创新平台集群，不断抢占前沿科技制高点，持续提升科创能级，形成强大的磁吸效应，迈上从制造大区向创新强区的跃升之路。

步伐，早已迈开。

从基础科学到前沿科技，从科技创新到产业创新，黄埔正在借助"科技王牌军"矩阵，不断开拓科技创新的无限可能。

健全广州实验室央地协同和服务保障机制。加快冷泉生态系统、人类细胞谱系2个大科学装置建设。启动实施"人体蛋白质组导航"国际大科学计划。

此外，以大湾区国家技术创新中心为引领，系统建好印刷及柔性显示、新型储能、纳米智造、先进高分子材料等国家级创新中心，支持生物医药与新型移动出行未来产业科技园、广州颠覆性技术创新中心建设……

活力黄埔，是一种时刻充满变数与可能性的美。它恍如烟火，你看得到它凌空一飞的轨迹，但却无法猜到它绽开的是什么花朵。

有人说，你只能感受到它在"飞"，却永远不知道它青春生命的下一步在哪里。

这就是黄埔。

这就是黄埔中小企业。

拥抱新时代、走好新征程、实现新飞跃，站在二次创业的新起跑线上，黄埔中小企业吹响激越昂扬的"冲锋号"，以"起步即冲刺"的精气神书写精彩的高质量发展新篇章！

"走在前列、干在实处"的黄埔中小企业家奋进姿态里，更多了一份深至肺腑的温暖与相知相扶的底气。

黄埔中小企业联系千家万户，是推动创新、促进就业、改善民生的重要力量。作为黄埔营商环境的亲历者、见证者、受益者，营商环境好不好，中小企业冷暖自知。

黄埔始终对中小企业高看一眼、厚爱三分，既关心它们飞得高不高，更关心它们飞得累不累。

在黄埔，政府和中小企业"双向奔赴"，风雨同行：路途再难，都在守望相助；事业再艰，都在鼎力相扶；时间再久，都在一路相处……

中小企业的舞台很大，黄埔是坚强后盾；征途很长，黄埔是温馨港湾；梦想很广，黄埔是有力依靠。

它们彼此站在一起、想在一起、干在一起！

推动中小企业由小到大、由大到强、由强变优，在未来现代化产业体系建设中"永葆青春"。

关键在服务，核心在培育。

首先打造一流的营商环境，让中小企业扎下根、办大事，黄埔高标准对接国际经贸规则，做到支持有力度、响应有速度、服务有温度。

随着国务院批复同意广州保税区和广州出口加工区整合优化为广州知识城综合保税区，黄埔跨入"双综保区"时代，为中小企业进一步拓宽对外合作的"朋友圈"。随着营商环境越来越优，企业将会感受到黄埔更多阳光雨露的滋养，助力中小企业再办更多"大事"。

其次构建体系，加快培育，以细分行业为切入点，以应用场景为突破口，以生产制造环节为重点，做好中小企业数字化转型。黄埔正在进一步健全优质中小企业梯度培育体系，推进"数字化赋能、科技成果赋智、质量标准品牌赋值"，培育一批中小企业特色产业集群，着力发挥集群在资源对接、要素整合、协同创新、管理服务等方面的优势，促进中小企业不断向高端化智能化绿色化转型，向产业链创新链价值链高端攀升。

譬如，在加大培育力度上，黄埔实施"链长制"，推动中小企业融通发展，先后举办新能源汽车、超高清视频和新型显示等重点产业链供需对接活动，小鹏汽车、视源电子以及产业链上下游500多家企业参与对接活动，瑞立科密、华能机电等一批中小企业与"链主"企业达成合作意向，实现"入链"。

最后完善政策支持体系，加快出台促进中小企业高质量发展的若干措施，在科技创新、产融合作、企业服务、数字化转型、国际合作等方面加大政策支持力度，为中小企业高质量发展提供更多实实在在的支持……

闻鸡起舞、日夜兼程。

百尺竿头，更进一步。

政策创新、专业扶持、创新赋能、服务保障。作为培育中小企业的核心要素，黄埔再向潮头立。

"海阔凭鱼跃，天高任鸟飞。"黄埔中小企业往"高"攀升，向"新"进军，翱翔畅游在更辽阔的蓝天碧海。

中小企业，黄埔永远的风景。

黄埔，愿你继续创业创新100年！

后记

一

2018年10月，中共中央总书记、国家主席习近平考察黄埔时，在这里提出了"中小企业能办大事"的科学论断，这黄钟大吕般的殷殷嘱托铿锵有力，掷地有声！

为什么会是黄埔？

带着这个疑问，三年前，我来到黄埔"潜伏"，我想用我的观察来解开这个答案。

于是，便有了《向上生长》这本书。

二

从事纪实类文学创作30年，我一直对我书中所呈现的"对象"深怀敬畏，我知道，"对人对事对物"的写作必须"在场"，那种了解不充分，认识不彻底情况下的写作不是我不会，而是不能！

脚踏实地，我对黄埔中小企业进行多侧面观测，对中小企业办的那些"大事"进行了多角度梳理和全方位透视。

在黄埔将近一年的采访写作，从政府部门的服务到中小企业的创新，所见所闻，所思所问，让人惊喜，令我感动。黄埔"中小企业能办大事"，是政府职能转变和企业锲而不舍的"双向奔赴"和精彩演绎，他们的辛酸苦辣，他们的光荣梦想，精神价值远比财富价值来得永恒。

三

当下，广东"推进高质量发展，坚持制造业当家"如火如荼，黄埔区、广州开发区始终锚定"优结构、拓创新、强韧性、促转型、育优企、扩支撑"发展路径，竭力打造现代化产业体系，高质量培育新质生产力，推动战略性新兴产业不断壮大。2023年，先进制造业产值占规上工业总产值比值近60%，高技术制造业产值贡献率达26.7%，高技术制造业投资增长1.1倍，高端化智能化绿色化转型加速推进，工业综合实力排名全国工业百强区第二，科技创新能力位居全国开发区首位。

企业是发展工业的主体，企业强、工业才能强。作为全国首个"中小企业能办大事"创新示范区，科技引领是黄埔中小企业"办大事"的核心要素，我欣喜地看到，本书出版之时，这块从来不缺"故事"的热土上，传统制造正在向研发制造、智能制造、服务制造加速转型，产业数字化、数字产业化正在让科技创新的"关键变量"成为新型工业化的"最大增量"。

黄埔凭借优越的营商环境、丰富的创新人才资源、活跃的创新主体，不仅是广东"制造业当家"的一个缩影，也成为中国中小企业高质量发展的样本之一。

四

近年来,黄埔牢记总书记的嘱托,紧紧咬住"中小企业能办大事"不放松,中小企业高质量蓬勃发展,工业已成为黄埔的"顶梁柱"和"定盘星"。

作为国共合作的产物,黄埔因"黄埔军校"名闻遐迩,黄埔精神早已根深蒂固、蜚声海外。2024年是黄埔军校成立100周年,无疑,"中小企业能办大事"的科学论断为百年黄埔注入了新的时代内涵,从这个意义上来讲,《向上生长》不仅仅是一部书,而且是一首"黄埔新歌"。

五

《向上生长》一书三易其稿,终于付梓了。

翻阅本书,油墨书香里透着一股浓浓的"黄埔风味"。这本书,不是我一个人所能创作出来的文学作品。因为,其中凝聚了许多人的心血,凝聚了许多人的智慧,更有许多人为之操劳。

本书的采访,感谢韦克家先生、陈承保先生的协助。

本书的写作,参阅了国家、广东省、广州市、黄埔区官方媒体的报道,以及相关单位网站、公众号发布的消息,包括相关单位的总结、汇报、专题等资料,由于文本的局限性,不能在书中一一注明引用,在此向那些记者、撰稿人、资料提供者一并致谢。

曾平标

2023年3月于黄埔